Michael Seitz

Stefan Schweizer

Götterdämmerung

Thriller

mainbook

ISBN 978-3-948987-09-1
Copyright © 2021 mainbook Verlag
Alle Rechte vorbehalten
Lektorat: Gerd Fischer
Covergestaltung und Bildrechte: Lukas Hüttner

Auf der Verlagshomepage finden Sie weitere spannende Bücher:
www.mainbook.de

Autor Michael Seitz

Michael Seitz, Jahrgang 1976, hat seine Kindheit und Jugend in München und im ländlichen Niederbayern verbracht und lebt seit 2005 in Wien. Er schreibt vorwiegend historische Romane und Gegenwartskrimis. Seitz genießt es, mit seiner Frau und seinen beiden Kindern durch Wien zu flanieren und in Buchgeschäften zu schmökern.

Veröffentlichungen (Auswahl): „Die verlorenen Kinder" (Droemer Knaur, 2017), „Der Falter" (Droemer Knaur, 2018), „Kinderspiel – Die Fesseln der Vergangenheit" (Droemer Knaur, 2019), „Sechs" (Droemer Knaur, 2019)

Autor Stefan Schweizer

Stefan Schweizer studierte, promovierte und lehrte an der Universität Stuttgart. Er lebt im Speckgürtel der Bundeshauptstadt, bewegt sich gerne in fremden Kulturen, in exotischen subkulturellen Milieus und ist Grenzgänger zwischen den Scenes.

Veröffentlichungen (Auswahl): „Mörderklima" (Klimawandel-Krimi, mainbook, 2020), „Die Akte Baader" (Gmeiner, 2018), „Roter Herbst 77 – RAF 2.0" (Südwestbuch, 2017), „Roter Frühling 72, RAF 1.0" (Südwestbuch, 2017), „BERLIN GANGSTAS" (Schwarzkopf & Schwarzkopf, 2016), „Goldener Schuss" (Gmeiner, 2015).

Allen Opfern, der dem „Nationalsozialistischen Untergrund" zugeschriebenen Bombenattentate und Morde

Das erste Opfer des Krieges ist die Wahrheit.

(Sprichwort)

Solange der Schriftsteller sich nicht stationär behandeln lassen muss, dürfte er keine Gelegenheit haben, um festzustellen, dass seine Leiden sich von denen der anderen Leute nun doch nicht sonderlich unterscheiden. Bei denen fließen nur keine Bücher raus, sondern ganz gewöhnliches Blut.

(Jörg Fauser, Die Messer der Leiden)

Vorwort

Im März 2020 trat der Sachbuchautor und Extremismus-Experte Stefan Schweizer an mich heran. Er fragte mich, ob ich nicht Lust und Interesse hätte, gemeinsam mit ihm einen Thriller über die NSU-Morde zu schreiben. Ich erinnerte mich, dass ich ein paar Jahre zuvor in Köln auf der Keupstraße unterwegs war, wo das im Buch beschriebene Nagelbombenattentat stattfand. Plötzlich hatte ich die Bilder von damals wieder vor Augen. Stefan hatte zu den Morden der NSU für ein Sachbuch recherchiert und war dabei auf die unsäglichen Verquickungen von Geheimdiensten und V-Männern gestoßen. Auffällig ist, dass ein Akteur einer der vielen bundesdeutschen Dienste sich bei einigen Tatzeitpunkten ganz in der Nähe des jeweiligen Tatortes befand; bei anderen Attentaten wurden V-Männer der Dienste identifiziert. Zahlreiche Zeugenaussagen bestätigen deren Existenz. Hier, in diesem Buch, haben wir ihm den Namen „Roland Wagner" gegeben, der als Pars pro Toto dieser einer Demokratie unwürdigen Vermischung von Geheimdienst- und V-Mann-Wesen steht. Eine Reihe von Zeugen wurden im Zuge des NSU-Prozesses nicht zugelassen, da der Bundesverfassungsschutz diese Informanten als V-Männer in der rechten Szene beschäftigt. Die Existenz dieses Buches dürfte daher für einige Beteiligte ebenso explosiv sein wie die Anschläge selbst, die sich zwischen den Jahren 1999 bis 2009 ereigneten. Bedanken möchte ich mich daher auch bei Verleger Gerd Fischer, der sich traute, uns trotzdem einen Vertrag für diesen heiklen Politthriller der besonderen Art anzubieten. Es war mir eine Freude, gemeinsam mit Dir, Stefan, dieses Werk – fifty-fifty – zu verfassen. Ich erinnere an das Zitat der Autorin Ingeborg Bachmann:

„Die Wahrheit ist dem Menschen zumutbar."

Michael Seitz, Wien, im Dezember 2020

Prolog

Donnerstag, 10. Juni 2004, 16.53 Uhr, Köln-Mühlheim, nahe Keupstraße

Er schmeckte das Blut auf seinen Lippen wie flüssigen Stahl. Das Blut jenes Mannes, mit dem er sich zehn Minuten zuvor getroffen hatte. Ein Typ mit einem militärisch aussehenden Bürstenhaarschnitt, der vorgegeben hatte, ihm Informationen über die Täter zu liefern. Ein Informant, in dem er sich getäuscht hatte. Tscharly Huber hörte die Vespa hinter sich. Knatternd – nah am Kolbenfresser. Seine Verfolger waren ihm bereits dicht auf den Fersen. Ließen sich zwischen all den Altbauhäusern und Siebzigerjahre Klötzen einfach nicht abschütteln. Sein flaues Bauchgefühl hatte doch recht gehabt! Ihr konspiratives Treffen war verraten worden. Drei Schüsse in die Stirn – aus zehn Metern Entfernung – hatten dem Leben seines Informanten auf offener Straße ein Ende gesetzt. Ganze Arbeit. Vollprofis, die eiskalt eine Exekution durchführten. Zuletzt hatte Tscharly sich im Irak in einer vergleichbaren Situation befunden. Im Krieg zwischen amerikanischen Drohnen und irakischen Heckenschützen war er als Journalist zwischen die feindlichen Linien geraten. Fünfzehn Kilometer entfernt von Tikrit hatte er gemeinsam mit kanadischen Kollegen in einer Höhle Zuflucht gefunden. Dafür hatte Tscharly als einer der ersten Europäer die Ehre gehabt, live und vor Ort von der Festnahme Saddam Husseins zu berichten. Der Erfolg wog wieder einmal die Gefahr auf. Kaum zu Hause hatte seine aktuelle Lebensabschnittsgefährtin sich von ihm getrennt. Tscharly Huber hatte in seinem Leben gelernt mit menschlichen Verlusten umzugehen.

Er sprang über eine Straße. Quietschende Reifen. Ein Hupkonzert. Wankte die Gleise einer Straßenbahnlinie entlang. Die Luft roch nach Asche und Benzin. Der Anschlag hatte vor vierundzwanzig Stunden stattgefunden. Zweiundzwanzig Menschen mit meist türkischer und kurdischer Herkunft befanden sich seither auf Intensivstationen in ganz Köln verteilt. Seine Exfrau Sara lag ebenfalls im Koma. Sara hatte recht behalten. Kaum dass Tscharly wieder einmal in ihr Leben trat, verursachte er ihr nichts als Probleme, hatte sie ihm fünfzehn Minuten vorher noch vorgeworfen. Als sie ihm diesen Vorwurf entgegengeschmetterte, hatte sie nicht einmal ahnen können, wie sehr sie dieses Mal recht behalten sollte! Die Attentäter hatten eine Nagelbombe gezündet. Dass sich Sara ausgerechnet zum Zeitpunkt der Explosion am Ort des Tatgeschehens befand, auch daran gab Tscharly sich die Schuld. *Immerhin ist sie mir nachgelaufen!*

Er rannte querfeldein über eine Grünfläche für Hundebesitzer und ihre vierbeinigen Lieblinge. Das Rattern der Vespa verstummte. Ein Nieselregen ging über dem rechten Rheinufer nieder. Die hohe Luftfeuchtigkeit drückte in Tscharlys Lungen-flügeln. Seine Muskeln an Armen und Beinen brannten, ver-brauchten mehr Sauerstoff als die feinen Lungenbläschen jemals imstande sein würden, aufzunehmen und in Energie zu ver-wandeln. Keupstraße, vor vierundzwanzig Stunden noch eine Lebensader mit türkischen Geschäften und Lokalen, die Tscharly wegen ihres orientalischen Flairs fasziniert hatte. Der ewige Duft von Fladenbrot und Knoblauch in der Luft, salziger Geschmack von Oliven auf der Zunge – zwei Halbwüchsige, die sich auf der Straße mit Fäusten duellierten, während die Alten herumstanden und Geld auf den Sieger wetteten … Ein Kosmos, ein Universum für sich. Liebevoll *Klein*-Istanbul genannt, war die Straße, in der Sara seit ihrer Scheidung vor fünfzehn Jahren wohnte, zu einem Ort des Terrors geworden. Und mittendrin Karl Huber – genannt Tscharly, 44 Jahre, Ex-Raucher, Ex-Ehemann, Ex-Schwiegersohn, Ex-Freund … *ein Mann sowas von Ex*, dass sein bevorstehender Exitus nur noch eine Frage von Minuten oder Sekunden sein konnte …

Schüsse zerrissen wie brutale Peitschenhiebe die Stille hinter ihm!

Hundebesitzer mit ihren Tieren – Pudeln, Schnauzern, Promenadenmischungen – liefen um ihr Leben. Polizeisirenen ertönten.

Tscharly rannte, stapfte in Hundehaufen – und erreichte die Straße gegenüber dem Parkhaus. Dort, wo er in der Pension vis-á-vis übernachtet hatte. Vielleicht gelang es ihm, sich in dem Gebäude zu verschanzen. Im Hintergrund erhob sich eine Moschee. Täuschte er sich, oder handelte es sich tatsächlich um Klagelaute, die seinen Gehörgang erreichten?

Tscharlys Herz raste. Völlige Stille. Nichts als der Gesang des Imams hallte auf einmal durch die Straßen. Kein Zweifel, wem die Gebete der gläubigen Muslime galten. Tscharly fühlte sich zurückversetzt. Vernahm tief in sich die Gesänge, die aus den Minaretten über den Bergdörfern in der Nähe von Tikrit niedergegangen waren. Selbst die Mutter aller Schlachten hatte die Menschen nicht davon abgehalten zu beten. Und es schien Tscharly, als befände er sich nun in der gleichen Situation, nur die Kulisse hatte sich radikal verändert. Er erkannte das Fahrzeug, das aus dem Schlund der Parkgarage emporschoss, viel zu spät. Ein Mini-Cooper, eines dieser typischen Frauenautos, das in der Regel farblich zur Handtasche und den Ohrringen der Fahrerin passten. Er begriff den Fehler, den er durch sein Zögern begangen hatte. Es war von Anfang an ihr Plan gewesen, ihn bis vor die Tür seiner Pension zu verfolgen. Und jetzt – während dieses Fahrzeug Anlauf nahm, um ihn in mörderischem Tempo zu überrollen – versagte jeglicher Fluchtinstinkt in ihm. Der Lack, schwarz-metallic, spiegelte die dunklen Wolken über Köln.

Der Gesang des Imams war nichts weiter als *das Lied vom Tod*, das eigens für ihn – Tscharly Huber – gesungen wurde. Er wünschte sich, er könnte noch einmal von vorne beginnen und die Zeit um achtundvierzig Stunden zurückdrehen …

Erster Teil

München, zwei Tage zuvor – 8. Juni

„Papa, ich warte schon eine Woche länger als ausgemacht auf deine läppischen dreihundertfünfzig Euro! Mein Vermieter hier in Berlin hält schon nach einer Brücke für mich Ausschau", meldete sich seine Tochter über ihr Handy.

„Ich bin gestern eh auf der Bank gewesen", log Tscharly beinahe mechanisch. Er kämpfte aber auch gegen sein schlechtes Gewissen wegen der Un-Wahrheit an und nahm sich vor, dafür bei Gelegenheit wieder einmal eine gute Tat zu vollbringen. Vielleicht sollte er einem Obdachlosen ein paar Brezen mit Weißwürsten und ein Bier in einem der schicken Lokale in der Münchner Innenstadt spendieren. Am besten vor der Diskothek P1, damit auch die Reichen und Schönen Zeuge seines Samaritertums wurden.

„Das sagst du immer", durchschaute Milla ihn. „Ich weiß genau, dass du es wieder vergessen hast. Du wirst schusslig und alt."

„Na gut, ich habe es wirklich vergessen. Du kennst mich ja lange genug. Aber wenn ich an einer Sache dran bin, dann vergesse ich alles andere. Du kriegst spätestens morgen dein Geld. Damit dein Vermieter dich nicht auf die Straße setzen muss, der arme Kerl! Mir kommen gleich die Tränen."

Tscharly betrachtete die Zahnbürste in seiner linken Hand. Er hatte gerade die Zahncreme aufgetragen, als das Läuten des Handys ihn in seiner Morgentoilette unterbrach. *Auf seine Zähne muss man immer aufpassen!* Eine Weisheit, die bereits Julia Roberts als Prostituierte in Pretty Woman gepredigt hatte. In der Szene hatte sie auf unterhaltsame Weise Werbung für Zahnseide gemacht. Tscharly hatte den Film ein halbes Dutzend Mal gesehen, 1990. Was auch immer ihn dazu bewogen hatte, eine Liebesromanze im Kino anzuschauen, hätte er sich selbst nicht erklären können. Damals war er längst von Sara geschieden gewesen. Und ihre Ehe schien ihm wie eine Erinnerung an eine Erinnerung …

Milla holte ihn eiskalt in die Realität zurück.

„Am Ende muss ich noch bei Mama einziehen, damit ich mir das Wohnen während des Studiums leisten kann."

Er lachte. „Köln soll ja auch sehr schön sein. Und die Kölner Philharmonie ist viel besser als ihr Ruf. Für eine Musikstudentin ist Köln zweifellos auch nicht gerade eine schlechte Stadt."

„Das sagst gerade du."

„Was?"

„Du hast es ja selbst gerade mal fünf Jahre mit Mama ausgehalten, bevor du mich mit ihr alleine gelassen hast. Weißt du, wie es sich anfühlt, wenn man die eigene Mutter nach der Schule völlig betrunken in ihrem Bett vorfindet und du keine Ahnung hast, wie du deine Hausaufgaben machen sollst?!"

Da war er wieder! *Der alte Konflikt!*

„Milla, es tut mir heute noch leid."

„Davon kann ich leider meine Miete nicht bezahlen."

„Deine Mutter und ich haben uns nur noch angeschrien. Es gibt viele, die trotz Ehedrama zusammenbleiben, weil sie glauben, dass sie damit ihren Kindern was Gutes tun. Und vielleicht wäre gerade das der richtige Weg gewesen. Ich wünschte, dass es anders gekommen wäre …"

„Du könntest dein schlechtes Gewissen ja mal wieder mit einer guten Tat ruhigstellen", überrumpelte sie ihn.

„Ich …"

„Ich versuche seit Tagen mit Mama zu telefonieren. Aber sie geht einfach nicht an ihr Telefon. Mit ihrer Wohnungsnachbarin habe ich schon telefoniert. Mama ist zu Hause und sie verlässt auch manchmal ihre Wohnung. Aber sie geht mal wieder nicht an ihr Handy. Vielleicht will sie mich wieder einmal dafür bestrafen, dass ich mit sechzehn von daheim ausgezogen bin. Wäre ja nicht das erste Mal. Nur hab ich diesmal ein flaues Gefühl. Vielleicht hebt sie ja ab, wenn sie deine Nummer sieht."

„Vielleicht", murmelte er. „Vielleicht will sie ausgerechnet mich sprechen." *Was ich stark bezweifle,* fügte er in Gedanken hinzu.

„Danke, du bist der beste Papa der Welt."

Seine Freude über ihr Kompliment hielt sich in Grenzen. „Na sag schon, was du dir diesmal wünschst, meine geliebte Tochter und Prinzessin."

„Ich hab dir doch neulich von dem Israel-Trip erzählt", begann Milla. „Für achthundert Euro. Eine ganze Woche Sightseeing im Heiligen Land. Für mich und für Thorsten. Wäre das nicht ein schönes Geburtstagsgeschenk?"

„Mmh, ich verstehe ja, dass junge Liebe am liebsten gemeinsam auf Reisen geht. Aber könnten zur Abwechslung nicht auch einmal seine Eltern für seine Reisekosten aufkommen?"

„Ach komm, Papa, sei kein Spielverderber."

Irgendwie gefiel ihm ihre Idee, Jerusalem und die heiligen Stätten anzusehen – und dazu die Golanhöhen und das Nachtleben in einem der angesagten Clubs in Haifa. Die Israelis besaßen eine Art zu feiern, als gäbe es kein Morgen. Während seiner Zeit im Nahen Osten hatte Tscharly mit einigen jungen Frauen Sex gehabt, die gerade eine Auszeit von ihrem Militärdienst genossen hatten. Tscharly schwelgte in der Erinnerung. Milla sandte ihm einen Kuss via Handy.

„Okay. Meinetwegen. Habe ich denn eine Wahl?", entgegnete er. Und vor seinem inneren Auge blickte sie ihn auf dieselbe Art und Weise wie früher an, als sie noch ein Kind gewesen war. Wer konnte schon dem Augenaufschlag einer Fünfjährigen widerstehen, die dazu eine Miene aufsetzte, als ginge es um Leben und Tod?

„Manchmal frage ich mich, ob bei manchen Frauen diese Gabe angeboren ist", überlegte er laut. „Ob sie zu einem natürlichen oder göttlichen Bauplan gehört?"

„Welcher Bauplan, Paps?"

„Männer um den Finger zu wickeln."

„Papa, ich hab dich lieeeeb", säuselte sie.

„Ich dich auch mein Schatz."

„Papa, ich muss jetzt auflegen. Ich muss zur Vorlesung."

„Dann lern was Schönes. Pass auf dich auf, ja?"

„Versprochen."

„Bis bald. Servus."

„Ciaooooh."

Milla legte auf. Tscharly betrachtete sein Gesicht im Spiegel des Aliberts. Ich wünschte, uns wäre mehr Zeit miteinander vergönnt geblieben, kleine Maus, dachte er. Er wohnte allein und er brauchte sich vor niemandem zu schämen über die Tränen, die einen seltsamen Glanz in seine großen dunklen Mandelaugen zauberten. Sie konnten friedlich miteinander reden, ohne in Streit zu verfallen. Dafür empfand er Dankbarkeit. In Millas Pubertät hatte sie ihn im besten Fall angeschrien. Am schlimmsten waren die zwei Jahre zwischen ihrem vierzehnten und sechzehnten Geburtstag gewesen, während derer sie kein Wort miteinander gesprochen hatten. Ein Zustand, der abrupt endete, als Milla zum Studium nach Berlin drängte. Sara hatte sich quer gegen den Wunsch ihrer Tochter gestellt. Tscharly hatte mit Engelszungen auf seine Ex-Frau eingeredet und schließlich sogar für die Finanzierung dieses ehrgeizigen Plans gesorgt. Am Ende merkte Sara, dass sie ihre Tochter verlor, wenn sie sie zu Hause einsperrte. Milla fand einen Platz in einer Studenten-WG in Charlottenburg und zeigte sich von ihrer erwachsenen Seite, indem sie Tscharly plötzlich wieder in ihr Leben integrierte. Was zehn Jahre Psychotherapie nicht vermocht hatten, fügte sich auf einmal von selbst. Wenn ich das gewusst hätte, kleine Maus, dann hätten wir uns das viele Geld für die Psychotante sparen können.

Tscharly putzte seine Zähne. Anschließend benutzte er Zahnseide und musste wieder an Julia Roberts denken. Wenn ich in L.A. leben würde und Julia Roberts als Nachbarin hätte, dann wäre ich sicher ein guter Freund von ihr. Pretty Woman würde seine dunklen Augen, das markante Kinn mit Dreitagebart und sein früh ergrautes Haar ganz sicher attraktiv finden, stellte er sich vor. Nur Sex würden Julia und ich auf alle Fälle vermeiden. Sex zerstört Freundschaften. Deswegen wäre ich ihr ältester und bester Freund ...

Er blickte auf die Küchenuhr.

Halb zehn.

In einer halben Stunde erwartete ihn der alte Methusalem in der Redaktion der Münchner Neuesten Nachrichten. Verdammt, das schaffe ich nie im Leben. Nach seinem letzten Fernostabenteuer hatte Tscharly große Lust gehabt, das zu tun, was er die längste

Zeit seiner Journalistenkarriere getan hatte, nämlich in den Nahen Osten zurückzukehren, um von diesem ewigen Krisenherd aus Bericht zu erstatten. Die Tatsache, dass seine Tochter plötzlich mit ihm freundschaftlich verkehrte, hatte ihn jedoch dazu bewogen, zu seinen Münchener Wurzeln zurückzukehren. Er wollte sich und Milla eine Chance geben, wenn auch die Distanz zwischen München und Berlin zwischen ihnen lag. Er hatte die Hoffnung gehegt, vielleicht doch irgendwann eine väterliche Instanz sein zu können. Eine Hoffnung, die sich erfüllt hatte. Milla sprach Tacheles, war ehrlich mit ihm. Sie sagte ihm, wo er versagt hatte. Und sie teilte ihm mit, in welcher Hinsicht sie ihn brauchte. Mit der Zeit hatte er sich sogar mit ihrer Studienwahl anfreunden können. Natürlich hatte er davon geträumt, seine Tochter irgendwann in der Rolle der Strafverteidigerin vor Gericht zu sehen. Auch mit einem Betriebswirtschaftslehrestudium ließe sich im Leben so einiges anfangen. Jedoch mied Milla ihre Mutter, weil sie ihr zu Hause zu wenig Entscheidungsfreiheit gelassen hatte – das hatte Tscharly kapiert. Tscharly hatte beschlossen, seiner Tochter die lange Leine zu geben, schließlich war er ihr Mäzen. Mit diesem Schritt hatte er ihrer Vater-Tochter-Beziehung unerwartet ein erstaunlich festes Fundament verliehen, eine Entwicklung, mit der er kaum mehr gerechnet hatte.

Tscharly schmierte sich nach dem Zähneputzen eine Scheibe Knäckebrot dick mit Nutella und machte gerade Anstalten, hineinzubeißen, als das Handy ihn neuerlich aus seiner Morgenroutine riss.

„Wo bleibst du?", meldete sich der alte Methusalem.

„Wir haben gesagt um zehn", erwiderte Tscharly.

„Halb zehn. Alle sind schon in der Redaktion und warten auf dich!"

Tscharly schaute auf den Kalender. „Tatsächlich. Ich komme gleich … Fangt schon mal ohne mich an!"

Der alte Methusalem verfiel in einen nörglerischen Tonfall. „Tscharly, mein Freund, wenn du nicht mein Ex-Schwiegersohn wärst, dann hätte ich dich längst rausgeworfen. Sieh zu, dass du das Herz eines alten Mannes nicht überstrapazierst, schwing dich in deinen Alfa und fahr ohne Umwege direkt in die Redaktion und ziehe keine viertausend Euro ein und gehe auch nicht über Los, verstanden?"

„Eigentlich wollte ich vorher noch zur Bank."

„Bankgeschäfte haben Zeit. Große Politik kann niemals warten. Redaktionspolitik erst recht nicht. Wir sehen uns, du kennst die Spielregeln!"

Damit beendete Peter Smuss das Telefonat. Peter Smuss, geboren 1924 in Danzig, gehörte zu jenen Zeitzeugen, die insgesamt acht Arbeits- und Todeslager der Nazis überlebt hatten. Sein Vater war ein jüdischer Fleischer gewesen. Alles andere als ein vermögender Mann, aber es hatte gereicht, die Familie über Wasser zu halten. Eigentlich hatte Smuss einst in die Fußstapfen seines Vaters treten wollen. Nachdem er die zwölf Jahre Tausendjähriges Reich – wie er selbst sagte – *für immer hinter sich gelassen hatte*, hatte er Vater, Mutter und vier Schwestern weniger – sieben minus sechs ist gleich eins, so lautete seine nüchterne Bilanz. Die Nazis waren gründlich bei der Vernichtung von sechs Millionen Juden vorgegangen. Peter Smuss war gerade einundzwanzig geworden und sah aus wie ein sechzigjähriger, verhungerter Greis. Was er am meisten brauchte, war Fleisch auf seinen Rippen. Smuss fand eine Anstellung in einer Druckerei, die für eine Zeitung arbeitete. Die Münchner Neuesten Nachrichten erschienen ab 1948. Während in den Redaktionen sämtlicher Zeitungen der Republik überwiegend Journalisten, die für die Reichspropaganda eines Josef Goebbels geschrieben hatten, arbeiteten, bestand die Mannschaft in den Räumen der Münchner Neuesten Nachrichten fortan aus Menschen, die im Widerstand tätig gewesen waren oder Vernichtungs- und Arbeitslager mit knapper Not überlebt hatten. Die Zeitung genoss heute nicht nur im Süden Deutschlands ein hohes Ansehen. Der alte Methusalem war der Letzte aus dem Kreis der Gründergeneration, die aktiv in der Redaktion ihren Dienst versahen.

Tscharly hatte als junger Mann sein Volontariat bei den Münchner Neuesten Nachrichten absolviert. Ein Jahr später hatte er beim alten Methusalem um die Hand von dessen Tochter angehalten. Der alte Methusalem war auch über die Scheidung hinaus einer von Tscharlys größten Fans und Freunden geblieben.

Tscharlys Stolz über diese persönliche Verbindung hätte niemals größer sein können.

Tscharly würgte das Knäckebrot mit Nutella in drei Bissen hinunter und rannte vor die Haustür. Der rote Alfa Romeo Spider besaß ein schwarzes Verdeck, das Tscharly über Nacht offen zu lassen pflegte.

Hier am Stadtrand von München – in Zamdorf – war Tscharly aufgewachsen. Er fühlte sich geborgen zwischen Reihenhäusern und Familienidyll. Tscharly wischte sich die Schokoladenfinger zwischen den weißen Ledersitzen ab. Der Motor der 1,8-Liter-Maschine brauste auf, ein wahrer Ohrenschmaus für die Liebhaber italienischer Sportwagen. Tscharly raste bei Dunkelgelb über die Kreuzung Friedrich-Eckhart-Straße/Rohlfsstraße. Als er ein Junge gewesen war, hatte er sich an der Tankstelle an dieser Kreuzung oftmals heimlich ein Eis oder andere Süßigkeiten gekauft. Der Freund, der ihn bei diesen Streifzügen begleitet hatte, war mit ihm in dieselbe Klasse gegangen. Florian hatte er geheißen. Florian starb im Schulunterricht an einem Asthma-Anfall. Florian hatte sein Asthma-Spray zu Hause vergessen. Sie hatten gerade den Wechsel von der Grundschule in der Ostpreußenstraße aufs Gymnasium geschafft. Tscharly hatte Florian hilflos in den Armen gehalten. Die Lehrerin war danebengestanden und hatte vor Panik geschrien. Dadurch wurde Florian zum ersten Menschen, dessen Tod eine Wunde in Tscharly gerissen hatte. Vielleicht war Florians Tod der Grund, warum er als Journalist immer wieder das Spiel mit dem Feuer gesucht hatte. Eine innere Angst – ein Schuldgefühl, die innere Wunde könnte eines Tages heilen und die Erinnerung an Florian damit verblassen. Eine Art *Überlebens-Schuld!*, analysierte er sich manchmal selbst. Die Tankstelle war im letzten Jahr abgerissen worden. Nach einer Bodensanierung würden wohl auch an dieser Stelle schon bald Einfamilienhäuser aus dem Boden sprießen.

Tscharly gab Gas und erreichte das Gelände der Münchner Neuesten Nachrichten nach wenigen Minuten Fahrt. Er bog nach links auf den Parkplatz ab und stand vor einem achtstöckigen Halb-Glas-Halb-Beton-Bau. Tscharly trug ein T-Shirt, das seine Schultern und Arme betonte. Er schlüpfte in ein dunkelblaues

Jackett und winkte von außen dem Portier in der Loge zu. Das Geld für Milla würde er heute Nachmittag überweisen. Und das mit Sara hatte Zeit! Erst einmal stand das Treffen mit Saras altem Vater bevor. Tscharly atmete dreimal tief durch, bevor er das quaderförmige Gebäude betrat. Das hier war seine geistige Heimat, sein Hafen. Es gab keinen Grund nervös zu sein und doch wünschte er sich nichts sehnlicher als eine Zigarette. Blöde Angewohnheit und eines der Gifte mit dem größten Suchtpotenzial. Nervös fummelte er an seinen Hosentaschen herum. Natürlich weder Zigaretten noch Feuerzeug, da er die Sargnägel seit er nach München zurückgekehrt war – abgesehen von ganz wenigen Ausnahmen – nicht mehr angerührt hatte. Entgegen seiner Gewohnheiten kontrollierte er mit der Fernbedienung ein zweites Mal, ob sein Romeo abgeschlossen war. Was war bloß mit ihm los? Ob der Alte ihn an die Al-Qaida-Story ranließ? Oder wollte er ihm vor versammelter Mannschaft die Leviten lesen? Bei aller Freundschaft und gegenseitiger Wertschätzung konnte man bei einem Peter Smuss nie so genau wissen, was er beabsichtigte. In der spanischen Hauptstadt Madrid waren vor drei Monaten bei einer Serie von Bombenanschlägen auf Nahverkehrszüge einhunderteinundneun-zig Menschen gestorben und tausendfünfhundert verletzt worden – zum Teil schwer! An der Urheberschaft von Al-Qaida bestanden keine Zweifel.

Tscharlys Projekt hatte es wahrlich in sich. Zugegeben, es war nicht leicht vermittelbar. Aber bei seinen Vorrecherchen hatte er Anzeichen dafür gefunden, dass bundesdeutsche Sicherheitsdienste mit den Islamisten zusammenarbeiteten. Sie infiltrierten verdächtige Kreise mit V-Leuten, um über deren Pläne auf dem Laufenden zu bleiben. Und nicht nur das! Nein, sie fütterten sie bei Bedarf sogar mit Ressourcen, Logistik und Informationen, damit diese Islamisten unter Kontrolle der deutschen Dienste blieben. Das Hamburger Landesamt für Verfassungsschutz machte in dieser Hinsicht beim Hauptattentäter von 9/11, Mohamed Atta, eine fragwürdige Figur, was Tscharly in Sachen Demokratie und bürgerliche Freiheitsrechte als einen Skandal empfand. Das gehörte aufgeklärt, in die Zeitung und sein Name darunter. Daraus bezog Tscharly einen wesentlichen Teil seines Selbstverständnisses. Den Reichen und Mächtigen ihre scheinheiligen Masken vom Gesicht zu reißen und die Bevölkerung zu warnen. Sein anonymer Tippgeber hatte Tscharly eine Information zugespielt, die darauf hinwies, dass auch einer der Madrider Attentäter ein V-Mann der deutschen Dienste war. Oder zumindest eines weiteren europäischen Geheimdienstes. Diese Information musste Tscharly noch verifizieren oder als gezielte Desinformation identifizieren. Solange das nicht passiert war, würde er unmöglich Ruhe finden. War Tscharly einmal auf ein Thema angesprungen, dann gab es für ihn keine Alternative, bis seine Artikel den Weg in die Öffentlichkeit fanden.

Ein Blick auf seine Rado verhieß nichts Gutes. Tscharly zog seine erste Vormittagsbilanz: Erstens, die Uhr hatte schon bessere Zeiten gesehen, aber trotz der Kratzer stand sie ihm immer noch gut. Zweitens, die Redaktionssitzung war sicherlich schon vorbei und drittens: Auf der Bank war er auch nicht gewesen! Milla würde ihm demnächst die Hölle heiß machen. Darin war sie gut und hatte viel von ihrer Mutter gelernt. Da blieb nur zu hoffen, dass wenigstens der alte Methusalem ein klein wenig von seiner guten Stimmung für ihn reserviert hatte.

Da Tscharly die Treppen hochgerannt war, schnappte er jetzt gehörig nach Luft. Die Atmosphäre im Großraumbüro fühlte sich wie immer elektrisierend an. Überall knisterte es. Ungeheure Mengen an Energien luden das Gebäude auf. Es herrschte mehr als nur geschäftige Betriebsamkeit. Tscharly erblickte als erstes die neue Volontärin, die in der Teeküche stand und ein großes Kaffeetablett vorbereitete. Verflixt, wenn die bereits hier herumhantierte, hatte er die Sitzung definitiv verpasst. Kira wurde nämlich immer die fragwürdige Ehre zuteil, die Sitzungsprotokolle zu verfassen.

Sie war siebenundzwanzig Jahre jung, wie er heimlich ihrer P-Akte entnommen hatte, hatte langes, blondes Haar und besaß einen ein klein wenig zu hageren Körper. Eine Art Heroin-Chic, ohne direkt ein Fall für eine stationäre Behandlung zu sein. Tscharly bevorzugte etwas mehr weibliche Rundungen, aber er konnte auch verstehen, dass es Männer gab, die auf diesen androgynen Typ Frau standen. Kira stammte aus einer alteingesessenen

Münchener Familie und hatte ein katholisches Privatgymnasium besucht, was unter den Kollegen der Münchner Neuesten Nachrichten schon für manch derben Witz gesorgt hatte.

„Wir sehen uns nachher?", fragte er sie.

Sie nickte und schenkte ihm einen Augenaufschlag, den er bis in die Zehenspitzen spürte.

„Ich komme sofort nach dem Mittagessen bei dir vorbei", zirpte sie mit einer honigsüßen Stimme, die ihn für eine Sekunde die Makel ihres Körpers vergessen ließ. „Die Sitzung war übrigens sehr interessant. Da wurden zahlreiche Ressorts neu zuge-schnitten."

Die Neuigkeit gab Tscharly den Rest, aber er setzte sein Pokerface auf. Dass Kira zum Mittagessen verabredet war, wunderte ihn nicht. Wahrscheinlich mit dem Chef vom Dienst höchstpersönlich, diesem alten Lustmolch, der aber seine Frau zu Hause vertrocknen ließ wie eine Primel.

„Ah geh, der Huber."

Mayer vom Kulturressort steckte seinen unförmigen Kopf mit Deckelglatze und rotgekräuseltem Haarkranz zu ihnen herein. Auch das noch!, dachte Tscharly. Dieser Besserwisser mit dem Anspruch „Ich-habe-die-Kultur-schon-mit-der-Muttermilch-aufgesogen" hatte ihm gerade noch gefehlt.

„Stell dich gefälligst hinten an, wenn du was von Kira möchtest."

Wie erwartet räusperte sich Mayer und Kiras Gesicht lief rot an.

„Passt", wandte Tscharly sich wieder an die junge Frau. „Wir gehen dann durch, wie eine Story aufgebaut werden könnte, die sich mit dem Leid der Opfer-Angehörigen von Madrid beschäftigt. Vielleicht kriegen wir von Smuss das Okay für den Artikel. Dann setzen wir beide unseren Namen darunter."

Kira knickste leicht und ihr Blick wanderte besorgt zu Mayer.

„Ich würde meinen Namen nicht gleich mit solch fragwürdigen Projekten kontaminieren", wandte Mayer erwartungsgemäß ein.

Armes Ding, diese Kira, dachte Tscharly. Muss sich jedem an den Hals werfen. „Stimmt", sprach er zu Mayer, „bei deinem Kulturzeug musst du dir höchstens Sorgen machen, ob eine Schauspielerin aufgrund deiner Kritik einen hysterischen Zusammenbruch kriegt oder nicht. Oder ob sie vielleicht bei der nächsten

Gala besonders freundlich zu dir sein soll, damit du lobende Worte für sie findest."

Mayer senkte verschämt den Blick.

Touché, jubilierte Tscharly innerlich – die Dauerfehde mit Mayer gehörte seit er wieder in München arbeitete zu seiner Redaktionsroutine.

„Nicht zu viel Mut antrinken in der Mittagspause!", rief Mayer ihm hinterher. „Du musst in letzter Zeit ja auf deinen Blutdruck aufpassen, wie ich gehört habe. In München hat noch jeder seine Weißwurst-und-Leberkäs'-Kilos zugelegt! Nix mehr Couscous der Herr!"

Tscharly ließ den Kollegen grußlos zurück. Als er Kira und Mayer den Rücken zugewandt hatte, hörte er, wie sich Mayer wegen der Buchmesse und den neurechten Verlagen gegenüber der Volontärin aufplusterte. Auch eine Art, sich wichtig zu machen! Tscharly wäre beinahe über einen Eimer und einen quergestellten Wischmopp, die den schmalen Gang versperrten, gestolpert. Er hielt inne. Blickte auf.

„Ddddder Chef wwwwartet auf ddddich!", hieß ihn Robert willkommen.

Robert, die gute Seele des Verlags. Smuss hatte ihn eingestellt, um seiner sozialen Verantwortung als Unternehmer nachzukommen. Robert litt seit seiner Geburt an einer kognitiven Behinderung und hätte auf dem ersten Arbeitsmarkt keine Chance gehabt. Hier war er das Mädchen für alles: Akten, Kaffeekochen, Putzdienste. Durch Roberts Beschäftigung sparte sich Smuss so ganz nebenbei auch noch die Behindertenumlage, die er sonst an den Staat hätte zahlen müssen.

„Danke, Robert, ich freue mich, dich zu sehen."

„Es isssst eeeeeilig, Herrr Huuuber, der Herrr Smuss wartet schooon ..."

Tscharly spürte einen Kloß in seinem Hals. Verdammt, ich habe es wieder einmal verbockt. Warum schaffe ich es einfach nicht, wichtige Termine einzuhalten? Sara hatte Tscharly einmal als einen *Zeit-Chaoten* bezeichnet. Irgendwann später hatte ein Psychologe ihn darüber aufgeklärt, dass dieser Begriff tatsächlich zum medizinischen Terminus gehörte und eine Form von Messie-Syndrom bezeichnete. Tscharly nickte Robert zu und machte sich daran, das Großraumbüro weiter zügig zu durchqueren. Aggressives Klappern der Tastaturen, gehetzt geführte Telefonate. Dennoch, so hatte Tscharly aus anderen Redaktionen gehört, hatten sie es hier noch vergleichsweise gut. Viele Verlage waren in der permanenten Zeitungskrise in eine finanzielle Schieflage geraten. Da wollte keiner der erste sein, der aus Rationalisierungsgründen vor die Türe gesetzt würde. Der Knaller war eine bekannte Zeitung aus dem Stuttgarter Raum gewesen. Dort hatte die Geschäftsführung im letzten Winter die Heizung kälter stellen müssen, da ein Grad gesenkte Raumtemperatur im Jahr eine nicht unbeachtliche Summe an Euros einsparte. Die Aktionäre wollten auf diesen Betrag bei der jährlichen Dividendenausschüttung auf keinen Fall verzichten. Tscharly erkannte die Perfidie dahinter: Sollten doch die Schreiberlinge selbstgestrickte Socken, Pullis und Schals mit in die Redaktion nehmen – deren Problem, oder?

Die neue Sekretärin Roswitha Groß war eine Wucht – im eigentlichen Sinne. Manchmal hatte Tscharly den Verdacht, dass Smuss' zweite, knapp vierzig Jahre jüngere Ehefrau bei der Auswahl der neuen Sekretärin mitgeholfen hatte. Roswitha wog mindestens 150 Kilogramm, hatte ein aufgedunsenes Gesicht und trotz der Körperfülle eine sehr überschaubare Oberweite. Auch nicht sein Ideal, aber die Arbeit war ja nicht Parship, wo sich alle paar Sekunden ein Single verliebte, beschwor Tscharly sich. Er hätte sich in Smuss' Vorzimmer aber einen optischen Hingucker gewünscht, als Mut-Macher sozusagen, bevor er die Höhle des Löwen betrat. So war aber die erste Euphorie vor dem Betreten des Chefbüros schon beim Anblick der Vorzimmerdame zerstoben. Mit klobigen Fingern stopfte sie die Reste eines Osterhasen in den Mund, den sie wohl im Dutzend auf einer Angebotspalette im Discounter für einen Spottpreis ergattert hatte. Aber eins musste man Roswitha lassen: Sie war zuverlässig, erledigte ihren Job und war kein Tratsch-Weib. Im Prinzip genau das, was der Alte benötigte. Tscharly hatte sie sich anvertraut, dass sie seit ihrer Pubertät wegen Depressionen in Behandlung war. Roswitha hatte in ihrem Leben sehr viel Kummer in sich hineingefressen.

„Hallo, Tscharly", begrüßte sie ihn verschämt.

„Hallo, Roswitha, wie geht's?"

„Wie immer gut."

Warum nur fiel es ihm schwer, ihr auch nur ein Wort davon zu glauben?

Wenn Tscharly an die Sexpuppen anderer großer Verlagshäuser dachte, prallten zwei Universen aufeinander, denn das dort waren eigentlich keine Frauen mehr, sondern Fleisch gewordene Klischees. Meistens sahen diese Damen auch mit dreißig noch aus wie Anfang zwanzig. Dazu wasserstoffblond, und an Wangen, Brüsten und Gesäß war nicht selten auch chirurgisch nachgeholfen worden. Die Fingernägel waren bunt angemalt, als könne die Welt dadurch ihre graue Tristesse abschütteln, und in den meisten Fällen waren sie so lang, dass Tscharly bezweifelte, dass diese Damen überhaupt tippen konnten, ohne einen schwerwiegenden Arbeitsunfall zu riskieren. Vermutlich taten derlei Barbies sich schon beim Drücken eines Aufzugknopfs schwer.

„Herr Smuss wartet auf mich."

Regel Nummer eins, die ihm der alte Methusalem auf den Weg gegeben hatte: *Familie ist Familie und Geschäft ist Geschäft.* Deshalb siezten sie sich vor der Belegschaft und duzten sich unter vier Augen.

„Ich frage kurz an", sagte Roswitha, während sie die Schokoladenmasse sichtbar im Mund hin und herschob. Sie wirkte nicht, als würde sie die Schokolade genießen.

Während Roswitha schwer schnaufend in den Hörer lauschte, weiteten sich ihre Augen.

Verdammt!, dachte Tscharly, der es gelernt hatte, die Körpersprache anderer zu studieren.

„Sofort eintreten", wurde er von Roswitha in eine ungewisse Zukunft verabschiedet.

Tscharly gehorchte.

Peter Smuss thronte hinter dem größten Eichenholzschreibtisch, den Tscharly je zu Gesicht bekommen hatte. Beinahe jeder Quadratzentimeter darauf war mit Akten, Büchern und Zeitungsexemplaren belegt. In der Mitte des Schreibtisches thronten Bilderrahmen. Nur Auserwählte hatten die Ehre besessen, die Bilder von Familienmitgliedern jemals betrachten zu dürfen.

„Setz dich", brummte sein Ex-Schwiegervater, während er mit gewitterumwölktem Gesicht ein Dokument studierte. „Kannst du mir auch nur einen vernünftigen Grund nennen, warum ich dich nicht sofort auf die Straße setzen soll? Wir haben fünfzehn Minuten auf dich gewartet, bevor wir anfingen. Wie du weißt, ist Zeit Geld, gerade in unserem Business!"

Die Enge in seinem Hals reizte Tscharly zu einem Räuspern. Regel Nummer zwei: *Familie ist Familie und Geschäft ist Geschäft,* also bist du beruflich draußen, wenn du Scheiße baust. Was unweigerlich zu Regel Nummer drei führte: *Familie ist Familie und Geschäft ist Geschäft,* also musst du noch besser als die anderen sein, damit ich mit dir zufrieden bin.

„Sorry, ich hab gestern noch eine Schlaftablette genommen. Und der Wecker heute Morgen war dann wohl auch noch kaputt."

Unwirsch winkte der Alte ab – spar dir den Scheiß, keine Ausflüchte. Und verkniff sich ein Grinsen.

„Soll nicht wieder vorkommen", sagte Tscharly.

Smuss blickte von den Unterlagen auf und fixierte seinen Ex-Schwiegersohn mit einem durchdringenden Blick. Die Augenklappe über dem linken Auge ließ ihn bedrohlich wirken. Andererseits weckte sie in Tscharly Assoziationen an Pippi in Takatuka-Land. Mit einer routinierten Bewegung legte Smuss die Blätter mit der Linken auf die Papierwüste und griff mit seiner Rechten nach einer Pfeife, die in einem antiken Rothändle-Aschenbecher steckte. Genussvoll entzündete er sie mit einem Zippo-Feuerzeug. Das strikte Rauchverbot im Gebäude wurde penibel durchgesetzt, aber der Chef hätte wohl lieber auch noch sein rechtes Augenlicht hergegeben, als auf seine geliebte Pfeife zu verzichten – so erzählten es sich zumindest seine Angestellten!

„Seit du zurück in München bist, ist wieder der alte Chaot aus dir geworden, Tscharly. Manchmal kann ich meine Tochter doch verstehen, warum sie dich sitzengelassen hat."

Tscharly wollte widersprechen, hielt es aber für besser, den Mund zu halten.

„Ich weiß, dass es zwischen euch beiden nicht mehr ging, da musst du mir nichts erzählen. Zudem habe ich nie behauptet, dass meine Tochter einfach sei. Ich habe dir von Anfang an prophezeit, dass du das keine sieben Jahre durchhältst. Immerhin hast du fünf geschafft. Respekt. Damit warst du in deiner ersten Ehe länger verheiratet als ich."

Tscharly schwieg eisern.

„Aber während deiner Ehe warst du trotzdem irgendwie zuverlässiger, Tscharly."

Der alte Methusalem stieß kunstvolle Rauchwolken aus. „Die Afrikaner sagen, ein Mensch gilt dann als erwachsen, wenn er die Schuld an seinen Fehlern nicht mehr der Erziehung durch seine Eltern gibt. Das habe ich meiner Tochter oft genug gepredigt."

Bam – da lag es auf dem Tisch, und es kostete Tscharly einiges an Mühe, sich jetzt auf keine Diskussion über Sara einzulassen. Blitzschnell durchforstete er sein Gehirn nach Antworten, doch der Alte kam ihm zuvor: „Spar dir dein taktisches Gesülze, Tscharly, ich hoffe, dass du meinen freundschaftlichen Rat verstanden hast. Du bist klug, ich muss das jetzt nicht weiter ausbuchstabieren. Und wahrscheinlich ist es das Beste, wenn du dich weiterhin von meiner Tochter fernhältst. Aber aus meiner Sicht brauchst du dringend eine Frau. Du wirkst auf mich wie Peter Pan, der Junge, der nicht erwachsen werden wollte. In deinem Alter wirkt das langsam lächerlich."

So war er immer schon gewesen. Offen, direkt und schonungslos. Peter Smuss machte keine Kompromisse, wenn es darum ging, anderen Leuten ohne Umwege seine Meinung mitzuteilen. Der alte Methusalem hatte sein Auge wegen seiner schonungslosen Ehrlichkeit verloren. Im KZ Monowitz war er als junger Mann relativ sicher gewesen, da die IG Farben ein kapitales Interesse an der Ausbeutung seiner Arbeitskraft gehabt hatte. Allein wegen seiner körperlichen Kräfte hatten die Nazis den Metzgersohn nicht sofort in Richtung Gaskammer und anschließendem Krematorium geschickt. „Ich kann von Glück sagen, dass ich nicht *durch den Rost gefallen bin*", hatte Smuss diesen Umstand kommentiert. Der Ausspruch entstammte – was viele nicht wussten – dem Jargon der Nazis, die damit die Asche jener im KZ verbrannten Ermordeten meinten. Als ein Vertreter der IG-Farben-Geschäftsführung im Herbst 1944 das Lager aufgrund des immer prekärer werdenden Kriegsgeschehens samt Gattin inspizierte, konnte Peter nicht an sich halten. Solch eine umwerfend schöne Frau hatte er Jahre nicht zu Gesicht bekommen und die besonderen Umstände im Lager trugen das Übrige dazu bei. Obwohl er sich der damit verbundenen Gefahr bewusst war, gelang es Smuss einfach nicht, die Augen von dem blonden, arischen Prachtweib zu lösen. Was den SS-Schergen nicht verborgen geblieben war. Smuss war zwanzig gewesen. Und bevor er die Gelegenheit gehabt hätte, seine Unschuld zu verlieren, hatten die Nazis ihn 1938 verhaftet.

„Du bist hier, um zu arbeiten, du kleiner, dreckiger Jude!", hatte ihn einer der Oberaufseher vor versammelter Mannschaft angebrüllt, während die Großkopferten bereits im Büro verschwunden waren. „Was erdreistest du dich, eine anständige arische Frau durch deine jüdischen Blicke zu schänden, du elendiger Mistkerl?"

Peter zuckte mit den Schultern und trug innerlich das Bild der Schönen wie eine Monstranz vor sich her – da änderte auch der geifernde SS-Mann nichts dran. Smuss ließ die weiteren wüsten Beschimpfungen über sich ergehen, ohne zuzuhören, was die Wut seines Gegenübers nur noch steigerte.

„Du wagst es, gegenüber deinen Herren aufzubegehren?", brüllte der SS-Mann. „Ich werde dir Manieren beibringen. Ihr Juden seid das Unglück dieser Erde!"

„Ich wusste nicht, dass es im Tausendjährigen Reich verboten ist, ein Auge auf eine schöne Frau zu werfen", erwiderte Peter. „Gemäß den Nürnberger Rassegesetzen darf ich sie nicht ehelichen oder mit ihr intim werden – anschauen ist aber erlaubt. Oder gibt es da einen neuen Paragrafen?"

Der deutsche Elitesoldat lief rot an. Sein Körperstamm bebte. Dann zückte er den berüchtigten SS-Dolch und hielt ihn drei Zentimeter vor Peters Gesicht.

„Was steht da, du Saujude?"

Peter Smuss, der Metzgerssohn aus Danzig, riss sich zusammen und blickte dem arischen Elitekrieger des Schwarzen Ordens furchtlos ins Gesicht.

„Meine Lehre heißt Reue, Herr Obersturmbannführer."

Einige der umstehenden Leidensgenossen kicherten verhalten trotz Todesgefahr. Der Leitspruch „Meine Ehre heißt Treue" gehörte zum Evangelium dieser atheistischen Weltanschauungskrieger. Was Smuss gesagt hatte, bedeutete eine Gotteslästerung. Was dann im Detail passierte, darüber konnte Smuss bis heute nicht erzählen. Er hatte Tscharly lediglich anvertraut, dass sich der Lagerarzt Horst Fischer in einem stundenlangen Prozedere um ihn gekümmert hatte. Einige der gebrochenen Finger konnte man bei genauer Betrachtung auch heute noch erkennen. Aber die linke Sehkraft blieb für immer verloren.

Einen Tag nach dem Vorfall hatte der Obersturmbannführer Smuss an seinem Krankenlager besucht. „Wenn du noch einmal ein Auge auf eine deutsche Frau wirfst, wirst du blind wie ein Fisch sein und nur noch das Gas und die verzweifelten Schreie deiner Leidensgenossen hören, bevor du zur Hölle fährst, Saujude."

Tags darauf hatte der Metzgerssohn im KZ seine Arbeit wieder aufnehmen müssen.

Tscharly war der einzige Mensch, dem Smuss diese Geschichte jemals anvertraut hatte. Nicht einmal Sara gegenüber hatte er davon auch nur ein Sterbenswörtchen erwähnt. Sara hatte unter dem Schweigen ihres Vaters entsetzlich gelitten.

Smuss klopfte die Pfeife aus, um Tscharly aus seiner Gedankenwelt zurückzuholen.

„Also, was hast du rausgefunden?"

Endlich – Tscharly gewann seine Sicherheit zurück. Nichts Privates mehr, sondern seine Arbeit im Hier und Jetzt. Das, was er am besten beherrschte.

„Wie bekannt, haben sich die Explosionen in Madrid am 11. März früh am Morgen innerhalb von drei Minuten ereignet. Es war allmorgendliche Pendlerzeit. Hätten die Vorortzüge nicht jeweils wenige Sekunden oder ein paar Minuten Verspätung gehabt, dann wären sie alle gleichzeitig im Bahnhof explodiert. Dann wäre das gesamte Glasdach vom Bahnhof auf die Passagiere herabgeregnet und es hätte noch deutlich mehr Tote und Verletzte gegeben."

Tscharly legte das Ergebnis seiner Recherchen, das aus einem Sammelsurium von Artikeln, Gesprächen mit Kollegen und Sicherheitsbeamten sowie Hinweisen von weiteren Informanten bestand, dar: „Zehn Spreng-sätze explodierten beinahe zur exakt selben Zeit in den Vorortzügen, drei weitere sollten mit Verzögerung in die Luft gehen. Das ist eine niederträchtige Taktik, um die Rettungskräfte und die Polizei bei ihrem anschließenden Rettungseinsatz zu treffen. Nach den Explosionen eilen Rettungskräfte aller Art an den Unglücksort. Wenn es dann zu weiteren Detonationen kommt, erfordert das eine hohe Anzahl an Opfern unter Sanitätern, Polizisten und so weiter. Dies besitzt negative Auswirkungen auf die Wahrnehmung eines Attentats. Wenn Polizei und Sanitäter nicht mehr sicher sind, wer ist es denn dann noch? Dass die drei Bomben nicht detonierten, war neben der Verspätung der Züge ein weiteres Glück im Unglück."

„Das Attentat fand am 11. März statt", brummte Smuss. „Hast du Hinweise dafür gefunden, dass das Anschlagsdatum bewusst in Anlehnung an den 11. September 2001 gewählt wurde?"

Zahlensymbolik zählte zu den Lieblingshobbys sämtlicher Terroristen dieser Welt – ganz gleich welcher politischen Couleur. „Abstrakt gesprochen", erwiderte Tscharly, „arbeiten die Terroristen mit Bezügen zwischen Attentaten, Gruppierungen und Personen. Jedes RAF-Attentat wurde nach einem ihrer gefallenen Kämpfer benannt, wie du weißt. Das palästinensische Kommando, das die Olympischen Spiele 1972 in ein Massaker verwandelt hat, hieß Schwarzer September, was sich wiederum auf ein Massaker der jordanischen Armee an ihren Landsleuten im September 1970 bezogen hat. Also ja, der Verdacht einer bewussten Kontextualisierung des Anschlags liegt laut einer meiner Quellen durchaus nahe, würde ich sagen. Anscheinend war es den Strippenziehern wichtig, dass ihr Attentat exakt dreieinhalb Jahre nach den Angriffen Al-Qaidas auf das World Trade Center in New York stattgefunden hat. War New York das Symbol der kapitalistischen Welt oder aus Terroristensicht des internationalen Finanzkapitals, so steht Madrid als Chiffre für den Kampf zwischen dem Christentum und Islam seit dem Mittelalter."

„Weiter?", forderte ihn der alte Methusalem auf und Tscharly fuhr fort: „In Spanien tobten jahrhundertelang erbitterte Kämpfe zwischen Christen und Muslimen um die Vorherrschaft über die iberische Halbinsel. Erst die Reconquista, die im 15. Jahrhundert triumphierte, stellte die christliche Herrschaft in Europa sicher und vertrieb die meisten Muslime zurück nach Nordafrika und auf die Arabische Halbinsel. Die Anschläge von Madrid besitzen deswegen in der geschichtlichen Dimension eine enorme Symbolkraft: Die muslimischen Attentäter wollten damit wohl verdeutlichen, dass der religiöse Kampf um Europa wieder aufgeflammt und für die Muslime noch lange nicht verloren ist. Sie befinden sich auf einem Kreuzzug. Sie sind im Heiligen Krieg!"

Der Alte winkte ab – das klang für seinen Geschmack wohl zu pathetisch. Tscharly beschloss, sich auf die gegenwärtigen Fakten des Attentats in Madrid zu konzentrieren: „Was laut einem hohen spanischen Sicherheitsbeamten auffällt, ist, dass am 11. März 2004 die Sicherheitsmaßnahmen in Spanien aufgrund der anstehenden Parlamentswahlen bereits extrem hochgefahren worden sind. Mein Informant hat sogar die vage Vermutung geäußert, dass es ein Leck im spanischen Sicherheitsapparat gegeben hat, das die Attentäter mit Informationen über Sicherheitslücken in der Hauptstadt versorgt hat."

„Das wäre ja ein echter Hammer! Wenn es denn so wäre. Aber mit Vermutungen kommen wir nicht weiter, Tscharly. Indizien, Beweise, zwei unabhängige Quellen, aber bitte keine Vermutungen oder Bauchgefühle", betete der alte Methusalem ihm das kleine Einmaleins des Journalismus vor. „Was hast du für belastbare Indizien, auf die wir uns als Quellen für unsere Leser beziehen können? Am 1. Januar 2050 habe ich eine Verabredung zum Mittagessen. Bis dahin sollten wir fertig sein."

„Seltsam ist", ließ sich Tscharly nicht beirren und fasste jetzt zusammen, was er von einem spanischen Kollegen der berühmten Zeitung *El Pais* erfahren hatte, „dass sofort nach den ersten Meldungen über das Attentat Spekulationen über die Attentäter aufgetaucht sind. Normalerweise hält sich die Politik bei Attentaten dieser Kragenweite eine Weile lang bedeckt, bis sie sich aufgrund von Informationen ihrer Geheimdienste zu einer Äußerung hinreißen lässt. Aber die Wahlen im Genick hat sich die spanische Regierung nicht entblödet, stehenden Fußes die baskische Separatistenbewegung ETA für die Anschläge verantwortlich zu machen."

„Die ETA?" Smuss grinste ungläubig. „Die wollten doch tatsächlich der ETA die Schuld für das Massaker in die Schuhe schieben? Du weißt, wie viel mir am Baskenland, seiner Kultur und seiner hervorragenden Kulinarik liegt, auch wenn ich den Sinn des ETA-Terrors nie verstanden habe. Spanien war nie Nazideutschland. Aber gut, die ETA hat immer nur um ihre nationale Unabhängigkeit und die Loslösung von Spanien gekämpft. Das ist so, als ob es eine Bajuwarische Volksbefreiungsfront geben würde, die mit Waffengewalt für die Loslösung von Deutschland kämpfte. Das passiert wahrscheinlich tausendfach jedes Jahr auf der Wies'n in den Köpfen der bayerischen Stur-Schädel. Aber wie kamen die Regierenden in Madrid ausgerechnet dazu, die ETA ohne Beweise zu beschuldigen? Die einzige Heldentat der ETA, die mir bekannt ist, war, dass sie 1973 Francos Stellvertreter Blanco in die Luft gejagt haben. Dadurch ersparten sie Spanien weitere Jahrzehnte faschistischer Herrschaft. Ich wünschte, die Deutschen hätten ebensolche Cojones und militärische Präzision besessen, um Hitler loszuwerden!"

Tscharly seufzte und Erinnerungen an exzellente Tapas, dunkelroten Wein und feurige Baskinnen mit lodernden Augen stiegen in ihm auf. Ja, das Baskenland war ein Paradies auf Erden und dennoch hatte die separatistische Befreiungsorganisation ETA dort durch Anschläge lange Zeit Terror verbreitet, der von der spanischen Nationalregierung mit Gegenterror beantwortet worden war.

„Die These, dass die ETA den Anschlag begangen hat, wurde am selben Tag Allgemeingut", fuhr Tscharly fort, „da es politisch perfekt ins Konzept passte. Die Täterschaft der ETA lag im Bereich des Denkbaren. Immerhin ist vier Monate zuvor ein ETA-Kommando, das mit einer halben Tonne Sprengstoff zum Bahnhof Chamartin unterwegs gewesen ist, von den Sicherheitsbehörden einkassiert worden. Die herrschende konservative Partei hat einen großen Teil ihrer Wählerstimmen ihrem harten Kampf gegen die ETA zu verdanken. Deshalb wollte sie sich nach dem Attentat als Hardliner-Partei profilieren, um nach Stimmen für die anstehende Wahl zu fischen. Aber die ETA hat nie Attentate in dieser Dimension gegen die Zivilbevölkerung begangen, ohne vorher eine telefonische Warnung auszusprechen. Die Warnungen ließen den Sicherheitsbehörden jedes Mal Zeit zur Evakuierung der Bevölkerung. Ein solcher Anruf hat am 11. März definitiv *nicht* stattgefunden. Die ETA hätte den Anschlag von Madrid ohne Anruf nie durchgeführt. Das hätte sie die Sympathien ihrer treuesten Unterstützer gekostet."

„Weiter", forderte Smuss. „Wenn es nicht die ETA war, wer war es und wie kamen die spanischen Ermittlungsbehörden dann auf die tatsächlichen Attentäter?"

„Es haben sich einige Spuren, die in Richtung Al-Qaida führten, dann doch verdichtet. So wurde ein gestohlener Lieferwagen mit Sprengkapseln und Tonbändern mit arabischen Koranversen in der Nähe von Madrid gefunden. Am 13. März wurde auch noch die Verhaftung von drei Marokkanern und zwei Indern publik gemacht. Die Männer standen im Zusammenhang mit einem Mobiltelefon, das bei einem der nicht detonierten Sprengsätze gefunden worden ist. Die Mobiltelefone als Zünder waren die heiße Spur, welche die ETA schließlich entlastet hat – und die damit in Richtung Al-Qaida geführt haben! Einen Tag später tauchte ein Videoband auf, auf dem Al-Qaidas Militärsprecher behauptet, dass seine Organisation die Verantwortung für die Anschläge übernimmt."

Smuss brummte für Tscharlys Geschmack unzufrieden. „Das war wohl jetzt die Bildzeitungsversion, Tscharly. Für unser Blatt und für mein unverwüstliches Gedächtnis hätte ich das Ganze gerne ausführlicher. Mehr Informationen, mehr Tiefe, zentrale Akteurs-Interaktionen und so weiter."

Tscharly fuhr beflissen fort: „Die Masche der spanischen Regierung, vorschnell alle Schuld auf die ETARRAS zu schieben, erwies sich im Nachhinein als Bumerang. Teile der spanischen Bevölkerung zweifelten plötzlich an der Regierungsversion und so kam es zu Demonstrationen gegen die Regierungspartei namens Partido Popular. Die ETA hat dann auch noch das Ihre zum Kippen der

Situation beigetragen, wie mir meine französische ETA-Quelle verraten hat. Sie hat sich gegen die Verleumdungen der spanischen Regierung durch Gegenpropaganda zur Wehr gesetzt. Die ETA bestritt jegliche Beteiligung am Attentat. Dabei ist es aber dann nicht geblieben. Eine straff organisierte Terrororganisation wie die ETA besitzt einen Geheimdienst, und der hat in diesem Fall bessere Arbeit geleistet als sämtliche spanische Sicherheitsdienste zusammen. Deshalb beschuldigte ein ETA-Sprecher islamistische Gruppen, den Anschlag begangen zu haben. Und wie zur Bestätigung des ETA-Dementis tauchte am Abend des 11. März ein Bekennerschreiben der Abu-Hafs-El-Masri-Brigaden auf. Das ist eine Untersektion von Al-Qaida!"

„Und?"

„Die Begründung in dem angeblichen Bekennerschreiben lautete, dass Spanien eines der wichtigsten Mitglieder in der *Allianz im Krieg gegen den Islam* sei. Das bezog sich natürlich auf die Präsenz spanischer Truppen als Teil der internationalen Schutzmacht im Irak. Die Aussage war einem Strategieschreiben von Osama Bin Laden entnommen. Aber es gab Zweifel, dass die Gruppe den Anschlag begangen hatte, da sie sich schon zuvor zu anderen Taten bekannt hatte, die sie allerdings gar nicht begangen haben konnte!"

„Mmh, irgendwelche Trittbrettfahrer also, aber: Al-Qaida bekennt sich, war es aber dann doch nicht, obwohl Al-Qaida den Anschlag begangen hat?"

Tscharly nickte. So wie der alte Methusalem es formulierte, klang es in der Tat absurd. Das hörte sich an wie eine Gleichung mit unzähligen Minuszeichen in den Klammern und Variablen, die scheinbar ohne jede Logik nach Belieben ihren Platz wechselten und ihren Wert änderten.

Tscharly machte sich daran, den Rechenweg der Formel zu erklären: „Es entspann sich ein Verwirrspiel von Beschuldigungen, Dementi und neuen Beschuldigungen zwischen der Regierung, den Oppositionsparteien, der ETA und islamistischen Gruppen. Wahnsinn, was das für ein Chaos war! Überall mischten Geheimdienste mit. Leider gehen Geheimdienste unheilvolle Allianzen mit Terroristen ein – wie wir wissen. Das ist eine der Ursünden sämtlicher Demokratien, denn ein freiheitlicher Staat darf sich nie mit Terroristen in irgendeiner Form verbrüdern."

Tscharly holte ein zusammengefaltetes Blatt aus seiner Hosentasche. „Das stammt aus einer Strategieschrift von Osama Bin Laden, die wenige Monate vor den Attentaten von Madrid publiziert worden ist. Im Prinzip hat der Scheich bereits alles im ‚*Zweiten Brief an die Muslime im Irak*' vorweggenommen, indem er die Auswirkungen der Anschläge auf das World Trade Center gelobt hat. ‚*Ihre Verluste haben durch diesen Schlag und seine Auswir-kungen über eine Billion Dollar erreicht und zum dritten Mal hintereinander hat ihr Haushaltsdefizit eine Rekordzahl erreicht, denn es wird auf über 450.000 Millionen Dollar geschätzt, Gott sei gepriesen dafür.*' Danach hat er die muslimischen Kämpfer zur Elite verklärt: ‚*Ihr seid die Soldaten Gottes, die Speerspitze des Islam und heute die erste Verteidigungslinie der internationalen muslimischen Gemeinschaft. Die Christen haben sich unter dem Banner des Kreuzes versammelt, um die Gemeinschaft des geliebten Mohammed zu bekämpfen. Gebt euch mit eurem Heiligen Krieg zufrieden. Kein Muslim ist würdig euch voranzugehen, denn Gott selbst ist das, worauf ihr vertraut, und die gewaltigen Hoffnungen, die nach Gott in euch gesetzt werden, machen den Muslimen heute keine Schande.*' Dadurch hat Bin Laden allen autonom kämpfenden Zellen einen Freibrief für Attentate erteilt. Die Madrider Zelle hat die Botschaft wortwörtlich genommen und in die Tat umgesetzt."

Überraschend lange blickte Smuss auf seine Rolex. Vielleicht war er es, der mit der Volontärin zum Lunch verabredet war, überlegte Tscharly. Nein, ausgeschlossen – Smuss war menschlich integer und hätte sich nicht auf eine Frau, die seine Enkelin sein könnte, eingelassen.

„Was für einen verquasten Scheiß Bin Laden von sich gibt!", fluchte er. „Wenn ich mich mit weltanschaulich-pseudoreligiösem Schwachsinn beschäftigen möchte, lese ich den ‚*Mythus des 20. Jahrhunderts*' von Rosenberg", setzte er eins oben drauf. „Dazu benötige ich keine Briefe, Strategiepapiere oder Bekennerschreiben eines Rauschebarts, der sich zuerst von der CIA alimentieren ließ und danach die Amerikaner als Dankeschön kräftig in den Arsch gefickt hat!"

Tscharly ließ sich von den herben Worten nicht irritieren. Eine seiner Stärken bestand darin, sich mit Terroristen und ihren Botschaften auseinanderzusetzen. Das bedeutete, deren Schriften zu lesen, zu analysieren und deren Perspektive einzunehmen. Auch wenn das manchmal ziemlich schmerzte! Der Alte hatte schon recht, die ideologische Fundierung der Madrider Anschläge durch einen selbsternannten Propheten wie Bin Laden, interessierten an dieser Sache nur am Rande. Zurück zu den Fakten!

„Ja", stimmte er Smuss deshalb zu. „Die Islamisten sind vielseitig. Im Afghanistan-Krieg galt die Devise ,*Der Feind meines Feindes ist mein Freund!*' Deswegen hat die westlich-kapitalistische Welt die Muslime unterstützt, um die kommunistisch-atheistische Besatzungsmacht der Sowjetunion in Afghanistan zu besiegen. Einer der marokkanischen Verdächtigen des Terroranschlags von Madrid wies laut meiner Quelle aus dem Innenministerium Verbindungen zu den Anschlägen auf das World Trade Center in New York auf. Die spanische Fahndung wurde auf zwanzig Marokkaner ausgeweitet – allesamt Veteranen des Afghanistan-Krieges und jetzt Al-Qaida!"

„Sie haben die Hurensöhne also doch geschnappt? Und hoffentlich an ihren Eiern aufgehängt."

Tscharly nickte. „Die meisten geschnappt, aber das mit den Eiern wird dein Wunschtraum bleiben. Am 3. April schlugen spanische Anti-Terroreinheiten im Madrider Vorort Leganés zu. Es gab einen heftigen Schusswechsel. Gegen einundzwanzig Uhr stürmten Spezialkräfte die verdächtige Wohnung. Die Aktion war allerdings ein Fehlschlag. Als die Polizisten in das Haus eindrangen, sprengte sich der Rädelsführer in die Luft und tötete dabei sechs seiner islamischen Brüder und einen Polizisten. Fünfzehn Polizisten wurden insgesamt verletzt. Es wird vermutet, dass einigen Komplizen die Flucht gelang. In unterschiedlichen Zusammenhängen kamen mir Hinweise zu Ohren, dass einer der Geflüchteten ein V-Mann eines europäischen Geheimdienstes gewesen sein könnte. Vielleicht sogar eines deutschen …"

„Hinweise, *gewesen sein könnte* …", äffte der alte Methusalem ihn nach. „Wenn du schon meine Tochter nicht in den Griff gekriegt hast, so hegte ich doch die Hoffnung, dass du dein Handwerk bei mir wenigstens anständig gelernt hast, Tscharly. Aber auch hier scheine ich mich getäuscht zu haben."

Tscharly überhörte die Spitze geflissentlich. „Das Ende ist bekannt", steuerte er nun direkt auf das Ergebnis seiner Gleichung zu: „Der Anschlag hat die politische Landschaft in Spanien verändert. Die bis dato herrschende Partido Popular unter Premierminister Rayo wurde abgewählt! Das hat sie sich wegen der Verschleierungstaktik in Sachen Attentat selbst zuzuschreiben. Die Sozialisten unter der Führung von Zapatero gewannen mit über zweiundvierzig Prozent der Stimmen. Al-Qaida hat so gesehen einen triumphalen Sieg errungen. Die neue, sozialistische spanische Regierung hat nämlich umgesetzt, dass alle ihre Truppen aus dem Irak abgezogen worden sind. Schon allein um weitere islamistische Attentate auf spanischem Boden zu verhindern!"

„Waschlappen!", kommentierte Smuss. „Ohne Rückgrat und Verstand. Solche Schmocks! Haben sich von den Halsabschneidern den Schneid abkaufen lassen."

„Einer der festgenommenen Marokkaner hat übrigens etliche Jahre in Deutschland gelebt. Aus unerfindlichen Gründen wurde er von den Spaniern schon nach kurzer Zeit freigelassen. Und damit wären wir wieder beim Casus knacksus! Wenn nämlich Sicherheitsbehörden und Justiz schwerkriminelle Angehörige von Terrororganisationen ohne erkennbare Gründe schnell aus der Haft entlassen, liegt der Verdacht nahe, dass es sich um den V-Mann eines Geheimdienstes handelt. Das gilt nicht nur für autokratische Systeme, sondern leider auch für Demokratien. Insofern liegt es auf der Hand, dass dieser Marokkaner mir Aufschluss über Al-Qaida und deren Verbindungen mit europäischen und deutschen Geheimdiensten geben kann. Es liegt im Interesse unserer Demokratie, solche Machenschaften aufzudecken. Wir haben die Pflicht, die Bevölkerung über solche Schweinereien aufzuklären, Peter."

Tscharly war damit am Ende seiner Ausführungen angekommen. Sein Ex-Schwiegervater nuckelte in sich gekehrt an der Pfeife. Tscharly kramte aus seinem Portemonnaie einen zusammengefalteten Din-A4-Zettel, entfaltete ihn, stand auf, beugte sich soweit es ging über den Schreibtisch und platzierte ihn vor Smuss' Nase.

Der ließ sich von seinem Ex-Schwiegersohn nicht drängen und wandte sich mit dosierten Bewegungen dem Papier zu.

„DITIB-Moschee?", fragte er schließlich völlig ungläubig. „Ausgerechnet in Köln!"

Tscharly nickte.

„Wenn dein auf diesem Fresszettel stehender Gewährsmann nicht ein alter Bekannter von mir wäre, könntest du dir mit dem Fetzen den Arsch abwischen, Tscharly."

Erregte Rauchzeichen stiegen empor. Ein erneuter Blick auf die Rolex, gefolgt von heftigem Stirnrunzeln, was das Muster auf Smuss' Stirn wie einen mehrfach gefurchten Acker aussehen ließ.

„Mir machst du nichts vor, Kleiner, aber wenn ich von Sara auch nur ein einziges Wort der Beschwerde höre, schmeiße ich dich in hohem Bogen raus."

Tscharly atmete auf. Freundlicher konnte der alte Methusalem seine Erlaubnis, auf Kosten der Zeitung in Köln Nachforschungen anzustellen, wohl kaum formulieren.

„Danke, lieber Ex-Schwiegerpapa."

„Aber wenn du dich am Ende noch mit ihr versöhnst, ist das auch dein Problem, Tscharly. Damit möchte ich nichts zu tun haben. Jedenfalls unterlässt du alles, was Sara", jetzt machte er mit dem rechten Zeigefinger eine langsame Drehbewegung auf Höhe der Schläfe, „in irgendeiner Form schaden könnte, solange du dich in dieser Stadt am Rhein aufhältst. Hast du mich verstanden?"

„Ich habe Sara immer geliebt."

„Spar dir deine Beteuerungen. Mich interessieren nur Resultate. Also, ich will die ganz große Geschichte. Klage sie alle an – die Herrschenden, das System, die Geheimdienste. Ich weiß, du bist ein fähiger investigativer Journalist. Du kannst, wenn du willst sogar pünktlich sein! Aber was du meiner Meinung nach am allerdringendsten brauchst, ist eine Frau, Tscharly, die endlich Ordnung in dein chaotisches Leben bringt."

„Wir begrüßen unsere Fluggäste an Bord der Lufthansa-Maschine 212 auf dem Flug 303/12 von München nach Köln und bitten Sie nun, sich anzuschnallen und die Gurte erst zu lösen, wenn wir Sie darauf hinweisen. Wir wünschen Ihnen während unseres Fluges einen angenehmen Aufenthalt an Bord."

Tscharly lehnte sich zurück. Wurde Zeit, dass auch in der Economy-Class die Sitze endlich für breitere Schultern gebaut wurden.

Gestern, nach seinem Gespräch mit dem alten Methusalem, hatte er die Zeit mit Internetrecherche verbracht und in Köln einige Anwälte kontaktiert, mit denen er seit zwanzig Jahren zusammenarbeitete. Einer von ihnen zählte zum früheren Bekanntenkreis des deutschen Außenministers Joschka Fischer. Fischer, der selbst in den Siebzigerjahren zur RAF-Sympathisanten-Szene gehört hatte, zählte ja heutzutage längst zum politischen Establishment. Der Anwalt-Freund wiederum hielt über drei Ecken Kontakt zu einem ehemaligen RAF-Anwalt, der in den Siebzigerjahren regelmäßig Haschisch in die Hochsicherheitszelle der Stuttgarter Gefangenen geliefert hatte. Dadurch hatte er der jungen Bundesrepublik einen Gefallen erwiesen, indem er verhindert hatte, dass Andreas Baader und die Genossinnen der ersten RAF-Generationen völlig durchgedreht waren. Der alte Methusalem besaß einen persönlichen Draht zu Fischer, was sich schon des Öfteren als nützlich erwiesen hatte. Mal sehen, wie lange die rot-grüne Regierung in Berlin noch hielt! Die Umfragewerte kündigten eine politische Zeitenwende an. Viele einstige Wähler verübelten den Grünen die Teilnahme an einem Kriegseinsatz – dem ersten in der deutschen Nachkriegsgeschichte. Tscharly erhoffte sich über den Anwalt an den Namen des V-Manns heranzukommen, der von dem Anschlag in der Madrider U-Bahn gewusst hatte. Wenn es ihm gelang, hier einen Beweis zu liefern und ein Gesicht zu präsentieren, dann … dann …

Die Stewardessen gaben ihre obligatorische Vorstellung, wie Schutzmasken und Jacken zu verwenden seien. Eine Brünette mit schwarzen, glutvollen Augen erregte Tscharlys Aufmerksamkeit.

Hatte er dieselbe Frau gestern am Nachmittag im Fitnessstudio gesehen? Tscharly hatte wie üblich seine Hanteln gestemmt und anschließend ein Ausdauertraining absolviert, als ihm diese Frau ins Auge gestochen war. Das Fitnessstudio eignete sich nach wie vor am besten, um ein wenig Zerstreuung zu finden. Außerdem – hatte sein Ex-Schwiegervater ihm nicht angeraten, sich dringend eine Frau zu suchen?

Ehe Tscharly eine Antwort auf seine Frage fand, glitten seine Gedanken wieder zu seinem Verdacht zurück: Wenn er es schaffte, dem alten Methusalem und der deutschen Öffentlichkeit einen Beweis für seine These zu präsentieren, dann würden die Menschen in diesem Land vielleicht endlich aus ihrer Naivität erwachen. Ein Geheimdienst, der nach Belieben agierte und V-Männer mit dubiosen Vergangenheiten aller Art anheuerte … In Gedanken versuchte er seine Überlegungen der attraktiven Stewardess zu erklären, die gerade ihre Vorstellung beendete: *„Das ist, als würde man einen Bankräuber als Bankdirektor einstellen! Das Risiko ist unkalkulierbar!"* Aber anscheinend konnte selbst in einem demokratischen Land ein rechtsfreier Raum existieren, solange Politiker, Richter und Polizei sich an das Gesetz der Omertà hielten. In Italien hatte die Mafia wenigstens Tradition. Aus den Räuberbanden des Mittelalters waren einst die Familien-Clans entstanden, die ihre Macht bis in die USA ausgeweitet hatten. Sogar Päpste waren in diese Macht eingebunden gewesen. Die Familie Borgia, die über zehn Jahre hinweg den Papst gestellt hatte, zählte zu diesen einflussreichen Familien. Ihr moralischer Erbe Al Capone hatte die Mafia in den USA groß gemacht. In Italien lebte man mit dieser Geißel einer vierten Gewalt, die ihre Fäden bis in Regierungskreise spann, seit Jahrhunderten. Ein deutscher Geheimdienst, der sich mit Verbrechern einließ, war dagegen eines demokratischen und freien Landes nicht würdig, fand Tscharly. Sein Schwiegervater hatte recht. Auch die Nazis hatten schließlich anfangs im Untergrund agiert. Hitler hatte als V-Mann im Auftrag eines militärischen Nachrichtendienstes eine Veranstaltung der *Demokratischen Arbeiter Partei* besucht. Nach und nach hatten diese ihre Mitglieder in öffentliche Ämter, Industrie, Kultur und in Regierungskreisen eingeschleust.

Keine Macht für niemand!
Macht kaputt, was euch kaputt macht.
So lautete der Slogan und Songtitel, den die Band *Ton Steine Scherben* in den Siebzigern ausgegeben hatte. Tscharly war im sogenannten Deutschen Herbst 1977 vierzehn Jahre alt gewesen. Eine gewisse Uschi Obermaier diente als seine Lieblingswichsvorlage. Außerdem hatte er sich in seine Mathe-Lehrerin verliebt. Frau Müller hatte ihnen im Unterricht Texte über einen gewissen *Hans* und dessen Freundin *Grete* zu lesen gegeben. Tscharly hatte bald begriffen, dass mit *Hans* der RAF-Terrorist Andreas Bader gemeint war. *Grete* – das war seine ebenfalls in Stammheim inhaftierte Genossin Gudrun Ensslin. Tscharly hatte Flugblätter verteilt, weil er sich dadurch eine sexuelle Zuneigung durch die Pädagogin erhofft hatte. Der sogenannte Radikalenerlass war schließlich schuld daran, dass Frau Müller aus dem Schuldienst verbannt worden war. In der Zeit hatte Tscharly einen Aufsatz geschrieben, der zur Folge hatte, dass er ebenfalls um ein Haar der Schule verwiesen worden wäre. In Stuttgart-Stammheim starben die Gefangenen unter rätselhaften Umständen. Und Tscharly hatte beschlossen, Journalist zu werden …

„Meine Damen und Herren, wir landen in zwanzig Minuten in Köln, es ist dort leicht bewölkt, die Außentemperatur beträgt einundzwanzig Grad bei leichtem Nieselregen …"

Die attraktive Stewardess ging mit ihrem Wagen an ihm vorbei. Tscharly erwachte und blickte in ihr Gesicht.

Nein, bei näherer Betrachtung handelte es sich nicht um die Frau, mit der er gestern im Fitnessstudio über italienische Sportwagen einen Small-Talk geführt hatte. Schade.

Tscharly schaute auf die Rado und spähte durch das Fenster nach unten auf die Stadt am Rhein, in der seine Ex-Frau lebte. Köln, jene Stadt, in der er seinen Informanten zu treffen hoffte. Aber vorher stand ihm noch jene Begegnung mit Sara bevor. Beruflich war er das, was man in München als *gemachten Mann* bezeichnete – warum nur hatte er als Ehemann und Vater auf ganzer Linie versagt?

Er fürchtete weniger die Begegnung mit dem V-Mann, stellte Tscharly zu seinem Entsetzen fest, als das Aufeinandertreffen mit

Sara. Tscharly hielt sich in seinem viel zu engen Sitz fest. Ein flaues Gefühl in seinem Magen löste einen Würgereiz in ihm aus. Tscharly hasste Landungen.

Köln, 14.45 Uhr, linkes Rheinufer, Keupstraße

„Dad is ehhne Daaahtsache, junger Männ", sprach ein orientalisch aussehender Mann in Kölner Dialekt.

„Was soll dä Scheiß?", konterte prompt ein Mann in feinstem Sächsisch. Tscharly kam sich vor wie nach dem Turmfall zu Babel. Er beobachtete den Mann mit dem Basecap von hinten. „Ich muss doch nur kurz was abgahm." Auf dem Gepäckträger des Fahrrads war die Lieferbox einer Pizza-Kette festgeklemmt.

Das Damenrad sah irgendwie aus wie von einem Billigdiscounter.

„Sie ghönnen det Fahrrad net so eenfachh hier abstellen. Da chommt ja keehner mehr durch. Unn jetz Abfluch mache, sons hol isch meeeene Fründ!", drohte der Kölner Türke – oder lautete die perfekte Bezeichnung: türkischer Kölner?

Tscharly spürte zumindest den Anflug eines Lächelns um seine Lippen. Die Szene passte in die Gegend. Kölsch, die Eingeborenensprache. Songs der Kölner Rockgruppe BAP gehörten zu Tscharlys Lieblingsliedern. Wolfgang Niedecken und das, was von BAP noch übriggeblieben war, traten auch gelegentlich noch in München auf. Ihr Hit *Verdamp lang her* von 1981 war einer jener Ohrwürmer, die er sich immer wieder gerne anhörte.

„Jetzt machschen Se schon und schieben dett Fahrrad jefälligst wech! Wie oft soll ich dat noch sagen? Oder sprechen Se keen Deutsch?"

Der Bote lenkte daraufhin sein Fahrrad mit einem zerknirschten Gesichtsausdruck auf den Gehweg. Was passiert nun mit der Pizza?, überlegte Tscharly. Jetzt erst konnte er die Gestalt des Pizzaboten von vorne sehen. Durchtrainierte Figur, jedoch kein klassischer Muskelprotz. Passte zu einem Pizzalieferanten mit einem alten, klapprigen Fahrrad. Wieso jedoch ließ sich der Bote so leicht einschüchtern? Der Osmane mit dem Kölschen Dialekt machte optisch zwar mehr her – mit seiner Bierbauchfigur –, aber dennoch hätte Tscharly bei einem Boxkampf im Zweifel auf den Ost-Deutschen gewettet.

„Aktion Pizza muss verschoben werden", murmelte dieser nun in sein Funkgerät.

Gebellartige Tiraden kamen aus dem Funkgerät und die Miene des Boten verfinsterte sich.

Beinahe hätte Tscharly losgeprustet. Pizzaboten spielen Geheimagenten! Auch eine Methode, um Minderwertigkeitskomplexe zu kompensieren. Doch anstatt das Fahrrad einen Meter weiter abzustellen, radelte der Kerl plötzlich wie ein geölter Blitz von dannen, kurvte wie ein Slalomfahrer um Autos und Passanten und das mit einer Leichtigkeit, die darauf schließen ließ, dass das Fahrrad sein ständiger Begleiter war. *Der wird sich aber was von seinem Chef anhören müssen! Wer mag schon kalte Pizza?*

Nur einen Laptop, den er sich aus der Redaktion ausgeliehen hatte, über die Schulter gehängt, trottete Tscharly die Straße entlang. Er hielt Ausschau nach einem Lokal, in dem er ein Kölsch hätte trinken können. Der Nieselregen hatte aufgehört, dafür hatte sich eine Dunstdecke über das linke Rheinufer und seine ehrwürdigen alten Fabrikgelände im Sechzigerjahre Chic gelegt. Tscharly vergaß die Anekdote rund um ein Fahrrad, das offenbar neben einer türkischen Bäckerei nicht stehen durfte, und ließ die Atmosphäre dieses Straßenkosmos auf sich wirken. Ein offenbar türkischstämmiger Greis hockte vor einer Stange mit Männerhemden vor einem Geschäft und blickte drein als würde er jeden zur Rede stellen, der es wagte, auch nur ein einziges der Kleidungsstücke zu stehlen. Ein ebenfalls orientalisch aussehender Rollstuhlfahrer mit Knasttätowierungen rollte auf zwei junge Frauen in Kopftüchern zu. Die beiden lächelten. Offenbar machte er ihnen Komplimente – der Flirtversuch eines Einsamen. Er zeigte mit seinem Finger auf ein Schaufenster, das türkische Brautkleider mit weißen Spitzen feilbot. Aber wahrscheinlich hätte unsere Ehe nicht einmal gehalten, wenn wir in Weiß geheiratet hätten!, sinnierte Tscharly. Das Standesamt hat es für mich und Sara auch getan!

Menschen saßen vor orientalischen Lokalen und aßen Gerichte mit Weinblättern, Hummus und schwarzen Oliven. Tscharly erschnupperte den feinen Geruch von Knoblauch, Kümmel und Thymian.

Während er zum Beobachter avancierte, bemerkte er jäh, dass er nicht der einzige war. Die Menschen mit Migrationshintergrund, in deren Kosmos er eindrang, hatten begonnen, wiederum ihn zu beobachten. Und so gerät der Beobachter selbst zum Beobachteten an diesem Tag, resümierte er amüsiert. Was wohl diese Nachfahren türkischer Gastarbeiter über den mitteleuropäisch aussehenden Fremden, der sich in ihrer Mitte verhielt, als habe ihn eine Milieustudie in ihr Viertel verschlagen, dachten?

Tscharly ertappte sich dabei, wie er bei einer Ansammlung von Männern stehen geblieben war. Zwei Jugendliche mit Boxhandschuhen lieferten sich einen Kampf. Die Alten und ihre Enkel hatten einen Kreis gebildet. Neben einem Hut nahm einer der Alten Geldscheine und Münzen entgegen – Wetten ...

Einige der Männer maßen Tscharly mit strengen Blicken. Was hatte dieser Eindringling hier nur zu suchen?

Plötzlich fühlte Tscharly sich unwohl. In der rechten Hand hielt er eine Papiertüte, die frischen Baklava hatte er eigens für Sara erstanden – bei ihrer Lieblingsbäckerei, vor der die Diskussion wegen dem Fahrrad stattgefunden hatte. Sara liebte dieses Honig-Blätterteig-Gebäck. Tscharly dagegen verursachte allein der Geruch Zahnschmerzen. Am besten schmeckten ofenwarme Baklava, behauptete zumindest Sara. Tscharly eiste sich vom Anblick des Gastarbeiterkosmos los und legte die letzten Meter ohne großes Aufsehen zurück.

Zur selben Zeit

Der Mann hatte von vorne wie George Clooney ausgesehen. Den Laptop über der Schulter, mit geistesabwesendem Blick, war er in der Bäckerei gestanden, wo Ayshe ihn von ihrem Platz hinter der Theke aus bedient hatte. Der Straßenverkauf florierte, obwohl der

Sommer sich bisher von seiner durchwachsenen Seite gezeigt hatte. Ayshes Beine und Füße taten ihr weh.

„Wo bleibt er nur?", zeterte Deniz, ihre Cousine. „Wo ist dein Mann, wenn du ihn brauchst?"

„Auf dem Großmarkt. Mehl und Honig besorgen", erklärte Ayshe ihrer Cousine schon zum dritten Mal.

Deniz bedachte sie mit einem verächtlichen Blick, der keinen Zweifel an ihrem Verdacht ließ. *Bei einer anderen!* „Seit wann fährt dein Mann nachmittags zum Großmarkt? Das ist ja was ganz Neues!"

Ayshe und Can betrieben die Konditorei, seit Cans Vater vor vier Jahren aufgrund von Diabetes beinahe vollkommen erblindet war. Cans Vater war Anfang der Sechzigerjahre aus Anatolien nach Köln gekommen. Hier, in diesem Viertel, hatte er die ersten fünf Jahre in der Drahtfabrik geschuftet. Wie die meisten, die mit ihm gekommen waren, hatte er vorgehabt, eines Tages heimzukehren. Nach fünf Jahren hatte er genug Geld beisammengehabt und sich auf sein ursprüngliches Handwerk besonnen. Er eröffnete hier in der Keupstraße eine Konditorei, die anatolische Spezereien feilbot. *Süß lass uns essen, süß lass uns speisen* – das Motto des Geschäfts stand in deutscher und türkischer Sprache über den Regalen. Helva, der türkische Honig, Lokum, Nüsse in Rosenwasser, türkischer Reispudding – und natürlich Baklava … alles was das Herz des türkischen Gastarbeiters, der sich nach zu Hause sehnt, begehrte!

„Du musst auf meinen Sohn aufpassen", hatte sein Vater Ayshe bei der Hochzeit ermahnt. Ayshe mochte ihren Schwiegervater. „Mein Sohn Can weiß leider noch nicht, wo er im Leben steht. Aber dank dir wird sich das nun schon bald ändern, meine Schwiegertochter."

Die Hochzeit hatte hier in Köln stattgefunden. Die Verwandten vom Bosporus waren der Einladung ihres Sohnes, Neffen, Onkels und Cousins nach Deutschland gefolgt. Es war eine große und prächtige Hochzeit gewesen.

„Viele Söhne wünsche ich dir", hatte Cans Vater ihr bei der Hochzeit zugerufen. „Wen Allah liebt, dem schenkt er viele gesunde Söhne!" Ayshe hatte gelacht. Nichts wünschte sie sich mehr, als Can und seinen Vater glücklich zu machen. Can hatte ihr zur

Verlobung feierlich versprochen, in Zukunft die Hände vom Glücksspiel zu lassen. Spielautomaten und Sportwetten waren seine größte Leidenschaft. Can hatte sein Versprechen natürlich nicht eingehalten. Manchmal gab es Tage, an denen Ayshe nicht wusste, was sie den Lieferanten erzählen sollte, wenn sie kamen, um abzukassieren! Wie sie Pistazien, Nüsse, Mehl und Zucker bezahlen sollte? Ayshe wiederum hatte Can in den drei Jahren seit ihrer Hochzeit weder einen Sohn noch eine Tochter geboren. Das war die Tragik ihrer Ehe, dass sie die jeweiligen Erwartungen des anderen nicht erfüllen konnten!

Ayshes Cousine Deniz liebte es aus unerfindlichen Gründen, den Finger immer wieder in diese Wunde zu legen.

Ein Tag wie heute, an dem sie nicht einmal wusste, wo Can sich herumtrieb, bot Deniz für ihren Sadismus die ideale Gelegenheit.

„Der Typ mit dem George-Clooney-Gesicht hat dich angesehen, als wollte er dich mit seinem Blick ausziehen", sagte Deniz.

„Wie kommst du darauf?"

„Weil du viel zu dick Schminke aufträgst. Du beleidigst damit deinen Ehemann. Kein Wunder, dass Can lieber zu einer anderen geht!"

„Can geht zu keiner anderen! Der Typ hat vielleicht ein bisschen wie Clooney aus der Ferne ausgesehen. Aber er hat die Auslage begutachtet und dann dem Streit zwischen dem alten Abdullah und dem Fahrradkurier auf der Straße zugesehen. Er hat mich keines Blickes gewürdigt, während ich ihn bedient habe. Ist sicher nicht von hier."

„Der Typ mit dem Fahrrad!", raunte Deniz. „Manche Leute glauben auch, sie können sich alles erlauben. Wollte doch glatt sein Gefährt hier vor unserem Geschäft abstellen. Can hätte ihm schon gezeigt, wo es lang geht mit dem Gestell! Soll er ihn doch vor Özgürs Laden abstellen, dem Barbier", sagte sie scheinbar voller Verachtung, aber Ayshe glaubte zu wissen, dass sich Deniz nichts sehnlicher wünschte, als ein Techtelmechtel mit Özgürs jüngstem Sohn.

Ayshe ordnete mit einem Kuchenheber die Baklava in der Auslage. Wenn Can nicht bald auftauchte und für Nachschub sorgte, würde ihnen das Gebäck schon bald ausgehen. Dabei war

Cans Vater dafür bekannt geworden, dass er die besten Baklavas auf der linken Seite des Rheins buk. Can hatte das Rezept von seinem Vater übernommen und der Alte schmeckte den Geschmack seiner geheimen Rezeptur blind. Wenigstens taugte der Sohn als Konditor, wenn er sich schon als Ehemann als Windhund erwies, pflegte Cans Vater Ayshe zu trösten. Woher Can diese Neigung zum Glücksspiel hatte, konnte er sich jedoch selbst nicht erklären. Und auch Cans Mutter hatte angeblich keine Ahnung, von welcher Seite der Familie diese Neigung stammte. Allerdings ließen beide keinen Zweifel daran, dass es ihrer Meinung nach allein in Ayshes Macht lag, Can zum Besseren zu verändern. Wenn sie – ihre Schwiegertochter – ihrem einzigen Sohn erst einmal einen Sohn und Geschäftsnachfolger gebären würde, könnte aus Can endlich ein anständiger türkischer Mann werden. So lautete die Logik ihrer Schwiegereltern, die Ayshe inzwischen nicht mehr hören konnte. Manchmal träumte sie davon, aus ihrem Leben zu entfliehen. Aber wohin?

„Ich gehe nach draußen", sagte sie.

Sie erkannte den Vorwurf in den Augen ihrer Cousine. „Wie? Jetzt?"

Asyhe nickte.

„Was hast du vor? Mitten am Tag! Wer soll im Geschäft bleiben?"

Ayshe spürte wieder dieses Etwas in ihr, dem sie weder einen Namen zu geben in der Lage war, noch hätte sie es jemals beschreiben können. Wahrscheinlich kannten nur die Zugvögel diesen Zustand, der ihnen als Instinkt angeboren war. *Wenn man nirgends bleiben will!*

„Du bleibst!", sagte Deniz. „Oder ich erzähle es Can und seinem Vater."

Ayshe streifte die Schürze ab.

„Ich werde meinen Mann suchen", log sie ihre Cousine an.

„Wer es glaubt!", entgegnete Deniz hasserfüllt.

Ayshe blickte in einen Handspiegel. Sie hatte vielleicht wirklich ein klein wenig zu dick an Lippenstift aufgetragen. Rouge betonte die Wangenknochen und ihre Wimpern hatte sie mit Mascara zur Geltung gebracht. Ayshe gab allen voran sich selbst die Schuld an

Cans Verhalten. Warum auch sollte ein Mann mit einer Frau schlafen, die anscheinend völlig unfähig war, ihm einen Sohn zu gebären? Die nicht einmal ein Mädchen zustande brachte! Sie dachte an den Typen mit dem Clooney-Gesicht. Den deutschen Männern war es anscheinend egal, ob man ihnen einen Sohn oder eine Tochter gebar. Diese seltsamen Männer legten wohl keinen Wert auf einen Stammhalter und ihre Frauen besuchten Universitäten und machten Karrieren in interessanten Berufen. Chemikerin hatte Ayshe gerne werden wollen, als sie noch in die Schule gegangen war. Für Chemie hatte sie sich interessiert. Nur wollte das zu Hause niemand wissen. Ihre Eltern hatten Can für sie als Ehemann ausgesucht. Can gefiel ihr. Und andere Frauen beneideten sie sogar um diesen Draufgänger mit dem adretten Aussehen, dessen Blick ausreichte, um ein Frauenherz zum Schmelzen zu bringen.

„Wenn du jetzt gehst …", sagte Deniz.

„Was ist dann?"

Allah, du weißt, ich brauche Luft! Ich ersticke hier … Allein der Geruch der süßen Spezereien ekelte sie an.

„… dann … dann …"

„Du meinst, dann brauche ich gar nicht mehr wiederkommen? Was hättest du damit für ein Problem? Du hast ihn mir doch von Anfang an nicht gegönnt … Du wärst die Erste, die ihm schöne Augen macht, wenn ich nicht mehr da wäre …"

Deniz kreischte: „Hure!" Ihr Gesicht glühte vor Zornesröte. Die Reaktion bewies Ayshe, wie sehr sie ihrem Bauchgefühl vertrauen konnte.

„Ich gehe mir jetzt die Füße vertreten! Und du bleibst hier!"

Ayshe drängte sich an ihrer Cousine vorbei nach draußen in die Schwüle des Nachmittags. Ihr Make-up saß perfekt. Sie hob das Kinn und marschierte kreuz und quer. Sollte sie als Erstes in das Wettbüro gehen und Can eine Szene machen?

Oder war er tatsächlich bei einer anderen Frau, die ihm den heißersehnten Sohn und Stammhalter gebären sollte?

Ayshe Bal ahnte nicht, wie radikal ihr Leben sich innerhalb der nächsten Stunde ändern sollte. Sie musste immerzu an die Zugvögel denken, die nirgends blieben.

Keupstraße, 15.15 Uhr

Saras Wohnung war bis Anfang der Achtzigerjahre Teil einer Fabrikhalle gewesen. Der Betrieb hatte Starkstromleitungen produziert. Wenn man die Architektur von außen betrachtete, hätte einem schlecht werden können. Industriefenster, die zu Lagerhallen gehört hatten, kahle Betonwände, das obligatorische Siebzigerjahre-Flachdach. In jener Ära der Architektur hatte die Menschheit sogar Bäche und Wiesen begradigt. Eckig der gesamte Komplex, und Proportionen, die sich allein der Funktionalität unterordneten, weil die Menschen, die darin ihr Tagwerk verrichteten, ebenfalls allein wegen ihrer Funktionalität ihre Daseinsberechtigung besaßen. Gastarbeiter, die bis auf den letzten Tropfen Schweiß und Blut ausgepresst worden waren. Die sollten doch froh sein, dass sie kommen durften! Dass sie bei uns schaffen und leben dürfen – Kanaken! Die Architektur spiegelte die Einstellung der Deutschen zu ihren Gastarbeitern exakt wider, dachte Tscharly.

Er spürte eine Gänsehaut in seinem Nacken und an den Unterarmen. Er klingelte, zählte bis zehn und hoffte, dass Sara nicht zu Hause anzutreffen war.

Der Summer ertönte und beraubte Tscharly auch dieser Hoffnung. Er benutzte die Treppe in den zweiten Stock. Am Ende eines fensterlosen Flurs befand sich Saras Wohnung. Das Neonlicht flackerte.

Tscharly erreichte die Wohnungstür, die halb offenstand. Von Sara keine Spur.

„Komm rein!", hörte er ihre Stimme wie aus weiter Ferne. „Milla hat mich schon angerufen und gesagt, dass du ..." Der Rest ihrer Worte endete in Gemurmel.

„Woher ..." Woher weißt du, dass ich es bin?, kam es ihm. Könnte doch auch der Postbote sein, der an dieser Tür läutet. *Wenn der Postmann zweimal klingelt.* Tscharly grinste bei dem Gedanken an den alten Filmtitel. Manchmal liebte er es, zur Zerstreuung diese alten Krimis im Fernsehen anzusehen.

„Soll ich dir eine Extraeinladung schicken?", rief Sara ihm zu.

Endlich riss sie die Tür ganz auf und stand leibhaftig vor ihm. Zu seiner Verwunderung trug sie mitten am Nachmittag noch den roten Morgenmantel, den sie fast bei jedem seiner Besuche anhatte. Andererseits – warum wunderte er sich dann überhaupt? Wahrscheinlich habe ich das alles verdrängt – Saras Zustand verdrängt!

„Hallo", sagte er.

Sie küssten einander links und rechts.

Tscharly hielt die Luft an.

Sie zwinkerte ihm zu. „Wodka", sagte sie, „den riecht man nicht. Ich habe keine Fahne, wenn du das denkst. Du kannst mir also ruhig auch einen Zungenkuss geben, wie in alten Zeiten, Tscharly."

Sara wankte neben ihm durch den Flur – glich ihre Gleichgewichtsstörung jedoch geschickt mit den Armen aus. Kein Wunder, hatte sie doch früher als Ballerina ihr Geld verdient. Ihre Haltung würde das Letzte sein, was Sara in ihrem Leben aufgab.

„Nimm Platz. Tu dir keinen Zwang an", forderte sie ihn auf und ließ sich auf die Couch im Wohnzimmer fallen. Sie streckte die Beine von sich und warf ihren rotlackierten Zehennägeln einen kurzen Blick zu.

„Wie du siehst, bin ich noch am Leben."

Tscharly äugte nach seiner Rado. „Milla hat dich also doch erreicht", stellte er fest. Er reichte ihr die Tüte mit Baklava.

„Danke." Sie legte die Tüte achtlos neben sich auf die Couch.

„Wie geht's dir, Sara?"

„Hervorragend. Und selber?"

In seiner Verlegenheit erzählte er ihr die Anekdote mit dem Einheimischen und dem Fahrradboten, die er beobachtet hatte.

Anstatt zu lachen, begann sie zu seiner Verwunderung ebenfalls zu erzählen. „Treibt sich allerhand Gesindel rum in letzter Zeit. Bleibt nur noch, dass auch noch Araber mit weißen Anzügen und teuren Schuhen hier rumlaufen. Dann weißt du, dass auch die Hamas und ihr Terrorgesindel in Köln angekommen sind. Würde mich nicht wundern, wenn das hier ein neuer Gazastreifen wird."

Tscharly schüttelte den Kopf. „Mach dich nicht lächerlich", entgegnete er. „Das ist das Problem von euch Juden. Ihr leidet alle unter einem kollektiven Verfolgungswahn."

Sie lachte ein paar Töne zu schrill für seinen Geschmack und blies sich eine Strähne des blonden Haares aus der Stirn. Früher hatte diese Geste sie kess aussehen lassen. Am Ansatz zeigten ihre Haare inzwischen ein dezentes Grau, was Sara noch vor fünf Jahren niemals zugelassen hätte.

„Du siehst sehr blass aus. Und dünn", stellte er zu seinem Entsetzen fest.

„Du hast recht", sagte sie – worauf ein zynisches Lächeln in ihre hellen Augen trat, „mein Vater würde sagen, wie eine KZ-Leiche. Dabei hat er bloß keine Ahnung von Ballett gehabt. Wenn er wüsste, was ich mir die Seele aus dem Leib gekotzt habe, damit ich früher meine Engagements halten konnte. Was ich durchgemacht habe! Dagegen war ein Arbeitslager das reinste Vergnügen. Aber er hat sich ja nie für mich und meine Kunst interessiert. Der alte Smuss war einfach nur froh, Tscharly, dass er in dir endlich einen Dummen gefunden hatte, der sich um mich kümmert." Sie seufzte schwer. „Es ist heiß und schwül hier in der Wohnung. Ich habe die halbe Nacht und den halben Tag verschlafen. Und ich bin müde. Du bist sicher nicht nur gekommen, um mir zu sagen, wie übel ich aussehe. Also mach schnell, Tscharly, was willst du von mir? Ich habe noch einen Termin mit Johnny Walker."

Sie schlug die Beine übereinander und setzte ein verständnisvolles Lächeln auf, das genauso echt wirkte wie die Hitlertagebücher des *Sterns* – als hätte Kujau es persönlich auf ihr Gesicht gemalt. Plötzlich regten sich in ihm Mitleid und ein schlechtes Gewissen.

„Ich bin gekommen, weil ich einfach mal wieder mit dir sprechen wollte. Immerhin haben wir uns mal geliebt."

„Milla hat übrigens gemeint, du kannst dir doch Zeit lassen mit der Miete. Sie hat schon einen anderen Weg gefunden, das Geld aufzutreiben."

Auf dem Wohnzimmertisch stapelten sich Packungen mit Tabletten. Früher hatte sie die Tabletten genommen, um sich vor ihren Auftritten zu beruhigen. Irgendwann hatte sie Panikattacken mit Schweißausbrüchen und Herzrasen bekommen, wenn sie nicht alle drei Stunden eine der Pillen geschluckt hatte. Aber erst nach der Scheidung hatte Sara damit begonnen, sich das Zeug gierig in den Rachen zu werfen, als handle es sich um Nimm-2-Bonbons. Tscharly streifte sich den Gurt mit der Laptoptasche von der Schulter und suchte in Saras Gesicht nach Spuren eines Hoffnungsschimmers.

„Müsstest du um die Zeit nicht im Sender sein?", fragte er.

„Du meinst, ich soll arbeiten ... Wie es sich für eine anständige deutsche Karrierefrau gehört!"

Tscharly grübelte nach einer neutralen Formulierung, damit sie nicht jedes seiner Worte als Angriff interpretierte. „Der Job bei dem Typen mit der Late Night hat dir doch Spaß gemacht, oder nicht? Als Regie-Assistentin."

„Natürlich hat der Job mir Spaß gemacht."

„Und du hast nur an den Abenden getrunken."

Sara lachte. Endlich irrlichterte ein Funke Hoffnung in ihren wunderschönen Augen, in deren Anblick er einst versunken war wie in Seen, in denen sich das Blau eines Sommerhimmels widerspiegelte.

„Ich bin gekündigt!", brachte sie ihn auf den Boden der Tatsachen zurück.

„Seit wann?"

Sie hob die Schultern. „Wenn man die Wohnung nicht mehr verlässt, vergisst man irgendwann, welcher Tag heute ist. Was spielt es auch für eine Rolle. Ewiger Urlaub ... So ist das Tscharly – das Leben einer Hartzerin!" Sara raffte sich auf. Kurz darauf kam sie mit zwei Dosen Red Bull aus der Küche. „Kaffee kann ich dir leider nicht anbieten. Ausgegangen."

Tscharly lehnte das Getränk dankend ab. „Davon wird mir übel. Das Zeug ist außerdem überhaupt nicht gesund. Das bringt dich noch um."

Sara drückte zwei der Tabletten aus der Packung und nahm sie mit einem großen Schluck des süßlich stinkenden Getränks zu sich.

„Kurzum, der Typ, der die Late Night gemacht hat, hat seine Sendung einfach eingestellt. Und wenn es keine Sendung mehr gibt, dann braucht man auch keine Regieassistentin mehr. Und damit gibt es auch keinen Job für eine ausrangierte Ballerina. Also habe ich beschlossen, mein Testament zu machen und hier in der Wohnung auf den Sensenmann zu warten. Cheers, Tscharly." Sie prostete ihm zu und stürzte den Rest des Doseninhaltes gierig in ihre Kehle.

„Ich habe die Sendung doch erst neulich gesehen." Oder täuschte er sich?

Sara zündete sich eine Zigarette an.

Er erinnerte sich: „Früher hast du die Dinger geraucht, um nicht zuzunehmen. Das mit deinem Job tut mir leid, Sara ..."

„Ich brauche kein Mitleid, Tscharly", fiel sie ihm ins Wort. „Das habe ich auch Milla mitgeteilt. Sie soll sich aus unserer Ex-Beziehung endlich einmal heraushalten."

„Milla macht sich Sorgen."

„Ich bin erwachsen, verdammt!"

„Der alte Methusalem würde sich bestimmt über ein Lebenszeichen seiner Tochter freuen."

„Sag Papa, er kann mich mal. Erst läuft ihm seine erste Frau davon. Und dann seine Tochter. Hat der Herr Verleger sich in all den Jahren vielleicht einmal gefragt, woran das liegen könnte?"

„Jetzt wirst du unfair."

„Hör auf, Tscharly! Hat der Alte sich jemals gefragt, was ich brauche, was in mir vorgeht ... Nein, er ist schuld, dass Mama uns verlassen hat, als ich fünf Jahre alt war. Und dann hat er mich in ein Internat gesteckt bis ich siebzehn war, Tscharly. Es ist zu spät. Einfach zu spät ... Sag ihm, wenn er das nächste Mal kommt, um mich zu besuchen, dann muss er unter Umständen schon sehr weit reisen. Und damit meine ich nicht eine Reise nach Israel zu meiner Mutter, die ich seit fast vierzig Jahren nicht gesehen habe! Weil sie sich ebenfalls einen Dreck um mich schert!"

Sie blies ihm eine Rauchwolke ins Gesicht, die in Tscharly einen Kopfschmerz in den Schläfen triggerte. Er wich ihrem Atem aus.

Plötzlich regte sich Wut in ihm. „Soll das heißen, du drohst uns allen jetzt mit Selbstmord? Soll das heißen, es reicht dir nicht, dass keiner von uns ein ruhiges Gewissen hat, wenn er an dich denkt ... Was glaubst du, wie oft ich mir in den vergangenen fünfzehn

Jahren wie der größte Verlierer vorgekommen bin? Immer wieder habe ich versucht, dich in diese Entzugsklinik zu bringen. Und es ist mir dreimal sogar gelungen. Und wer war diejenige, die am Ende jedes Mal nach drei Tagen ihren Aufenthalt abgebrochen hat?"

„Stimmt, Tscharly, du hast mich in die Entzugsklinik gebracht und bist wieder ins Ausland abgereist. Hast wohl gedacht, damit hättest du deine Schuldigkeit erfüllt."

„Entschuldigung, dass ich mir als investigativer Journalist und Nahost-Experte einen Namen gemacht habe. Du hast von Anfang an gewusst, auf wen du dich da eingelassen hast." Tscharly hielt den Atem an. Erschrocken über seinen aggressiven Ton fügte er in Zimmerlautstärke hinzu: „Ich habe meinen Job gemacht, um euch zu ernähren."

Sie drückte die Zigarette aus und schraubte an der Wodkaflasche. „Genau wie mein Vater … der alte Methusalem und du, ihr habt euch beide einen Dreck um eure Frauen und Kinder geschert … Du bist ein Egoist, Tscharly! Wie konnte ich mich nur in dich verlieben? Wahrscheinlich hätte ich niemals mit dem Trinken angefangen, wenn wir zwei uns nur niemals begegnet wären."

Sie schenkte sich Wodka in eine Tasse und trank. „Und jetzt, Tscharly, will ich, dass du auf der Stelle meine Wohnung verlässt. Ich will dich nämlich nie wiedersehen!"

Er spürte ihre Worte wie ein Messer in seinem Herzen. „Sara!"

„Es ist vorbei. Es hat sich erledigt."

„Wir haben ein Kind zusammen …"

„Wenn das alles ist, was dich bei mir gehalten hat, dann …"

„Verdammt, ich mache mir Sorgen um dich." Er ergriff sie an den Schultern. Ihre Ärmchen fühlten sich wie Zahnstocher an. Die eingefallenen Wangen wirkten wächsern, die Augen lagen in tiefen Höhlen. Sie stank aus dem Mund wie Aceton.

„Ich will doch nur, dass es dir wieder besser geht, Sara."

„Oh nein", ein paar Tropfen des Wodkas perlten von ihrem Kinn auf den roten Morgenmantel, „du willst nur dein Gewissen beruhigen, Tscharly. Ich habe dich geliebt, Tscharly. Aber das ist vorbei … Ich hasse dich, weil du mir all das angetan hast!"

Sie setzte wieder an zu trinken. Er machte Anstalten, ihr die Tasse zu entreißen. Jäh spuckte sie ihm den Wodka ins Gesicht. Er wich zurück. Er hörte ihr Lachen, das seinen Zorn ins Unermessliche steigerte. Im Nahen Osten war er Diktatoren gegenübergestanden, mit denen er Interviews geführt hatte. Im Angesicht dieser Menschenschlächter hatte er stets eine Eiseskälte empfunden. Es hatte sich jedes Mal angefühlt, als sinke die Zimmertemperatur um mindestens zehn Grad, wenn er einem jener Despoten gegenübergestanden war. Tscharly hatte sich von dieser inneren Regung gekonnt nichts anmerken lassen. Er beherrschte sich – ein echter Vollprofi. Jetzt – im Angesicht seiner Ex-Frau – schlotterten ihm die Knie und er fühlte sich wie ein kleiner Junge. Warum war es ihm nur nie gelungen, auch ein echter Vollprofi von Ehemann zu sein? Eine Mischung aus Zorn und Mitleid in ihm verwandelte sich in Aggression.

„Dann ...", entgegnete er, „... dann ..." Er empfand Wut und wollte ihr zugleich nicht wehtun, verdammt!

„Es ist besser, du gehst jetzt, Tscharly."

Er starrte in ihr Gesicht. Zögerte.

„Was willst du noch von einer KZ-Leiche? Ich bin doch schon so gut wie durchs Rost gefallen!"

Er atmete tief. Und fixierte mit seinem Blick die Wohnzimmertür. Weg. Nichts wie weg!, befal die innere Stimme. Bevor noch ein Unglück geschah. Vielleicht würde er beim nächsten Mal an ihre Vernunft appellieren. Vielleicht. Beim nächsten Mal. Wenn es ... Er machte auf dem Absatz kehrt, schritt durch den Wohnungsflur.

„Tscharly!", hörte er ihre Stimme in seinem Rücken.

„Ich finde alleine nach draußen!"

Er riss die Wohnungstür auf und rannte wie ferngesteuert durch den Flur und die Treppen nach unten. Das Sonnenlicht blendete ihn. Er wankte auf die Straße, stieß gegen eine Passantin, die er beinahe über den Haufen gerannt hätte. Er stammelte ein entsetztes „Entschuldigung". Ayshe erkannte in ihm den Mann, der die Baklava bei ihr gekauft hatte, auf der Stelle wieder: George Clooney. Er sah blass aus, die Augen vor Schreck geweitet, als hätte er einen Totengeist gesehen. In diesem Viertel konnte man sich einfach nicht aus dem Weg gehen. Diese entsetzliche Enge! Selbst einem Fremden begegnete man schon nach kurzer Zeit ein zweites Mal.

„Es tut mir leid", murmelte Tscharly.

„Kein Problem", antwortete die junge Türkin.

Tscharly blieb stehen. Er blickte ihr nach. Die Frau verlor sich in der Menge. Ayshe ging in die Richtung, aus der er gekommen war. Wenn er sich nur beeilte, erreichte er die Straßenbahnhaltestelle in zehn Minuten und konnte diesem Albtraum entschwinden, überlegte er. Ein Blick auf die Rado sagte ihm: 15.35 Uhr. Er blieb stehen, drehte sich im Kreis und berührte mit den Händen seine Oberschenkel. Er suchte in seinen Hosentaschen. Er griff nach seiner Brusttasche, in der er früher die Zigaretten getragen hatte. Er fühlte sich – *inkomplett*. Irgendwas fehlte. Irgendwas hatte er vergessen. Als er in der Gesäßtasche die Geldbörse spürte, fiel ihm endlich ein, was es war. Mist! Er hatte den Laptop bei Sara in der Wohnung liegen gelassen! Das auch noch! Er blickte sich um. Die Sonne spiegelte in den Scheiben des Foyers einer Bank. Tscharly marschierte geradewegs darauf zu, um erst einmal ein anderes Versäumnis zu erledigen. Er betrat das klimatisierte Gebäude und reihte sich in eine Schlange ein, die sich vor einem Geldautomaten gebildet hatte. Die drei anderen Automaten waren an diesem Tag außer Betrieb. Tscharly fror und schwitzte. Er fühlte sich entsetzlich benommen. *Zeit, endlich die Miete für meine Tochter zu überweisen! Allerhöchste Zeit!* Nichts auf der Welt konnte ihn jetzt davon abbringen, die dreihundertfünfzig Euro auf Millas Berliner Konto zu überweisen. Das war er seiner Tochter schuldig. Und anschließend würde er erledigen, wozu er nach Köln gekommen war. Er konnte es kaum erwarten, seinem Informanten zu begegnen und dieser Stadt, in der seine Ex-Frau sich niedergelassen hatte, den Rücken zu kehren. Er würde ihr einen Boten schicken, der den Laptop holte, bevor er zurück nach München flog – und dort erst einmal in aller Ruhe ein kaltes Weißbier in einem Biergarten trinken.

„Milla, dein Papa war gerade hier. Und jetzt geht es mir absolut beschissen", schluchzte ihre Mutter am anderen Ende der Leitung.

„Mama", antwortete Milla aus dem Zimmer ihrer Berliner WG, „was ist denn passiert?"

„Du kannst dir nicht vorstellen, wie er mich wieder behandelt hat ... *in seiner selbstgefälligen Art!*"

Milla lehnte sich in ihrem Bett zurück und ignorierte die Nachricht, die Roland ihr eben geschrieben hatte. Roland war das große Geheimnis, das seit drei Wochen in ihrem Leben einen fixen Platz besaß. Besser Mama und Papa erfuhren von Roland eher später als früher! Außerdem war Roland gestern für ein paar Tage nach Leipzig gefahren. Geschäftsfreunde besuchen. Milla konnte kaum erwarten, ihn endlich wieder in ihre Arme zu schließen. Vielleicht wusste Roland, wie Mama und Papa noch zu helfen war. Roland war schließlich einige Jahre älter als Papa. Und sicher kannte er sich mit Frauen und Männern aus. Schließlich hatte auch er eine Scheidung hinter sich. Und er liebte Wagner – genau wie sie. Richard Wagner, den großen Meister und Schöpfer des Ringes der Nibelungen. Roland war ihr Freund, der ihr – im Gegensatz zu den anderen Männern – *nicht* an die Wäsche wollte. Roland interessierte sich für ihren Musikgeschmack und den Menschen Milla Huber. Mit ihm konnte sie über alles reden. Was würde Roland wohl Mama in einer solchen Situation raten?

Milla wippte nach vorne und erwiderte: „Mama, du musst jetzt deine Gefühle loswerden, bevor du an ihnen erstickst." Genau – der Satz hätte glatt von Roland sein können!

„Wie meinst du das, mein Schatz?"

„Wo ist Papa jetzt?"

„Ich weiß nicht."

„Wo wohnt Papa denn sonst, wenn er sich in Köln aufhält? Gibt es da nicht diese Pension ..."

„... ich weiß, welche Pension du meinst, Milla, aber ..."

„Nichts aber! Geh ihm nach. Besuche ihn in seiner Pension. Suche eine Aussprache mit ihm."

„Milla, ich ..."

„Es ist dein gutes Recht, nachdem er dich verletzt hat. Außerdem hat Papa es bestimmt ganz anders gemeint, als er es gesagt hat. Das nennt man ein Sender-Empfänger-Problem. Eine Botschaft kommt beim Empfänger ganz anders an, als der Sender diese gemeint hat. Man sagt nicht umsonst: Die Botschaft ist auch immer ein Machwerk des Empfängers. Das ist wie in der Musik. Sprecht euch in Ruhe aus. Auf neutralem Boden. Schlag ihm ein Lokal vor, das euch beiden gefällt. Und dort redet ihr über eure Eheprobleme. Jede Sache hat ihre drei Seiten."

Sara am anderen Ende der Leitung betrachtete auf dem Wohnzimmertisch ihre Füße. Seit wann redete Milla wie eine Lebensberaterin? Der Text der Tochter klang, als hätte sie ihn von einem Buch über Alltagspsychologie abgelesen.

„Ich habe aber Angst."

„Wovor?"

„Vielleicht … Vielleicht vor der Erkenntnis, dass dein Papa recht hat mit allem, was er mir an den Kopf geworfen hat."

„Was hat er dir denn genau vorgeworfen?"

Sara ließ ihren Blick über den Wohnzimmersessel gleiten, auf dem eine Viertelstunde zuvor Tscharly gesessen hatte. Sie konnte ihn leibhaftig vor sich sehen, in seinen Augen ein Abglanz jenes Strahlens, mit dem er wie ein kleiner Junge durch sein Leben ging. Die Augen des typischen Cabrio-Fahrers, dachte sie in einem Anflug von Zynismus. Saras Blick schärfte sich. Sie erkannte die Laptoptasche, die auf dem Möbel lag. Tscharly war während des Gesprächs aus dem Schultergurt geschlüpft. Die Tatsache, dass er sein Werkzeug in der Wohnung seiner Feindin zurückgelassen hatte, verriet ihr, wie sehr auch ihr Ex-Mann unter der Situation litt.

„Mama, es gibt da einen Mann – einen guten Freund von mir", erklärte Milla, „er sagt immer, diejenigen, die Angst vor dem Tod haben, haben in Wahrheit am meisten Angst vor dem Leben. Du musst deine Angst vor dem Leben besiegen!"

„Danke, mein Schatz, ich werde es mir überlegen", sagte Sara und legte prompt auf.

Im Halbdunkel raffte sie sich auf und griff nach der Laptoptasche. Sie erinnerte sich, in ihrer Kindheit hatte ihr Vater sie mit einer gepanzerten Limousine überall hinbringen lassen. Das Internat in der Schweiz, das sie besucht hatte, gehörte der jüdischen Kultusgemeinde dort. Entsprechend schützte auch ein Zaun das Gebäude und ein Sicherheitsdienst aus ehemaligen israelischen Militärs schob rund um die Uhr Wache. Aufgrund der erhöhten Anschlagsgefahr, die gegenüber jüdischen Einrichtungen bestand, hatte Sara bis zu ihrem siebzehnten Lebensjahr ein im doppelten Sinne beschütztes Leben geführt. Tief in ihr hatte es immer die Rebellin gegeben, die sich nach tollkühnen Männern und Abenteuern sehnte. Als sie – zurück in München – Tscharly kennengelernt hatte, entsprach er ihrem Ideal dieses tollkühnen Helden. Als sie zum ersten Mal als Ballerina auf einer großen Bühne stand – die Gelegenheit bekam, sich zu exponieren – wirkte dieser Zustand auf eine Weise berauschend, die auf einen Schlag zur Sucht geriet.

Ein Entschluss reifte jäh in Sara. Vielleicht hatte Milla recht. Vielleicht brauchte sie lediglich einen Grund, sich wieder einmal aus ihrem inneren Gefängnis zu befreien.

Sara betrachtete die Wodkaflasche, in der nur noch eine Handbreit Flüssigkeit schwappte und beschloss, den ersten Schritt in Richtung Freiheit zu wagen. Ihr Vater war schuld an dieser Scheißangst in ihr! Im Grunde genommen trug der alte Smuss auch daran schuld, dass sie Mann und Kind verloren hatte und zur Alkoholikerin und Benzosüchtigen geworden war. Weil er sie ihr ganzes Leben lang eingesperrt hatte.

Wie hatte die Psychologin ihr seinerzeit erklärt? Saras Konflikt bestand darin, in ihrer Kindheit zu einem introvertierten Leben gezwungen worden zu sein. Dabei steckte in ihr ein extrovertierter Charakter! Solange Sara dazu in der Lage gewesen war, zu tanzen, hatte sie den Konflikt auf diese Weise kompensieren können. Als ihre Gelenke die Tortur nicht mehr mitgemacht hatten, war die alte Angst aus ihrer Kindheit wieder zurückgekommen. Und mit ihr hatte sich dieses destruktive Suchtverhalten eingestellt. Es lag jetzt in ihrer Hand, der Welt zu zeigen, was noch immer in ihr steckte!

Sara beschloss, Tscharly einen Besuch in seiner Pension abzustatten. Einen Überraschungsbesuch, um ihm den Laptop vorbeizubringen.

Er sollte ihr gefälligst zuhören! Er sollte gefälligst sehen, dass sie lebte und frei war!

*

Zur gleichen Zeit wählte in Berlin-Charlottenburg Milla Huber die Telefonnummer ihres neuen besten Freundes. Sie lauschte der Warteschleifenmusik. Die Ouvertüre zu Tannhäuser. In Gedanken wähnte sich die Musikstudentin auf einer mittelalterlichen Burganlage. Die Wartburg vor Augen schaute sie aus dem Fenster und beobachtete den Berliner Verkehr. Die Autos stauten sich vor einer aufgerissenen Straße, die aufgrund von Ausbesserungsarbeiten nur in eine Richtung befahrbar war. Berlin war eben immer noch eine Baustelle! – Endlich hörte sie Rolands Mailbox-Ansage, er besaß die Stimme eines Tenors: „Hallo, ich bin es, Roland, ich bin leider gerade nicht erreichbar. Aber ihr könnt mir eine Nachricht nach dem Piepton hinterlassen. Und ich rufe euch umgehend zurück!"

15.40 Uhr, Keupstraße 29, Kreuzung Schanzstraße

„Junger Mann, ein Haarschnitt?", rief ihm der türkische Friseur mit jugendlichem Enthusiasmus und angeborenem Basar-Charme zu.

Tscharly schüttelte den Kopf und schenkte dem Mann ein freundliches Lächeln. Seine Kehle fühlte sich noch immer staubtrocken an. „Nein, danke."

Der Friseur trat in seinen Laden zurück, wobei er gleichgültig mit den Schultern zuckte.

„Worauf wartest du denn?", fragte der Kunde mit einem Bart, der sowohl einem Hipster als auch einem Salafisten gut zu Gesicht gestanden hätte.

„Can hat gesagt, dass er kommt. Schon seit einer halben Stunde. Er wollte mir das Geld für Hassan geben, Wettschulden begleichen. Vermutlich ist er aber gerade dabei, das Geld zu verzocken. Ich glaube nicht, dass er die Eier hat, das Geld direkt bei Hassan abzuliefern – lieber kommt er bei mir angekrochen. Der hat schon die Hosen voll, wenn ich mein Rasiermesser wetze. Jetzt hat seine Frau bei mir angerufen. Ayshe – sie wollte von mir wissen, wo er ist. Can ist so ein Waschlappen, dass er nicht mal seine Alte in den Griff kriegt."

Die Männer lachten.

„Und – was ist jetzt?", fragte der Vollbart, da auch er für Attila arbeitete, der Cans großzügigster Geldgeber war.

„Was weiß ich?", sagte der Friseur zu seinem Kunden. „Kann sein, dass Ayshe in die Südstadt zu ihrem Schwiegervater rüberfährt. Wenn sie klug ist, lässt sie Can in Ruhe spielen, sonst riskiert sie ein paar saftige Ohrfeigen. Der Typ traut sich nur an Frauen ran. Wenn du mich fragst, ist der eine verkappte Schwulette."

Der Bärtige brummte: „Hauptsache, er lässt die Kohle rüberwachsen!"

Tscharly – von außen – betrachtete interessiert den Salon durch das Schaufenster. Im blitzblanken Glas spiegelte sich der Süßwarenladen, in dem er für Sara eingekauft hatte. Auf der Straße verstand er kein Wort von dem, was die Männer um ihn herum redeten, aber Mimik und Gestik waren vielsagend. Hier wollte man unter sich bleiben! Der aufbrausende Wind trug Sand und Feinstaub durch die Luft. Tscharly wandte seinen Blick auf die andere Straßenseite. Irgendwo musste es doch ein Lokal geben, in dem er seine Kehle mit einem Kölsch befeuchten konnte! Ein kühles Bier gegen das subtropisch anmutende Klima würde auch seinen überreizten Nerven guttun. Der Schmerz der letzten Stunde saß tief. Jede Verletzung, die er in Saras Antlitz gesehen hatte, tat seiner eigenen Seele weh. Ich habe diese Frau geliebt, sie war, ist und wird ein Teil meines Lebens bleiben, dachte er.

Aufgewühlt ging er die Straße hinunter Richtung Bahnhof und gewann zwischen Saras Wohnung und sich immer mehr Distanz. Die Zeit heilt alle Wunden, hieß es. Doch Wunden verheilten nie völlig. Narben blieben immer, wie ihn das Leben gelehrt hatte.

Obwohl sein Herz an ihr hing, machte nichts mehr Sinn, denn Sara hatte sich aufgegeben, sie hatte sich mit Wollust in ein großes, tiefes Loch fallengelassen. Sie gefiel sich offenbar auch noch in ihrer Rolle, war der große Star ihres eigenen Films. Denn es war nichts anderes als eine Rolle, die sie spielte. Tscharly hatte sich während ihrer Ehe oft gefragt, wer Sara wirklich war und nie eine befriedigende Antwort gefunden. Saras Angst vor einer Therapie war größer, als der Wunsch zu leben. Stattdessen zelebrierte sie ihren Untergang.

Nach einigen Metern sprach ihn das Wirtshausschild *Ali Baba und die 40 Biere* an. Gab es dort tatsächlich 40 Biersorten – oder handelte es sich um einen Werbetrick à la Märchen aus Tausend und einer Nacht? Seiner Kehle sollte es jedenfalls egal sein. Die Bierbänke vor dem Lokal waren bis auf den letzten Platz mit türkischen Männern belegt. Keine Chance, sich dazwischen zu quetschen. Tscharly trat durch den Eingang ins Innere der Gaststube, die tatsächlich Ähnlichkeit mit einer Höhle besaß. Es war dunkel und angenehm kühl. Ein junger Mann mit stylischem Vollbart musterte ihn kritisch.

Schutzgeld?, fragte sich Tscharly – der Arme weiß nicht, ob ich der neue Eintreiber bin oder von der Schutzgeldkonkurrenz komme. *Weniger Geld für mehr Schutz!* – Was für ein verführerischer Slogan, wäre er nicht an Zynismus kaum zu überbieten gewesen.

„Chef, was darf's sein?", fragte der Mann mit hoher Stimme.

Tscharly entschied sich für einen Tisch am Fenster, damit er genügend Aussicht hatte, denn in Ali Babas Höhle gab es nichts fürs Auge.

„Ein Kölsch, bitte. Vom Fass."

„Früh oder Gaffel?"

„Früh."

„Kommt sofort."

Der junge Mann packte Bier- und Raki-Gläser auf ein Tablett und verschwand nach draußen. Tscharly versuchte vergeblich, es sich im alten Holzstuhl bequem zu machen. Er dachte an den Rechtsanwalt und wie dieser mit ihm Tuchfühlung aufnehmen würde.

Der Wirt kehrte mit leeren Gläsern zurück und zapfte den Rest von Tscharlys Kölsch.

„Bitte", servierte er die Bierspezialität.

„Alles in Ordnung?", fragte der Mann. „Was führt Sie hierher?"

„Ich bin Journalist."

Der junge Mann stieß einen anerkennenden Pfiff aus.

„Journalist. Hab mich schon gefragt, was ein Typ wie Sie bei mir verloren hat. Aber irgendwie wirken Sie unrund, Mann."

Das nervöse Flackern in Tscharlys Augen musste ihn verraten haben.

„Verstehe", schmunzelte der Wirt. „Cherchez la femme!"

Damit wandte er sich ab und spülte hinter dem Tresen die Gläser.

Ja, dachte Tscharly, nippte am Schaum und trank dann den kühlen Gerstensaft mit vier Schlucken leer. Nicht schlecht, das Kölsch – auch wenn man das in Bayern niemals laut sagen durfte!

Tscharly fragte: „Wie schmeckt eigentlich das Gaffel?"

Und der junge Mann verstand – er zapfte. Auf ein Bierchen mehr oder weniger kam es jetzt auch nicht mehr an.

15.45 Uhr, Internationale Filmschule Köln, Schanzenstraße

Roland Wagner stand hinter einem Mauervorsprung der Internationalen Filmschule Köln. Er trug einen braunen Tropenhut, unter dem graue Locken hervorlugten, sein braun-gelber Schnurrbart war an den Enden gezwirbelt und der graue Sommerblouson komplettierte das Erscheinungsbild eines Mannes, der nicht auffallen wollte. Sein Gesicht sprach eine andere Sprache, denn die Rotschattierung verriet einen gefährlich hohen Blutdruck, der einen Schlaganfall oder Herzinfarkt auslösen konnte.

„Du Vollpfosten! Gerry, mit dir wäre die Wehrmacht nicht einmal bis nach Danzig gekommen!", sagte er.

Er hatte sich angewöhnt, mit diesen Neonazis in ihrem eigenen Slang zu reden. Nur auf diese Weise verstanden einen diese Typen! Im Grunde verabscheute er jede Verballhornung der deutschen

Sprache wie ein Johann Wolfgang von Goethe den Dativ. Er beobachtete die beiden harten Jungs. Gerry hielt den Blick gesenkt, hatte aber die Fäuste in den Hosentaschen geballt. Er stand kurz davor, Wagner – diesem Schlaumeier! – eine aufs Maul zu hauen. Das verriet seine Miene! Sein Kamerad Max spürte Gerrys Anspannung und legte ihm beruhigend die rechte Hand auf die linke Schulter. *Jetzt nur nicht das Gesicht vor dem Arschloch verlieren!,* sagte sein Blick.

Wagner fuhr im Neonazislang fort: „So ein kleiner, osmanischer Schwanzlutscher hat dich angeschnauzt, dass du dein Fahrrad da nicht abstellen darfst? Und das einzige, was dir einfällt, ist mich anzufunken und die Flatter zu machen? Ist das dein verdammter Ernst, Kamerad!"

Wäre die Situation nicht dermaßen ernst gewesen, hätte er am liebsten über Imitation lachen mögen.

Gerry konnte nicht an sich halten. „Hätte ich den Kümmeltürken über den Haufen schießen oder die Bombe gleich hochgehen lassen sollen? Ich hab keinen Bock auf ne Selbstmordaktion! Das überlass ich den Rauschebärten! Die sehen nicht nur ihre Kameraden in Walhalla wieder, sondern kriegen noch zweiundsiebzig Jungfrauen oben drauf oder irgend so nen Scheiß."

„Schschschsch …", zischte Max wie bei zankenden Kindern.

Gerry zog die Jacke hoch und wollte die Bruni ziehen, die bereits bei ihrer ersten Aktion neben der CESKA in Aktion getreten war, verheddertе sich aber an seiner Jeans, weshalb Wagner schneller seinen Finger am Abzug hatte.

„Vorsicht", ermahnte ihn Wagner, der immer mindestens zwei Knarren dabeihatte – eine im Halfter auf Hüfthöhe, eine kleine für Notfälle in der Jackentasche und manchmal eine im Fußhalfter. „Mit mir legst du dich lieber nicht an."

„Der legt uns aufs Kreuz, das ist kein Kamerad, das ist ein Volksverräter", ließ sich Gerry von der Mini-Bleispritze nicht einschüchtern.

Max legte seinen Zeigefinger auf die Lippen.

„Noch ein falsches Wort und ich leg deinen Atzen um", drohte Wagner jetzt Max. „Mir zu unterstellen, dass es mir nicht um die Nationale Sache geht, ist eine Frechheit. Ich habe mir für die

Wiederherstellung unseres Altreichs schon den Arsch aufgerissen, als dein Vater noch Minderjährige gepimpert hat."

„Reißt euch zusammen!", ermahnte Max und tippte auf seine Sport-Uhr. „Gleich ist es Viertel vor Vier. Alles, was nach 17 Uhr passiert, wird nicht mehr in der Tagesschau gesendet."

„Zum Glück gibt es im Nationalen Widerstand auch helle Geister", gab sich Wagner daraufhin versöhnt. „Zum Mitschreiben. Keine Planänderung, egal was passiert. Wir sind keine Mickey-Mouse-Truppe, sondern die nationalsozialistische Elite! Habt ihr mich verstanden?" Er machte eine kleine Pause, damit sich die Botschaft bei seinen Jüngern festsetzte und fuhr wie ein Messias fort: „Ich muss euch wohl nicht erst wie Kinder darüber ins Gebet nehmen, dass einige Augenzeugen sich an euch erinnern werden. Deshalb ab jetzt keine Fehler mehr! Vor Phantombildern brauchen wir uns nicht zu fürchten. Die stimmen ja eh selten. Ich werde nachher als einer der Ersten am Tatort sein, damit meine Behörde gut dasteht. Ablenkung, Täuschung und Desorientierung. Zu dem Zeitpunkt müsst ihr aber längst über alle Berge sein. Habt ihr mich verstanden?"

Max und Gerry nickten.

„Max, du schiebst das Aldi-Fahrrad mit der Lieferbox dahin, wo es hingehört! In diesen Schandfleck von Ausländer-Ghetto, in dem weder Recht noch Gesetz herrscht. In das sich kein Deutscher reintraut. In dem alles an der staatlichen Ordnung vorbeiläuft. Das wird ihnen eine Lehre sein. Sie werden sich künftig zweimal überlegen, ob sie sich hier in unserem christlichen Abendland noch sicher fühlen. Oder ob sie nicht doch lieber zurück nach Anatolien zum Ziegenficken gehen!" Wagner musste lächeln. Manchmal sprach er sogar in seinen Träumen in Neonazislang. „Ihr beiden Vollpfosten hättet ja nicht einmal einen Polenböller richtig hingekriegt! Die Kamelficker hätten gedacht, dass ein Hochzeitskorso unterwegs ist. Für die Bombe musste der gute alte Wagner selbst und höchstpersönlich ran. Tausende Zimmermannsnägel und Bleikugeln. Sechs Kilo Schwarzpulver. Ich sag nur Bombenstimmung! Um kein Risiko einzugehen, Max, stellst du die tödliche Fracht exakt vor dem Geschäft von Coiffeur Özgür ab und legst unbedingt die Kette an! Sonst klaut uns am Ende noch irgend so ein pubertierender Sohn eines Kümmelhändlers der zweiten Generation das Ding vor der Nase weg, und unsere schöne Bombe verpufft in einem Kohlekeller! Wäre doch schade."

Keiner lachte.

„Gerry, du folgst Max mit drei Minuten Abstand. Du schiebst zwei Fahrräder. Max soll dir nach Deponierung der Fracht entgegenkommen. Ihr schwingt euch auf die beiden Drahtesel und flieht Richtung Schanzenstraße. Alles klar?"

Gerry und Max nickten – *Führer befiehl, wir folgen dir.*

„Uhrenvergleich."

Die Uhren liefen synchron.

„Ich zünde anschließend die Bombe mit der Flugzeugfernsteuerung um 15.58 Uhr. Da vorne", er streckte die Hand Richtung Keupstraße aus, „müsst ihr aufpassen. Der volksfeindliche Musiksender hat dort Außenkameras angebracht. Nicht die Kappen abnehmen und keinesfalls in die Kamera lächeln! Habt ihr das verstanden?"

Die Kameraden nickten.

„Anschließend fahrt ihr zur Tiefgarage, ladet die Fahrräder in den Camper und macht euch aus dem Staub. Ihr werdet eine halbe Stunde haben, bevor sie die Ringfahndung einleiten. Falls sie euch stoppen – euch wird nichts passieren, denkt dran! Ihr müsst entspannt bleiben, dann lassen sie euch passieren. Alles klar?"

Max hob den rechten Daumen.

„Für Volk und Vaterland!", schloss Wagner.

„Für Volk und Vaterland", wiederholten seine Schützlinge.

Max schnappte sich das Fahrrad mit der Bombe. Seine Knie zitterten. Er zupfte seine Jacke zurecht und zog den Schirm der Baseballkappe nach unten. Er deutete ein lässiges Salutieren an und wandte seinen Kameraden den Rücken zu. Am Ende dieses Tages wollte er der Worte seines Vorbildes gedenken. Der Stellvertreter des Führers – Rudolf Heß – hatte dereinst beteuert: *„Ich bereue nichts!"* In diesem Sinne legte er Schritt für Schritt zurück. Voller Stolz.

Geh schon, Mann!, flehte Wagner innerlich – die Planung dieser Aktion hat mehrere Monate Schwerstarbeit gekostet! Jetzt nur keinen Fehlschlag! Zu viel steht für die deutsche Sache auf dem

Spiel. Ich schwöre: Deutschland wird nicht mehr wiederzuerkennen sein, Vater! Ein historischer Moment. Die Götterdämmerung hat begonnen.

Außerdem durfte er seine kleine Freundin in Berlin nicht länger als nötig allein lassen.

Keupstraße 15.58 Uhr

Mit Genuss trank Tscharly das Gaffel-Kölsch. Schwer zu entscheiden, welches besser schmeckte – das Früh oder das Gaffel. Beide waren süffig. Er spielte mit dem Glas in der Hand. Sollte er noch eins trinken? – Nein, entschied er schließlich. Er wollte Sara keine Vorlage liefern, damit sie ihren eigenen Alkoholkonsum rechtfertigen konnte. So abwesend sie wegen ihrer Dauersedierung erschien, so wusste er genau, dass sie im Zweifel trotzdem jede Kleinigkeit mitkriegte, wenn es der Entschuldigung ihres eigenen Fehlverhaltens diente. Tscharly stand auf und ging zum Tresen. Der Mann präsentierte ihm durch fünf Finger den Rechnungsbetrag. Tscharly kramte einen Fünfeuroschein und eine große Münze hervor und legte das Geld auf den Tresen.

„Firma dankt", wurde er verabschiedet.

Kein Wunsch, dass er wiederkommen sollte. Entweder war offensichtlich, dass er nicht nach Köln gehörte – oder der Inhaber verdächtigte ihn weiterhin, dass er doch kein Journalist, sondern die Vorhut einer Schutzgeldorganisation bildete. Kurz vor dem Türrahmen holte er die Ray-Ban-Sonnenbrille aus dem Etui, als ein ohrenbetäubender Knall schlagartig alle Gesprächsfetzen, Motoren und Geräusche um ihn herum übertönte. Obwohl er die Straße noch nicht betreten hatte, wurde Tscharly von der Detonationswelle ergriffen und mit Wucht in die Kneipe zurückgeschleudert, wo er sich auf dem Fußboden sitzend wiederfand. Sein Trommelfell schmerzte. Blitzschnell rappelte er sich auf, erhaschte einen Blick auf die Straße und erkannte metallene Gegenstände und Glassplitter, die durch die Luft flogen, als handle es sich um eine verrückte Computeranimation. Mit der Explosion verbanden sich noch andere Geräusche: Fensterscheiben zerbarsten, Autoalarmanlagen tönten schrill, Menschen schrien. Schuhe wirbelten durch die Luft. Tscharly hörte Schmerzensschreie. Klagen wie Gebete. Hilferufe. Wimmern …

„Verdammt, was war das?", schrie er.

Er blickte sich um und sah, wie sich der Türke hinter dem Tresen ebenfalls aufrappelte.

„Alles okay?"

Der Mann stürmte an ihm vorbei. „Ich muss nach meinen Gästen schauen. Hoffentlich ist meinen Cousins nichts passiert …"

Tscharly war noch vor dem Wirt zur Türe draußen und blickte in die Richtung, aus der das Detonationsgeräusch gekommen war. Was er sah, verschlug ihm den Atem. Der Straßenzug war komplett zerstört. Autofenster waren zersprungen, Schaufensterteile waren viele Meter weit geflogen. Menschen lagen auf der Straße. Männer, die weinten, Frauen, die in ihrem eigenen Blut lagen, Kinder, die schrien. Als Reporter hatte Tscharly viel erlebt. Kriege, Bürgerkriegsgebiete, Orte furchtbarer Terroranschläge. Was er hier sah, versetzte ihn in Schock. Trotz der Starre nahm er Kleinigkeiten wahr, absorbierte Details, spürte tief in seinem Inneren Schmerzen und ungeheure Energien, die plötzlich freigesetzt wurden. Eine Hand packte ihn am Arm. Unter normalen Um-ständen wäre er herumgefahren und hätte die Person mit Blicken in Grund und Boden gestarrt. Jetzt starrte er verdutzt in das Gesicht eines deutsch aussehenden Mannes, unauffällige Erscheinung mit einem Kaiser-Wilhelm-Gedächtnisbart. Wie auch immer der Typ sich in dieses Viertel verirrt haben mochte! Er wirkte völlig fehlplatziert und aufgeregt … *aus dem Häuschen!*, wäre wohl der richtige Ausdruck. *Aufgekratzt.*

„Wir müssen helfen!", sagte der Mann. „Sie sehen so aus, als ob Sie dazu in der Lage sind."

Tscharly nickte beflissen.

„Ich benachrichtige die Rettungskräfte und die Polizei! Und Sie laufen zum Zentrum der Explosion … Versuchen Sie zu helfen! Große Wunden mit Kleidungsstücken abdecken und kräftig auf die Wunden drücken, damit die Blutung gestillt wird … Sind Sie dazu in der Lage – hey Mann, wachen Sie gefälligst auf! *Ich rede mit Ihnen!*"

Ladeninhaber traten auf die Straße, um das Ausmaß der Zerstörung ihrer Geschäftsfronten zu inspizieren und Frauen riefen verzweifelt die Namen ihrer Männer.

„Ja", erwiderte Tscharly.

„Dann los!", wies der Deutsche ihn zurecht und Tscharly erkannte, dass er sich in dem Kerl geirrt hatte. Dieser Typ war gewohnt, Befehle zu erteilen und er schien den Überblick zu behalten. Von *Aufgekratzt* oder *Aus-dem-Häuschen* keine Spur. Tscharly riss sich los und lief die Keupstraße Richtung Epizentrum der Explosion los. Unter seinen Füßen knirschten Glasscherben. Er musste Stoßstangen, Holzlatten und weiteren Gegenständen ausweichen. Kurz blickte er zurück und erkannte, wie der Typ mit dem grauen Blouson sich an den leicht verletzten Gästen zügig ins Innere des Lokals zubewegte. Unter dessen Jacke, die aufgrund der Körperhaltung nach oben geschoben wurde, erhaschte Tscharly jäh einen Blick auf ein Pistolenhalfter, ehe das Kleidungsstück wieder an seine Stelle rutschte. Gut, dass Zivilpolizisten unterwegs sind, kombinierte Tscharly. Wenigstens würde sich dadurch das Chaos in Grenzen halten. Männer, die blutgetränkte Unterhemden um den Kopf gewickelt hatten, wankten ihm wie Zombies entgegen. Rauch und Staub hatten sich noch nicht verzogen und wurden dichter, je näher er dem Explosionsherd kam. Tscharly erkannte das schwer getroffene Gebäude, in dem er Saras Gebäck gekauft hatte. Das gegenüberliegende Haus sah noch viel schlimmer aus. Es war komplett zerstört und im Inneren loderte ein Feuer. Drei Meter vor dem Eingang lag ein Damenrad – oder besser: was davon übriggeblieben war! Tscharly erspähte unter dem Schutt das Stück einer schwarzen Lieferbox, auf der sich ein Teil des Aufklebers eines Pizzalieferdienstes befand. Es handelte sich um jenen Moment, in dem die Neuronen in Tscharlys Gehirn eine Verbindung herstellten zu exakt jener Szene, die sich vor einer guten Stunde zwischen einem Kölsch-Türken und einem sächsischen Pizzaboten abgespielt hatte …

Ob die beiden Männer noch lebten?

„Tscharly … Tscharly …"

Schwach, ganz schwach, wie aus weiter Ferne hörte er seinen Namen. Wie ein Schlafwandler. Die Stimme schien ihm bekannt. Tscharly wandte den Blick von den zerstörten Gebäuden ab und blickte über den Schutt zu seinen Füßen. Klar, hier – an dieser Stelle – musste die Bombe explodiert sein. Hier lag das Zentrum. Auf dem Boden befanden sich Verletzte.

„Tschar ...“

Er versuchte, die Stimme zu orten. Da lag eine von der Detonationswucht herausgerissene Tür eines schwarzen Mercedes. Als Tscharly den Blick scharf stellte, erkannte er darunter die Konturen von halb verdeckten Armen und Beinen. Tscharly bahnte sich seinen Weg durch die Scharen der Verletzten. Glassplitter steckten noch im Autofenster. Er fasste die Türe an den Außenkanten an. Es gelang ihm trotz aller Anstrengungen kaum, das Teil anzuheben. Bei jedem Millimeter, den er die Tür zur Seite hievte, vernahm er das verzweifelte, peinvolle Wimmern einer Frau.

„Lass dir helfen, Bruder!“, kam ein kräftiger Mann auf ihn zu, der um den Arm einen selbstgebastelten Verband aus einem T-Shirt trug. „Auf Drei heben wir die Tür an und legen sie von dir aus gesehen nach links.“

„Okay.“

„Eins, zwei ...“

Mit vereinten Kräften gelang es ihnen, die Tür minimal anzuheben und die darunterliegende Person davon zu befreien. Erst als sie das Ungetüm auf dem Boden abgelegt hatten, warf Tscharly einen Blick auf das blutige Knäuel, das sich zusammengekauert auf dem Boden vor Schmerzen wand.

„Sara, mein Gott ... *Sara!*“, schrie Tscharly. *Lieber Gott, lass mich endlich aufwachen aus diesem Albtraum!* Sein Wehklagen vereinte sich mit dem tausendstimmigen Chorus, der durch die Straße hallte, als befänden sie sich irgendwo in einem Krisengebiet im Irak.

Sara lag auf der linken Seite. In Fötus-Stellung. Seine Laptop-Tasche hing an ihrer rechten Schulter. Auf Hüfthöhe. Tscharly spürte, wie sich sein Herz verkrampfte. Sara rief im Delirium immer wieder seinen Namen. Röchelte. Die Hauptwunde glaubte er an ihrem Hals auszumachen. Blutende Wunden gab es genug, aber die klaffende Öffnung unterhalb des Kopfs war sicherlich die tödlichste. Tscharly zog sein Oberteil aus, zerknüllte es und drückte es fest auf die Halswunde.

„Halte durch, ich bin bei dir", betete er. „Bitte halte durch, Sara ..."

Sara gab keinen Laut mehr von sich.

„Es tut mir so leid, so verdammt leid. Das hast du nicht verdient. Es ist alles meine Schuld, verdammt ..."

Saras Augenlider standen offen. Tscharly erkannte nur noch das Weiße in ihren Augen. Verdammt, ihre Pupillen waren nach oben gerutscht. Wie bei einem Junkie, der sich gerade eine Überdosis gespritzt hatte. Eine Angst, die er sonst nie kannte, hielt ihn wie ein Schraubstock umspannt.

Er schrie: „Hilfe ist unterwegs. Alles wird gut, Sara. Du wirst sehen, alles wird gut ..."

Wo bleibt nur der verdammte Krankenwagen?

Hatte der Zivilpolizist nicht gesagt, dass er Hilfe holen würde?

Tscharly zählte in Gedanken bis zehn ...

... und endlich – in der Ferne hörte er erste Sirenen. Als erfahrenem Journalisten gelang es ihm, den Klang der Martinhörner von Feuerwehr, Rettung und Polizei zu unterscheiden.

„Hörst du das, Sara? Sie sind unterwegs, um dich zu retten. Alles wird gut, hörst du?!"

Wie ein elektrischer Schock senkte sich das plötzliche Bewusstsein in Tscharlys Gehirn, dass Sara ihm unter den Händen wegstarb. Sie musste bereits viel zu viel Blut verloren haben, bevor er sie entdeckt hatte. Tränen der Verzweiflung rannen ihm die Wangen herunter. *Nein, so kann, so darf das zwischen uns einfach nicht enden. Alles war besser als das hier!*

„Bleib hier, du musst hierbleiben ..."

Er fragte sich, wie das alles nur hatte passieren können. Auf einen Schlag war sein Leben komplett aus den Fugen geraten. Diese Bürde würde ihn nie mehr loslassen, wenn Sara in seinen Armen starb. Als die Sirenen schon ganz nahe klangen, fiel ihm ein, dass der Mann ja zum Telefonieren in das Lokal gegangen war. *Jeder Zivilpolizist verfügt doch heutzutage über ein Handy!* Dazu der komische graue Schnurrbart, die fast schlohweißen Haare unter dem Hut zu einem Gesicht, das erstaunlich jünger wirkte als die Haarfarbe signalisierte … und über allem Tscharlys Erinnerung an die Szene mit dem Kölsch-Türken und dem vermeintlichen Pizzaboten!

All das kann doch unmöglich ein Zufall sein!

Nein, es war kein Zufall, dass seine Ex-Frau in seinen Armen verblutete. Sie war hier, weil sie ihm seinen Laptop hatte bringen wollen. Weil ich mit ihr gestritten habe. Weil ich im Streit den Laptop habe liegen lassen. Tscharly schickte ein Stoßgebet gen Himmel, in dem er um Saras Leben flehte. Aber in seinem Inneren blieb es totenstill. Sein Gott hatte es ihm wohl übelgenommen, dass er so lange nicht mehr zu ihm gebetet hatte. Falls Gott überhaupt existierte oder am Ende doch nichts weiter als eine Aneinanderreihung von Zufällen war. Weil er ein Monster war. Weil er an diesem Tag in einer Straße mitten in Deutschland zugelassen hatte, wofür Tscharly ihn verfluchte.

Sunlight Camping-Mobil, 16.20 Uhr, A 1, Richtung Dortmund

Gerry schlug mit voller Wucht auf das massive Sunlight-Camper-Lenkrad ein. „Zum Teufel! Ich lass mir von dem verdammten Wichser nichts mehr sagen!", brüllte er wie von Sinnen.

Die Leitplanken der Autobahn zogen an ihnen vorbei.

„Beruhig dich", wies Max ihn in die Schranken.

Kamerad Gerry war ein Bollerkopf – da war der intellektuell-emotional überlegene Max das ideale Korrektiv. Irgendwann – um das elfte Lebensjahr herum – musste sein Gehirn wohl einen gehörigen Knacks abbekommen haben, aufgrund dessen es aufgehört hatte, sich großartig weiterzuentwickeln, sinnierte Max. Hing wahrscheinlich mit dem älteren Bruder zusammen, der um diese Zeit herum unter tragischen Umständen erfroren war. Den Tod hatte Gerry nur ganz schlecht weggesteckt.

„Beruhigen? Ich soll mich beruhigen?", brachte sich Gerry jetzt erst recht in Rage. „Der kleine Wicht schubst mich rum wie einen vertrottelten Halbwüchsigen und stellt mich vor meinem besten

Kameraden bloß! Hätte ich den Kümmeltürken direkt plattgemacht, wär es ihm auch nicht recht gewesen!"

„Wagners Nerven liegen eben manchmal blank", erklärte Max. „Das war ein heikler Punkt unserer Mission. Ich finde, dafür hat das Arschloch sich diesmal ganz ordentlich im Griff gehabt. Abgesehen von der knallroten Birne, die gar nicht zur grauen Tarnung gepasst hat! Aber welches Arschloch ist schon perfekt?"

„Irgendwann lass ich ihn vor die Wand stellen", schwor Gerry.

„Jetzt gehen wir erstmal zu den Kameraden nach Dortmund und feiern unseren Sieg", schlug Max vor.

„Heil!", grölte Gerry.

Er wiederholte sein Mantra drei Mal, während er angestrengt auf die Autobahn starrte.

„Dort warten jede Menge Mädels auf dich, Kamerad", fuhr Max fort. „Die Dortmunder Groupies sind sowieso die schärfsten." Er entblößte dabei ein gleichförmiges Gebiss, während er mit verschlagenem Gesichtsausdruck zu Gerry auf dem Fahrersitz stierte.

Groupies hießen jene Szene-Girls, die es nur mit den harten Jungs trieben. Da waren sie bei ihnen beiden an exakt der richtigen Adresse. Eine Win-Win-Situation! Die militanten Hardliner trugen die Weiber wie Trophäen vor sich her und die Nazi-Schlampen prahlten damit, welchen Oberführern sie schon das Kanonenrohr geputzt hatten! Gerry dachte an Liesel. Seine Liesel. Auch die Liesel von Max. Die er mochte und die ihn dennoch nicht vollumfänglich befriedigte. Wer Trophäenweiber sammeln konnte, wie Max und er, der blieb nicht immer nur beim öden Eintopf. Der holte sich nicht nur auswärts Appetit, sondern aß auch ab und an auswärts. Liesel ließ es sich schließlich auch ganz gut gehen, schließlich war sie die Führerin im Gefolge ihrer beiden Kameraden. Was dem Ganzen keinen Abbruch tat. Sie drei waren schließlich Kameraden und eine Kameradin, die weltanschaulich so durch und durch gefestigt waren, sodass Zwischenmenschliches dem Politischen nicht in die Quere kam.

Max öffnete eine Dose Krombacher Pils und trank genussvoll den ersten Schluck. Nach getaner Arbeit war ein Bier schon in Ordnung. Ansonsten herrschte strenge Disziplin. Gerry schlug aufs Lenkrad, weil ein auf die Mittelspur wechselnder LKW ihm den Schwung raubte.

„Weißt du eigentlich, dass wir die deutsche Geschichte neu schreiben?", fragte Max, während er genüsslich am Bier nippte. „Es wird immer die Rede von dir, Max und Liesel sein, der unschlagbaren Vorhut des nationalsozialistischen Widerstands! Die der grün-rot-versifften Bundesrepublik die Stirn geboten hat und ein politisches Erdbeben in Deutschland hervorgebracht hat! Und dabei haben wir die nationale Revolution in Gang gesetzt und nebenbei auch noch menschlichen Abfall entsorgt. So wird es dereinst in den Geschichtsbüchern sehen, Kamerad!"

„Solange sich die Polizei dermaßen dämlich anstellt und mit Wagners Geheimdienst-Protektion halte ich es auch nicht für ausgeschlossen, dass wir beide das 4. Reich noch selbst erleben", erwiderte Gerry. „Beide als SS-Obergruppenführer , natürlich. Und Wagner wird Postminister."

Beide lachten herzhaft über die Pointe zu Lasten ihres Mentors.

„Die von der Polizei können eigentlich gar nicht so dumm sein, wie sie tun", spann Max den Faden weiter. „*Ein ausländerfeindlicher Hintergrund kann derzeit ausgeschlossen werden*", äffte er den Tonfall der Polizeimeldung im Radio nach, die nach einem ihrer Anschläge erfolgt war. „Genau wie bei den vier Aktionen davor! Dabei haben die zig Sonderkommissionen gebildet, die Idioten."

„Wenn wir noch mal einen Dönersäbler kaltmachen, heißt es in der Presse wohl *Döner-Morde*", sinnierte Gerry mit breitem Lächeln vor sich hin.

„Wär doch mal ne geile Schlagzeile", stimmte Max zu. „Döner-Morde, Türkenkiller, Bosporus-Blut und so weiter. Egal was sich die Auflagenschreiber für eine Überschrift ausdenken, auf jeden Fall würden die Bullen dann noch mehr in Richtung Organisierte Kriminalität ermitteln. Dadurch haben wir die Muselmanen gleich zweimal gefickt! Einmal durch den Mord und zum zweiten durch die rassistischen Bullenschweine, die jeden Stein drei Mal umdrehen, um irgendein Fitzelchen Dreck beim Opfer zu finden. Irgendwas gibt es schließlich immer. Sind ja dumme Scheiß-Kanaken. Ein bisschen bei der Steuererklärung beschissen, hier mal in der Ehe nebenraus geschossen, dort mal ne Line gezogen, bla, bla, bla. Glaub mir, diese degenerierten hartnäckigen Ermittler reißen ganze Familien auseinander. Nur ein Toter, aber mindestens zwölf ausgelöschte Existenzen! Selbst schuld, wenn die Türken sich wie Straßenköter fortpflanzen und unser geliebtes Vaterland durch ihre Anwesenheit beschmutzen."

Gerry trommelte einen Tusch auf dem Lenkrad.

„Eigentlich müssten wir die Polizei- und Sicherheitsdienste zu unseren Ehrenkameraden ernennen", behauptete er.

„Dir haben sie wohl ins Gehirn geschissen!", wies Max seinen Kameraden zurecht, ehe dieser noch auf den Gedanken kam, er hätte hier gleichberechtigt mitzureden! „Ich mach lieber das Radio an", entschied Max.

Er drehte dann doch lieber den CD-Player voll auf. Rechtsrock brachte die Fensterscheiben und ihre Trommelfelle zum Vibrieren.

Berlin, Charlottenburg, 17.05 Uhr

Die Nadel des Plattenspielers kratzte sanft über die schwarzen Rillen. Tannhäuser, zweiter Akt, vierte Szene – der Gesang der Sirenen, Chor der Staatsoper Berlin unter der Leitung Herbert von Karajans.

„Naht euch dem Strande,
naht euch dem Lande,
wo in den Armen
glühender Liebe
selig Erbarmen
still' eure Triebe ..."

Woher auch immer Roland derlei Schätze bezog, Milla spürte in ihrem Innern die Kraft der Verführung wie einen Traum, aus dem sie niemals zu erwachen hoffte. Der Traum im Traum ließ sie vergessen, worum sie sich vor einer Stunde noch Sorgen gemacht hatte. Sie ließ sich in die Kissen ihres Bettes sinken und hielt sich an der zerknüllten Bettdecke fest, als könnte sie darin wie in einer Grotte verschwinden. Vor ihr entstand ein Bild des edlen Minne-sängers Tannhäuser, der dem Ruf der Sirenen folgte. Hier – in der

Unterwelt – lockte die Göttin Venus ihn mit sinnlicher Leidenschaft. Tannhäuser erfuhr, was es bedeutete, mit Haut und Haar
der Lust zu verfallen, ganz vergessen auf die raue Wirklichkeit, die
ihn zu Hause auf der Wartburg erwartete … versunken in einem
Schlummer, der nur aus Lust, süßem Dahinschmelzen, aus Gier
und unendlicher Liebe bestand. Eine ungekannte Absolutheit.
Richard Wagner in Höchstform. Als Milla die Augen öffnete,
stand Jimmy in ihrem Zimmer.

„… stressiger Tag heute", filterten ihre Ohren die Stimme ihres
WG-Mitbewohners heraus. „Bin froh, wenn ich den Taxi-Schein
an den Nagel hängen kann. Entschuldige, falls ich dich geweckt
habe, aber ich habe Thorsten am Alex gesehen. Und ich habe
gedacht, das könnte dich vielleicht interessieren."

Milla fühlte sich wie eine Schlafwandlerin, die vom Balkon ge-
stürzt und durch den Aufprall geweckt worden war.

„Thorsten …", murmelte sie schlaftrunken – noch den Gesang
der Sirenen im Ohr.

Johannes Himberger, von den Mitbewohnerinnen kurz Jimmy
genannt, war Millas bester Freund.

„Musst du mich so erschrecken!", fauchte sie ihn an. „Ich bin
erschöpft, Jimmy."

Sie richtete sich auf.

„Ich hab Thorsten beobachtet", wiederholte er.

„Und?"

„Ich habe ihn mit Ulla gesehen."

„Ulla …?" Milla bemühte sich um eine feste Stimme.

„Seine Ex, du weißt schon."

Milla presste die Lippen zusammen. Jetzt nur nicht in Tränen
ausbrechen. Keine Schwäche zeigen. Stark sein!

„Er hat mir erzählt, dass er sich heute mit ihr trifft", log sie. „Sie
nimmt an der Schwimmmeisterschaft teil. Er soll sie trainieren." In
diesen Plan hatte Thorsten sie erst gestern eingeweiht, woraufhin
sie gestritten hatten. Am Ende hatte Milla kein Wort mit ihm
geredet und Thorsten hatte wutentbrannt die WG verlassen. Er
wohnte bei seiner Mutter und seinen drei jüngeren Schwestern in
Kreuzberg.

Milla richtete sich auf und schaltete den Plattenspieler aus. Die Schallplatte nur mit Fingerspitzen berührend schob sie die Rarität in die Hülle und legte sie sorgsam auf einen Stapel von alten Platten, den Roland ihr vorbeigebracht hatte.

„Sag mal, findest du diesen Typen nicht komisch?", fragte Jimmy.

„Thorsten?"

„Nein, ich meine diesen Roland. Er könnte immerhin dein Vater sein – oder auch dein Opa … Er geht mit dir in die Oper, lädt dich zum Essen ein und er macht dir teure Geschenke. Was glaubst du, wie Thorsten die Sache vorkommen muss! Vielleicht ist es bei dem Ganzen kein Wunder, wenn er sich nach seiner Ex sehnt."

Milla schnaubte: „Typisch! Männer! Ihr müsst immer alle an das Eine denken."

„Entschuldige, Milla, irgendwas stimmt doch mit dem nicht! Das riecht doch ein Blinder mit zugebundener Nase."

Milla verschränkte die Arme. „Er ist der einzige von euch allen, der sich keine Hoffnungen darauf macht, mit mir im Bett zu landen und mich anschließend verändern will."

„Niemand will dich verändern, Milla. Du bist du – so wie du bist. Genau richtig."

Sie schaute in Jimmys Gesicht, dessen Miene seine Naivität widerspiegelte.

„Du bist wohl wirklich der einzige, der meinen Hintern nicht fett findet", entgegnete sie.

„Dein Hintern ist perfekt. Alles an dir ist genau richtig."

„Wenn dem so wäre, dann würde Thorsten mich nicht immer dezent darauf hinweisen. Er kauft mir sogar Pullis, die lang genug sind, damit mein Hintern seinen Freunden nicht auffällt. Er will mit mir nicht zum Schwimmen gehen. Und wenn – dann nur irgendwohin, wo ihn keiner kennt … Ich habe das Versteckspiel satt."

„Wenn er nicht zu deinem Hintern steht, dann ist dieser Typ dich einfach nicht wert."

„Siehst du – und genau das sagt Roland auch!"

Die Angst vor dem Tod haben, haben in Wirklichkeit auch Angst vor dem Leben. Auch das waren Rolands weise Worte, erinnerte sie sich.

Warum hatte sie dann eigentlich Hemmungen, sich von Thorsten zu trennen? Vielleicht sollte ich Thorsten vor die Wahl stellen – entweder er liebt mich so wie ich bin … oder … *Ach!* Im Grunde hatte sie schon als Mädchen den Eindruck gehabt, ihre Mutter schämte sich wegen Millas Übergewicht. Die Ballerina mit dem Pummelkind! Solange Milla denken konnte, hatten die anderen Kinder sie ausgelacht und die Erwachsenen hatten sie mitleidig angesehen. In der Pubertät hatte sich ihr Babyspeck über den Körper wohlproportioniert verteilt. Milla war außerdem dreimal in der Woche Schwimmen gegangen. Von vorne besaß sie eine Figur, die eigentlich ganz okay schien. Lediglich ihre vier Buchstaben passten noch immer nicht zum Gesamtbild – viel zu ausladend … Jimmy sprach manchmal scherzhaft von einem „gebärfreudigen Becken", was Milla jedoch wenig tröstete.

„Roland Wagner", sagte Jimmy. „Findest du das nicht seltsam, dass der Typ so heißt, als wäre er ein Nachfahre deines Lieblings- komponisten. Das ist doch total suspekt! Sag mir ruhig Bescheid, Milla, wenn er dich doch gegen deinen Willen anfasst. Dann be- kommt er es mit mir zu tun!"

Jimmy spielte Chaplins kleinen Vagabunden, der in Rage gerät. Milla musste lachen.

„Hat Wagner eigentlich nichts Witziges geschrieben?", fragte er.

„Dann wäre Wagner nicht Wagner, wenn er eine lustige Oper komponiert hätte."

„Tannhäuser könnte doch in der Venusgrotte ebenso gut von einer Frau, die ihren Hintern zu breit findet, vernascht werden und dann …" Er gab ihr verspielt einen Klaps auf den Po und sie veranstalteten eine Kissenschlacht. Milla lachte Tränen. Warum nur konnte Papa nicht hier sein und sie in den Arm nehmen? Wie oft in ihrem Leben hatte sie sich gewünscht, der berühmte Tscharly Huber wäre nicht ihr Vater … Im Gegensatz zu Mama hätte sie schon eine Strategie gefunden, ihn an ihrer Seite zu behalten. Ein Mann, der eine Frau beschützte, weil er selbst vor orientalischen Despoten und bis an die Zähne bewaffneten Re- bellen keine Angst hatte. Tscharly Huber war ein richtiger Mann. Ein Outlaw. Ein Indiana Jones des Journalismus.

„Hörst du das?", unterbrach Jimmy jäh ihre Kissenschlacht.

Milla verstummte.

Das Handy – der Walkürenritt, Eröffnungsmelodie dritter Akt *„Die Walküre"*, Waldhörner spielten fanfarenartig die berühmte Melodie, die rhythmisch mit einem Pferdegalopp harmonierte. Millas Klingelton!

Papa – leuchtete in Großbuchstaben über dem Display.

„Willst du denn nicht rangehen?"

Ob Papa sich mit Mama wieder versöhnt hat?

Milla drückte die grüne Taste. Ehe Tscharly Huber auch nur ein Wort hätte sagen können, brachen Millas Gedanken in einem Schwall aus ihr heraus: „Papa, ich habe gehört, was passiert ist. Mama hat mich schon angerufen. Ich weiß nicht, wieso ihr wieder gestritten habt. Aber du musst sie nicht wie die reinste Assi-Braut dastehen lassen. Nur damit du am Ende wieder der Gute bist!"

Milla stockte. Sie hörte Papas Atem, ein Knacken in der Leitung, Störgeräusche. Eine Polizeisirene. Milla spähte aus dem Fenster, um sich zu versichern, dass es sich nicht um eine Sinnestäuschung handelte, hervorgerufen durch das Hämmern der Kompressoren oder vorbeirauschenden Autos. Auf der Baustelle entdeckte sie längst keinen Arbeiter mehr. Der Verkehr tuckerte gleichmäßig an den verwaisten Absperrungen vorbei.

„Papa?", fragte Milla, nachdem keine Antwort kam.

Sie blickte in Jimmys Gesicht und erkannte darin ihren eigenen Schrecken wie im Spiegel.

Papas Antwort folgte drei Sekunden später, die sich wie eine Ewigkeit anfühlten – mit brüchiger Stimme: „Milla …"

„… Papa."

Ein Geräusch wie ein Röcheln. Täuschte sie sich? Oder lag es am schlechten Empfang?

„Was ist los, Papa?", hörte sie eine piepsende Mädchenstimme. Vor ihrem geistigen Auge erstand eine Vision von Mama. Ohne dass Papa ein Wort über ihren Zustand erwähnt hatte, wusste sie, dass etwas Schreckliches passiert sein musste. Einem Tscharly Huber, der von Kriegsschauplätzen live berichtet hatte – ein Mann wie Papa bewahrte stets kühlen Kopf und behielt die Macht über seine Stimme selbst dann noch, wenn neben ihm eine Panzerfaust in den Boden einschlug und die Erde unter seinen Füßen erbebte und von Blut getränkt wurde.

„Milla, Mama liegt im Krankenhaus."

„Nein", vernahm sie die Mädchenstimme, die sie an Kreide erinnerte.

„Die Ärzte sagen … sie sagen … die Ärzte – sie sagen …"

„Was? – Was sagen die Ärzte denn, Papa?"

Papa erlangte die Gewalt über seine Stimme zurück. „Sie sagen, dass sie wahrscheinlich nicht … diese Nacht … wenn überhaupt … überleben … wenn überhaupt überleben wird … vielleicht … vielleicht auch nicht … vielleicht …" Papa schluchzte.

„Wo?"

„Uniklinik – Kerpener … Kerpener Straße … Intensivstation."

„Intensivstation …", wiederholte sie.

Das Wort schien sich in die Länge zu ziehen wie ein Kaugummi zwischen ihren Lippen – *In-ten-siv-sta…tiooohn*. Die Fahrzeuge fuhren plötzlich im Zeitlupentempo an der Baustelle vorbei. Jimmys Hand streckte sich im Schneckentempo nach ihr aus, berührte ihre Schulter, um Milla Halt zu geben.

Über allem schwebte das Antlitz von Mama, in einer Welt, die längst nicht mehr zu jener Realität gehörte, in der sie sich eben noch Gedanken über ihre Figur und ihre Beziehung zu einem gleichaltrigen jungen Mann gemacht hatte. Sie spürte den Schmerz wie ein pulsierendes Geschwür in ihrem Magen. Millas Arme zitterten. Jimmy verhinderte ihren Sturz, indem er sie zu ihrem Bett führte. Er ließ sich neben ihr nieder, hielt sie.

„Papa …"

Über die nächsten beiden Stunden fehlte Milla später an dieser Nacht komplett die Erinnerung.

Jimmy setzte sich an Millas Computer und rief die Webseite des Flughafens auf. „Es geht heute noch ein Flug von Köln nach Berlin. In fünfzig Minuten. Ich fahr dich mit dem Taxi hin. Pack ein paar Sachen zusammen, ich reserviere dir in der Zwischenzeit einen Platz."

Von da ab verwandelte die Musik in ihrem Innern sich in Rauschen. Wagner verstummte und sie wünschte nur, Roland wäre erreichbar. Jimmy brachte sie mit seinem Taxi zum Flughafen.

Irgendwo flimmerten Bilder von zerstörten Häuserfassaden, die an Krieg erinnerten – mitten in Deutschland – über einen überdimensionalen Bildschirm. Verletzte Menschen, die unter Trümmern herausgezogen wurden. Milla nahm die Schlagzeilen bruchstückhaft wahr: Nagelbombe ... Schwerverletzte ... Ein Mann namens Otto Schily trat vor die Kameras. Als Milla sich in den Flieger quetschte, sah sie den Mann noch immer vor sich. Opa erschien vor ihrem geistigen Auge. Otto Schily gehörte zu jenen Leuten, die für die Münchner Neuesten Nachrichten hin und wieder eine Kolumne geschrieben hatten. Dann war Otto Schily zum deutschen Innenminister aufgestiegen, woraufhin er für seine alten Bekannten keine Zeit mehr übrighatte. Die Enttäuschung des alten Methusalems hatte sich in Grenzen gehalten. Genauso hatte Peter Smuss Schily eingeschätzt – ein Karrierist, wie er im Buche stand. Jetzt hatte dieser Karrierist vor laufenden Kameras erklärt, zurzeit liefe die Fahndung nach den Tätern auch Hochtouren. Als Milla in Köln durch die Schalterhalle stapfte, sah sie auf Bildschirmen noch immer die Bilder der verwüsteten Keupstraße. Es hieß, man vermute die Täter irgendwo im türkisch-kurdischen Milieu. Schlagwörter wie Ausländerkriminalität, Schutzgelderpressung und Islamismus machten unter den Menschen in der Halle und auf der Straße längst die Runde.

Milla setzte sich wieder in ein Taxi.

„Wo darfs denn hinjehn?", fragte der Fahrer.

Milla murmelte irgendwas von Uniklinik.

Der Fahrer lauschte einem Beitrag über den Anschlag. Millas Wahrnehmung verwandelte sich in das Rauschen zurück. Straßensperren, die den Fahrer zwangen, Umwege einzuschlagen, Polizisten und Polizeiautos an jeder Straßenecke ... Alles verwandelte sich in einen Traum, den sie abstreifte in dem Moment, da sie dem Fahrer ein viel zu hohes Trinkgeld in die Hand gedrückt hatte und aus dem Auto stieg, ohne sich auch nur ein einziges Mal umzudrehen. Tief in ihrem Innern spielte mit einem Mal ein gewaltiges Orchester die Nibelungen. Brünhilde sprang zu ihrem geliebten Gatten auf den Scheiterhaufen, um mit diesem gemeinsam zu sterben. Die Fluten des Rheins ergossen sich über das Feuer. Im Hintergrund tauchte das brennende Walhalla auf – die Wiege der

Götter. Eine Apokalypse, die ein wahnsinniges Genie erdacht und erträumt hatte. Milla spürte ihr Herz hämmern. Schweiß lief ihr über das Gesicht. Roland, wenn du nur hier sein könntest, um mich in den Arm zu nehmen.

Roland, mein Geliebter.

Mama …

Milla fror. Alles schien so unwirklich, als handelte es sich um eine Oper, die einen für drei Stunden in ihren Bann zog. Und nachher kehrte man langsam an die Oberfläche der Realität zurück und spürte den Boden unter den Füßen. Nur dass diesmal das Erwachen ausblieb. Und sie mit keinem Gedanken mehr an die Blicke der Frauen und Männer denken musste, die hinter ihrem Rücken über ihre körperlichen Unzulänglichkeiten tuschelten. So wie sonst. Eine Eiseskälte hatte sich klamm um Millas Herz gelegt.

Keupstraße, Ziviler VW-Polizeitransporter Rücksitz, 19.38 Uhr

Obwohl die Klimaanlage des VW-Transporters lief, schwitzte Can. Die Scheiben waren abgedunkelt. Niemand konnte mitkriegen, was hier passierte. Can kauerte auf der Rückbank. Vor ihm stand ein Becher mit kaltem Kaffee. Kaffee war wirklich das Letzte, nach dem ihm jetzt der Sinn stand! Ganz klar, die beiden Zivilpolizisten wollten ihn eine Weile schmoren lassen und hatten sich unter fadenscheinigen Entschuldigungen aus dem Staub gemacht. Vielleicht gingen sie einer brandheißen Spur nach.

Can saß mindestens eine halbe Stunde alleine im Auto. Er hatte keine Ahnung, wie es weitergehen sollte. Seine Frau lag im Krankenhaus und er musste im verdammten Staatsmachttransporter ausharren – noch ohne Plastikfesseln und Vorwürfe, aber er war gespannt, was kommen würde. Müde und dennoch aufgewühlt legte er den rechten Unterarm und den Kopf auf den kleinen Tisch, der zwischen den Rückbänken stand. Die beiden Bänke waren so angeordnet, dass sie sich direkt gegenüberstanden. Wenn er gewusst hätte, was ihn erwartete, wäre er auf Tauchstation geblieben oder aber sofort ins Krankenhaus zu Ayshe gefahren. Was sollte er tun? Pleite war pleite, Loser war Loser. Und er hatte nicht die geringste Ahnung, wo er nur einen einzigen Cent hätte auftreiben können. Am besten wäre es gewesen, wenn er sich selbst gegenüber hart geblieben wäre – aber das brachte er einfach nicht! Ein Satan in seinem Inneren verlockte ihn zum Spielen und seine Seele war zu schwach, um dagegen aufzubegehren. Da hatte er sich endlich mit Mühe einige Euro vom Munde abgespart und wollte einen Teil seiner immensen Spielschulden begleichen – und nun das! Wenn er an die Summe dachte und daran, wem er diese schuldete, wurde ihm schlecht. Und dann? Anstatt zu Hassan zu fahren, der sich um die Wettschulden des *Großen Attila* kümmerte, um bei ihm mit der Versicherung, den Rest der Schulden alsbald zu begleichen, gut Wetter zu machen, Attila den Segen Allahs und seines Propheten zu wünschen, hatte Can sein Verlangen nicht bremsen können. Verdammt, nichts war zu vergleichen mit dem unbeschreiblichen Kick zu zocken. Keine Liebe, keine Drogen, keine Autos.

Das Türgeräusch des Vans riss ihn aus seinen Gedanken. Can richtete sich auf. Die Männer, die ihn höflich, aber bestimmt zum *„Informationsgespräch"* gebeten hatten, drängten sich nacheinander in den Kleinbus.

„Entschuldigung, dass Sie warten mussten", begann der Dunkelhaarige mit dem Römerkopf und den schwarzen Locken. „Vielen Dank, Herr Bal, für Ihre Zeit."

Can sagte: „Kein Problem."

„Gut, Can", fuhr der Mann fort. Er besaß einen kräftigen Oberkörper. Can schätzte, dass er ihn um zehn Zentimeter überragte – also knapp einen Meter und neunzig. Der andere Zivilpolizist besaß hellblondes Haar. Er war mindestens fünfundzwanzig Zentimeter kleiner als sein Kollege. Außerdem war er auch schmaler als sein durchtrainierter Kollege. Er drängte sich als Erster auf die Bank, wobei ihn das Pistolenhalfter störte. Beinahe musste Can schmunzeln, denn die Polizisten mussten sich arrangieren, damit sie bequem sitzen konnten.

„Also, Can", nahm der Kräftigere den roten Faden wieder auf, „Sie sind gegen achtzehn Uhr dreißig Uhr in der Kaiserstraße in Köln Porz aufgebrochen?", fragte er.

Das bestätigte Can mit einem Nicken. „Wie ich Ihnen bereits gesagt habe."

Er hatte sich seine Geschichte im Kopf zurechtgelegt. Den ersten Teil hatten sie ihm in einem kurzen Vorgespräch scheinbar abgekauft. Sein Cousin Mehmet hatte Can über die fiesen Taktiken dieser Bullenschweine aufgeklärt. Die zogen einen ständig über den Löffel und stellten eine Falle nach der anderen. Dass er geschäftlich unterwegs gewesen war und aufgrund wichtiger Verhandlungen sein Handy ausgestellt hatte, weshalb er die Anrufe seiner Frau und später seiner ganzen Verwandtschaft nicht bemerkt hatte – das hatte Can den beiden erzählt. Deshalb hatte er erst auf dem Nachhauseweg vom furchtbaren Nagelbombenanschlag gehört, als er das Radio angemacht hatte. Daraufhin habe er das Letzte aus seinem 3er-BMW herausgeholt und wäre beinahe verrückt geworden vor Angst um seine über alles geliebte Frau, seinen Vater, seine Mutter und die anderen Verwandten. Er habe sich trotz der Absperrungen zur Konditorei „*durchgekämpft*". Dort habe er nach langem Herumfragen von einer Sanitäterin erfahren, dass seine Frau verletzt ins Krankenhaus gebracht worden war, aber dass bei ihr zum Glück keine Lebensgefahr bestünde. Damit wäre er fürs Erste beruhigt gewesen und wollte sich dennoch sofort auf den Weg ins Krankenhaus machen, woran er aber von der Polizei gehindert worden war, da sie ihn als wichtigen Zeugen einstuften. Sein Vater, seine Mutter, andere Verwandtschaft und Deniz – die Cousine seiner Frau – waren glimpflich davongekommen. Von kleineren Kratzern einmal abgesehen. Deniz hatte ihn sogar heftig umarmt und sich lange an seiner Schulter ausgeweint. Sie wollte Can gar nicht mehr gehen lassen …

„Sie behaupten, dass Sie dort mit einem Herrn Üzgür zusammen über die Eröffnung einer weiteren Dependenz Ihrer Konditorei gesprochen haben?", hakte nun der kleinere Zivilpolizist mit dem schnittigen Gesicht eines Windhundes nach.

Can wollte das Tippen mit dem Fuß sein lassen, kriegte die Zuckungen aber schlecht unter Kontrolle. Das ständige Geräusch verriet einiges über seinen inneren Zustand – vielleicht brach ihm das beim Spielen irgendwann endgültig das Genick!

„Ja", erwiderte er. „Mein Laden in der Keupstraße läuft, äh … lief sehr gut. Deshalb habe ich mir vorgenommen zu expandieren. Das ist ein normaler Vorgang."

Der Römerkopf zog die Stirn in Falten.

„So, Geschäftsexpansion mit Herrn Üzgür besprochen", murmelte er und kratzte sich mit der Rechten hinter dem Ohr. „Ihnen ist klar, dass wir das überprüfen werden?"

„Aber natürlich", erwiderte Can und versuchte nicht zu schlukken. „Machen Sie das. Herr Üzgür wird Ihnen alles bestätigen."

Wenn er eins beim Zocken gelernt hatte, dann war es das berühmte Pokerface. Nie blinzeln. Keinen Kloß im Hals kriegen, auch wenn es um Tausende von Euros ging. Aber das hier war eine andere Situation, als mit seinen Jungs am Tisch zu sitzen.

„Werden wir überprüfen", sagte der Kleine. „Aber wir sind noch nicht fertig."

Die Pause sollte Can wohl einschüchtern, überlegte er. Aber das zog bei ihm nicht. Außerdem fragte er sich, wer hier der böse und wer der gute Bulle war. Während der Große eine durchweg angenehme Stimme besaß, hörte sich die seines Kollegen wie ein Reibeisen an.

„Ihre Schwippcousine Deniz hat uns erzählt, dass es bei Ihnen in der Ehe in letzter Zeit nicht mehr so gut lief."

Can schüttelte den Kopf. „Ich weiß nicht, was sie damit meint. Vielleicht haben Sie sie falsch verstanden. Manchmal bringt Deniz ein paar Worte durcheinander."

Der Römerkopf setzte ein Lächeln auf, in das er seine ganze Verachtung legte – *du kleiner Kümmeltürke legst mich nicht aufs Kreuz*, las Can von seinen Zügen ab.

„Sie haben eine glückliche Ehe geführt?", sagte er mit einer so sanft klingenden Stimme, die in krassem Gegensatz zu seinem Gesichtsausdruck stand.

Can blickte in die braunen Augen des Mannes, die jäh weich schimmerten. Der Zivilpolizist setzte ein Lächeln auf. Er führte seine Hand unter den Tisch und rückte sein Pistolenhalfter ein wenig zur Seite. Er zauberte aus seiner Hosentasche ein Karamellbonbon der Marke Werthers Echte hervor.

„Ayshe und ich führen eine glückliche Ehe", antwortete Can.

Sein Gegenüber befreite das braune Bonbon aus seiner knisternden Hülle. Der Anblick besaß etwas Hypnotisches. Can hörte seinen Magen knurren. „Ich danke Allah und seinem Propheten viele tausend Mal, dass meine geliebte Frau am Leben ist. Ich möchte zu ihr. Bitte lassen Sie mich gehen. Ayshe ist mein ganzes Leben, ich muss dringend zu ihr. Bitte!"

Die Reibeisenstimme des Kleinen holte ihn auf den Boden der Realität zurück. „Das wird wohl noch einen Augenblick warten müssen."

Der Römerkopf schob sich genussvoll das Bonbon in den Mund. „Wie viele Kinder haben Sie, Can?"

„Keine", antwortete Can. „Leider."

Trotz Bonbon im Mund räusperte sich sein Gegenüber. „Ich könnte mir gut vorstellen, dass es für einen erfolgreichen türkischen Geschäftsmann wie Sie schmerzlich ist, wenn ihm die Frau keinen Stammhalter schenken kann."

Die Kombination aus honigsüßer Stimme und Botschaft versetzte Can schlagartig in eine melancholische Stimmung. Auf einmal drohten ihm Tränen in die Augen zu schießen.

„Wir haben uns lange einen Sohn gewünscht", gestand er ein und senkte den Blick auf den braunen Resopaltisch. „Aber Allah hat unsere Bitten und unser Flehen bisher nicht erhört, vielleicht …"

„Das hat uns Deniz auch schon erzählt!", schnitt ihm der Kleinere mit seiner Bonny-Tyler-Stimme das Wort ab. „Das ist nicht so einfach mit den Wünschen bei dem Herrn da oben. Deniz hat sogar behauptet, dass Sie eine Affäre hätten, damit eine andere Frau Ihnen den lang ersehnten Stammhalter schenkt. War das der Grund Ihrer Abwesenheit und wieso Sie das Handy ausgeschaltet hatten?"

Am liebsten hätte sich Can die Ohren zugehalten und wäre in einem Loch versunken. Deniz, dieses kleine verlogene Miststück! Die Melancholie verwandelte sich in Wut.

„Ich war meiner Frau immer treu!", schrie er „Ich habe Ayshe nie mit einer Frau betrogen. Dass sie mir keinen Sohn schenken kann, gibt mir nicht das Recht, sie zu betrügen. Dafür liebe ich sie viel zu sehr und jetzt dieser furchtbare Anschlag …"

Jetzt gab es kein Halten mehr – Can tat etwas, was er nicht einmal machte, wenn die Verluste einer heißen Zockernacht im fünfstelligen Bereich lagen … Er weinte hemmungslos und schluchzte wie ein Kind!

Der Kleine grinste vergnügt. „Deniz geht sogar davon aus, dass Sie es mit mehreren Frauen gleichzeitig probieren, Herr Bal."

Der Römerkopf, der immer noch das Bonbon schlotzte, erhob sich und legte Can wohlwollend seine warme Hand auf die Schulter. Was folgte, war eine Mischung aus Tätscheln und Massage.

„Worüber wir uns eigentlich mit Ihnen unterhalten wollen, Can", meinte er, „ist nicht Ihr Nachwuchs, sondern es sind Ihre Schulden. Uns wurde mitgeteilt, dass es sich um eine Summe im sechsstelligen Bereich handelt. Vielleicht sogar im mittleren sechsstelligen Bereich. Ich habe schon Leichen aus dem Rhein gefischt, bei denen es um zehntausend Euro und weniger ging."

Schlagartig hörte Can mit dem Schluchzen auf und blickte dem Mann, der ihm so liebevoll die Schulter tätschelte, ins Gesicht. Aber dessen Ausdruck war plötzlich wie in Stein gemeißelt. Die Hand schloss sich wie ein Schraubstock um Cans Schulter und verursachte Schmerzen.

„Au, Sie tun mir ja weh", jammerte Can und wurde bei jedem Wort leiser, da sich der Druck noch verstärkte.

„Das will ich hoffen", kommentierte der Kleine. Can sah paralysiert zu, wie der Mann aufstand, die Hand langsam Richtung Halfter bewegte und den Knopf öffnete.

„Ich … ich … ich möchte einen Anwalt sprechen …"

Can versuchte sich zu erheben, aber der rechte Arm des schönen Mannes hielt ihn wie eine tonnenschwere Bleiplatte auf dem Sitz fest.

„Sie sind doch nur ein Zeuge, da benötigen Sie doch keinen Anwalt", flüsterte der Zwerg. „Oder wollen Sie als Verdächtiger behandelt werden? Soll ich daraus vielleicht schließen, dass Sie sich selbst nicht belasten wollen? Aber Zeuge hin, Verdächtiger her, wir müssen herausfinden, wer diese verdammte Bombe gezündet hat, die zweiundzwanzig Menschen zum Teil schwer verletzt hat. Eine dieser Verletzten ist Ihre Frau, Herr Bal. Und wir sind es dieser Straße, den hier lebenden Menschen und unserem Staat schuldig, schnellstmöglich die Täter zu finden. Wieso explodierte die Bombe ausgerechnet auf Höhe Ihres Geschäfts?"

Das letzte Wort klang wie ein Pistolenschuss.

„Fragt Özgür", versuchte Can sich rauszuwinden, was nur noch stärkere Schmerzen in der Schulter verursachte.

„Keine Sorge, um den kümmern wir uns schon noch", sagte der Große. „Und jetzt hör auf uns zu verscheißern, sonst machen wir ernst und dann ist Schluss mit heitiheiti!"

Der Kleinere zog seine Glock aus dem Halfter und legte sie auf den Tisch. Die Mündung zeigte wie zufällig auf Can.

Vor Angst blieb Can beinahe das Herz stehen. Die wollten ihn doch nicht erschießen? Er hatte nichts gemacht. Die deutsche Polizei konnte ihn doch nicht im Ernst mit einer Waffe bedrohen?

„Wem schuldest du die Kohle? Den grauen Wölfen? Der türkischen Mafia? Vielleicht der PKK?"

Jede Frage des kleinen Mannes ließ Can erschaudern. *Wenn die wüssten, wem ich das Geld tatsächlich schulde* … Aber er würde denen nichts verraten, weil sein Leben sonst keine fünf Cent mehr wert war.

„Mach schon", zischte der Zwerg. „Ich habe heute noch was vor. So einen Knilch wie dich verspeise ich normalerweise zum Frühstück." Nach den letzten Worten nahm er die Pistole in die Hand und legte den Sicherungshebel um. Er zielte auf Cans Herz. „Wir sind Elitepolizisten zum Schutz unseres Staates und keine Karnevalspolizei. Wumm. Wir ziehen die Samthandschuhe aus. Wir sind keine Zimperlieschen. Hier geht es um die Interessen Deutschlands. Also, pack schon aus! Wie viel schuldest du wem? Wer steckt hinter dem Anschlag auf euer Geschäft?"

Can schwindelte. Alles drehte sich. Can blickte in die Mündung der Glock. Der Zwerg grinste und sein Finger bewegte sich in Zeitlupe Richtung Abzugshahn. Can schwitzte aus allen Poren seines Gesichts. Schwärze breitete sich um ihn aus. *Verdammt, ich will noch nicht abkratzen!* Das war doch die deutsche Polizei, verdammt. So etwas kann es doch hier gar nicht geben. *Der macht doch nicht Ernst, oder ...?* Der Finger zog durch ... und Can entleerte sich im Moment des Klickens.

„Hahaha, hat wohl Ladehemmung", meinte das Römergesicht, „ganz im Gegensatz zu unserem Freund Can."

Can hing halbohnmächtig in der Bank. Er vernahm, wie das Magazin herausgenommen und wieder reingesteckt wurde.

„Das werde ich der Presse mitteilen ...", brachte er schwach über die Lippen.

Die beiden Männer lachten und murmelten etwas von zwei Zeugen gegen einen.

Der Kleine murmelte: „Deine letzte Chance, lieber Can, denn dieses Mal hat sie aller Wahrscheinlichkeit nach keine Ladehemmung mehr ... Wem schuldest du das verdammte Geld?"

Aus dem Nichts traf Can die Fontäne einer kalten Flüssigkeit ins Gesicht. Der Guss brachte ihn zurück zu den Lebenden. Bäh, der kalte Kaffee stank ekelhaft! Der Geruch seines Urins, vermischt mit dem von Jacobs Krönung, drang in seine Nase vor.

„Der ist härter, als er aussieht", hörte er den Großen wie von weit weg. „Aber eine letzte Chance geben wir ihm noch, bevor wir sein Leben zerstören und seiner Frau im Krankenhaus mitteilen, dass er Deniz fickt ... Und wir werden seinem alten Herrn stecken, dass der Laden, der Name und das Familienrezept längst an anderes Spielergesindel überschrieben sind. Das wird den Familienpatriarchen mit seinem Diabetes und seinem schwachen Herz ohne Umwege ins Jenseits befördern ..."

„Okay, okay, ich rede ja schon!"

Can wusste, wann er verloren hatte.

„Ui, der muss sich duschen, bevor er seine Frau besucht", höhnte die Reibeisenstimme.

Ab jetzt ist mein Leben keine fünf Euro mehr wert!

„Attila ... Attila hat mir das ganze Geld geliehen!"

„Na, also!", sagte der Große und streichelte über die schmerzende Schulter.

„Guter Junge", stimmte sein Kollege ihm zu.

Nach Luft japsend und wacklig auf den Beinen, stieg Can fünf Minuten später aus dem Bus. Erst jetzt fiel ihm auf, dass es kein

Protokoll gab und er nichts hatte unterschreiben müssen. Can wagte nicht, sich umzudrehen, um nach dem Nummernschild des Fahrzeugs zu schauen.

Warum nur fehlte ihm im Augenblick selbst der Mut, Ayshe im Krankenhaus zu besuchen?

Intensivstation Krankenhaus Köln, 20 Uhr

„Können wir zu ihr, Papa?"

„Sie ist sehr schwach. Die Ärzte haben sie in ein künstliches Koma versetzt."

„Ich habe ihr geraten, dir hinterherzulaufen, Papa. Und dich zur Rede zu stellen! Sie konnte es nicht einfach ertragen, wie du sie behandelt hast. Sie hat deine Arroganz und deine Selbstgefälligkeit ihr gegenüber nicht ertragen. Mama hat sich dir gegenüber immer klein und schwach gefühlt. Wenn du ihr nicht immer dieses Gefühl gegeben hättest, dann … dann …"

Plötzlich löste seine Tochter sich aus Tscharlys Armen.

„Wo ist sie jetzt? Ich will auf der Stelle zu ihr!"

Die Gefühlswandlungen des Kindes verrieten Tscharly den Schock, unter dem es stand. Ein Gefühlscocktail unterdrückte zur Stunde Millas Fähigkeit, logisch zu denken. Um eine Erklärung für das Unbegreifliche zu finden, suchte sie stattdessen nach einem Schuldigen. Milla brauchte eine Möglichkeit, ihre Wut und ihren Hass in eine Richtung zu kanalisieren. Während seiner Reisen in Katastrophengebiete hatte Tscharly diese Logik, nach der Menschen funktionierten, oft genug beobachtet.

Obwohl – vielleicht hat sie tatsächlich recht. Wenn ich den Laptop nicht bei ihr vergessen hätte, hätte sie keinen Anlass gehabt, mir … *Wenn ich mich nur niemals von ihr hätte scheiden lassen!*

Tscharly versuchte, seine Tochter zu beruhigen. „Milla, ich … ich habe … vielleicht … einen Fehler gemacht …", brachte er stammelnd zustande. „Aber wie hätte ich wissen können, dass sie mir nachläuft?"

Milla betrachtete ihn entsetzt. Er stand ihr mit grauem Gesicht gegenüber. Hatte es anscheinend nicht einmal geschafft, sich den Ruß komplett abzuwaschen. Tscharly Huber wirkte groß und stark, wie immer! Dabei hatte er Mama schließlich dazu bewogen, ihm hinterherzulaufen. Und Mama hatte ihm auch noch den Laptop nachgetragen, anstatt das Gerät aus dem Fenster zu werfen. Wegen seiner verdammten Karriere, die Papa immer wichtiger gewesen war als seine Familie, war es schließlich zu dieser Situation gekommen. Wenn ...

„Ich will jetzt sofort zu Mama!", wiederholte Milla.

Papa redete mit ruhiger Stimme auf sie ein: „Ich frage einen Arzt."

Eine Viertelstunde später, während derer sie sich eisern anschwiegen, erschien ein junger Mediziner mit blondem Scheitel. „Sie ist schwach. Sie dürfen sie auf keinen Fall aufregen, denn wir wissen nicht, was die Menschen in diesem Zustand alles mitbekommen. Sie hat sehr viel Blut verloren. Außerdem haben sich einige Rippen in ihre Lunge gebohrt. Ich hoffe, dass wir diese Blutungen heute Nacht unter Kontrolle kriegen. – Ich gebe Ihnen drei Minuten. Dann sind Sie aus dem Zimmer von Frau Huber draußen, haben Sie verstanden!"

Tscharly und Milla schlüpften in grüne Mäntel, wurden angewiesen, OP-Hauben und Mundschutz zu tragen. In Begleitung einer Krankenpflegerin schwebten sie auf leisen Sohlen in das Zimmer, das Tscharly bereits vor zwei Stunden zum ersten Mal betreten hatte.

Die Frau, die vor ihnen in einem Intensivbett mit Seitenteilen lag, wurde durch einen Tubus künstlich beatmet. Aus ihrem rechten Nasenloch führte ein Schlauch. An ihrem Hals und in der Armbeuge befanden sich Zuleitungen, über die sie Infusionen erhielt. Das Gesicht der Frau schien geschwollen, ein unnatürlicher Glanz lag über ihrer Haut. Sie trug eine Windelhose, aus der ein weiterer Schlauch in einen Beutel führte, in dem dunkler, konzentrierter Urin sich sammelte. Sie trug eine Art Nachthemd, das nach hinten offen schien. Milla fand im Angesicht der Bildschirme, die Aufzeichnungen über Puls, Blutdruck und Sauerstoffsättigung führten, keine Worte.

Die Krankenpflegerin erklärte: „Das kommt vom Cortison, deswegen wirkt sie so aufgeschwemmt – das vergeht wieder. Sie werden Ihre Mutter und Frau bestimmt wiedererkennen, wenn das alles hier", sie senkte den Kopf, „vorbei ist. Und jetzt folgen Sie mir bitte wieder nach draußen."

„Bitte ...", stammelte Milla, „ganz kurz nur ..."

„Okay, aber ich warne Sie, wenn Sie sie aufregen, dann muss ich Sie ..."

„Schon gut", sagte Tscharly.

Die Pflegerin maß ihn mit einem verständnisvollen Blick. Er nickte ihr zu. Sie verließ daraufhin den Raum. Milla berührte ihre Mutter am Handrücken.

„Mama", sagte sie und blickte auf einen Bildschirm. Täuschte sie sich, oder beschleunigten sich die Pulswellen für einige Sekunden. Sie löste ihre Hand von Mama, woraufhin sich der Rhythmus allmählich wieder verlangsamte.

„Mama, ich bin es. Ich lasse dich jetzt nicht wieder im Stich."

Der Puls stieg, woraufhin die Pflegerin in den Raum zurückkehrte und sie endgültig hinauskomplimentierte. „Sie haben gehört, was der Arzt gesagt hat."

Millas Schwebezustand setzte sich fort. Sie blieb auf dem Flur stehen. Ihr Entsetzen, das Bild vor Augen – jenes Bild, das sie bis zu ihrem Lebensende verfolgen würde ... erstarrte sie. Papa redete irgendwas mit ihr. Wieder setzte der Zustand des Rauschens in ihr ein. Dieser Tag schien ihr, als wäre er der letzte ihres Lebens. In einem solchen Zustand musste Wagner die Götterdämmerung komponiert haben. Am Vorabend des Todes. Auch Millas Welt war in Flammen aufgegangen. Nichts mehr würde von heute an so sein, wie es gewesen war. Sie riss sich die Intensivkleidung vom Körper und blitzte ihren Vater mit hasserfüllten Augen an. Die Pflegerin half ihr, die Kleidung in einer Tonne zu entsorgen. Milla konnte vor Hass keinen klaren Gedanken fassen. Dafür, was Papa Mama angetan hatte ... Ich will ihn nie wiedersehen! *Nie wieder!* Sie trat zurück. Das Entsetzen über ihre Reaktion stand Tscharly Huber in sein selbstgerechtes Gesicht geschrieben. Sie spürte einen Hauch von Erleichterung. Denn es tat gut zu wissen, dass Papa mindestens genauso litt, wie sie.

„Was ist los?", fragte er mit unsicherer Stimme.

„Geh mir aus den Augen, Papa."

„Aber …"

„Kein Aber … Ich kann nicht so viel essen, wie ich kotzen will!"

Tscharly wich noch weiter zurück.

Die Pflegerin, die noch in ihrer Nähe stand, sprach ein Machtwort: „Ich muss Sie bitten, die Contenance zu wahren. Es befinden sich noch andere Opfer hier auf der Intensivstation. Einen Raum weiter liegt eine junge Türkin, die es wohl von allen am Schlimmsten erwischt hat. – Die Nagelbombe hat ihr das ganze Gesicht bis auf die Gesichtsknochen herunter zerfetzt."

Kölner Altstadt, Kneipe, 21 Uhr

Gut gelaunt stieg Wagner die Treppen in das Kellerlokal hinunter. Der Idiot von den Münchner Neuesten Nachrichten hatte angebissen und die Absage seines islamistischen V-Mannes geschluckt. Besser gesagt, die Nachricht des mit ihm befreundeten Anwalts, auf den er sich verlassen hatte. Ein Hoch auf die elektronische Überwachung! Der Paragrafenreiter hatte es mit dem Alter von Erotikfilmschauspielerinnen nicht so genau genommen, was Wagner ausgenutzt hatte. Der war ihm ausgeliefert. Ein Anwalt im Knast, weil er sich Kinderfickerei reingezogen hatte. Lizenz futsch, Leben futsch und so weiter. Wagner hatte nur mit dem Finger geschnippt und der Rechtsverdreher hatte Huber prompt die Absage ins Hotel geschickt. Also, nichts mit Madrid – hier Köln *live*!

Der Prolet mit den kurz geschorenen Haaren lümmelte bereits vor einem Meter Kölsch. Wagner beobachtete ihn. Das war ein anderes Kaliber als seine jungen Freunde, die heute Nachmittag wieder einmal ihr Können unter Beweis gestellt hatten. Der Typ hier war nur dem Schein nach brutal, legte Wert auf Äußerlichkeiten und war auf keinen Fall die hellste Leuchte auf der Torte. Ein Rechter, wie ihn sich die Systemjournalisten immer vorstellten.

Ungefragt setzte Wagner sich zu ihm und nahm ein jungfräuliches Kölsch aus dem Meter Holz. Jovial prostete er dem Skinhead, Hooligan und Hitleristen zu. Mit Lidern auf halbmast erntete er einen bösen Blick.

„Was gibt es?", fragte Philip. „Ich hab ja nichts dagegen, mir auf Staatskosten einen anzusaufen, aber es gibt bessere Kneipen als die hier. Außerdem geht mir die amerikanische Besatzermusik auf den Zeiger."

Immerhin ist er in der Lage, einige zusammenhängende Sätze hintereinander zu formulieren, dachte Wagner.

„Der Nagelbombenanschlag", setzte Wagner an und verzerrte dabei das Gesicht, als ob er beim Zahnarzt eine Zahnwurzelbehandlung ohne Betäubung durchführen musste. „Dir ist schon klar, dass da was auf euch zukommt."

Philip guckte irritiert, schnappte sich ein frisches Kölsch-Glas und schüttete es sich in den Rachen, als ob es sich dabei um Mineralwasser handeln würde.

„Wieso? Der Schily ist doch vor die Presse getreten und hat lauthals verkündet, dass der Anschlag keinen rechtsextremistischen Hintergrund hat. Die Ermittlungen gehen voll in Richtung Organisierte Kriminalität. Was hast du eigentlich sonst so für Probleme, Wagner?"

Wagner schnitt eine Grimasse. „Du Vollpfosten hast von Politik keine Ahnung. Der Innenminister hat lediglich gesagt, dass der derzeitige Ermittlungsstand keine Anhaltspunkte ergebe, dass kein fremdenfeindliches Motiv beim Anschlag erkennbar wäre. Aber jemand, der seinerzeit mit der RAF unter die Decke schlüpfte, glaubt doch seinen eigenen Worten nicht. Irgendwann wird der Verdacht nach rechts gelenkt. Wenn es ihnen politisch in den Kram passt. Wenn sie eine andere Schweinerei deckeln wollen. Oder ein Schmierfink seine braunen Fantasien ausleben muss, weil seine Alte die Tage hat."

Philip ließ die Litanei regungslos über sich ergehen und rülpste herzhaft, als Wagner geendet hatte.

„Ich verstehe nicht, was mich das angeht", sagte er. Der Agent saß ihm ohne den falschen Schnurrbart – lediglich mit seiner schwarzen Perücke gegenüber. Wagner trug dazu seine Berthold-Brecht-Gedächtnisbrille und nippte am Bier.

„Ich habe mit dem ganzen Dreck nichts am Hut", fuhr Philip fort. „Gegen ein paar Türken weniger hab ich nichts einzuwenden, aber ich sehe keine Notwendigkeit in dieser Sache irgendwie tätig zu werden."

Wagner schlug mit der flachen Hand auf den Tisch, was keiner mitbekam, denn in der Kneipe herrschte gähnende Leere – die Touristenfalle war um diese Uhrzeit selten gefüllt. Zu spät für den Nachmittagsschwung und zu früh für die Nachtsause.

„Es geht drum, präventiv tätig zu werden. Wir müssen falsche Fährten legen, verstehst du?", sagte er mit Nachdruck, aber der Gesichtsausdruck von Philip signalisierte ihm, dass er wohl eine Schippe drauflegen musste. „Wir müssen eine Spur Richtung islamistischen Terror legen", buchstabierte er es aus. „Damit die Idioten was haben. Etwas, das unserer Sache nicht schadet."

Tatsächlich regte sich etwas in Philips Gesicht. Überraschung, Erstaunen und Freude. „Klar", stimmte er endlich zu, „umso besser, wenn die Stummelschwänze Druck kriegen. Ich versteh nicht, was ich dafür tun kann. Ich hab doch nichts mit den Kamelfickern zu tun."

Wagner atmete tief durch. Jetzt galt es, seinen fein gesponnenen, mehrschichtigen Plan umzusetzen. Eigentlich konnte nichts mehr schiefgehen.

„Ich weiß, dass ein angesehener Journalist einer renommierten überregionalen Tageszeitung in Köln ist. Der wollte in Sachen Al-Qaida recherchieren. Aber seine Islamisten-Quelle hat ihm abgesagt. Jetzt wird er sicher von seinem Chef den Auftrag erhalten, das Nagelbombenattentat aufzuklären. An dieser Stelle kommst du ins Spiel, Kamerad. Du setzt dich mit ihm in Verbindung und vereinbarst mit ihm morgen einen Termin. In diesem Lokal. Um Punkt sechzehn Uhr. Exakt um sechzehnuhrfünfzig verlasst ihr beide diesen Ort. Es ist mir scheißegal, wie du das hinkriegst, aber ich verlasse mich auf dich. Die entsprechende Nachricht lass ich ihm zukommen, da brauchst du dich nicht drum zu kümmern."

Philip sah nicht begeistert aus.

„Und dann?", fragte er wie ein Mittelstufenschüler, der sich nicht richtig für eine Gruppenpräsentation erwärmen kann.

„Du fütterst ihn an. Erzählst ihm, dass du Hinweise hast, dass das Attentat etwas mit der Kölner Extremistenszene zu tun hat."

Hier machte Philip endgültig dicht. Auf seinem Gesicht spiegelte sich ein Meer von Fragzeichen. Das Hin-und-Her, Hü-und-Hott bekam er nicht unter einen Hut. Wagner ergötzte sich an seiner Ratlosigkeit. Es konnte eben nicht jeder so ein begnadeter Stratege und Taktiker wie er sein. Die Dumpfbacke vor ihm verstand ohnehin nicht viel mehr als Bier, Rechtsrock und den deutschen Gruß.

„Nein", sagte Philip. „Du kannst mich mal. Ich kack keine Kameraden mehr an. Schon gar nicht für etwas, das sie nicht begangen haben. Hast du eigentlich noch alle Latten am Zaun?"

Wagner schwitzte unter der Perücke. Hoffentlich verrutschte das Scheißteil nicht! Egal, jetzt war es an der Zeit, dem Wicht zu zeigen, wer die Hosen anhatte. Der Umgang mit V-Männern ähnelte der Erziehung von Kindern: *Zuckerbrot und Peitsche und kräftig ins Gehirn gefickt!*

„Hör mal, mein Lieber", holte Wagner aus, „die tausend Euro pro Monat nimmst du gerne. Dafür erwarte ich etwas mehr Enthusiasmus. Die Amtsleitung auch. Demnächst geht es bei uns um Einsparungspotenziale. Rate mal, welcher Name ganz oben auf der Liste steht."

„Scheiß auf die Amtsleitung und fick dich", probte Philip den Aufstand.

„Gutes Stichwort", hakte Wagner ein und griff in die Innenjacke seiner schwarzen Lederjacke. „Mir ist es ja egal, welche sexuellen Präferenzen jemand hat. Aber wenn ich das hier deinen Kameraden zeige, dann bist du nicht nur unten durch, sondern richtig gefickt. Und wenn ich dann noch rauslasse, dass du so manchen von ihnen für Kohle angeschissen hast und sie deshalb im Knast brummen mussten, manche sogar ein paar Jährchen, dann kannst du dein Testament aufsetzen. Oder nach Südafrika auswandern. Aber die Kameraden da unten stehen auch nicht auf Verräter!"

Schlagartig wurde Philip bleich, als er das Foto auf dem rustikalen Kneipentisch sah.

„Das kannst du nicht bringen, Mann …"

„Und ob", entgegnete Wagner. „Werde ich, wenn du dich auf die Hinterbeine stellst und den großen Max markierst."

„Wo habt ihr Schweine das Bild her?", fragte Philip mit zitternder Stimme.

„Das müsstest du am besten wissen", entgegnete Wagner und ein diabolisches Lächeln zeichnete sich auf seinem Gesicht ab. „Ist nicht mein Schwanz im Mund des jungen Nichtariers, sondern deiner. Ich war mir immer im Klaren über die Gefahren, die mit der käuflichen Liebe verbunden sind. Auch wenn sie gleichgeschlechtlich ist. Außerdem weiß das Amt alles. Und dass in Puffs jedweder Art Kameras installiert sind, weiß inzwischen jeder Vollpfosten. Außer dir. Außerdem: Wie sich jemand mit deiner Ideologisierung an ausländischen Strichern vergeht – und dann auch noch dafür bezahlt. Das ist doch die reinste Doppelmoral! Findest du nicht, mein Süßer?"

Wagner prostete Phillip zu, der ihn mit leichenblasser Miene musterte. Anschließend stand Wagner auf. Sieg!, dachte er. Ich habe soeben einen Triumph über diesen *Poser*-Nazi errungen.

Als Wagner das Lokal verlassen hatte, ließ er vor seinem inneren Auge den Ort des geplanten Anschlags auf Huber entstehen. Perfekt, dort konnte die Aktion steigen – und zwar ganz in der Nähe des Detonationsorts. Er liebte dieses Gefühl, andere Menschen in seiner Hand zu haben. Das war ein noch erhabeneres Gefühl als Sex. Eigentlich tat ihm Philip leid. Aber immerhin würde das kleine Arschloch als Märtyrer in die Geschichte der rechten Bewegung eingehen und seine Kameraden bald an Odins Tafel wiedersehen. Wen juckte da schon die sexuelle Orientierung?

Dann zückte Wagner das billige Prepaid-Handy und wählte eine Nummer, die er auswendig kannte. Nach dreimaligem Tuten legte er auf und drückte exakt fünf Sekunden später die Wahlwiederholung. Nach drei Signaltönen hob jemand den Hörer ab.

„Die Aktion kann wie vereinbart steigen", sagte er. „Gepriesen sei Allah!"

Danach legte er auf und als er sich auf dem Weg in sein Quartier machte, überlegte er sich, ob er das Handy lieber in den Rhein oder in einen Papierkorb werfen sollte.

Für die Gespräche mit Milla nutzte er für gewöhnlich sein Privathandy.

22.38 Uhr, Tscharlys Pensionszimmer

Die Nachricht an der Rezeption hatte ihn kurz irritiert. Der Anwalt hatte geschrieben, dass der Al-Qaida-V-Mann in der Versenkung verschwunden war – jetziges Treffen aussichtslos. Das machte seinen Auftrag zunichte, aber er hatte ein journalistisches Ereignis erster Güte.

Tscharly wusste, was ihm bevorstand und das hinterließ kein gutes Gefühl. Eine Nacht des Grauens war zu erwarten. Keine Sekunde Schlaf würde er finden, sondern die ganze Zeit über vor Erschöpfung niedergedrückt sein.

Das Zimmer in der Pension wirkte trist und war kein Stimmungsaufheller. Ein in die Jahre gekommenes Bett stand exakt in der Mitte der winzigen Schachtel, das als Einzelbett ein wenig zu komfortabel, aber als Doppelbett deutlich zu klein war.

Kurz hatte Tscharly der Versuchung widerstanden, die Nacht im Krankenhaus zu verbringen. Ein Arzt hatte ihn überredet zu gehen, er könne jetzt nichts für Sara tun. Er solle auf seine Kräfte achten, hatte die Pflegerin ihrem ärztlichen Kollegen beigepflichtet. Am Ende habe niemand was davon, wenn er am Bett seiner Frau in die Knie ging. Gerne hätte Tscharly mehr Zeit mit seiner Tochter verbracht, sie getröstet, mit ihr geweint und gelacht. Milla hatte ihm aber voller Abscheu klargemacht, dass sie sich wohl lieber auf dem Bahnhofsstrich feilbieten, als die Zeit mit ihrem Vater verbringen würde. Harte Worte! Die Wut seiner kleinen Prinzessin konnte er verstehen – wieder ganz die Frau Mama! Aber wie hätte es bei den biologischen und sozialisierenden Umständen auch anders sein sollen? Tscharly hatte sie zigmal zu erreichen versucht, immer mit demselben Ergebnis „Der Teilnehmer ist nicht erreichbar." Sie hatte ihn einfach weggedrückt! Alle Versuche waren genauso zwecklos, wie den nordkoreanischen Führer zu überzeugen, dass eine US-südkoreanische Übernahme seines Landes unter kapitalistischen Vorzeichen das Beste für alle sei.

Jetzt saß er hier, in einer winzigen Stube, die bei genauerer Betrachtung Staubnester aufwies und die so einladend wirkte wie ein Familiensommerurlaub im albanischen Gebirge. Tscharly hatte entschieden, sich lieber nicht die Nacht über in den Gassen von Köln herumzutreiben. Ihm war nicht nach Gesellschaft – außer der seiner Tochter. Tscharly machte sich Sorgen um sie. Alkohol würde er in seiner Situation wohl besser vermeiden. Das Teufelszeug verschlimmerte nur den Schmerz. Blieb zur Not eine Schlaftablette.

Gerade als er das nach Urin riechende Badezimmer aufsuchen wollte, um sich die Zähne zu putzen, hörte er, wie sein Handy vibrierte. Nach dem Krankenhaus war der Akku leer gewesen und er hatte es als erstes nach seiner Rückkehr in die Pension in seinem Zimmer ans Stromnetz gehängt. Jetzt surrte es unaufhörlich und bewegte sich mit seltsamen Kreisbewegungen. Mist, zwei Anrufe schien er verpasst zu haben. Die eingeblendete Nummer – Münchner Vorwahl, der Rest sagte ihm nichts … Da, es ertönte wieder und klang wie ein Vorwurf … Zügig hob er das Gerät vom Boden auf und drückte den grünen Knopf.

„Hallo? Tscharly Hub…", konnte er sich nicht zu Ende melden.

Am anderen Ende brummte es bedrohlich.

„Peter, bist du es? Die Verbindung ist so schlecht und bei dir ist es so laut."

Angestrengt lauschte Tscharly in den Hörer.

„Okay, du bist in der Oper gewesen und hast gerade erst vom Attentat …"

Ein lauter Wortschwall unterbrach ihn, in dem der Alte ihm klar machte, dass er tatsächlich im Foyer der Oper stünde, die Leute um ihn herum auf dem Nachhauseweg seien, das Telefonat aber keinen Aufschub duldete.

„Sara ist noch immer auf der Intensivstation", beantwortete er die nächste Frage des Alten und fragte sich, woher Smuss bereits über Saras gesundheitlichen Zustand Bescheid wusste. „Ja, Milla war auch schon da. Die Ärzte unternehmen alles, was in ihrer Macht steht."

Eine Schimpftirade unterbrach ihn rüde.

„Wieso unterstellst du mir, für das Unglück deiner Tochter verantwortlich zu sein?", entgegnete Tscharly. Er hatte nicht ganz verstanden, ob sich der Vorwurf des Alten auf das heutige Unglück oder auf die letzten Jahre bezog. Smuss warf Kleingeld nach.

„Ja", schrie Tscharly kurz darauf in den Hörer, nachdem er wieder klarer hörte. „Ich war direkt im Zentrum des Anschlags. Es sieht aus wie in einem Bürgerkriegsgebiet. Alle Ermittlungen laufen Richtung Organisierte Kriminalität. Aber ich habe Beobachtungen gemacht … Das können genauso gut Neonazis gewesen sein!"

Was folgte, war ein kleiner, recht kurz gehaltener Vortrag über die Basics des Journalismus, dazu immer wieder das Rauschen in der Leitung, die auf und niederwogenden Geräuschmassen und dann herrschte auf einmal vollkommene Stille.

Tscharly hörte jetzt glasklar, wie der alte Smuss Ehefrau Nummer Zwei anfuhr, nochmal zur Garderobe zu rennen und einen Zehn-Euro-Schein in Kleingeld wechseln zu lassen. Dann vernahm er, wie die Geldmünzen im schnellen Abstand hintereinander in den dafür vorgesehenen Schlitz geworfen wurden.

„Verstehst du mich jetzt, du Pfeife?", schimpfte der Alte laut und deutlich in den Hörer.

„Ja", antwortete Tscharly. „Viel besser. Noch weitere schlechte Nachrichten: Mein Kontaktmann hat abgesagt."

„Vergiss das", unterbrach ihn der Alte. „Was meine Tochter anbelangt, bin ich noch nicht fertig mit dir … Aber wie kommst du denn drauf, dass es Neonazis gewesen sein könnten?"

Zack – die Frage saß wie ein Peitschenhieb. Tscharly erzählte von seinen Beobachtungen.

„Wenn ich mich auf dich oder deine Beobachtungen verlassen hätte, säße ich heute schon im Pflegeheim, würde mit Psychopharmaka vollgestopft und würde aus beiden Mundwinkeln sabbern! Unser Innenminister hat sich vor die Presse gestellt und erklärt, dass es ausdrücklich keine Hinweise für einen fremdenfeindlichen Anschlag gibt. Das macht mich allerdings stutzig und nicht deine fragwürdigen *Beobachtungen*!"

„Aber die Sache mit dem Pizzaboten ... Auch wenn es nur ein Bauchgefühl ist, Peter – ich bin mir ziemlich sicher." Er zeichnete Kreise und Linien auf den grauen Teppich, der daraufhin winzige Staubwölkchen freigab.

„Für deinen Pizzaboten kannst du dir nicht einmal einen Trostpreis kaufen", stichelte der Alte. „Auch die Organisierte Kriminalität kann deutsche Pizzaboten für Bombenattentate einsetzen. Und außerdem: Kann ein Dieb zugleich auch ein Jude sein? Schon mal daran gedacht!", schoss er eine bösartige Salve Richtung Schwiegersohn, der die Fangfrage kannte, die übertragen hieß, dass ja auch ein Nazi im Dienst der Organisierten Kriminalität Attentate verüben konnte und umgekehrt. „Am meisten misstraue ich dieser Pfeife von Schily", fuhr Smuss fort. „Wie kann es sein, dass der sich vor die Kameras stellt und kurz nach dem Anschlag solche Gewissheiten in die Welt herausposaunt? Ich traue dem Schmock nicht, der sich als RAF-Anwalt verdingte, dann zu den Grünen ging und heute sozialdemokratischer Innenminister ist. Hier stinkt was gewaltig zum Himmel!"

Der Alte legte eine Denkpause ein. Tscharly zählte innerlich langsam die Sekunden. Er wollte auf keinen Fall den Fehler begehen und seinen Ex-Schwiegervater drängen. Wenn sich der alte Methusalem zu sehr in seine Wut hineingesteigert hatte, gab es kein Halten mehr. Da war es besser, abzuwarten und Tee zu trinken.

„Hör zu, Tscharly", war Smuss schließlich zu einem Ergebnis gekommen, aber die Aufforderung war überflüssig, da Tscharly das Handy so kräftig gegen seine Ohrmuschel drückte, dass es schmerzte. „Die Al-Qaida-Sache ist zweitrangig. Ich möchte, dass du eine Artikelserie über das Nagelbombenattentat verfasst. Finde raus, welche Schweine verantwortlich sind. Sei unvoreingenommen. Das kann jeder gewesen sein, okay, minderbemittelte Nazis, vielleicht Islamisten", schnaubte der Alte mit einer Spur Sarkasmus in den Äther. „Ich möchte, dass du jeden Stein umdrehst, Indizien, Beweise und O-Töne sammelst, die du alle zwei bis drei Tage in einem Leitartikel zusammenfasst. Wir dürfen uns keine Fehler leisten. Die anderen würden wie Hyänen über uns herfallen. Ich möchte alles über die Täter, Hintermänner und wer sonst in irgendeiner Form seine Finger mit im Spiel hatte. Was ich mache, wenn ich weiß, wer die Täter sind, weiß ich noch nicht. Du weißt, dass meine Religion nicht so weichgespült ist wie dein Katholizismus. Wenn mich jemand auf die linke Wange schlägt, werde ich nicht so doof sein und mir die rechte zusätzlich lädieren lassen. Bei mir heißt es: Auge um Auge, Zahn um Zahn. Hast du mich verstanden, mein lieber Ex-Schwiegersohn?"

Daraufhin hatte der Alte aufgelegt. Tscharly hatte nun ohnehin alles, was er in diesem Moment wollte: Carte blanche, um die Hintergründe des Nagelbombenattentats zu recherchieren! Als das Handy in seiner Faust knirschte, legte er es wieder auf den Boden. Unruhig lief er im muffigen Zimmer auf und ab. Als Tscharly das Fenster öffnete, erschlug ihn fast der Straßenlärm. Oh je, das würde eine schwierige Nacht werden. Er öffnete seinen Koffer und legte ein kleines Metalldöschen neben den winzigen Fernseher. Dann fiel ihm der Kühlschrank ein: Cola, Fanta, Becks, Piccolo und winzige Flaschen harter Alkohol. Er schloss die Kühlschranktür auf und ging im Geiste das Sortiment seines Zauberdöschens mit den Schlaftabletten durch. Er vertagte das Problem noch eine Weile, ging ins Bad und putzte sich die Zähne. Er wünschte sich wieder einmal Julia Roberts herbei, die ihm Zahnseide gereicht hätte. Wie gerne hätte er jetzt Julia – so wie Richard Gere es in Pretty Woman getan hatte – sein Herz ausgeschüttet! Ein Freier, der eine Prostituierte einzig und allein dafür bezahlte, mit ihm zu reden – das hätte ihm gutgetan. Ein echtes Märchen à la Hollywood.

Donnerstag, 10. Juni - 0.05 Uhr

Das Hotelzimmer glich einer Raumkapsel, die in die Tiefe des Universums stürzte. Milla schien es, als habe sie jeden Halt für den Rest ihres Lebens verloren. Mama! Ach – Mama, wo bist du? Wann kommst du? Sie fühlte sich wie das Kind, das sie einst gewesen war. Mama hatte sie als Fünfjährige in den Kindergarten gebracht und sie einfach abgegeben. Milla hatte stundenlang wie am Spieß geschrien aus Angst, ihre Mutter könnte nie wieder-kommen. Als Sara Milla nach Stunden endlich abholte, hatten in dem Kind zwei Gewalten miteinander gekämpft. Die eine ließ sie mit ihren Fäustchen gegen Mamas Brust einschlagen, die andere hielt sich krampfhaft an ihr fest und wollte sie nie wieder loslassen. Drei Monate zuvor hatte Papa Mama und sie verlassen. Deswegen musste Mama wieder arbeiten. Aus diesem Grund musste Milla in den Kindergarten. So viel hatte sogar das Kind verstanden. Milla begann ihren Frust in Form von Süßigkeiten in sich hinein-zufressen. Aus dem schlanken Mädchen wurde ein Koloss. Erst in der Pubertät hatte sie sich die überflüssigen Pfunde mit Aus-dauersport und Diäten abgerungen. Bis auf den Makel ihres zu breiten Hinterteils hatte sie sich bis gestern einigermaßen in ihrem Körper wohlgefühlt. Warum nur wähnte sie sich seit der Szene im Krankenhaus wieder im Körper des übergewichtigen Kindes, das seines Aussehens wegen von den anderen gehänselt wurde?

Milla saß auf dem Bett und schaufelte die dritte Packung Pap-rikachips in sich hinein. Vorher hatte sie sich bei McDonalds einen Burger und zwei Milchshakes einverleibt. Das Gefühl, zu platzen, rückte in greifbare Nähe.

Es war Jimmys Anruf, der sie aus ihrem Fressrausch riss.

„Milla, endlich, ich habe mir solche Sorgen um dich gemacht. Warum gehst du denn nicht an dein Telefon?"

Weil ich ohne meine Musik dazu verdammt bin, mich wieder dick zu fühlen … *Ich hasse meinen Körper und mein Leben!*

Seit sie die Kölner Uniklinik verlassen hatte, brachte das imagi-näre Orchester in ihr keinen Ton mehr zustande. Kein Laut einer Arie oder Ouvertüre. Nicht einmal ein Kinderlied.

Der Schock hatte die Musik in ihr getötet.

„Ich …", stammelte sie, „ich habe das Handy nicht gehört. Weil es auf stumm geschaltet war."

„Thorsten ist krank vor Sorge. Er hat das Schwimmtraining mit Ulla abgesagt. Ulla hat ihn am Telefon zur Schnecke gemacht. Das hättest du hören sollen. Ein wenig Schadenfreude …" Jimmy stockte. Wahrscheinlich wurde er sich der Banalität seines Ver-suches, sie aufzuheitern, bewusst. „Milla, ich mache mir Sorgen um dich und deine Mutter. Und außerdem hat", er zögerte einen

Atemzug, „ein gewisser Roland Wagner, du weißt schon wer, mich auf meinem Handy angerufen. Normalerweise wäre ich stinksauer, wenn jemand meine Handynummer einfach so fremden Männern weitergibt. In deinem Fall will ich darüber hinwegsehen."

Milla stieß die Chipstüte beiseite. „Roland ...", lautete ihr erster Gedanke – dann verfiel sie in den Verteidigungsmodus. *„Ich habe ihm deine Nummer nicht gegeben, Jimmy!"*

„Ist auch egal", kürzte Jimmy ihre Diskussion ab, „du sollst ihn so schnell wie möglich zurückrufen. Ich habe ihm erzählt, was passiert ist. Er ist auf dem Weg nach Köln. Er macht sich Sorgen. Und von Thorsten soll ich dir ausrichten, dass er ...‟

„Nein."

„Was?"

„Sag ihm, er soll bleiben, wo der Pfeffer wächst!"

„Wagner?"

„Nein, Thorsten – ich will auf keinen Fall, dass er morgen hierherkommt und mir ..." *... und für mich den großen Helden mimt. Er hat Zeit genug gehabt, zu mir zu stehen. Ich will nicht länger sein bestgehütetes Geheimnis sein.*

„Ich tue, was ich kann", versprach Jimmy.

„Danke."

„Mach es gut, Milla."

„Du auch, Jimmy."

„Freunde auf ewig?"

„Freunde!"

Sie legte auf. Ihre Finger zitterten. Ein Blick auf das Display bestätigte ihr Jimmys Worte. Sie fand zwei verpasste Anrufe von Roland und seine SMS: „Bitte ruf mich zurück." Milla löschte die Anrufversuche ihres Vaters, als ein erneutes Klingeln sie innehalten ließ. Vergessen war jäh ihr Verlangen nach sinnlosen Kalorien. Die Fanfaren kündigten einen Anruf von Roland an.

„Milla?"

Die Antwort sprudelte nur so aus ihr heraus: „Roland, wo bist du? Ich bin hier in Köln. Meine Mama liegt auf der Intensivstation. Ein paar Türken haben eine Bombe hochgehen lassen in der Straße, in der sie wohnt ..." Sie drosselte bewusst ihre Geschwindigkeit und ihren Redeschwall. „Ich bin hier in einem Hotelzimmer in der Innenstadt. Wenn du willst, dann kannst du mich besuchen kommen."

Sie spürte sein wie immer verständnisvolles Lächeln via Handy. „Ich habe gehört, was in Köln passiert ist. Ich bin gerade vor einer Stunde hier angekommen."

„Wo bist du jetzt?"

„Bei meiner Mutter."

„Bei deiner Mutter?", fragte Milla. Bisher hatte Roland nie von seiner Familie gesprochen. Er schien wie ein Mensch ohne jeglichen Ursprung. Als hätte es ihn einfach immer schon gegeben. Von Anbeginn der Menschheit. Wie Merlin, der Zauberer. Sie schrieb diesen Nimbus seiner körperlichen Unnahbarkeit zu.

„Natürlich habe auch ich eine Mutter", scherzte er. „Sie hat ein Haus hier in Köln. Und wenn du willst, dann hole ich dich ab. Du kannst im Gästezimmer schlafen. Ich bin für dich da, meine kleine Walküre. Du kannst dich auf mich verlassen."

„Aber warum?", entfuhr es ihr.

„Was – warum?"

„Ach, ich habe mich nur gefragt, warum nicht alle Männer so sein können wie …" Der Satz endete in einem Schluchzen. Die Kälte in ihrem Innern wurde erfüllt von Wärme. „Verzeih mir … jetzt denkst du wahrscheinlich, ich bin eine furchtbare Heulsuse." Sie wischte die Tränen mit dem Handrücken hinweg.

„Tränen lügen nicht", antwortete er in Anspielung an einen alten deutschen Schlager. „Hast du das nicht gewusst?"

Daraufhin musste sie lachen.

„Mein Nachnamensvetter dreht sich wohl gerade im Grab um, wenn er das hört … Aus meinem Mund!? – Ich schick dir ein Taxi. Ist wohl das Beste. Ich möchte nicht, dass du heute Nacht alleine sein musst. Kein Mensch sollte in einer solchen Situation alleine sein, meine kleine Walküre."

Milla versuchte, Stärke zu zeigen. „Mach dir keine Sorgen. Es geht schon wieder."

„Keine Widerrede!"

„Aber nur, wenn es deiner Mutter auch keine Umstände macht."

„Das Muttersöhnchen wird Mama schon rumkriegen. Überlass das mir." Er fragte sie nach der Adresse ihres Hotels, woraufhin sie die Straße nannte.

„Ich schick dir ein Taxi."

„Tschüss."

„Ja-ah, bis gleich."

„Bis nachher, mein holder Siegfried."

Milla legte auf und packte ihre Siebensachen zusammen.

0.30 Uhr

Ihr Hotel lag im Stadtzentrum gegenüber dem Dom. Milla blickte gebannt auf das Taxameter, während der Wagen durch die nacht-stillen Straßen glitt. Fünfzehn Minuten später steuerte der Fahrer durch eine Reihe von Villen mit Gärten, die an ein Waldgrund-stück grenzten. Hahnwald, las Milla auf einem Schild. Manche der Villen versteckten sich hinter meterhohen Zäunen. Milla sah dunk-le Gestalten in Uniformen, die mit Taschenlampen die Bürger-steige patrouillierten.

„Willkommen in der Welt der Reichen und Schönen", erwies sich der Taxifahrer als Fremdenführer. „Das ist das wahrscheinlich einzige Viertel in Deutschland, dessen Bewohner einen eigenen Sicherheitsdienst für seine Bewachung bezahlen. Haben Schiss hier vor Kidnapping, die Leute."

Anhand seiner Geschenke hätte ihr klar sein müssen, dass Geld für Roland keine Rolle spielte. Andererseits – auch Opa ließ schließlich sein Anwesen in München überwachen. Dem alten Methusalem ging es dabei jedoch mehr um sein Archiv aus privaten Dossiers, dessen Sicherheit für ihn oberste Priorität be-saß.

„Tata, wir sind da", trötete der Fahrer.

Milla erblickte ein Gebäude hinter einem Zaun, das sich gegen einen Hang lehnte. Der jahrhundertealte Stamm einer Eiche ragte davor in den Nachthimmel auf. Die Laternen auf dem Bürgersteig davor leuchteten grell. Milla stieg aus. Das Haus besaß zwei Erker – und Kameras konnte sie an allen Ecken und Nischen erkennen.

Kaum hatte Milla die Klingel betätigt, tönte auch schon der Türsummer.

„Herein, Walkürchen", lockte Roland.

Milla lachte. „Ich geb dir gleich Walkürchen – Frechdachs!"

Milla trat in einen Hof, während hinter ihr das prächtige Tor automatisch schloss. Milla erblickte eine Garage. Darin mochte Roland wohl seinen Audi abgestellt haben – ein wahres Schiff, das anderen Männern wahrscheinlich als Penisverlängerung gedient hätte. Kurzum – was immer an Reichtum Roland ihr verborgen hatte, zeigte ihr, wie bescheiden er im Grunde seiner Seele war. Für einen Millionär kleidete Roland sich ziemlich durchschnittlich – Kaufhausware, außerdem traf er sich mit ihr in Berlin bei Starbucks und in Studentencafés. Abgesehen von seinem Auto und den Wagner-Sammlerstücken wäre sie niemals auf die Idee gekommen, es mit einem Spross einer Dynastie von Reichen und Schönen zu tun zu haben.

„Schön, dass du gekommen bist."

Sie blickte auf und sah sein vertrautes Lächeln. Er trug Jeans und Jackett, Lackschuhe und Manschettenknöpfe.

„Belieben der Herr vielleicht noch in die Oper zu gehen?", scherzte sie. Sogleich kehrte die Schwere wieder in ihr Innerstes zurück. Sie fühlte sich wie eine Elefantin.

„Ich bin so froh, dass dir nichts passiert ist, liebe Milla."

Er nahm galant ihre Hand und verbeugte sich. Die Brillengläser erinnerten sie wie immer an Bert Brecht. Die Wangen und die Kiefer leicht gedungen, hätten bei seinem Gegenüber den Anschein von Verschlagenheit erwecken können. Dafür besaß Roland einen breiten Mund, der Milla fast immer mit einem warmherzigen Lächeln empfing. Rolands Figur passte zu einem Mann, der sein Geld mit dem Handel von Antiquitäten verdiente. Er verbrachte seine Zeit mit dem Durchblättern von Katalogen über alte Gemälde, ohne sich jemals selbst einen Splitter an einem Möbelstück eingezogen zu haben. Die innere Schönheit dieses Mannes lag für sie auf der Hand. Was spielte da der Altersunterschied für eine Rolle?

„Ich habe dich vermisst", entgegnete sie und küsste ihn links und rechts.

Auch diesmal spürte sie, dass er am liebsten vor ihrer Berührung zurückgewichen wäre.

„Hast du Hunger?"

„Nein. Ich bringe absolut nichts runter jetzt."

„Komm rein, ich zeige dir dein Gästezimmer. Da kannst du erst mal deine Sachen abstellen. Ich mache uns eine gute Flasche Wein auf. Ich suche eine von den ganz alten Schallplatten für dich raus – einen ganz großen Meister – in Bayreuth!"

„Wie Sie befehlen, großer Meister."

Er führte sie in den zweiten Stock. Die Fenster der Villa erinnerten an Schießscharten. Gitter hielten Einbrecher fern. Er zeigte ihr ein abgelegenes Zimmer.

Plötzlich fiel ihr ein: „Willst du mich nicht vorher deiner Mutter vorstellen?"

„Ach ja", er lächelte verlegen, „Mama schläft schon. Es reicht, wenn sie morgen deiner ansichtig wird." Er zwinkerte ihr zu.

Milla zwinkerte zurück. Sein aufmerksamer Blick schien sie von Kopf bis Fuß zu taxieren. Sie fühlte eine Mischung aus Kälte und Neugier in sich. Nervosität. Sie spürte einen abwechselnd kalten und heißen Schauder, der feurige Röte in ihr Gesicht aufsteigen ließ. Alle Energie, die sich heute in ihr angestaut hatte, strebte danach, sich in einem Feuerwerk zu entladen. Der Zustand versetzte sie in Angst, gebar eine Furcht davor, die Kontrolle über sich zu verlieren. Roland wandte ihr den Rücken zu und verschwand fluchtartig durch die Tür.

Die Einsamkeit in einem fremden Raum fühlte sich daraufhin bedrohlich an. In der Mitte des Zimmers stand ein Sekretär aus Eichenholz. Darauf ruhte die Büste ihres gemeinsamen Lieblingskomponisten. Ein Himmelbett mit einem nachtblauen Baldachin verlockte, sich hinzulegen und darunter von Schloss Neuschwanstein zu träumen.

Milla sprang unter die Dusche. Anschließend schlüpfte sie in ihr schwarzes Spitzennachthemd. Eigentlich hatte sie es für Thorsten als Überraschung gekauft. Ihr überstürzter Aufbruch in Berlin mochte sie dazu veranlasst haben, voller Gedankenlosigkeit ausgerechnet dieses Kleidungsstück in ihren Rucksack gestopft zu haben. Mit einem Mal verspürte sie ihrem Schicksal gegenüber Dankbarkeit für diesen Moment von Chaos und Zerstreuung. Sie stellte sich vor, darin vor Roland zu stehen und schüttelte den Kopf. Sie konzentrierte sich darauf, die Wurzel aus Einhundertvierundvierzig zu ziehen. Bevor sie zu einem Ergebnis gelangte, erwischte sie sich dabei, wie sie längst auf der Treppe stand. Sie tappte mit bloßen Füßen die Stufen abwärts. Folgte dem Licht, das durch einen Türspalt warm in die Finsternis dieser riesigen Villa, die sie so sehr an ein Schloss erinnerte, drang. Sie schlüpfte aus dem Schatten ins grelle Licht des Zimmers und fand sich – anstelle eines Salons oder eines Wohnzimmers – im Vorzimmer eines Panikraums wieder.

„Was machst du hier?“, riss Rolands Stimme sie aus ihren Träumen.

Die Blitze in seinen Augen und der schmale Mund ließen Milla erstarren.

„Ich habe nach dir gesucht.“

Es schien ihr, als hätte sie ihn bei einem verbotenen Treiben erwischt. Er beruhigte sich. Seufzte. „Ich wollte dich doch erst später mit diesem Raum hier vertraut machen. Dich überraschen! Aber wenn die Sache so ist. Dann bist du mir eben zuvorgekommen. Tritt näher“, sprach er.

Irrte sie sich, oder hatte sein freundlicher Tenor sich in einen unheilschwangeren Bariton verwandelt? Er trug einen Morgenmantel. Kaschmir oder Seide. Schlief er etwa hier in diesem Panikraum? Milla ließ die schwere Eisentüre weit hinter sich. Er verriegelte das Ungetüm per Fernbedienung. Kaum hatte Milla ihren Leichtsinn realisiert, erblickte sie in einer Ecke des Raumes den zweiten Mann wie einen Schatten. Schweiß brach ihr aus all ihren Poren. Panik stieg in ihr auf.

Mama!, schrie das Kind in ihr … *Papa!*

Zugleich begriff sie den Widerspruch, der ihrer emotionalen Reaktion zugrunde lag. Sie fühlte sich wie die Fünfjährige im Kindergarten, die zum ersten Mal in ihrem Leben alleine von ihrer Mutter im Kindergarten zurückgelassen wird. Und die Erwachsene in ihr schämte sich entsetzlich.

Wie ist dieser Mann nur an Jimmys Handynummer gelangt?
Sie starrte Roland an. Die Frage, die sie die ganze Zeit über verdrängt hatte, blitzte in Leuchtschrift vor ihrem geistigen Auge auf. Was weiß dieser Mann noch alles über mich? Und …

„Tritt näher!", befahl der fremde Mann, ihren Gedankenfluss unterbrechend.

Milla zögerte, woraufhin er Zähne zeigte. „Tritt näher, habe ich gesagt!"

Der Fremde mit der Glatze hielt eine Hand hinter seinem Rücken.

Milla blickte zwischen Roland und ihm hin und her. „Was …?"

„Vertrau mir", sprach Roland.

Und Milla gehorchte.

Plötzlich schnellte Rolands Hand nach vorne. Seine Finger schlossen sich blitzartig um den Stoff des schwarzen Spitzennachthemds, das er ihr mit einer einzigen, gezielten Handbewegung vom Körper riss. Milla unterdrückte einen Aufschrei und stand nackt zwischen den beiden Männern.

Der Unbekannte ließ seinen Mantel fallen, und Milla blickte auf seinen gewaltigen Phallus. In der Hand hielt er etwas, das wie eine neunschwänzige Peitsche aussah. Ehe Milla diese Tatsache hätte realisieren können, schnellte Rolands Hand ein zweites Mal nach vorne und traf sie mit unverminderter Kraft im Gesicht. Zu ihrem Entsetzen spürte sie ihren Schoß feucht werden.

Eine Mischung aus Furcht und Lust durchströmte in Wogen ihren Körper.

Eine Reaktion, mit der sie im Traum nicht gerechnet hätte …

Der Fremde befahl Roland, sich ebenfalls auszuziehen, woraufhin dieser aus seinem Mantel glitt. Ihn zum ersten Mal nackt zu sehen, seine schmale Brust und die dünnen Beine, erregte weniger Angst als Mitleid in ihr. Warum tat Roland das? Warum fügte er sich dem Befehl eines Muskelprotzes mit einer Peitsche? Bevor Milla eine Antwort auf diese Frage hätte finden können, ertönte aus einem Lautsprecher der Klang von Fanfaren, Pauken und Trompeten – ein Stück aus den Nibelungen …

Der Fremde zeigte mit feierlicher Stimme auf eine Nachttischlampe, die auf einem Beistelltisch neben einer Matratze lag. Er besaß eine tiefe, unter die Haut gehende Bassstimme. „Ein Lampenschirm aus dem Privateigentum von Ernst Röhm ... *Penisleder!*", verkündete er. „Echte deutsche Wertarbeit ... der Herr ... aus den Schwänzen von mindestens fünfzig Juden hergestellt! Du sollst Respekt haben vor dem Besitz jenes Mannes, der sein Leben für den Führer geopfert hat, du schwule Sau!"

„Ja, mein Führer, zu Befehl, mein Führer!", wimmerte Roland mit heller Stimme.

„Einmal sollst auch du den Duft von echtem Penisleder einatmen dürfen!"

„Zu Befehl, mein Führer!", stimmte Roland seinem Herrn und Meister zu.

„Strammstehen, habe ich gesagt! Kneife Er gefälligst seine nackten Arschbacken wie ein ordentlicher Deutscher zusammen!"

„Zu Befehl, mein Führer!"

„Und trete Er einen Schritt nach vorne und bücke sich. Auf der Stelle!"

„Wie mein Führer befehlen ..."

Roland tat, wie ihm geheißen.

„Nur wer die Pein durch die Peitsche genießt, der kann deutschen Blutes sein. Ein Penis, gefüllt mit deutschem Blute ..."

„Mein Führer, ich flehe euch an, lasst endlich die Peitsche über meinem nackten Hintern sprechen!"

„Ein echter Deutscher muss sich die Peitsche erst verdienen, du Hund!"

„... was immer ihr von mir verlangt, mein Führer. Ich verzehre mich vor Lust nach eurem Glied!"

„Bist du auch bereit, in den Tod für mich zu gehen, du Hund?"

„Mein Führer, was für eine Frage! Ich würde einen solchen Heldentod – und geschähe er durch eure eigene Hand – genießen ... Bereit mein Leben zu opfern ... *bis in den Tod*. Ich flehe euch an, versenkt euer Glied in meinem Arsch, mein Führer! Ich verglimme vor Lust ..."

„Du schmutziger Bastard, einen Heldentod muss ein Mann sich verdienen!"

„Euer Wunsch sei mir Befehl, mein Führer, was auch immer ihr von mir verlangt ..."

„Bist du bereit, auf die Ehre deines Vaterlandes zu schwören, dass du tun wirst, was dein Führer von dir verlangt?"

„Ich schwöre …"

„Dann sprich mir gefälligst nach! – Ich schwöre bei Gott diesen heiligen Eid …"

„… ich schwöre bei Gott diesen heiligen Eid …"

„… dass ich dem Führer des deutschen Reiches und Volkes, Adolf Hitler …"

„… dass ich dem Führer des deutschen Reiches und Volkes, Adolf Hitler …"

„Ich kann dich nicht verstehen! Lauter, du Hund!"

„… dass ich dem Führer des deutschen Reiches und Volkes, Adolf Hitler …"

„… als sein tapferer Soldat unbedingten Gehorsam leisten will …"

„… als sein tapferer Soldat unbedingten Gehorsam leisten will …"

„… und jederzeit bereit bin, für diesen Eid mein Leben einzusetzen!"

„… und jederzeit bereit bin, für diesen Eid mein Leben einzusetzen! So wahr mir Gott helfe …"

„Heil Hitler!"

„Heil Hitler!"

8.35 Uhr

Die Nacht im Pensionszimmer war noch schlimmer gewesen, als Tscharly es je in seinen Träumen befürchtet hätte. Trotz der Schlaftablette hatte er kein Auge zugetan. Bereits gegen sechs Uhr hatte er versucht, Milla nochmals anzurufen. Aber er hatte nur zum zwanzigsten Mal die Mailbox erreicht. Er hatte sich ohne Frühstück auf den Weg gemacht. Die Keupstraße erinnerte immer noch an ein Bürgerkriegsgebiet. Schutt, Splitter und Metallteile bedeckten die Bürgersteige und die Straße. Der Verkehr wurde umgeleitet. Etliche Areale waren mit dem rot-weißen Polizeiabsperrband abgeschirmt – hier schien intensiver Ermittlungseifer erforderlich. Immer noch oder schon wieder standen hier und dort Zivilermittler an verschiedenen Stellen des gigantisch anmutenden Tatorts. Nicht wenige der deutschen Polizisten wurden von mindestens zwei Dutzend misstrauischen und schlimmstenfalls feindseligen Blicken begleitet. Dort hinten sah er auch einen Zivilpolizisten, der türkisch aussah. Schlaue Taktik, dachte Tscharly, durch den Einsatz der türkischstämmigen Ermittler erhöhen sie die Akzeptanz für die Polizei.

Tscharlys Magen knurrte. Er benötigte dringend einen ordentlichen Kaffee. Den zum Pensionszimmer passenden Kaffee wollte er sich gar nicht erst vorstellen. Eine kalte Dusche hatte dem Kreislauf zum Kickstart in den Tag verholfen. Inzwischen hatte deren Wirkung anständig nachgelassen. Die Schlaftablette quälte ihn mit einem grauenvollen Hangover. Tscharly zwang sich, die Lider offenzuhalten. Ein kräftig gebauter Mann türkischen Ursprungs kam mit einer Sackkarre direkt auf ihn zu. Tscharly trat zur Seite, doch der böse Blick des Mannes folgte ihm. Der Alte spuckte zu Boden und knurrte etwas, das sich wie „Böllizei" anhörte. Das Mundsekret verfehlte Tscharlys Schuhspitzen haarscharf. Tscharly präsentierte dem Mann demonstrativ seinen Presseausweis.

„Nix Böllizei?", fragte dieser daraufhin verwundert.

Tscharly lüftete den braunen Sommerblouson, wodurch weder Waffen, Handschellen oder Funkgeräte zutage traten und zeigte demonstrativ seine leeren Handflächen.

„Also Gazeeehte?" Der Mann rückte bis auf wenige Zentimeter an Tscharly heran und blickte sich verschwörerisch um. „Deutsches Böllizei nix güt", radebrechte er, wobei er Tscharly fixierte. „Haben gemacht meine Großcousin Can viel böööse."

Sofort nach den im Flüsterton erteilten Informationen wandte sich der Mann wieder seinem Sackkarren zu und zog seiner unergründlichen Wege – keine Ahnung, wo der mit den Trümmern hinwollte. Tscharlys Versuche, noch einmal mit ihm die Kommunikation aufzunehmen scheiterten, weil er weder nach links noch nach rechts schaute, sondern unablässig seine schwere Fracht vor sich hertrieb. Tscharly machte sich geistig Notizen und nahm sich vor, sensibel auf Informationen zu achten, ob die Bevölkerung der Keupstraße von der Polizei schikaniert worden war. Deutsche Polizeiwillkür gegen Minderheiten jeder Art war ihm immer schon ein Gräuel gewesen.

Er bückte sich unter einer Polizeiabsperrung durch, um zum Explosionszentrum vorzudringen. Er hatte sich vorgenommen, noch einmal bei Saras Lieblingsbäckerei nach der freundlichen Verkäuferin Ausschau zu halten. Hoffentlich hatte sie alles heil überstanden und vielleicht würde sie ihm etwas erzählen können. Tscharlys Weg wurde durch einen anthrazitgrauen VW-Van versperrt. Das Auto mit den verdunkelten Scheiben stand halb auf dem Gehweg und halb auf der Straße. Von der anderen Seite des Autos her hörte er Stimmfetzen.

„... da hat die PKK die Hand im Spiel ... Aktion mit militärischer Präzision ... die sprengen einem zur Not auch einen Scheitel auf dem Kopf weg ..."

„... tippe eher auf Graue Wölfe ... Staatsterrorismus ... oder Organisierte Kriminalität ... einen Laden, der hier kein Schutzgeld bezahlt ... oder jemand, der Anti-Kemalistische Vorstellungen hat ... vielleicht haben sich die Ladeninhaber zusammengeschlossen und sind in Zahlungsstreik gegangen ..."

Trotz des Abstands ging Tscharly die zweite Stimme durch Mark und Bein: „... Bal hat sicher seine Hände im Spiel ... ziemlich Dreck am Stecken ... wissen wir noch nicht genau, aber das werden wir schon rauskriegen."

Tscharly ging um das Fahrzeug herum. Vielleicht zeigten sich die Ermittler ja einem Pressevertreter gegenüber gesprächig. Als er um die Schnauze des Wagens in Sichtweite geriet, und sich wunderte, dass es keinen guten Eindruck machte, wenn die deutsche Polizei mit dermaßen verdreckten, nicht mehr lesbaren Nummernschildern herumfuhr, sah er einen Zwerg mit einer Haarfarbe, die an eine primitive Straßenköter-Mischung erinnerte. Er trug eine hässliche Warnweste mit Polizeiaufdruck. Der Zwerg funkelte ihn mit bitterbösen Blicken an, während der andere Mann, der Tscharly nicht unähnlich sah, im Gegensatz zu diesem aber einen kurzgeschorenen Lockenkopf besaß und in einem vorteilhaft geschnittenen bordeauxroten T-Shirt steckte, ein interessiertes Gesicht aufsetzte.

„Was wollen Sie?", fragte die Reibeisenstimme und Tscharly war sich sicher, dass der Blick mehr als nur durch ihn hindurchblickte. „Dienststelle?"

Bevor Tscharly antworten konnte, fügte der große Beamte wie aus dem Nichts das Wort „Ausweis!" hinzu. Tscharly holte langsam und für die Männer nachvollziehbar seinen Presseausweis hervor, da das Römergesicht seine Rechte in die Nähe seines Holsters gebracht hatte. Er wäre nicht der erste oder der letzte Journalist, den Polizisten aus Nervosität über den Haufen schossen. Der kleinere Polizist kam näher auf ihn zu, und obwohl Tscharly das Dokument auf Brusthöhe hielt, musste der Polizist sich ein wenig auf die Zehenspitzen stellen.

„Münchner Neueste Nachrichten", knurrte er wie eine Kettensäge, was sein Kollege mit einem lakonischen: „Da gibt's schlimmere Drecksblätter", kommentierte.

„Sie können sich hier umsehen, ein paar O-Töne einholen, folgen aber bei Bedarf umgehend unseren Anweisungen", sagte der mit dem Römergesicht und schenkte Tscharly einen möglichst neutralen Blick.

Tscharly hob den rechten Daumen und verstaute den Presseausweis wieder. Dann packte ihn das Gefühl, aus dem Inneren des Polizeitransporters Geräusche zu hören. Dem Kleinen schien seine Beobachtung aufgefallen zu sein; er drehte sich um und schloss mit einer ruckartigen Bewegung die Schiebetüre.

Tscharly gab sich freundlich und lächelte. „Erste Verhöre, hoffentlich eine heiße Spur?"

„Laufende Ermittlungen", schnarrte die Kettensäge und „Keine Verhöre!", ergänzte der besser gelaunte Zivilpolizist. „Sondern wir stellen den Bewohnern ein paar Fragen. Die sind froh, wenn sie das ungesehen im Van machen dürfen. Der Anschlag hat das Vertrauen der Bewohner erschüttert und jeder verdächtigt jeden hier in der Straße. Es herrscht ein Klima der Angst und des Misstrauens. Glauben Sie mir, was alleine aufgrund dieser Ermittlung Strafrelevantes ans Tageslicht kommt, was nicht zum Anschlag gehört, wird unsere Gerichte wahrscheinlich mehrere Monate – ach was! – für Jahre beschäftigen."

„Darf ich das als O-Ton bringen und, mit Namen, Einheit, Dienstrang und so weiter?"

„Meinetwegen, aber von mir haben Sie das nicht. Haben Sie verstanden, Herr *Karl Huber*?", entgegnete der Große. „Sonst kriegen Sie Post von unserer Rechtsabteilung."

„Von welcher Einheit sind Sie eigentlich?"

Die Antwort bestand in einem einhelligen Kopfschütteln, während beide gleichzeitig auf die Idee kamen, ihre Sonnenbrillen aufzusetzen. Die Szene erinnerte an Kabarett, fand Tscharly.

„Okay, dann eben nicht. Gibt es schon belastbare Hinweise auf Täter? Oder wenigstens eine Ermittlungsrichtung?"

„Sagen Sie mal, schauen Sie denn keine Tagesschau?", knurrte der Zwerg. Er öffnete die Tür des Vans, wobei Tscharly einen kurzen Blick ins Innere erhaschen konnte. Dort saß ein orientalisch aussehender Mann. Der Beamte schloss die Tür von innen mit einem ohrenbetäubenden Knallen.

Der Große unternahm den Versuch, Tscharly gegenüber witzig aufzutreten. „Der Herr Huber aus München hat die Fortbildungen zum Umgang mit Medien geschwänzt, weil er zu viel Weißbier getrunken hat! Um auf Ihre Frage zurückzukommen, Herr *Huber-Gruber*, eigentlich dürfen wir nicht mehr und nichts anderes als unser oberster Chef sagen, da hat mein Kollege schon recht. Aber ich möchte Ihnen trotzdem ein paar Hinweise mehr als dieser Schily geben. Wir stehen hier am Anfang der Ermittlungen, aber es ist jetzt schon klar, dass wir im Bereich der Organisierten Kriminalität intensive Nachforschungen anstellen müssen. Schutzgeld, Schulden, Drogen, Prostitution, Geldwäsche. Suchen Sie es sich aus. Ausdrücklich nicht als Zitat! Aber wir befinden uns hier in einem Ausländerbiotop, wie es einige in den deutschen Metropolen gibt. Der deutsche Staat hat lange Zeit den Fehler gemacht, sich hier komplett zurückzuziehen und die Augen vor allem Übel zu verschließen. Das rächt sich jetzt. Und wenn Sie mich persönlich fragen: Ich denke nicht, dass es mit Organisierter Kriminalität getan ist. Wir haben es in diesem ganzen Tohuwabohu ebenso in irgendeiner Form mit Ausländerextremismus zu. Ich will offen sein, aber auch den Hinweis auf unsere Rechtsabteilung in Erinnerung rufen, falls Sie mich doch in Ihren Artikeln kenntlich machen sollten! Ich denke, dass die Grauen Wölfe als paramilitärischer Arm der Türkei mit im Spiel waren. Andere Kollegen tippen eher auf die PKK, aber das glaube ich nicht. Die PKK wäre dumm, sich ihr Refugium in Deutschland durch solch einen Anschlag zu zerstören, gerade in NRW. Nein, für mich waren das die Grauen Wölfe. Eine auf fremdem Territorium agierende paramilitärische Einheit des türkischen MIT-Geheimdienstes, die hier in der türkischen Community für Recht und Ordnung sorgt. Sie glauben gar nicht, wie wichtig der Türkei ihr Einfluss auf die in Deutschland lebenden Türken ist! Das sind Millionen potenzieller Briefwähler. Viele sind nicht umsonst emigriert. Ist nur meine Meinung. Einen erfolgreichen Tag noch!" Und damit machte der Riese Anstalten, im Inneren des Wagens zu verschwinden.

„Und was ist mit einem rechtsextremistischen Hintergrund?", hakte Tscharly ein.

Der Beamte schüttelte den Kopf und begann die Seitentür zuzuziehen. „Auf gar keinen Fall waren das Rechtsextreme, die sind zu so was gar nicht in der Lage! Die strampeln im Laufstall, bis ihnen jemand die Rassel wegnimmt und eine Pistole gibt, aber das hier ist ausgeschlossen."

Rumms. Die Tür schloss sich vor Tscharlys Augen.

Tscharly runzelte die Stirn, denn in dieser Sache schlugen zwei Herzen in seiner Brust. Aus dem Inneren des Vans war kein Geräusch mehr zu hören. Schalldicht isoliert, tippte Tscharly. Er setzte seinen Weg in Richtung Konditorei fort. Einerseits pflegte Tscharly – wie viele seiner Kollegen – die Meinung, dass es mit der rechtsextremen Szene in Deutschland nicht weit her war. Zumindest was präzise militärische Schläge betraf! Nichtsdestotrotz gingen viele Leben auf das Konto rechtsradikaler Schläger, weil sie im Alkoholrausch fremdländische Menschen oder deren Angehörige erschlugen oder erstachen. Manchmal warf ein völlig besoffener Neonazi einen Molotow-Cocktail auf ein Heim, in dem Asylwerber lebten. Andererseits hatte Tscharly als mahnendes Beispiel für organisierte rechte Kriminalität stets das Oktoberfestattentat 1980 in München vor Augen. Dort hatten bayerische Ermittler lange die rechte Spur ausgeschlossen. Und bis heute existierten darüber viele ungeklärte Aspekte, weil irgendwie auch deutsche Geheimdienste mitgemischt hatten.

Tscharly würde versuchen bei der Bäckerei und beim gegen-überliegenden Friseur Auskünfte zu erhalten, da die beiden Geschäfte dem Detonationszentrum in der Keupstraße am nächsten waren. Auf dem Weg dorthin erschreckte ihn zwar einerseits die Schneise der Zerstörung, aber er spürte zugleich, wie Leben in das Viertel zurückkehrte. Die Bewohner der Keupstraße krempelten die Ärmel hoch und sehnten sich nach ihrem Alltag zurück, der gestern mit einem riesigen Knall eine jähe Unterbrechung gefunden hatte. Die Zurufe auf Türkisch, Ermunterungen, Fragen, Bestätigungen wirkten wie das Einläuten eines *Wir-schaffen-das-Gefühls*, das jeder Katastrophe in absehbarem Abstand folgte.

„Haben Sie vor dem Anschlag irgendwas Auffälliges beobachtet?", fragte er eine junge Türkin.

„Nein", sagte Deniz, schenkte ihm aber einen Blick, der ihre Stimme Lügen strafte. „Ich habe keine Ahnung. Ich war wie jeden Tag mit meiner Cousine Ayshe im Laden. Da haben wir nix Besonderes beobachtet, außer dass einer der Kunden wie George Clooney ausgesehen hat."

Dann schlug sie sich die Hand vor den Mund, stützte sich auf den Haushaltsbesen, mit dem sie gerade Schutt zusammengeräumt hatte und fixierte Tscharly so genau, dass dieser den Eindruck hatte, mit Blicken ausgezogen zu werden.

„Aber das waren ja Sie!", kreischte sie beinahe wie ein junges Mädchen. Sie wippte aufgeregt mit ihren Füßen.

„Stimmt", sagte Tscharly, „ich habe Süßigkeiten für meine Ex-Frau gekauft. Das mit Clooney habe ich noch nie gehört", ergänzte er und zwinkerte verschwörerisch.

„Ex-Frau", kam das Echo wie ein Jubelruf zurück. „Sie sind schon geschieden?"

Die Neugier der jungen Türkin war ihm nicht unangenehm, zumal glasklar war, was sie im Schilde führte.

„Schon lange", antwortete er deshalb mit einer abschlägigen Handbewegung und versuchte der Dunkelhaarigen mit der zum

Pferdeschwanz gebändigten Haarmähne einen begehrenden Blick zuzuwerfen.

„Dann ist es ja nicht mehr so schlimm", kam Deniz weiteren Erläuterungen zuvor. „Sind Sie denn noch immer alleine, Sie Armer?"

Das wurde ihm ein wenig zu keck, aber für Informationen war Tscharly gewillt, das Spiel mitzuspielen.

„Ja, leider", seufzte er und verschwieg eine ihm selbst unbekannte Anzahl an Damen, die ihn in der Einsamkeit der letzten Jahre getröstet hatten. „Wenn Sie möchten, erzähle ich Ihnen etwas über mein großes Unglück in der Liebe, vielleicht bei einem schönen Essen in einem Ihrer Lieblingsrestaurants."

Deniz' Biochemie schien kurzzeitig so durcheinandergewürfelt, dass sie auf die Einladung nicht einging, sondern ihn mit offenem Mund anstierte.

„Also, Ayshe ging kurz nach Ihnen aus dem Geschäft", berichtete Deniz, „angeblich um Besorgungen zu machen. Aber sie kam nur mit einem Glas Bienenhonig aus dem Supermarkt zurück. Das hat aber überhaupt keinen Sinn gemacht, da sie kurz vorher behauptet hat, dass Can – ihr Gatte – auf dem Großmarkt wäre, um Mehl und Honig zu kaufen."

Auch wenn Tscharly meistens die goldene Regel befolgte, Erzählende nicht aufzuhalten, beschloss er in Deniz' Fall eine Ausnahme zu machen.

„Kam Can denn mit Mehl und Honig zurück?"

„Natürlich nicht!", empörte sich Deniz. „Ich weiß doch, dass er ihr nicht treu ist. Can hat eine oder viele andere Frauen. Ayshe kann ihm nämlich keinen Stammhalter schenken."

Den letzten Satz hätte auch die Talkmasterin in der Nachmittagssendung eines Privatsenders nicht theatralischer intonieren können.

„Dabei versuchen sie es schon so lange – die Armen! Sie war schon so oft beim Arzt. Dann misst sie ständig die Temperatur für den idealen Zeitpunkt."

Es folgte eine detaillierte Beschreibung sämtlicher Versuche des türkischen Konditor-Ehepaars. Die Idee, die Fruchtbarkeit des Mannes ebenfalls zu testen, hatte als einzige bisher keine Rolle gespielt. „Mit mir wäre Can so etwas nie passiert", schloss Deniz ihre Ausführungen.

„Hatte Can auch noch andere Probleme in seinem Leben? Zum Beispiel mit der Polizei?"

Deniz stemmte beide Fäuste in die Seite. „Can ist ein guter Junge! Beinahe so ein sympathischer Mann wie Sie. Warum soll der Can Feinde oder Ärger mit den Bullen haben? Der Laden hier läuft super. Ich wüsste wirklich nicht, was es da an Problemen geben sollte!"

„Vielleicht gab es ja Streit mit einem Geschäftskollegen?", warf Tscharly ein. „Der Laden läuft vielleicht *zu* gut? Oder hat Can Probleme mit Freunden gehabt – vielleicht ging es um's liebe Geld? Oder hat Can sich etwa in irgendeiner Form politisch betätigt?"

Seine Fragen arbeiteten sich an dem Katalog ab, den ihm die beiden Zivilpolizisten wohl unabsichtlich mit auf den Weg gegeben hatten. Deniz' zerfurchte Stirn und ihr Schweigen ließen jedoch keine große Hoffnung in ihm aufkeimen.

„Jetzt, wo Sie es sagen, fällt mir noch ein, dass Can gestern kurz nach dem Attentat noch verhört worden ist. Ich habe es nicht mitgekriegt in dem ganzen Chaos. Aber bevor er zu seiner Frau ins Krankenhaus gefahren ist, ist er sehr erregt hereingekommen und hat von einem Zwerg und einem Riesen erzählt. Ja, habe genauso überrascht geschaut wie Sie. Hat er mir aber tatsächlich erklärt! Er ist von Zivilpolizisten verhört worden. Und dann hat er mich ganz scharf gefragt, ob ich irgendjemandem etwas über irgendwelche Schulden erzählt hätte. Lächerlich! Ich doch nicht. Ich weiß ja nicht einmal, wie der Kassencode lautet. Außerdem kann ich schweigen wie ein Grab!"

Der Blick, den sie ihm schenkte, wirkte reichlich bescheuert. Anscheinend konnte sie sich nicht entscheiden, ob sie die große Verführerin oder das Unschuldslamm geben sollte. Ihre unentschlossene Vorstellung amüsierte ihn.

„Ich verspreche, es bleibt alles unter uns beiden hier", sagte er ihr zu.

„Und Sie werden davon auch nicht in Ihrer Zeitung schreiben?"

„Ich gebe Ihnen mein Ehrenwort."

„Also, ich habe von Cans Vater mal gehört, dass Can gerne spielt. Can mag das halt."

„Er spielt um Geld?"

Sie nickte.

Tscharly versuchte ihr zu entlocken, wie es um Cans finanzielle Lage stand. Anscheinend wusste sie nichts von eventuellen Spielschulden.

„Glauben Sie, dass Neonazis den Anschlag verübt haben könnten?", versuchte er der Unterhaltung eine neue Richtung zu geben.

Zur Antwort erhielt er ein schallendes Lachen. „Nein! Nie im Leben! In die Keupstraße getraut sich kein Nazi, das können Sie mir glauben. Wenn wir hier einen Skinhead sehen, nehmen wir seinen Skalp." Schwungvoll schüttelte sie den Besen, um ihre Worte zu untermauern.

Tscharly bedankte sich und hob schon den Arm zum Abschiedsgruß.

„Aber … was ist jetzt mit dem gemeinsamen Abendessen?", rief sie ihm hinterher.

„Gehen Sie auf die Website der Münchener Neuesten Nachrichten, da finden Sie meine Handy-Nummer unter dem Profil von Tscharly Huber", antwortete er und stapfte über Trümmerteile, um sich seinen Weg zum gegenüberliegenden Friseur zu bahnen. Dort stand vor dem, was einst eine kitschig geschmückte Eingangstür gewesen war, ein kräftiger junger Mann, der viel zu jung war, um der Inhaber zu sein, aber zu alt für einen Lehrling.

„Polizei?", fragte ihn der Mann mit einem Respekt einflößenden Organ.

Tscharly schüttelte den Kopf. Sie standen noch mindestens zehn Meter entfernt voneinander!

„Dann verpiss dich, Alter, und zwar schnell!"

Tscharly entglitten die Gesichtszüge. Er erstarrte.

„Hast du mich nicht verstanden? Hier gibt es nichts zu sagen und schon gar nicht irgendeinem Schmierfinken! *Von einem deutschen Blatt!*" Zur Bestätigung seiner Worte zeigte ihm der Mann den Stinkefinger.

Tscharly entschied sich dafür, diesem wohl gut gemeinten Ratschlag besser doch Folge zu leisten und sich irgendwo anders als in der Keupstraße einen Kaffee mit einem Schokocroissant zu genehmigen. Er musste schnellstens seinen Blutzuckerspiegel in Ordnung bringen, wenn er den Tag irgendwie durchstehen wollte. Außerdem hatte er noch ein wenig Zeit. Besuche im Krankenhaus waren erst ab elf Uhr erwünscht. Bis dahin konnte er noch ein paarmal versuchen, Milla anzurufen.

Vormittags

Die Pflegerin hielt Ayshes Hand fest und fuhr mit dem Waschlappen von der Schulter über Ober- und Unterarm entlang bis in den Handteller. Die Ärzte hatten Ayshe am Morgen aus ihrem künstlichen Koma geholt. Sie hatten vor ihrem Bett geredet und Ayshe hatte kein Wort von dem medizinischen Kauderwelsch verstanden. Was ist passiert? Wo ist Can? Ich wollte doch ... *Wo bin ich?* Unter ihr eine elektrische Luftmatratze, die abwechselnd ihren Druck abbaute und dann wieder aufbaute. Zugedeckt unter grünen Tüchern und weißen Laken, hätte Ayshe nicht sagen können, wer oder was sich unter all dem Stoff verbarg. Sie hätte nicht einmal mit Gewissheit sagen können, ob sie überhaupt noch existierte ... Als ob die Verbindung zwischen Körper und Geist abgerissen wäre.

Sie hatte das Gefühl für sich selbst verloren!

„Und nun machen wir genau das gleiche mit dem anderen Arm", sagte die Pflegerin und massierte diesen ebenfalls mit einem Waschlappen. Die Berührung fühlte sich erstaunlich belebend an. „Man nennt das eine Ganzkörperpflege nach dem Konzept der Basalen Stimulation", erklärte die Pflegerin – und Ayshe verstand kein Wort. „Ich mache Sie mit den Konturen und den Formen ihres Körpers neu vertraut und möchte Ihnen ihr Körpergefühl damit zurückgeben", erklärte die Pflegerin.

„Wo ist ...?", hörte sie eine heisere, tonlose Stimme. „Wo ist mein Gesicht, Schwester?"

Bei Allah, wo ist mein Gesicht geblieben?

Die Pflegerin, die ihr mit einem Spiegel ihre unversehrten Knie und Füße zeigte, ließ den Gegenstand jäh sinken. Ihre Miene wirkte, als überforderte Ayshes Frage sie maßlos.

Die Pflegerin beugte sich zu ihr. „Da sind sehr viele Verbände, Frau Bal. Und es wäre besser, wenn Sie noch nicht ..."

„Was?"

Plötzlich brandete Panik in Ayshe auf. Ihr Gesicht schmerzte. Wovor versuchte diese fremde Person sie zu bewahren?

„Und wo ist ... Wo ist ... *Can?*"

„Bitte, nicht aufregen", sagte die Pflegerin und blickte auf einen Bildschirm. Ein Piepsen – Ayshes Puls – beschleunigte sich. „Sie dürfen sich noch nicht zu viel zumuten. Ihr Mann war heute Nacht kurz hier. Wenn Sie möchten, rufe ich Ihn an und teile ihm mit, dass Sie ihn gerne sehen möchten. Ich bringe Ihnen auch das Telefon ans Bett. Das ist alles kein Problem. Aber der Verband muss draufbleiben. Die Ärzte haben die halbe Nacht eine Operation an Ihrem Gesicht durchgeführt. Es ist noch zu früh. Vielleicht dürfen Sie heute am Nachmittag einen ersten Blick darunter werfen. Aber darüber entscheidet als Erstes der Chefarzt, Frau Bal. Das, was Sie erlebt haben …"

Ayshes Herz hämmerte. Sie hob ihre Arme und versuchte, sie mit ihren Händen, zum Kopf zu führen. Die Pflegerin rief nach einer Kollegin. Diese injizierte ihr über einen venösen Zugang ein Beruhigungsmittel. Ayshe spürte Schmerzen aufflackern, glitt jedoch im Nu in eine Trance hinüber. Wie ein trotziges Kind kämpfte sie gegen den Schlaf an. Sie bewegte ruckartig sämtliche Gliedmaßen. Ihr Körpergefühl löste sich neuerdings ins Nichts auf.

„Allah – was machen Sie mit meiner Frau?", hörte sie eine ihr bekannte Stimme.

Can stürzte jäh in den Raum. Ayshe erkannte durch einen Schleier aus Schmerz und Medikamenten sein Gesicht. Er drängte sich an den Pflegerinnen vorbei.

„Bitte halten Sie Abstand, Herr Bal …"

„Ihre Frau braucht jetzt Ruhe! Sie ist noch nicht so weit …"

Eine weitere bekannte Stimme sprach ein Gebet: „Bismillahir-rahmanir-rahim Al-hamdu lillahi rabbi-l-'alamin Ar-rahmani-rahim … Erbarmen, oh Allah!" Die Medikamentennebel gaben Deniz' Gesicht frei.

Plötzlich stand Ayshe in Gedanken in der Konditorei und wusste, was geschehen war. Sie spürte Fingerspitzen über ihrem Gesicht. Ihre eigenen. Blitzschnell riss sie Pflaster und Verbände von ihrer Haut. Die Pflegerinnen ergriffen ihre Unterarme, um weiteren Schaden zu verhindern. Ayshe erhaschte einen Blick auf Deniz. – Deniz, die immer schon ein Auge auf Can geworfen hatte. Deniz, die Hure! Can stand wie zu einer Salzsäule erstarrt.

Ayshe versuchte im Gesicht ihres Mannes zu lesen ... Cans Blick spiegelte blankes Entsetzen wider. Dann übermannte sie ein neuerlicher tiefer Schlaf. Es war alles ihre eigene Schuld. Hätte sie Can nur einen Sohn geboren, wäre sie zum Tatzeitpunkt zu Hause gewesen, um ihm eine gute Mutter und Can eine anständige Hausfrau zu sein! Allah, warum strafst du mich so? *Allâhumma Rabba-n-Nâs, adhibi-l-ba's, išfi Anta-ð-Dâfi! La šifâ'a ila šifâ'uk, šifâ'an la yuġâdiru saqama* ... „Oh Allah, Herr der Menschen, nimm diesen Schaden hinweg, heile, Du bist der Heilende ..." Sie träumte von Störchen. Wäre ich doch nur einer von diesen wunderschönen Zugvögeln, die nirgends bleiben. Dann wäre ich nie mehr in dieses Geschäft, das mir kein Glück gebracht hat, zurückgekehrt! Oh Allah.

13 Uhr

„Alle Achtung! Sie haben es tatsächlich geschafft, die Ziffern 0 6 7 6 5 6 3 2 und 1 7 8 einwandfrei zu wählen. Als nächstes probieren Sie mal, eine Nachricht auf Band zu sprechen, denn ich liege im Moment noch in der Badewanne. Keine Angst, auch das ist nicht schwer. Ich rufe Sie – sobald das Wasser kalt ist – auch gerne zurück. Eure Milla ..."

Tscharly legte auf. Er betrat das Krankenhaus und verstaute das Handy in seiner Hosentasche. Wie oft er inzwischen versucht hatte, Milla zu erreichen, hätte er beim besten Willen nicht mehr sagen können. Er fand den Ansagetext inzwischen nicht einmal mehr die Spur witzig. Für die Warteschleifenmusik von Richard Wagner dagegen hatte er sich noch nie erwärmen können. Warum hatte Milla eigentlich kein Interesse an Metallica oder Rammstein? Oder die guten alten AC/DC? Den Musikgeschmack hatte sie eindeutig von der mütterlichen Seite ihrer Familie. Tscharly sehnte sich entsetzlich danach, mit dem Alfa Romeo – mit offenem Verdeck – durch die Stadt zu kutschieren und seine über den Stachus wandelnden Mitbürger an seinem Musikgeschmack teilhaben zu lassen. Wie unvorstellbar war eine solch unbeschwerte

Szene inzwischen geworden? Tscharly fragte sich, ob sein Leben und das seiner Familie je wieder so sein würde wie vor Millas Anruf – wegen läppischer dreihundertfünfzig Euros!

„Ihr Kreislauf ist zu schwach", sagte der Stationsarzt. „Außerdem wird sie Schmerzen haben. Wir können es nicht riskieren, Ihre Frau jetzt schon aus dem Tiefschlaf zu holen."

„Wird sie durchkommen, Herr Doktor?"

Der Chefarzt maß Tscharly mit seinen Blicken wie ein Vater sein Kind, das es vorzog lieber ans Christkind zu glauben als an den Postboten, der die Weihnachtspakete brachte. „Ich mache diesen Job jetzt schon seit zwanzig Jahren, Herr Huber. Und ich habe mich daran gewöhnt, dass niemand, der auf einer Intensivstation liegt, über den Berg ist. Solange die Patienten hier liegen, ist grundsätzlich alles möglich. Das geht vom Blutgerinnsel bis zum Lungenkollaps – bis zu einer Gehirnblutung oder einem allergischen Schock. Einfach alles ist in diesen Räumen möglich! Solange es nötig ist, Ihre Frau in diesem Setting zu behandeln, lässt sich keine Entwarnung geben. Das ist leider so. Ich wünschte, ich könnte Ihnen was anderes sagen. Aber ich versichere Ihnen, Frau Huber ist hier in sehr guten Händen. Wir Ärzte und die Schwestern tun was in unserer Macht steht, um eine mögliche Komplikation frühzeitig zu erkennen."

Tscharly hörte nur Teile des Gesagten. Zu tief saß seine Angst. „Wann können Sie meine Ex-Frau denn vermutlich *frühestens* aus dem künstlichen Tiefschlaf holen?"

„Das kann ich Ihnen auch nicht sagen. Vielleicht morgen, vielleicht in drei Tagen. Momentan blutet sie noch immer in die Lunge ein. Die Blutung hat zwar leicht nachgelassen. Aber zur Gänze ist sie nicht gestillt, Herr Huber. Ich wünschte, ich könnte für Sie in die Zukunft schauen. Aber dazu bräuchte es eine Kristallkugel. Tut mir leid."

„Danke, Doktor."

Der Stationsarzt, sein Assistent, die beiden Pflegerinnen und die Medizinstudenten verließen den Raum. Tscharly stierte zu den weiß gekachelten Wänden empor.

Welche Art von Leid war eigentlich die schlimmste?, fragte er sich. *Lässt Leid sich denn überhaupt miteinander vergleichen?*

Er blickte in Saras aufgedunsenes Gesicht mit dem Tubus zwischen ihren Lippen. Eine Maschine pumpte Luft in ihre Lunge. Von einem Beutel mit einer milchigen Infusionslösung lief ein weiterer Schlauch zu einem künstlichen Zugang über Saras Schlüsselbein. Auf diese Weise wurde Sara anscheinend ernährt. Aus einer kleineren Infusionsflasche tropften Schmerzmittel und Antikonvulsiva, die dazu dienten, einen epileptischen Anfall aufgrund von Alkohol- und Tablettenentzugs zu verhindern. Maschinen und Chemie hielten Sara am Leben. Eine medizinische Versorgung, die … die … *es früher gar nicht gegeben hätte!*

Tscharly ließ sich auf einen Sessel nieder. Jene Szene, die seine Kindheit am meisten getrübt hatte, zog vor seinem geistigen Auge vorüber. Sein Freund Florian, den er seit dem Kindergarten und der Grundschule kannte, röchelte plötzlich neben ihm. Sie waren Banknachbarn – auch jetzt, da sie ins Gymnasium gewechselt waren. Vor ein paar Tagen hatte Tscharly seinen besten Freund besucht. Florian saß in seinem Kinderzimmer auf dem Boden und weinte.

„Ich kann heute nicht rausgehen. Ich kann auch nie wieder in die Schule gehen", sagte Florian. „Nie wieder!"

„Warum?"

Tscharly setzte sich zu seinem Freund auf den Teppichboden. Zu seinem Entsetzen sah er die Spielfigur, die Florian Stück für Stück in ihre Einzelteile zerlegte: Darth Vader, den dunklen Skylord. Alle Jungen in der Klasse sammelten *Star Wars*. Außer Tscharly, dessen Mutter sich die überteuerten Figuren nicht leisten konnte. Seine Mutter erzog Tscharly allein. Tscharly wusste nicht, wer sein Vater war. Er hatte auch keine Geschwister – nur seine Mutter. Wenn Mama sagte, sie konnte sich diese Figuren von ihrem Gehalt als Putzfrau nicht leisten, dann schmerzte das einerseits. Andererseits war die Liebe zwischen Mutter und Sohn doch stärker und überwand dadurch auch diesen Verzicht.

Tscharly betrachtete mit Entsetzen die Einzelteile, in die Florian Darth Vader zerlegt hatte.

„Was tust du da nur?"

„Darth Vader ist ein Verräter. Er hat die helle Seite des Lichts verraten. Verräter müssen sterben", entgegnete Florian trotzig.

Tscharly versuchte zu begreifen, was in dem Freund vor sich ging. Immerhin stand das ganze Zimmer voller Figuren: Luke Skywalker, Han Solo, Joda. Bei Florian durfte Tscharly stets mitspielen, weil er von jeder der Figuren immer genügend Doppelgänger besaß.

„Soll ich deine Mama holen? Oder deinen Papa?", schlug Tscharly vor, der sich mit dem weinenden Freund überfordert sah. Florian schüttelte den Kopf. Dann geschah, was Tscharly nicht im Entferntesten begriff. Florian stand auf und griff sich die nächste Figur und schleuderte sie mit einer solchen Wucht gegen die Kinderzimmertür, dass sie auf der Stelle zerbarst. Hektisch bewegte er sich durch das Zimmer und packte eine Figur nach der anderen. Wie von Sinnen trat Florian auf den Einzelteilen herum. Zerstörte im Nu eine Sammlung, die ein Vermögen gekostet hatte. Tscharly gelang es, den Freund festzuhalten. Florian schluchzte. Tscharlys T-Shirt sog sich mit Florians Tränenflüssigkeit voll. Florians Mutter erreichte das Kinderzimmer und nahm ihren Sohn in den Arm. Florian rang um Atem. Das Asthma forderte seinen Tribut. Tscharly entdeckte das Spray und reichte es Florians Mutter. Florians Mutter, die immer blass und kränklich aussah. Sie erinnerte Tscharly an ein Gespenst. Sie verabreichte seinem besten Freund einen Hub – eine zweiten … Langsam beruhigte sich dessen Atem. Florians Mutter schickte Tscharly nach Hause, der an diesem Abend völlig ratlos in sein Bett ging, die Szene einfach nicht aus seinem Kopf brachte. – Was war nur los mit dem Freund … Was war nur passiert?

Was hat er auf einmal gegen Star Wars?

Am nächsten Tag traf er Florian in der Schule.

Zweite Stunde, Mathe bei Frau Kieslinger – Dividieren von Bruchzahlen …

Florian röchelte plötzlich neben ihm. Sein Gesicht lief puterrot an. Er wankte bedrohlich zur Seite. Der Lehrerin fiel ein rosarotes Stück Kreide aus den Fingern. Die Kinder blickten aufgebracht in die erste Reihe. Sie kannten einander erst seit sechs Wochen. Tscharly sprang auf und stürmte zu Florians Schulranzen. *Das Spray!* Mit zitternden Händen durchwühlte er die Tasche, schmiss die Bücher in den Mittelgang zwischen den Bänken …

Florians giemendes, rasselndes Atemgeräusch erfüllte das Klassenzimmer.

Die Kinder begriffen. Panikreaktionen reichten von lauten Ausrufen, verhaltenem Schluchzen bis hin zu körperlichem Aufruhr. Die Klasse geriet außer Kontrolle.

Frau Kieslinger befahl, ein Fenster aufzumachen.

Sie gab Florian, soweit sie als medizinischer Laie dazu in der Lage war, Halt – unterstützte ihn in seiner Schonhaltung.

Das verdammte Spray blieb verschwunden.

Tscharly schleuderte den Schulranzen durch den Klassenraum und durchwühlte das Bankfach. Hefte, Comics von *Star Wars*, Spitzerabfälle ... nur kein Asthmaspray!

Florian stieß einen Laut aus, in dem Traurigkeit, Wut und Angst lagen. Entsetzen spiegelte sich in seinen bedrohlich geweiteten Augen. Tscharly nahm ihn unter den Schultern. Frau Kieslinger schickte zwei Mitschüler in die Direktion, um einen Notarzt zu rufen, der eine Viertelstunde später eintraf, als Florian längst aufgehört hatte zu atmen und in Tscharlys Armen lag ...

Der Klingelton von Tscharlys Handy unterbrach den inneren Film in ihm.

Tscharly erwachte.

Unbekannter Anrufer, las er auf dem Display.

Tscharly drückte das Symbol mit dem grünen Hörer.

„Ja?", meldete er sich. Er sprach leise – aus Rücksicht gegenüber Sara. Sie hat schon genug durchgemacht. Sie muss nicht auch noch Zeugin meiner Recherchen werden. Tscharly trat durch die Tür nach draußen in den Krankenhausflur und suchte Zuflucht hinter einem Vorhang. Schilder wiesen auf ein Handyverbot im gesamten Gebäude hin.

„Herr Huber?", entgegnete eine Stimme am anderen Ende der Leitung.

„Am Apparat."

„Ich habe etwas, das Sie interessieren könnte."

„Wie kommen Sie darauf, dass ich ein Interesse an etwas haben könnte, das Sie mir anbieten wollen? Wer sind Sie überhaupt?"

Alles was ich will, ist meine Tochter!

„Nun", sein Gegenüber schnaufte in den Hörer – ließ sich Zeit. Tscharly durchschaute auch diese Strategie, ihn zappeln zu lassen. „Haben Sie heute Morgen Nachforschungen am Tatort angestellt und Ihre Nase in Dinge gesteckt, die Sie eigentlich nichts angehen, Herr Huber – oder nicht?"

Tscharly verkniff sich eine Antwort.

„Ich weiß etwas, das ich Ihnen nur persönlich mitteilen möchte. Am Telefon ... Sie wissen schon – Feind hört mit."

Tscharly erblickte eine Toilettentür. Er blickte sich um und versteckte sich auf der Toilette. Er verschanzte sich im Nu in einer der Kabinen. Er setzte sich wie auf einen Thron auf eine der Toiletten.

„Sie wollen mir also einen Hinweis liefern in Richtung Organisierte Kriminalität, nehme ich an."

Sein Gegenüber seufzte. „Herr Huber, wir beide wissen besser als jeder andere, wonach Sie wirklich suchen. Organisierte Kriminalität unter Ausländern ... daran glauben Sie doch selbst nicht! Hier geht es um eine Geschichte, nun ja ..." Der Anrufer zögerte. „Wollen Sie nun wissen, wer hinter dem Anschlag steckt oder nicht, Kamerad?"

„Ich bin Journalist und habe einen Ruf zu verlieren."

„Dann sind wir uns ja einig, Herr Huber!"

„Schlagen Sie einen Treffpunkt vor."

„Kennen Sie die Gaststätte *Hagens Rheingold*, in der Nähe vom Alibaba?"

Tscharly nickte. Der Name war ihm kurz vor dem Besuch des Alibabas aufgefallen, da er einen deutschen Kneipennamen kaum in diesem Viertel vermutet hätte. „Keupstraße."

„Heute, 16 Uhr. Keine Minute früher oder später betreten Sie das Lokal. Ich warte auf Sie."

„Und ..." *Und woran erkenne ich Sie?*

Der Anrufer hatte bereits aufgelegt. Tscharly steckte das Handy in seine Hosentasche zurück und betätigte als Tarnung die Toilettenspülung. Das Rauschen des Wassers in den Ohren verließ er den stillen Ort und kehrte zu Sara zurück. Während er stumm zwischen den Geräten und dem Bett stand, schien es ihm, als stünde Florian die ganze Zeit neben ihm. Die Frage, ob er an ein

Leben nach dem Tod glauben konnte, hätte Tscharly nie mit Bestimmtheit beantworten können. Auf alle Fälle gab es ein Leben vor dem Tod! Als Tscharly vierzehn gewesen war, hatte seine Mutter ihm anvertraut, dass Florians Mutter schon seit Jahren einen Kampf gegen den Brustkrebs geführt hatte. Wahrscheinlich war Florians Asthma eine Reaktion auf die ständige Todesangst um seine Mutter gewesen, überlegte Tscharly jetzt. Wenige Monate nach Florians Tod hatten Florians Mutter beide Brüste amputiert werden müssen. An dem Tag, an dem Florian in seinem Kinderzimmer gesessen war, hatte Florians Vater die Mutter wegen einer anderen Frau verlassen. Florian hatte die Star-Wars-Figuren aus Wut über den Verrat seines Vaters zerstört. So erklärte Tscharly sich das destruktive Verhalten des Freundes Jahre später, als er längst selbst erwachsen war. Florians Mutter überlebte ihren Sohn um neun Monate. Mutter und Sohn lagen im gemeinsamen Grab auf dem Münchener Ostfriedhof ...

Tscharly berührte Saras Hand. Saras Haut fühlte sich eiskalt an. Florians Gesicht schien sich über Saras Züge zu legen. Und für einige Sekunden erschien es Tscharly, als ob die Gesichtszüge der beiden zu einem einzigen Antlitz des Todes miteinander verschmolzen.

Tscharly betete leise.

Warum nur meldet sich Milla nicht?

14 Uhr

„Mister Clooney, hallo, hören Sie mich? Bleiben Sie doch stehen ..."

Tscharly drehte sich um. Eine junge Frau offenbarte sich als Schemen durch den Tränenschleier, der über seinen Augen lag. Die Stunde, die er bei Sara verbracht hatte, mochte ihn Jahre an Lebensenergie gekostet haben. Tscharly wischte mit den Fingern durch seine Augen und erkannte Deniz, die auf ihren hohen Schuhen zu ihm herangestöckelt kam.

„Herr Huber", sagte sie, „Sie können sich nicht vorstellen, was passiert ist! Es ist alles so schrecklich ... Ayshes Zustand im Krankenhaus ist sehr schlimm und Can ..."

Und ob ich mir das vorstellen kann! In der Kölner Innenstadt ist gestern eine Nagelbombe explodiert! Es gab wenig, das ihn an einem Tag wie diesem noch hätte überraschen können. Dunkel erinnerte er sich, dass Deniz in einem Halbsatz etwas darüber erwähnt hatte, dass Can ins Krankenhaus zu seiner Frau gewollt hatte. Einmal mehr verwünschte er die widrigen Umstände, die ihn spätestens seit seiner Ankunft in Köln begleiteten. Was tun? Eigentlich hatte er weder Zeit noch Lust die Unterhaltung vom Morgen fortzusetzen.

„Ich habe Ihnen doch schon gesagt, dass Sie meine Handynummer auf der Webseite der Münchner Neuesten Nachrichten finden."

Deniz schüttelte den Kopf. „Can ...", stammelte sie – und blieb vor ihm stehen. „Und Ayshe ... Sie ... Die Bullen ... sie haben ..."

Sie haben ihn verhört! Das hatten wir heute Morgen schon. Er hielt seine Gereiztheit nur mit Mühe zurück. „Ich freue mich, dass ich Ihnen begegnet bin, Frau ..."

„Deniz – sag doch einfach Deniz zu mir."

Wenn du mich dafür schneller in Ruhe lässt – jederzeit! „Okay, Deniz. Mein Name ist Tscharly – Vorname: *Checkpoint!*"

„Tscharly – sie haben Can vor wenigen Minuten vor der Klinik abgeholt. Zwei Zivilpolizisten. Das scheinen dieselben zu sein, die ihn gestern zum *Informationsgespräch* gebeten haben. Sie können sich gar nicht vorstellen, wie schockiert Can war. Ich weiß nicht, was er getan hat. Das ist doch deutsche Polizei, kein russischer Geheimdienst. Und die Polizisten haben eigentlich sehr nett gewirkt. Das war so ein großer, angenehmer Mann, beinahe so schön und nett wie Sie, und ein ziemlich Kleiner. Okay, der Kleine war nicht ganz so freundlich, uh, der sah richtig gemein aus. Vor allem die Stimme von dem. Sie machen sich gar keinen Eindruck davon, wie schrecklich Stimmen klingen können", schloss Deniz, ein wenig zu schrill für seinen Geschmack.

„Wann war das genau?", erwiderte er.

„Dass Can abgeführt wurde?"

„Ja."

„Gerade eben, kurz bevor du rausgekommen bist, Tscharly. Wir waren bei Ayshe. Can und ich haben an ihrem Bett gebetet. Wir haben vor zehn Minuten vielleicht das Krankenhaus verlassen. Die Polizisten haben Can hier – vor dem Krankenhaus – erwartet. Sie haben ihn in Richtung Polizeifahrzeug abgeführt. Ayshe liegt wieder im künstlichen Koma – und ihr Mann … Ayshe … sie …"

Tscharlys Gehirn lief auch Hochtouren. Da stimmte etwas nicht. Oder besser: *Das passte alles nur zu gut!* Da musste ein ernsthafter Verdacht vorliegen. Denn bei dem ihm bekannten Sachverhalt hatte die Polizei Can ziemlich sicher von der Keupstraße bis zum Krankenhaus verfolgt, vielleicht überwachten sie auch elektronisch jeden seiner Schritte. Einen derartigen Arbeitsaufwand machte sich die Polizei nur, wenn ein triftiger Grund dafür vorlag. Von den rechtlichen Komplikationen mal ganz abgesehen! Vielleicht hatten sie Can im Verdacht, seinen Laden selbst zerstört zu haben. Vielleicht trauten sie ihm einen Versicherungsbetrug zu. Vielleicht …

„Haben die Polizisten denn auch einen Grund für die Verhaftung genannt?"

„Die haben das wieder nicht Verhaftung genannt. Zu seinem eigenen Schutz haben sie gesagt, muss er mitkommen. Cans Leben sei in Gefahr. Sie hätten Indizien gefunden, dass der Bombenanschlag ihm und seinem Geschäft gegolten habe. Und dann haben sie ihm noch gedroht, wenn er Theater machen würde, wäre das nicht so gut für ihn. Da ist Can weiß geworden wie ein Gespenst. Eigentlich hat Can keine Angst, er ist mehr ein Draufgänger. Ich weiß nicht, was mit ihm los ist."

Okay, Can war in die Geschichte verstrickt, die Frage war nur, wie tief?

„Eine Art Schutzhaft", resümierte Tscharly, doch Ayshe zeigte keine Reaktion, da sie den juristischen Begriff *Schutzhaft* wohl noch nie gehört hatte.

„Hat Ihre Familie bereits einen Anwalt verständigt?", hakte er nach.

„Wieso denn Anwalt?" Die Augen drohten ihr vor Empörung aus den Höhlen zu platzen. „Die haben ihn doch zu seinem Schutz mitgenommen! Man muss doch wenigstens der deutschen Polizei glauben können!"

„Es ist immer gut, einen Anwalt in solche Dinge einzuschalten", erwiderte Tscharly. „Ein Anwalt bringt die Polizei dazu, sich an ihre Vorschriften zu halten. Außerdem läuft Can nicht Gefahr, etwas Dummes zu sagen, womit er sich selbst schaden könnte."

„Oh Gott, Tscharly, ich mache mir solche Sorgen. Was ist, wenn Can wirklich Mist gebaut hat? Wenn er die Leute, die diese Bombe gelegt haben, vielleicht sogar persönlich kennt … Wenn es diese Leute sind, denen er das Geld schuldet, die die Bombe gezündet haben? Eigentlich ein Ding der Unmöglichkeit, denn Can ist ein guter Mensch, aber bei Can kann man nie genau wissen …"

Bevor Tscharly die Gelegenheit hatte sie zu beruhigen, klammerte sie sich an ihm fest. Tscharly stockte vor Überraschung der Atem. Deniz roch verführerisch nach Parfüm, Haut und Haar – wie nur eine Frau zu riechen imstande war. Unter anderen Umständen hätte er sich vorstellen können, sie zum Essen einzuladen.

„Ich kenne einen Anwalt hier in Köln", erklärte er. „Er ist mit mir in München auf das gleiche Gymnasium gegangen." *Mit mir und – mit Florian!*

Er kramte in seiner Geldbörse. Deniz löste sich von ihm, nahm die Visitenkarte in die Hand und gab sie ihm dann aber wieder zurück.

„Das ist lieb von dir, Tscharly. Aber wir haben selbst Anwälte. In Deutschland ist es nicht immer leicht. Probleme mit dem Geschäft, mit Cousins, die jung und dumm sind … Du weißt schon – lauter kriminelle Ausländer halt!", scherzte sie.

Und Tscharly konnte sich lebhaft vorstellen, was Deniz meinte. Zumal die Polizei gerade bei der migrantischen Mitbürgerschaft immer schneller mit einem Verdacht bei der Hand zu sein schien als beim Durchschnittsdeutschen mit blondem Haar und blauen Augen.

Er stellte seinen Blick scharf und dieser traf Deniz' braune Augen, die, wie er jetzt feststellte, einen erstaunlichen Tiefgang hatten und zum Verweilen einluden.

„Ich werde Papa von Can anrufen und wegen dem Anwalt Bescheid geben. Und dann … Hast du heute schon was gegessen, Mister Clooney?" Sie zwinkerte ihm zu.

Erneut suchte er Blickkontakt. Etwas Festes zum Essen war ihm tatsächlich seit München nicht mehr untergekommen. Anstelle des Entsetzens war jetzt ein anderer Ausdruck in Deniz' Gesicht getreten. Ein Ausdruck, wie er ihn oft in Kriegsgebieten beobachtet hatte. Menschen unterdrückten vorerst ihre Gefühle. Dieser Vorgang spielte sich in der Regel unbewusst ab. Menschen blieben dadurch handlungs- und funktionsfähig. Die Natur hatte das so eingerichtet.

„Ich bin mit Cans Auto hier. Wenn du willst, dann nehme ich dich mit, Tscharly. Meine Mutter hat einen großen Topf voll mit Tariba gekocht. Mit Zwiebeln, Paprika, Karotten und Hackfleisch aus jeder Menge frischer Lämmer."

„Tariba?", fragte er unsicher. „Aus frischen Lämmern?"

„Mach dass die armen Tiere nicht umsonst gestorben sind, Tscharly. Das Schweigen der Lämmer hat seinen Preis. Außerdem wird es langsam Zeit, dass du meine Mama kennenlernst." Deniz hakte sich schwungvoll bei ihm ein.

„Gerne, aber nur zum Essen", erwiderte er.

„Aber natürlich, Mr. Clooney! Wozu denn auch sonst?"

„Ich muss nachher noch in meine Pension. Etwas vorbereiten."

„Mmh, du willst dich wohl nicht mit einem Freund hier in Köln treffen – oder einer Freundin?"

Er nickte. „So könnte man es auch nennen."

Sie lachte ihn aus wegen seines Magenknurrens.

15 Uhr

„Der Kaffee ist fertig!", vernahm sie Rolands Stimme im Halbschlaf. „Meine Walküre, du hast eine harte Nacht hinter dir. Ich habe uns dein Lieblingsfrühstück gemacht – *full english breakfeast*, mit gebratenem Frühstücksspeck, Würstchen, Spiegelei und gegrillten Tomaten und sogar mit gebratenen Champignons. Dazu einen Orangensaft und einen starken Kaffee, wie du ihn magst."

Milla blinzelte die salzige Feuchtigkeit in ihren Augen weg. Der verlockende Geruch eines englischen Frühstücks drang in ihre Nase. Milla öffnete die Augen und sah Roland am Ende des Bettes stehen. Er hielt ein Frühstückstablett in seinen Händen. Auf seinem Gesicht stand jenes verständnisvolle Lächeln, das sie in Berlin in einer Studentenkneipe dazu bewogen hatte, Freundschaft mit ihm zu schließen. Trotz des Altersunterschieds!

„Du hast geschlafen wie eine Tote", säuselte er.

„Was ... Aber ..."

Er stellte das Tablett auf einem Betttisch vor ihr ab. Roland setzte sich zu ihr und hob ein Glas Sekt.

„Du hast dich wirklich wacker gehalten letzte Nacht", sagte er – und: „Du musst dich nicht schämen vor mir. Alles, was hier zwischen uns passiert ist, bleibt zwischen den Mauern dieses Hauses. Wir sind Freunde. Darauf kannst du dich ab jetzt und für immer verlassen."

Plötzlich sah sie ihn wieder vor sich – gestern Nacht ... Im Keller dieser seltsamen Villa mit den gewundenen Treppen und unzähligen alten Türen. Sie hörte die Musik Richard Wagners in ihrem Innern. Der Schwur, den Roland in seiner sexuellen Erregung geleistet hatte, hallte zwischen den beiden Hemisphären ihres Gehirns wider und ließ Milla erstarren.

Er lächelte. „Du kannst gehen, wenn du willst", sagte er. „Du bist frei. Oder hast du gedacht, ich halte dich hier als meine Gefangene fest, meine Walküre?"

Er hielt ihr einen Sektkelch hin. „Willst du nicht auch auf dein erstes Mal anstoßen?"

„Aber ich habe doch gar nicht ..." *Ich habe doch gar nichts getan!*, schrie die Stimme in ihr.

Er griff nach einer Fernbedienung und schaltete einen Fernseher ein. „Hier, siehst du – das ist das Band von letzter Nacht ... Du stehst dort – und es hat dir sehr gefallen, wie es scheint, Milla."

Sie erkannte ihre eigene Gestalt. Sah, wie die junge Frau auf dem Bildschirm sich beim Anblick der beiden Männer selbst befriedigte. Sie spürte die Ohrfeigen, die Roland ihr gegeben hatte, heiß auf ihrer Haut. Zu ihrem Entsetzen befiel sie allein beim Gedanken daran dieselbe Erregung wie Stunden zuvor. Milla sah eine junge Frau mit einem Popo, der ihr zum ersten Mal sogar gefiel. Sie war auf den Boden gesunken. Hatte eine unbändige Lust zwischen ihren Schenkeln wahrgenommen. Sie hatte sich danach gesehnt, dass Roland oder der Fremde sie nahm, was jedoch nicht geschah. Milla hatte einen Höhepunkt erreicht, wie sie ihn in ihrem Leben niemals für möglich gehalten hätte und verzehrte sich nach ein wenig Bestrafung.

„Was hast du nur mit mir gemacht? Was habt ihr …?"

„Nichts", antwortete er. „Wir sind selbst für unsere Lust und das, was wir sind, verantwortlich." Er reichte ihr die Fernbedienung. „Hier – das ist VHS – du kannst alles löschen, wenn du willst. Es gibt auch keine Kopie davon. Es ist *dein* persönliches Band. Es gehört dir. Und allein du entscheidest, was damit passieren wird."

Er strich zärtlich über ihre rechte – leicht lädierte – Wange.

Milla spürte heiße Röte in ihr Gesicht aufsteigen. Warum nur konnte sie ihm vor Scham nicht in die Augen sehen?

„So bin ich aber nicht", sagte sie.

„Wer weiß schon, wer wir wirklich sind?", erwiderte Roland. „Denk nur einmal an den Tannhäuser. Sein Abstieg in die Venusgrotte hat ihm gezeigt, zu welch unglaublicher Lust und Leidenschaft er fähig ist. Hätte er die Lust nicht entdeckt, dann hätte er niemals die Fähigkeit zu lieben in all ihrer Gänze kennengelernt. Die Götter haben uns die Untiefen geschenkt, damit wir auch die Höhen und das Licht begreifen können. Je tiefer, desto stärker die Erhöhung. Desto größer der Triumph! Warum also sollte ein Mensch sich für seine Gefühle und für seine Lust rechtfertigen? Du bist eine Göttin. Eine wahre Göttin. Vergiss das niemals, meine geliebte Milla." Sie spürte seinen Atem auf der Haut ihres Handrückens; er küsste sie.

„Lass mich." Sie entzog ihm die Hand.

Er verbeugte sich auf eine devote – beinahe hündische – Weise. „Wie du meinst, meine Geliebte. Dein Wunsch sei mir Befehl."

Sie drehte sich zur Seite, wodurch das Frühstückstablett ins Wanken geriet. Reaktionsschnell entfernte er das Tischchen aus ihrem Bett und stellte es auf den Boden. Milla sprang jäh auf ihre Füße und blickte an sich hinab. Zu ihrem Entsetzen trug sie nichts. Flink griff sie nach der Bettdecke und hüllte sich damit ein. „Wenn du böse bist, Milla, siehst du richtig gefährlich aus", sagte er. „Noch begehrenswerter!"

„Du hast mich ... du hast mich ..." Ihre Gefühle verwandelten sich in Wut. Sie zeigte zum Bildschirm. Er hatte auf die Pause-Taste gedrückt. An jener Stelle, an der sie sich vor Lust auf dem Boden gekrümmt und geschrien hatte.

Sein Gesicht mit der Bert-Brecht-Brille spiegelte Enttäuschung wider. „Ich habe mich anscheinend doch getäuscht in dir, wie es aussieht. Und ich habe schon gedacht, du wärst etwas Besonderes. Kann es wirklich sein, dass ich mich dermaßen in dir getäuscht habe?" Ein feuchter Schimmer lag über seinen Augen. Der Anblick löste ein weiteres Gefühl in ihr aus, das ihr absolut unerklärlich schien: *Mitgefühl!*

Verdammt, ich will kein Mitleid mit ihm haben.

„Du hast mich in deine Falle gelockt", sagte sie.

„Wenn du das wirklich so siehst, dann tut es mir unendlich leid."

„Du hast meine Schwäche ausgenutzt. Du hast gewusst, dass es mir schlecht ging."

Auf einmal bewegte er seine Arme und Hüften wie eine beleidigte Flamencotänzerin. Er zog einen Schmollmund und schleuderte den Sektkelch gegen die Wand, wo er in tausend Teile zersplitterte. „Dann geh doch! Geh doch zu deinem Papa, wenn du glaubst, dass er derjenige ist, der seine verwöhnte, kleine Tochter am besten trösten kann. Wenn du glaubst, dass Papa seine kleine Prinzessin besser versteht als ... als ..." Er schien nach der richtigen Bezeichnung für sich selbst zu suchen. Er scheute offenbar davor zurück, die Art der Beziehung, in der sie zueinander standen, zu definieren. Hinter seiner selbstsicheren, kontrollierten Art steckte nichts anderes als ein Schwächling, der sich nach nichts mehr sehnte als danach, sein Schicksal seinem Herrn und Meister zu Füßen zu legen. Die Erkenntnis erfüllte sie mit Euphorie.

„Ich habe keine Angst vor dir", sagte sie.

Und plötzlich musste sie lachen. Schamesröte überzog sein Gesicht.

„Du bist ja nicht mal ein richtiger Mann!" Sie dachte daran, wie er sich vor seinem Herrn und Meister entwürdigt hatte.

„Wer hat das Recht, das von mir zu behaupten?"

„Ich behaupte das. Ich kenne dein Geheimnis, Roland Wagner. Ich weiß, wer du bist. Ich habe dich – *gesehen*."

„Du hast nur gesehen, was rein äußerlich zu sehen ist. Aber wie tief, bildest du dir ein, kannst du in einen echten Mann wirklich blicken, Milla?"

Sie schüttelte den Kopf. „Wenn du ein Mann wärst, dann hättest du mit mir geschlafen. Aber du bist ja ein Schlappschwanz! Hast dir lieber deinen Hintern versohlen lassen, anstatt dich um meinen Hintern anständig zu kümmern – wie ein echter Mann es getan hätte!" Sie ließ die Decke fallen, drehte sich im Kreis – wie eine Tänzerin – und hielt ihm herausfordernd ihren Popo entgegen. Prompt landete seine Faust an ihrem Jochbein. Milla flog durch die Luft und landete rücklings auf dem Boden. Sie fühlte das Pulsieren an jener Stelle in ihrem Gesicht, an der er sie getroffen hatte. Sie biss sich auf die Unterlippe und schmeckte ihr Blut. Sie lachte. „Schwächling!", rief sie ihm zu. „Kleiner mieser Schwächling ... Heil Hitler, mein Führer ..." Sie wand sich vor Schmerz und vor Lust zu seinen Füßen. Er schrie mit heiserer Stimme ihren Namen und bedachte sie mit unflätigen Namen, die ihre Fantasie in ungeahnte Höhen hoben. Milla stöhnte und befriedigte sich selbst. Aber er fasste sie nicht mal mit einer Fingerspitze an. Sein Gesicht spiegelte Ekel und Abscheu wider. Das Tablett mit dem herrlich duftenden Englischen Frühstück erkaltete in einer Ecke des Schlafzimmers.

Das übergewichtige Mädchen, das sie in ihrer Kindheit gewesen war, hatte – wie es schien – einen neuen Weg gefunden, seinen Hunger zu stillen.

15.50 Uhr, Keupstraße

Das Mittagessen bei Deniz und ihrer Mutter verursachte in Tscharlys Bauch ein angenehmes Sättigungsgefühl. Deniz hatte Tscharly gestanden, dass sie am liebsten Schauspielerin geworden wäre. Heimlich – ohne das Wissen ihrer Eltern – hatte sie auf einer Schauspielschule in Berlin vorgesprochen. Mit Erfolg! Warum sie sich am Ende doch nicht getraut hatte, die Ausbildung zu absolvieren ... das zu erklären, fehlte ihnen am Ende die Zeit. Anschließend war Tscharly die beiden Stationen zu seiner Pension zu Fuß gegangen und hatte geduscht. Er hatte sich für zehn Minuten hingelegt und war eingedämmert. Eine Stunde später war er aus einem Albtraum erwacht. Er hatte von Milla geträumt – er konnte sich nicht erinnern, was. Jedoch hinterließ der Traum ein banges Gefühl in seiner Brust. Tscharly hatte einen Blick auf die Rado geworfen und festgestellt, dass er sich beeilen musste, wenn er den Termin mit seinem Informanten wahrnehmen wollte. Er schaute in den Spiegel. Er entdeckte Ringe unter den Augen. Die Schlupflider ließen ihn eher alt als attraktiv aussehen, fand er. Außerdem höchste Zeit für eine Rasur. Andererseits – selbst ein Boxer vermied es, sich vor einem Kampf zu rasieren, weil die Haut dadurch zu empfindlich geriet. Die Begegnung, die ihm bevorstand, ließ sich sehr gut mit einem Box-Kampf vergleichen, entschied er. Als investigativer Journalist brauchte man auch eine dicke Haut, genau wie ein Boxer.

Tscharly machte sich zu Fuß auf den Weg. Wieder in Richtung Keupstraße. Gestern hatte er im Alibaba zwei leckere Kölsch getrunken. Als die Welt noch in Ordnung gewesen war, zumindest beinahe. Der Streit mit Sara gehörte zu den Dauerroutinen seines Lebens, die er gar nicht mehr als Drama wahrnahm. Bei dem Gedanken, dass er vielleicht nie wieder die Gelegenheit erhalten würde, sich mit Sara zu zanken, empfand er Übelkeit. Zehn Minuten später stand er vor dem Alibaba – außer Atem. Er war gerannt. Sein T-Shirt klebte in der schwülen Atmosphäre der Stadt an ihm. Trotz seiner Gedankenversunkenheit wurde ihm bewusst, dass eine Vespa ihm gefolgt war. Die auf dem Gefährt befindlichen Gestalten waren wegen der Helme nicht zu erkennen. Jung, dunkler Hautteint, durchtrainiert … Aber das musste nichts bedeuten, beruhigte er sich. Vielleicht machten ein paar Jugendliche sich einen Spaß oder dachten, bei ihm gäbe es was zu holen. Dass er elektronisch von wem auch immer überwacht wurde, schloss Tscharly eigentlich kategorisch aus. Er hatte sein Handy trotzdem in der Pension zurückgelassen. Vielleicht hatten ihn der Staatsschutz oder die Feinde der Demokratie *angezapft?* Damit war bei seinem Aufgabenfeld eigentlich ständig zu rechnen. Auf welcher rechtlichen Grundlage dies vonstattenging, war eine andere Sache.

Fünfzig Meter vom Alibaba entfernt lag sein Ziel vis á vis auf der anderen Straßenseite. Die Gaststätte „*Rheingold*", die als Treffpunkt ausgegeben worden war, wirkte in der Keupstraße wie eine Pizzeria auf dem Münchener Oktoberfest. Das war beinahe so exotisch wie der Papst im liturgischen Gewand auf der Reeperbahn. Wie kann jemand ausgerechnet hier eine Gaststätte mit deutschen Gerichten, deutschem Namen und sogar der Deutschlandfahne oberhalb des Eingangs betreiben?, fragte Tscharly sich und studierte das Schild, das ohne ins Detail zu gehen, „*gutbürgerliche Küche*" anpries?

Tscharly betrat das Lokal. Der Geruch von ranzigem Schweinebraten, gärendem Sauerkraut und Knödeln hing in der Luft, das Ganze wurde überlagert von der obligatorischen Maggi-Duftwolke. Welch ein Kontrast zu dem feinen Essen, das er bei Deniz' alter türkischer Mama hatte genießen dürfen. Das Lokal war zudem eine Bruchbude und zum Spaß fragte Tscharly sich, wie viel Geld die wechselnden Inhaber seit 1949 für Reparaturen und Renovierungen in den Laden investiert hatten. Offensichtlich folgten nicht alle der goldenen Regel des Kapitalismus, dass Reinvestitionen die besten Investitionen in die Zukunft überhaupt waren.

Voller Abscheu musterte Tscharly die rustikalen, braunen Bänke, die vor vielleicht vierzig Jahren einigermaßen passabel ausgesehen haben mochten. Die rot-braun-grünen Polster waren mehr als verschlissen und teilweise quoll die Füllung daraus hervor.

Immerhin vernahm Tscharly aus der Küche Pfannen- und Kochgeschirrklappern, was den Geruch erklärte. Tscharly setzte sich mit dem Rücken zur Wand. Er behielt den Gastraum im Blick.

In Gedanken wünschte er sich zu Deniz und ihrer Mama zurück. Für einige Minuten hatte er herzhaft mit Deniz gelacht. Deniz hatte sich zusehends als interessante Gesprächspartnerin entpuppt. Er hatte sein ursprüngliches Urteil über sie gründlich revidieren müssen. Auch ein Tscharly Huber, erkannte er jetzt, war vor Klischeevorstellungen und Vorurteilen nicht gefeit. Tscharly freute sich darauf, sich wieder mit ihr zu treffen. Ein Blick auf die Rado verriet ihm: *16 Uhr*, pünktlich auf die Minute! Seine dubiose Quelle ließ ihn zu allem Überfluss auch noch warten. Tscharly beschloss, lieber kein Getränk vom Fass zu bestellen. Ein Magen-Darm-Virus hätte seinem Aufenthalt hier in Köln noch die Krone aufgesetzt! Aber ein Getränk jedweder Art schien ohnehin Lichtjahre entfernt, da immer noch kein Kellner weit und breit in Sicht war. Obwohl er keine Lust hatte, falsche Körpersignale auszusenden, sackte Tscharly in sich zusammen. Die immense Last der letzten Stunde brach schlagartig über ihn herein und immer wieder liefen Filme über die jüngsten Ereignisse vor seinem inneren Auge ab. Obwohl ihn das späte Mittagessen mit Deniz eigentlich aufgemuntert hatte! Ihr ausgeprägt mediterran-orientalisches Gesichtsprofil hatte es ihm angetan. Deniz' Mutter hatte zu seiner Überraschung weder den Hausdrachen gespielt noch auf eine vorschnelle Verlobung ihrer Tochter plädiert. Auch in Deutschland, fiel ihm ein, hatten seltsam anmutende Hochzeits- und Familientraditionen vor nicht allzu langer Zeit noch existiert. Nicht so bei Deniz, denn die Mutter hatte sich unter freundlichen Beteuerungen, sich ausruhen zu müssen, nach dem Servieren der Speisen zurückgezogen. Beim Essen hatte Tscharly sich an die Familiengeschichte Bal herangetastet – mit Schwerpunkt Can. Can schien eines von Deniz' Lieblingsthemen zu sein. Deniz hatte ihm beinahe jeden Streich seit Cans siebtem Lebensjahr erzählt.

Ein tiefes Brummen riss Tscharly aus seinem Grübeln. Reflexartig nahm er Haltung an. Er straffte den Körper und stellte den Blick scharf. Ein junger Mann von der Statur eines Raumteilers stand vor ihm in der Gaststube.

„Was zu trinken, der Herr? Das Tagesgericht ist Schweinebraten mit Sauerkraut und Knödel. Sechs Euro Fuffzich. Gibt's eigentlich erst ab siebzehn Uhr, aber heute können wir schon ein wenig früher in die Offensive gehen." Diese missglückte Ankündigung einer Essensschlacht beendete ein abgehacktes Lachen. Eine Art stilisierter Reichsadler schmückte das schwarze T-Shirt. Rechts und links davon befanden sich zwei Stielgranaten, die Deutschland weder im ersten noch im zweiten Weltkrieg den erhofften Erfolg beschert hatten. Den Oberarmen des Typen nach zu urteilen, trainierte der wohl für den Endsieg.

„Also – was is jetzt, Kamerad?"

„Eine Flasche alkoholfreies Bier, bitte", bestellte Tscharly.

„Alkoholfrei?" Der Typ starrte ihn an wie das achte Weltwunder. „Hör mal", sagte er mit einem Akzent, der sich mehr nach Dortmund als Köln anhörte, „wir sind hier weder Erholungs- noch Altersheim. Alkoholfrei ham wer hier nich. Wern wer auch nie haben, solange dat fest in deutscher Hand is. Verstanden?"

Die ganze Zeit hatte Tscharly das Bild im Kopf gehabt, aber es irgendwie nicht zusammengebracht, da er in dieser Straße alles erwartet hätte, nur das nicht. Vor ihm stand ein Skinhead, zudem einer der Spaßfraktion, denen es eher auf den Fun als auf politische Inhalte ankam. Diese Typen setzten alles auf die Karte Optik und versuchten den größtmöglichen Spaß aus Bier, Konzerten, testosterongeladenem Gelalle und hin und wieder einem Skin-Girl herauszuholen. Die anderen Rechten, die es mit der Revolution ernst meinten, hießen Scheitelträger und waren nicht auf den ersten Blick als Nationalisten zu erkennen.

„Hätten Sie vielleicht ein Kracherl[1]?", konterte Tscharly in Bayerisch.

Der Skin lachte. „Witzbold, hm? Wenn du n Schwarztee mit nem Kilogramm Zucker drin willst, gehste gefälligst in nen anderen Laden – das gilt hier auch für einen Seppel-Kasper aus München." Der Raumteiler kreuzte ostentativ seine Arme vor dem Bauch und ließ seinen Bizeps im Takt wippen.

Tscharly hob die Schultern. „Wie sieht's mit Cola aus?"

Die Miene seines Gegenübers verfinsterte sich. „Jetzt reicht's: Besatzergesöff führen wir hier auch nicht. Kannste hin aus-

---

1

Bayerisch/Österreichisch: Limonade

wandern, wenn de willst. Das einzig alkoholfreie hier drin ist Leitungswasser oder eine angebrochene Flasche deutscher Apfelsaft. Ich denke, verdauungsanregend ist das auf jeden Fall. Aber ob der Apfelsaft immer noch alkoholfrei ist, wage ich zu bezweifeln. Kommt auf einen Versuch an!"

Beinahe war Tscharly versucht zu lächeln. Er gab sich schließlich geschlagen und bestellte ein Flaschenbier, was der Nationalgesinnte mit einem Grinsen quittierte, das selbst Göring im intensivsten Morphium-Rausch nicht besser hätte hinkriegen können.

„Flasche Krombacher, also", sagte der Glatzkopf und wollte sich umdrehen.

„Was denken Sie eigentlich über den Anschlag?", fragte Tscharly schnell.

Der Kellner hielt in der Bewegung inne. „Ganz ehrlich?", antwortete er. Ein süffisantes Lächeln zeichnete sich auf seinen Lippen ab. „Ich finde es hervorragend, dass wir demnächst ein paar ausländische Mitbürger weniger haben – hoffe ich zumindest. Und wenn sie nicht krepiert sind, dann wird es ihnen wenigstens eine Lehre sein. Sie werden es mit der Angst zu tun bekommen und sich überlegen, ob Deutschland auch in Zukunft das Land ihrer Wahl bleibt. Diese dreckigen Ausländer werden sich hüten, den Deutschen ihre Arbeitsplätze wegzunehmen und unsere Frauen zu vergewaltigen! Ob Sie es glauben oder nicht, das Rheingold ist eine der letzten deutschen Bastionen in der Keupstraße. Aber ich verspreche Ihnen", steigerte er sich in seine Rede hinein, „dass wir uns Zentimeter für Zentimeter unseres deutschen Bodens zurückerobern werden, auch wenn wir dafür mit deutschem Blute bezahlen müssen!" Er fuchtelte mit den Armen, wie es Dr. Goebbels anno dazumal beinahe perfekt vorexerziert hatte und schloss: „Die Keupstraße war deutsch, ist noch ein wenig deutsch und wird die erste nationalbefreite Zone in Köln sein!"

„War denn der Anschlag ein erster Schritt zur nationalbefreiten Zone?", fragte Tscharly im Terminus des Kellners zurück.

„Dazu wird Ihnen Ihre Verabredung mehr sagen können", bekam er als Antwort zurück.

Der Kellner wandte sich ab. Tscharly schwitzte. Der Wirt ist also eingeweiht, kombinierte er. Hat brav seinen Text gelernt! Tscharly fragte sich, wie viele biodeutsche Muskelmänner in irgendeinem Hinterzimmer des Lokals darauf warteten, über ihren Gast herzufallen. Ein Blick auf die Uhr verriet Tscharly, dass sein Kontaktmann ihn inzwischen schon eine halbe Stunde warten ließ. Das gehörte offenbar zum Drehbuch, um ihm Angst einzujagen.

Der Kellner knallte die Bierflasche direkt vor seine Nase – ohne Bierdeckel. „Prost!" Und machte eine Kopfbewegung Richtung Eingangstüre: „Da kommt ja schon Ihre Verabredung!" Und verzog sich diesmal in die Küche.

Tscharly musterte den Mann, der sich zügig auf seinen Tisch zubewegte. Im Prinzip war das Erscheinungsbild ähnlich wie das des Gastgebers, nur kleiner, weniger muskulös und seine Haare waren ein paar Millimeter länger – dennoch ein militärisch anmutender Bürstenhaarschnitt.

„Philip", stellte der Mann sich vor. Der Händedruck hatte es in sich. Sollte anscheinend keine Fragen aufkommen lassen, wer sich wo in der Nahrungskette befand. Der Kellner brachte ihm ein Weizenbier mit Schaumkrone. Philip nickte – keine Frage, die beiden kannten einander besser als so manches jungverheiratete Ehepaar.

„Prost", sagte Philip und erhob das Glas.

Obwohl Tscharly nicht nach Alkohol zumute war, spielte er das Spiel mit und stieß an.

„Sie schreiben für dieses zionistisch-kapitalistische Drecksblatt?", startete Philip einen Blitzkrieg.

„Wenn Sie die Münchner Neuesten …"

„Weiß ich", fiel Philip ihm ins Wort. „Alles bekannt. Kleiner Schmierfink für das internationale Finanzkapital. Sie wissen, dass Ihr Blatt als erstes von den US-Zionisten, die von dem Juden Roosevelt nach Deutschland geschickt worden waren, um das Finis Germaniae zu besiegeln, nach der Niederlage Fünfundvierzig lizensiert wurde. Haben Sie sich mal gefragt, warum?"

Tscharly wartete eine Erklärung ab. Philip betrachtete sein Schweigen als Aufforderung. „Sie werden schon wissen, was Sie tun, Herr Huber. Ich wäre im Leben nicht fähig, mein Volk und Vaterland für jüdisches und bolschewistisches Geld zu verraten. Auch die nationale Revolution fordert ihre Opfer. Nehmen Sie

Markus", senkte er den Ton und machte eine Handbewegung in Richtung Küche. „Saß über anderthalb Jahre als Mitglied der Hilfsorganisation Nationaler Gefangener in der JVA Dortmund ein, bloß weil er und ein Kamerad von einem Nordafrikaner mit einem Messer aufgrund ihres urdeutschen Aussehens überfallen worden sind ... und die beiden sich gewehrt haben! Gut, der Kanake hat einiges abgekriegt, hat dafür jetzt einen elektrischen Rollstuhl auf Kosten des deutschen Steuerzahlers, was für die faule Sau ohnehin bequemer ist. Wenn Markus zuschlägt, wächst kein Gras mehr. Ach ja, der andere Beteiligte war übrigens ich. Aber das Schweinesystem hat nur Markus drangekriegt, weil er von einem anderen Halbaffen woanders wiedererkannt worden ist. Über Markus' Lippen kam kein Sterbenswörtchen, er hat seinen Kameraden nicht verraten. Saß tapfer seine ganze Zeit ab, obwohl er mehr Angebote kriegte als ich in der Woche Werbezettel für kapitalistischen Konsumscheiß! Das nenne ich wahre Nibelungentreue."

Er legte eine Pause ein, heischte offenbar nach Beifall. Tscharly dachte gar nicht daran, einen Kommentar abzugeben. „War der Anschlag gestern vor der Konditorei Bal als Aktion gegen die in Deutschland lebenden Ausländer intendiert?", fragte er stattdessen.

„Sie wollen doch so intelligent sein!", blaffte ihn der Skin an. „Aber Sie müssen einsehen, dass wir den Volkstod sterben, Herr Huber. Die Deutschen werden weniger, die Muslime rammeln wie die Kaninchen. Und das alles auf Kosten der deutschen Steuerzahler. Klar, dass hier ein Umvolkungsprozess stattfindet! Außerdem haben wir Deutschen keinen Staat Bundesrepublik Deutschland –", er legte seine ganze Verachtung in die Worte, „wir sind ein nach wie vor besetztes Land und sollen dies nach dem Willen unserer Besatzer für immer und ewig bleiben. Was mit dem Vertrag von Versailles begann, setzt sich bis heute fort! Wir Deutschen sind Sklaven in finanzieller, politischer und militärischer Abhängigkeit! Der Jude lässt uns bluten und er wird nicht ruhen, bis er uns endgültig vernichtet hat. Deshalb müssen wir den militärischen Widerstand organisieren, um unsere Souveränität zurückzuerobern."

Stolz hob Philip sein Weizenbierglas, prostete Tscharly mit dem Trinkspruch: „Auf den Tag X!" zu. Der Tag X war Tscharly häufig bei Recherchen begegnet. – Der feuchte Traum eines jeden Rechtsradikalen, an dem sich das deutsche Volk in Waffen erheben und die sogenannte *Fremdherrschaft* abschütteln wollte ...

„Kennen Sie die Zusammenhänge der Tat? Akteure, Interaktionen, Logistik und so weiter?", gab sich Tscharly noch nicht geschlagen.

Philip faltete seine Wurstfinger über seinem Speckbauch zusammen. Klar, dachte Tscharly, fässerweise Bier und Tonnen kulinarischer deutscher Sauereien hinterlassen auch beim linientreuesten Neonazi ihre Spuren.

„Ich weiß über so einiges Bescheid", sprach Philip, „deshalb bin ich hier! Ich bin autorisiert, Ihnen Informationen zuzuspielen, damit Ihre Zeitung das deutsche Volk unverfälscht über die wahren Gründe des Anschlags aufklären kann."

„Wer hat Sie autorisiert?"

„Konkrete Namen nenne ich Ihnen später. Ich kann nur verraten, dass es sich um eine koordinierte Tat des Nationalen Widerstands handelt."

Tscharly sah bereits die Überschrift in fetten Lettern auf der Titelseite: *Nationaler Widerstand für Nagelbombenattentat verantwortlich.* Rund war diese Überschrift noch nicht, aber die Story klang verdammt gut.

„Was oder wer ist der Nationale Widerstand?", hakte Tscharly nach.

Philip zeigte beim Lächeln kariös-braune Hasenzähne. Zumindest blieben die Burschen ihrer politischen Überzeugung auch in puncto Zahnhygiene treu!

„Eine Organisation, die gegründet wurde, um verschiedene nationale Widerstandsbewegungen unter einem Dach zusammenzufassen. Köln war die erste Aktion. Köln war der Auftakt. Wenn Sie mir Anonymität garantieren, werde ich Ihnen Beweise dafür liefern!"

Tscharly griff zur Flasche und spülte sowohl Überraschung als auch Erregung hinunter.

„Ich garantiere Ihnen absolute Anonymität, egal, was Sie mir präsentieren", versprach er – auch wenn ihm die Zusage schwerfiel. Das Gefühl, sich dadurch zum Komplizen zu machen, blieb.

„Kommen Sie", meinte Philip und blickte noch einmal auf die Uhr, als ob er die Zeit für ein militärisches Manöver checken müsste.

Tscharlys Bauch rebellierte – er hatte plötzlich wieder das Gefühl, dass hier gar nichts stimmte. Mit einer fragenden Geste deutete er auf die Getränke und rieb Daumen und Zeigefinger gegeneinander.

Philip winkte ab. „Fühlen Sie sich als unser Gast, Herr Huber!"

Er stand auf und trat zum Eingang. Woher die plötzliche Eile des Neo-Nazis?, fragte sich Tscharly und stand auf. Dutzende Fragen ratterten in seinen Gedanken. Welche Art von Beweisen wollte diese lebendig gewordene Klischeelawine ihm zeigen? Etwa die Bombenwerkstatt? Oder ihn sogar mit einem der Attentäter sprechen lassen? Oder Tscharly ein Bekennerschreiben zukommen lassen? Tscharly blickte sich in der Gaststube um. Vom Kellner fehlte jede Spur und der Sauerkrautgeruch hatte sich intensiviert. Eindeutig – die Jagd nach *was-auch-immer* war eröffnet! Wollte Tscharly an Informationen gelangen, musste er seinem Informanten wohin auch immer folgen – ihm vertrauen! *Dieses Spiel ist genauso sicher, als wenn ein deutscher Sextourist sich auf den AIDS-Test einer thailändischen Prostituierten verlässt,* dachte Tscharly. Kurz vor der Tür machte Philip mit dem rechten Arm das Stopp-Zeichen. Er schob die Lederjacke hoch und Tscharly erkannte einen Revolverknauf. Verdammt!, fluchte Tscharly innerlich.

„Und Sie?", fragte Philip, woraufhin Tscharly friedfertig beide Arme in die Höhe hob – *Bruder, ich bin unbewaffnet.* „Dann muss ich wohl auf uns beide aufpassen", brummte Philip. „Jeder Schritt außerhalb des Rheingolds ist einer auf feindlichem Territorium."

Philip verbeugte sich – *nach Ihnen!,* bedeutete seine Geste. Auf der Straße schien alles ruhig zu sein.

„Keine Panik auf der Titanic, Meister", witzelte Philip. „SS marschiert mit."

Okay, es gab kein Zurück. Tscharly wollte vor dem Typen nicht als Feigling dastehen. Also gab er sich einen Ruck und setzte über den Bürgersteig in den schwülen Nachmittag hinaus. Tscharly fragte sich, ob es stimmte, dass Orte Erinnerungen speichern konnten. Oder ließ sich die Enge in seinem Hals auf die Menschen zurückführen, die ihn und seinen Begleiter mit Misstrauen und Hass musterten, bevor sie sich abwandten und Fersengeld gaben? Ein Ort mitten in Deutschland, in dem seit gestern Krieg herrschte. Menschen auf der Flucht vor dem unbekannten Angreifer, die kollektiv zu spüren bekommen hatten, dass sie in diesem Land niemals wirklich erwünscht gewesen waren. Spätestens seit der Wirtschaftskrise Anfang der Neunziger Jahre und der damit verbundenen Arbeitslosigkeit hatte das Pendel umgeschlagen und die Stimmung richtete sich gegen die Gastarbeiter. Die Parole „*Deutsche Jobs für Deutsche!*" avancierte zum geflügelten Wort.

Tscharly schritt zwei Meter hinter seinem Führer her, als er die Vespa, die ihm bereits auf den Weg hierher gefolgt war, wieder erspähte. Philip blieb stehen und blickte zu dem Fahrzeug, als handle es sich um ein Versprechen, das ein treuer Kamerad einlöste. Tscharly spürte sein Herz bis zum Hals schlagen. Erkannte die Falle, in die er geraten war. Menschen stoben vor dem Fahrzeug in beide Richtungen auseinander. Der Fahrer drosselte die Geschwindigkeit. Der Beifahrer zückte eine Pistole. Tscharly blickte in einen schwarzen Lauf. Aus einem Meter Entfernung. Der Lack der Vespa spiegelte den wolkenverhangenen Himmel. Innerhalb eines Sekundenbruchteils sprang Tscharly zur Seite. Der erste Schuss fiel. Tscharly stieß gegen Philip, der zur Seite wankte wie ein Baum. Ein zweiter Schuss. Ein dritter. Philip landete in Tscharlys Armen. Schreie hallten von allen Seiten. Tscharly erkannte, dass zwei der Projektile den Neonazi direkt in die Stirn getroffen hatten, das dritte irgendwo seitlich am Kopf. Aus einem Krater quoll Blut, honigfarbener Liquor und graue Gehirnmasse, eine Mischung, die an verdorbenes Hackfleisch erinnerte.

Gott, ich halte das halbe Gehirn eines anderen Menschen in meinen Händen!

Tscharly reagierte instinktiv, indem er hinter Philips Leiche Deckung suchte. Menschen kreischten. Tscharly löste sich von Philips blutüberströmtem Körper und kämpfte sich zwischen zwei Hausmauern hindurch in einen Hinterhof. Er hörte die Vespa.

Knatternd. Er rannte und rannte und rannte. Seine Verfolger schienen ihm dicht auf der Spur. Das Geräusch war ganz nah. Tscharly schmeckte Tropfen von Blut auf seinen Lippen wie flüssigen Stahl. Das Blut jenes Mannes, mit dem er sich zehn Minuten zuvor getroffen hatte. Sein Bauchgefühl hatte doch recht gehabt! Der Typ war nicht ganz koscher gewesen. Ihr konspiratives Treffen war verraten worden! Schüsse direkt in die Stirn – aus kurzer Entfernung abgefeuert. Ganze Arbeit. Vollprofis, die eine Exekution nach Bilderbuchmanier durchgeführt hatten. Tscharly hegte nicht den geringsten Zweifel daran, welches Schicksal seine Verfolger ihm zugedacht hatten. Tscharly sprang über eine Straße. Quietschende Reifen. Ein Hupkonzert. Er wankte über die Gleise einer Straßenbahnlinie. Die Luft roch nach Asche und Benzin. Tscharly stürmte über eine Grünfläche – Hunderasen! Das Rattern der Vespa verstummte. Nieselregen ging über dem rechten Rheinufer nieder. Die Feuchtigkeit drückte in Tscharlys Lungenflügeln. Seine Muskeln an Armen und Beinen brannten, verbrauchten mehr Sauerstoff als die feinen Lungenbläschen je imstande sein würden, aufzunehmen und in Energie zu verwandeln.

Hundebesitzer mit vierbeinigen Lieblingen rannten um ihr Leben. Polizeisirenen ertönten.

Tscharly stapfte in Hundehaufen – und erreichte die Straße gegenüber eines Parkhauses. Dort, wo er in der Pension vis á vis übernachtet hatte. Vielleicht gelang es ihm, sich in dem Gebäude zu verschanzen. Im Hintergrund erhob sich eine Moschee. Täuschte er sich … oder handelte es sich um Klagelaute, die sein Gehör erreichten? Sein Herz raste. Stille auf einmal! Dann nichts als der Gesang des Imams. Tscharly erkannte das Fahrzeug, das aus der Auffahrt der Parkgarage emporschoss, zu spät. Ein Mini-Cooper, eines dieser Frauenautos, das zur Handtasche und den Ohrringen der Fahrerin passten. Tscharly begriff den Fehler, den er durch sein Zögern begangen hatte, zu spät. Es war ihr Plan gewesen, ihn bis vor die Tür seiner Pension zu verfolgen. Während der Mini-Cooper Anlauf nahm, um ihn in mörderischem Tempo zu überrollen, versagte Tscharlys Fluchtinstinkt jäh. Der Lack des Wagens, schwarz-metallic, reflektierte einen beinahe nachtgrauen Himmel am helllichten Tag. Der Gesang des Imams war auf

einmal nichts weiter als *das Lied vom Tod*, das eigens für ihn –
Tscharly Huber – gesungen wurde.

16.53 Uhr

Der schwarze Mini legte eine Vollbremsung hin und kam keine
zwei Meter neben ihm zum Stehen. Eine Frau mit roten Haaren
beugte sich nach links und öffnete die Beifahrertür.
„Los! Einsteigen!"
Tscharly blickte in ein Paar grüner Augen, die ihn nach Scarlett-
O'Hara-Art herausfordernd anstierten. Von einem Glanz erfüllt
wie grünes Glas hinter lodernden Feuern.
„Worauf warten Sie?"
Tscharly löste sich aus der Starre und sprang zu der Fremden ins
Fahrzeug. Er griff zum Gurt ... Die Fahrerin legte einen Kava-
lierstart hin. Der Wagen brach zur Seite aus, bevor er wie eine
Rakete mit fast einhundert Stundenkilometern durch die Tempo-
30-Zone bretterte. Tscharly entglitt der Gurt. Er spürte die Be-
schleunigung in seinem Körper wie in einem startenden Flugzeug.
Scarlett O'Hara warf ihm einen energischen Blick zu. „Bringen
Sie sich immer dermaßen planlos in Gefahr, Tscharly Huber?"
Er schnallte sich an und starrte nach vorne. „Ist das Ihre Art,
Anhalter nach ihrem Ziel zu fragen?", entgegnete er.
„Nur bei Idioten, die zu blöd sind zu bemerken, wenn sie von
allen Seiten observiert werden", schrie sie gegen das Motoren-
geräusch an und raste bei Dunkelgelb über eine Ampel. Um ein
Haar wäre ein Rollerfahrer zur Kühlerfigur geworden.
„Das war knapp!", stöhnte Tscharly. „Passen Sie doch auf ..."
„Werfen Sie einen Blick rückwärts, Mister Shatterhand!"
Tscharly ignorierte die Anspielung auf Karl-May. Der Apachen-
Häuptling Winnetou hatte den Helden der Geschichte – Old
Shatterhand – bevorzugt mit *„Mein Blutsbruder Tscharly"* ange-
sprochen. Im Grunde genommen hatte Scarlett O'Hara recht. Er
war das größte Greenhorn auf Erden! Er hätte wenigstens die
Umgebung des Rheingolds zuvor observieren sollen. In seiner

148

Naivität hatte er die Vespa mit den orientalisch-aussehenden Männern ignoriert, anstatt die Aktion abzublasen. Und jetzt folgte ihnen ein amerikanischer Kastenwagen, der die Kreuzung hinter ihnen bei Rot passierte und wie ein Panzer mit Karacho den Abstand verringerte.

„Was haben Sie vor?"

„Schießen soll ja nicht gerade ihre Spezialität sein, wie ich gehört habe?"

„Wie meinen Sie …"

„Ihre Bundeswehrakte … Ein besonders talentierter Schütze waren Sie nicht, Herr Huber. Jetzt haben Sie die Gelegenheit, der Welt das Gegenteil zu beweisen!"

Sie nickte in Richtung der Maschinenpistole zu seinen Füßen.

„Ihr Henry-Stutzen[2], Bruder!"

Sie überholte einen Mercedes und drei Kleinwagen, raste frontal auf einen Lastwagen zu. Der Fahrer hupte. Scarlett verhinderte die Kollision, indem sie in allerletzter Sekunde nach rechts lenkte und haarscharf an einem Stopp-Zeichen vorbeibretterte. Tscharly stieß sich den Kopf am Handschuhfach und hielt die Waffe in seinen Händen – Heckler & Koch/MP5 … Er kannte das Modell aus seiner Dienstzeit bei der Bundeswehr.

„Na los! Entsichern Sie schon, Cowboy!"

Tscharly legte den Hebel mit dem Daumen um. Er öffnete das Seitenfenster im selben Moment, als ein erstes Projektil auf dem Dach des Minis einschlug.

„Schießen Sie schon! Oder wollen Sie, dass die uns plattmachen …"

Tscharly hielt die Waffe gegen den Fahrtwind und feuerte über das Dach hinweg nach den Verfolgern.

„Sie sind wirklich eine Niete, wie sie im Buche steht!", fauchte seine Retterin. „Wenigstens ein einziges Mal hätten Sie treffen können …"

2
Old Shatterhands Gewehr

„Soldaten sind Mörder!", konterte Tscharly mit dem berühmten Zitat Tucholskys, das ihn während seiner Bundeswehrzeit innerlich stets begleitet hatte.

„Wir sind hier nicht beim fucking Bachmann-Preis, Idiot! Schieß schon, du Arschloch! Mach!"

Tscharly feuerte eine weitere Serie nach dem Kastenwagen. Die Antwort bestand in einem Projektil, das die Rückscheibe des Minis zersplitterte.

„Scheiße!", fluchte Scarlett O'Hara.

Schweiß rann Tscharly in die Augen und trübte seine Sicht.

„Machen Sie schon! Worauf warten Sie?"

Tscharly zielte durch das zerbrochene Fenster. Der Mini glitt in Schlangenlinien vor dem Kastenwagen die Straße entlang. Polizeisirenen ertönten. Ein Rettungswagen kreuzte ihren Weg. Scarlett O'Hara brüllte: „Festhalten!" Und legte eine Vollbremsung hin. Tscharly erspähte die Absperrung. Im nächsten Moment streifte der Mini mit der Fahrerseite die Stahlpfosten. Der Kastenwagen erkannte die Gefahr eine Sekunde zu spät. Tscharly feuerte und traf einen Vorderreifen. Der Kastenwagen hopste daraufhin wie ein Mann mit nur einem Bein direkt in die Baustelle hinein. Kippte um ein Haar – *elchtestartig* wie ein Mercedes! Die Vorderräder gruben sich im Sand ein. Tscharly kauerte inzwischen auf der Rückbank des Minis. Ein raues Lachen entglitt seiner Kehle.

„Wer sind Sie?", fragte er die Fremde.

„Jenny", antwortete sie.

„Okay, Jenny, lass mich raten, dich hat der Himmel geschickt?"

Sie drosselte die Geschwindigkeit des Fahrzeugs und versteckte sich vor der Polizei in einer Seitengasse. „Wenn du es genau wissen willst – ich bin vom Himmel gefallen!"

„Und als junge Frau heutzutage hat man Lippenstift, Hämorrhoidensalbe und Maschinenpistole einfach dabei. Gehört in jede Damenhandtasche!", erriet er. Er wollte erschöpft durchatmen, als sie den Wagen am Straßenrand parkte. Vor einem Halteverbotsschild. Er blickte in Richtung einer ALDI-Filiale. „Wir können uns doch nicht einfach in die Einfahrt …"

„Halt die Klappe! Dann wirst du eben demnächst woanders einkaufen müssen", entgegnete sie.

Sekunden später standen sie vor einem Motorrad. Sie reichte ihm einen Helm. „Kein Ton und tun, was ich sage!"

Er zeigte in Richtung Parkplatz.

„Keine Sorge! Das Nummernschild ist genauso echt wie die Autobiografie von Eva Braun."

Bevor Tscharly sich versah, raste sie mit ihm auf dem Sozius davon. Sie hielten sich Richtung Autobahn. Königsfort-Ost las er auf einem der Schilder. Tscharly zitterte im Fahrtwind. Die Autos, die mit einhundertdreißig Sachen an ihnen vorbeipreschten, taten ihr übriges. Erst jetzt bemerkte er, dass sein T-Shirt nass und schwer am Körper hing. Er betete innerlich. Zum ersten Mal seit vielen Jahren sprach er in Gedanken ein Vaterunser. Hätte jemand seine innere Stimme gehört, Tscharly hätte sich keine Sekunde für seine Angst geschämt. Dann bemerkte er die Wärme über seiner rechten Schulter. Beinahe war er geneigt, diese als Berührung mit göttlichem Odem zu deuten. Er erkannte Blut, das den Stoff färbte. Er spürte ein Pochen oberhalb des rechten Armes und bemerkte, wie sein Arm immer mehr an Kraft verlor. Sara, dachte er – Milla …

„Ist dir schlecht, Shatterhand?", riss Jennys Stimme ihn aus seiner Trance.

Sie brachte die Maschine auf einer Autobahnraststätte zum Stehen. Reflexartig stellte auch er die Füße auf den Boden. Und streifte den Helm ab.

„Was machen wir hier?"

Sie zeigte auf ein weiteres Fahrzeug. Diesmal handelte es sich um einen blauen Kleinwagen der Marke SEAT. *Ibiza* las Tscharly verschwommen und wünschte sich verzweifelt auf die gleichnamige Baleareninsel.

Jenny nickte ihm zu. „Wenn du willst, kannst du hier dein kleines Geschäft verrichten", bot sie ihm an und zeigte in die Büsche.

Er schüttelte den Kopf.

„Ich meine ja nur. Hätte ja sein können. Will schließlich nicht, dass du mir die schönen Sitze versaust."

Sie blickte auf seine Verletzung. „Auweia. Sieht aus, als ob dich da was gestochen hat. Einen Schluck Whisky könntest du wohl gut vertragen!"

Sie lächelte ihn aus ihren grünglitzernden Augen an.

Ihm wurde schlecht bei dem Gedanken an Alkohol. Er sah sie fragend an. „Und die Polizei?"

„Keine Polizei", antwortete sie. Und setzte sich hinter das Lenkrad. Tscharly nahm auf dem Beifahrersitz Platz. Gemütlich startete sie den Motor und fuhr auf die Autobahnauffahrt. Er sah das Motorrad, das sich im Rückspiegel in einen schwarzen Punkt verwandelte. Sie schaltete einen CD-Player ein. Rammstein intonierten: *„Gott weiß ich will kein Engel sein ..."* Der keyboard- und gitarrenschwere Sound hallte in Tscharlys Ohren wie ein Versprechen. Unter dem Fingernagel seines rechten Daumens klebten noch Blut und Reste vom Gehirn seines Informanten, entdeckte Tscharly. Vor Entsetzen lachte er auf.

„Was ist los?", fragte sie und drehte den CD-Player leiser.

„Ich habe gerade an graue Zellen gedacht. Gehirnmasse, die nichts mehr nützt. Kaputte Gehirnzellen ..."

Jenny bedachte sein hysterisches Lachen mit vernichtenden Blicken und gab Gas.

Zweiter Teil

Frankfurter Nachrichten, 10. Juni 2004

Keine Anzeichen für terroristischen Hintergrund

Am Mittwoch wurden beim Bombenanschlag von Köln 22 Menschen zum Teil schwer verletzt. Bundesinnenminister Schily hat unserer Zeitung gegenüber die Anzahl der Opfer bestätigt.

20 Stunden nachdem die Kölner Polizei mit ihren Ermittlungen begonnen hat, verfestigen sich die Indizien dahingehend, dass es keinen terroristischen Hintergrund der Tat gibt. Die Explosion am Mittwochnachmittag zerstörte kurz vor 16 Uhr das geschäftige Treiben des überwiegend von türkischstämmigen Menschen belebten Stadt-viertels.

Oberstaatsanwalt Dr. Wolf Saß teilte deshalb am Fronleichnamstag mit, dass ein „allgemeindeliktischer Hintergrund" angenommen wird. Dies hat auch Bundesinnenminister Otto Schily (SPD) am Donnerstag im badischen Kehl bestätigt, wobei er auf die laufenden Ermittlungen verwies. Vorläufig werde der Fall nicht an die Bundesanwaltschaft übergeben, die für die Strafverfolgung terroristischer Delikte zuständig ist.

Auch ohne terroristischen Hintergrund war die Machart des Anschlags perfide, denn es hätte viele Tote geben können. Umso bedeutender war der durch die Bombe verursachte materielle Schaden. Dieser entstand nach bisherigen polizeilichen Ermittlungen durch eine Rohrbombe, die inmitten der Keupstraße gezündet wurde. Die Bombe war mit Hunderten, circa zehn Zentimeter langen Nägeln und Bleikugeln gefüllt und an einem Fahrrad befestigt. Einer der Ermittler bestätigte, dass die Bauart darauf schließen lässt, dass die Täter eine Vielzahl von Toten ins Kalkül gezogen haben. Dass niemand zu Tode kam, war Glückssache. Aber 22 Personen wurden durch die teilweise über hundert Meter weit herumfliegenden Nägel verletzt – vier davon schwer. Der Sachschaden wird nach Schätzungen der Sachverständigen auf mehrere hunderttausend Euro beziffert.

Die Bombe wurde auf Höhe eines bekannten Friseursalons gezündet, der gegenüber eines auch bei der deutschen Bevölkerung beliebten türkischen Konditors liegt. Die meist türkischstämmige Community verwandelt seit

Jahren die Keupstraße in ein lebendiges Viertel mit kleinen Läden und Restaurants. Dass inzwischen in Mühlheim Fernsehsendungen für einen Musiksender produziert werden, sorgt für eine noch größere Diversität des Viertels.

Um 15.58 Uhr registrierte die Feuerwehr den ersten Notruf, denn es gab einen mächtigen Knall vor dem Friseursalon Özgür. Dort und in der gegenüberliegenden Konditorei Bal waren die meisten Verletzten zu verzeichnen. Die ersten Reaktionen gingen davon aus, dass es sich um eine Gasexplosion handelt, wobei diese Sichtweise schnell durch die vielen Nägel auf der Straße revidiert wurde. Der durch die Nägel und Bleikugeln entstandene Schaden an Gebäuden, Autos und Menschen nährte die Vermutung, dass es sich um einen Sprengstoffanschlag handelt. Zudem berichtete ein Augenzeuge von Sprengstoffgeruch. Die vor Ort befindliche Feuerwehrbesatzung löste Großalarm aus, als ihr die hohe Anzahl an Verletzten und das Schadensausmaß deutlich wurde. In der Folge waren knapp 150 Rettungskräfte in der Keupstraße im Einsatz.

Die Polizei sperrte umgehend die Straße ab und nahm erste Ermitt-lungen auf. Zunächst schienen viele Indizien für einen terroristischen Anschlag zu sprechen. Doch dann relativierte sich die Einschätzung. Bei den Bewohnern der Keupstraße, aber auch in der ganzen Gesellschaft machte sich Erleichterung breit, dass es sich vermutlich um keinen Terroranschlag handelt. Damit scheiden sowohl Islamisten als auch Rechtsextremisten als Täter vorläufig aus, wie uns Verbindungen zu den Sicherheitsbehörden bestätigten.

Dennoch fällt es schwer, die Verantwortung für die schreckliche Tat jemandem zuzuschreiben. Die Einwohner der Keupstraße können oder wollen sich keinen Reim auf die Urheberschaft machen. Dies ist verwunderlich, da allgemein bekannt ist, dass das orientalische Flair der Straße auch eine Kehrseite hat, nämlich Glücksspiel, Schutzgelderpressungen, Rauschgiftkriminalität sowie Machtkämpfe zwischen Ethnien. Wiederholt kam es schon zu Schießereien zwischen Türken, Kurden, Albanern, Serben und Bosniern. Die Unübersichtlichkeit der Bandenbildungen erschwert die Ermittlungen, zumal auch Rockerbanden wie die Hells Angels und Bandidos ihre Begehrlichkeiten Richtung Keupstraße wiederholt gezeigt haben. Denn bei diesen kriminellen Organisationen handelt es sich um „geschlossene Gesellschaften", zu denen deutsche Sicherheitsbeamte selten Zugang finden.

Montag, 14. Juni, 4 Uhr

Sie hörte die Schreie um sich herum, von denen sie jede Nacht erwachte. Eine Kakophonie von Stimmen, die aus ihrer Brust in ihr Gedächtnis hallten, wie die Lärmkulisse einer Geisterbahn. Jennifer Görlitz schrak auf und presste die Lippen aufeinander. Sie blickte auf jenes Bündel Mensch, das neben ihr in den Kissen lag, und atmete erleichtert auf. Ihre Mutter schlief den Schlaf der Gerechten. Jennifer wischte sich Tränen aus ihren Augen und hob die Bettdecke der Schlafenden an. Die Windelhose, die diese trug, drohte überzuquellen. Eine Folge der Infusion, die Jenny ihr gestern Nachmittag verabreicht hatte. *„Mama, du musst mehr trinken! Viel mehr trinken …"*, hörte sie ihre eigene Stimme. Alzheimer hatte die Macht über die Frau übernommen, die sie als ihre leibliche Mutter kennengelernt hatte. Und Jenny vermochte ihren Schmerz darüber, die Mutter zum zweiten Mal in ihrem Leben zu verlieren, niemals in Worte zu fassen. Eine Frau kann viele Männer in ihrem Leben haben – aber nur eine Mutter! Eine leibliche Mutter … die dabei war, zu vergessen, wie ihr eigenes Leben verlaufen war.

Elke Görlitz war dreißig Jahre alt gewesen – Fotografin – 1968 – und sie hatte für einen DDR-Verlag gearbeitet, der sich auf die Geschichte kommunistischer Bauten und Denkmäler konzentrierte. Jennifer, damals drei Jahre alt, hatte kaum eine Erinnerung an jenen Sommer, in dem ihre Mutter und sie sich in Prag aufgehalten hatten. Der Generalsekretär der CSSR, ein gewisser Alexander Dubček, und seine Partei propagierten einen *„Sozialismus mit einem menschlichen Antlitz"*. Elke Görlitz, Sozialistin mit Leib und Seele, hatte ihre Vorgesetzten in der Redaktion nicht restlos davon überzeugen können, dass die Genossinnen und Genossen in Prag dabei waren, Geschichte zu schreiben. Ihr Vorgesetzter hatte ihr klargemacht, dass eine Berichterstattung im Sinne der Revoltierenden gegen die offiziellen Richtlinien der DDR verstoßen würde. Doch Elke hatte nicht locker gelassen. Schließlich hatte sie mit dem Verlagsleiter eine Einigung gefunden. Sie erhielt Urlaub auf eigene Kosten und er unterstützte ihren Ausreiseantrag. Sie verpflichtete sich im Gegenzug, keine Bilder ohne seine Genehmigung zu veröffentlichen und sich nicht gegen die offizielle SED-Doktrin auszusprechen. Die finanziellen Opfer und die politische Bevormundung waren Elke Görlitz ein Stachel im Fleisch gewesen, den sie zähneknirschend in Kauf nahm. Denn sie vermochte sich nicht auszumalen, welche Bedeutung das politische Beben in Prag für die Weltpolitik besitzen konnte. Welche Auswirkungen ein menschlicher Sozialismus für das Leben der Menschen in den Warschauer Pakt-Staaten barg! Diese Hoffnung lockte die Fotografin, damals frisch geschieden, im Schlepptau ihre dreijährige Tochter, in die Stadt an der Moldau.

Aber dann wurden die gesellschaftspolitischen Träume mit Waffengewalt auf den Boden der Tatsachen zurückgeholt; die bipolare Weltordnung hatte kein Verständnis für einen dritten Weg zwischen Kapitalismus und Kommunismus. Am 21. August 1968 marschierten eine halbe Million Soldaten aus Russland, Polen, Ungarn und Bulgarien in die ČSSR ein. Elke Görlitz hatte diese Nacht mit einem tschechischen Studenten der Philosophie in ihrem Pensionszimmer verbracht. Jenny schlief friedlich auf einer Strohmatratze, die die Wirtin der Pension für sie ins Zimmer gelegt hatte. Tief und fest, wie nur Kinder zu schlafen imstande sind. Gegen den Morgen hin stürmten mit Kalaschnikows bewaffnete Polizisten das Zimmer, in dem auch die beiden Liebenden sich schlafend in den Armen lagen. Der Anblick der Uniformen und der Lauf der Gewehre, in die Jenny blickte, gehörten zu den ersten Kindheitserlebnissen, an die sie sich später erinnerte und die sie nie wieder in ihrem Leben vergessen würde. Der Student hatte sich tags zuvor nicht nur todesmutig vor die russischen Panzer gestellt, um seine Landsleute vor ihnen zu schützen, nein, er hatte zusätzlich seine Meinung in einem Radiosender kundgetan, der auf der Seite der Revolte stand und damit den Herrschenden im Kreml ein Dorn im Auge war. Die Soldaten schlugen ihn – er hieß Vaclav – vor Elke und Jenny halbtot und verhafteten ihn. Jennys Mutter kam glimpflich davon – offenbar fürchteten die tschechischen Elitepolizisten internationale Komplikationen mit dem sozialistischen Bruderstaat, zumal Elke keine aufwieglerischen Tätigkeiten nachgewiesen werden konnten. Anstatt die Flucht und die Heimreise nach Leipzig anzutreten, fiel Jennys Mutter nichts Besseres ein, als mit der Tochter hinaus auf die Straßen zu eilen und die russischen Soldaten mit ihren Panzern zu fotografieren. Es gelang ihr trotz der Todesgefahr sensationelle Fotos zu schießen, um die Elke manche westliche Nachrichtenagentur beneidet hätte.

Später sollte jener Einmarsch der Russen in die CSSR in die europäische Geschichte eingehen als jene Invasion, die am detailliertesten durch Fotos und Filme dokumentiert war. Elke schoss Dutzende Fotoserien mit ihrer SL-System-Kamera, die das Nachladen unnötig machte. Eine Technik, die mit dem Agfa-System des Westens durchaus konkurrieren konnte. Die Fototechnik der DDR brachte ja sogar Streichholzschachtelkameras zustande, lernte Jennifer, als sie nach der Wende ihr Studium zur Geschichte der Geheimdienste in Berlin absolviert hatte. Diese Affinität zum Fotografieren und ihre Begeisterung für das Anliegen der Menschen der Tschechoslowakei war ihrer Mutter und vielen anderen schließlich doch noch zum Verhängnis geworden. Elke Görlitz war von einem amerikanischen Kollegen dabei fotografiert worden, wie sie sich, die Tochter an der Hand, vor eine Gruppe russischer Soldaten einem Panzer entgegenstellte und fotografierte. Ausgerechnet jene fatale Aufnahme gelangte in den Westen, wo sie in sämtlichen Illustrierten auftauchte – teilweise sogar Titelblätter schmückte. Was folgte, waren die üblichen Repressalien. Elke Görlitz musste sich in Leipzig einem Parteitribunal stellen und in stalinistischer Manier ihre Fehler und menschlichen Unzulänglichkeiten eingestehen. Erst nachdem dieses Procedere einige Male wiederholt worden war, wie in der DDR üblich, wurde sie zwar gesellschaftlich nicht rehabilitiert, aber wenigstens der Weg in eine Haftanstalt blieb ihr erspart. Am meisten schmerzte Elke, dass sie am Ende dieses schmerzvollen Prozesses ein Berufsverbot als Fotografin erhielt. Bei Zuwiderhandlung drohten ihr empfindliche Strafen und sie würde ihre Tochter für immer verlieren. Jenny hörte ihre Mutter in den Nächten nach dem Berufsverbot oft bitterlich weinen, zumal sie zusehends sozial isoliert wurde, da Parteigenossen sich nicht der Gefahr von Repressalien aussetzen wollten, indem sie Umgang mit einer Abweichlerin pflegten.

Eines Tages brachte Elke ihre Tochter zu ihrem Vater nach Ostberlin. Jenny sah den Mann mit den strengen Augenbrauen zum ersten Mal. Er arbeitete für das Landwirtschaftsministerium. Die Mutter hatte sich von ihr mit den Worten verabschiedet: „Ich fahre jetzt in die großen Ferien. Wenn sie vorbei sind, hole ich dich. Und dann darfst du bald zur Schule gehen."

Jenny weinte. Ihr Vater sagte noch am Bahnsteig zu ihrer Mutter: „Mach mir ja keine Dummheiten, hast du mich verstanden? Du weißt, wie verantwortungsvoll meine Arbeit im Ministerium ist. Wenn du wieder irgendeinen Mist baust, dann sind Jenny und ich geliefert."

Bevor Elke in den Zug nach Potsdam stieg, tätschelte sie ihrer Tochter die Wange und sagte: „Egal, was auch passiert, du darfst nie vergessen, wie sehr deine Mama dich liebt."

Als erwachsene Frau begriff Jenny, dass die DDR die Emanzipation der Frau viel früher realisiert hatte als in der Bundesrepublik üblich; Elke Görlitz hatte die mahnenden Worte des Erzeugers ihrer Tochter in den Wind geschlagen! Bereits am nächsten Tag standen die Stasi-Leute vor der Tür. Volkspolizisten nahmen den Vater im Beisein der Geheimdienstler fest. Die einzigen Worte, die ihm in Gegenwart seiner Tochter über die Lippen kamen, lauteten: „Hätte ich diese falsche Schlampe doch niemals kennengelernt!" Dann wurde er abgeführt. Seine Tochter landete in einem Heim, wo eine Frau zu ihr sagte: „Deine Mama ist ein schlechter Mensch. Sie wollte weglaufen zum Klassenfeind. Dein Vater hat davon gewusst und der Staatssicherheit nicht Bescheid gegeben. Deshalb muss er in Hohenschönhausen einige Zeit im Gefängnis verbringen, um ein besserer Mensch zu werden, der unserer Gesellschaft von Nutzen ist. Und dich hat deine Mama einfach hier zurückgelassen! Aber du musst keine Angst mehr haben. In Zukunft werden wir auf dich aufpassen, damit du eine gute Genossin wirst. Und wir werden dich nicht im Stich lassen. Was auch passiert. Deine Mama liebt dich nicht mehr! Aber wir sind jetzt für dich da, kleine Genossin!"

Die Frau weinte theatralisch und schloss Jenny in die Arme. In diesem verwunschenen Schloss lebten lauter Kinder von Eltern, die einfach – genau wie Jennys Eltern – in den Westen übergelaufen waren. Kinder, die von ihren Eltern ein für alle Mal im Stich gelassen worden waren.

Jenny erwies sich als angepasstes, ängstliches Kind. Das Schlossgewölbe erzeugte eine Furcht vor dunklen Geistern in ihr. Dazu kamen ihre heimlichen Tränen um ihre Mutter. Kaum eine Nacht verging, an der nicht eines der Kinder, die mit ihr im Schlafsaal lagen, weinend und schreiend erwachte. Es handelte sich um jene Kakophonie von Kinderstimmen, die sie auch als Erwachsene in vielen Nächten bis in ihre Träume verfolgte.

Das elternlose Mädchen Jenny nässte ein.

Die Frau, die das Kinderheim leitete, gratulierte ihr eines Tages mit staatstragender Miene: „Wir haben neue Eltern für dich gefunden, kleine Genossin. Das sind hochanständige Leute, die der Partei und unserem Arbeiter- und Bauernstaat treu ergeben sind. Ich verspreche dir, dass die neuen Eltern dich niemals im Stich lassen werden – so wie deine westlich-dekadente Mutter es getan hat!"

Jenny wuchs von nun an in der Nähe von Gera bei ihren *neuen* Eltern auf, die beide als hohe kommunale Funktionsträger in der Sozialistischen Einheitspartei Deutschlands fungierten und über jeden Verdacht erhaben waren. Als Jenny neun Jahre alt war, bekam sie eine Cousine – Liesel, die die meiste Zeit bei ihrer gemeinsamen Oma lebte. Liesel hatte – genau wie sie – auch keinen Vater, der sich um sie kümmerte. Einmal belauschte sie ihre Pflegeeltern, die gehässig über Liesels Vater spekulierten. Ihre Pflegemutter sagte mit geifernder Stimme, dass es sich nach Informationen der Partei vermutlich um einen rumänischen Studenten aus Bukarest handele, der erfolglos seine Studien abgebrochen habe und nun als Volksschmarotzer sein Dasein friste. Deshalb, so ergänzte ihr Stiefvater, müssten sie bei Liesel ebenso wie bei Jenny ihre Anstrengungen dahin lenken, aus den Mädchen gute Menschen und Kommunisten zu machen. Liesels Mutter lebte irgendwo in der DDR – wo, darüber wurde nicht gesprochen. Es war Jenny, die der kleinen Liesel das Krabbeln und das Gehen beibrachte. Dann, von einem Tag auf den anderen, ließ Liesels Mutter sich plötzlich sehen. Angeblich hatte sie eine Arbeitsstelle als Zahnärztin gefunden in der Nähe von Potsdam. Liesel und ihre

Mutter zogen weg. Alles, was ihr von Liesel blieb, war eine sonderbar-hässliche grüne Puppe mit roten Augen und pinken Haaren und Jenny fühlte sich ein zweites Mal in ihrem Leben allein gelassen, hatte sie doch in dem Kind eine Art kleine Schwester gesehen. Jenny beschloss von nun an keine Bezie-hungen mehr einzugehen, um sich vor weiteren Enttäuschungen und seelischen Verletzungen zu schützen.

Neben der Parteiarbeit diente ihr Pflegevater bei der Nationalen Volksarmee und die Mutter arbeitete als Kindergärtnerin. Jenny hielt auch weiter Distanz zu ihren neuen Eltern. Auch in der Schule löste sie sich von ihren Freunden und konzentrierte sich auf den Stoff. Die Lehrer attestierten ihr eine außergewöhnliche Begabung in den Naturwissenschaften ebenso wie in den Sprachen. Jenny lernte Russisch – durfte sogar Englisch lernen. Sie liebte die Bücher von Lion Feuchtwanger, Stefan Zweig und Theaterstücke von Brecht. Als die Mauer fiel, war sie fünfundzwanzig Jahre alt und sie hatte in Leipzig ein Studium der Politikwissenschaften mit Auszeichnung abgeschlossen. Zum ersten Mal in ihrem Leben fragte sie sich ernsthaft, was aus ihrer leiblichen Mutter wohl geworden war. Sie stellte Nachforschungen an in dem Kinderheim, in dem sie einige Monate verbracht hatte. Dabei stellte sich heraus, dass die nette und scheinbar kinderliebe Frau in den ersten Tagen nach dem Mauerfall auf Anweisung des Ministeriums sämtliche Akten in einem offenen Kamin verbrannt hatte. Jenny, die mit fünfundzwanzig Jahren noch immer unverheiratet war und auch keinen Freund hatte – für DDR-Verhältnisse ein Unding – brach von einem Tag auf den anderen sämtliche Brücken zu ihrem alten Leben ab. Die Pflegeeltern, der Staat, Lehrer, Mitschüler … alles erschien ihr unwirklich. Eine einzige große Lüge. Von einem Tag auf den anderen brach ein altes morsches System zusammen und nichts besaß mehr Gültigkeit, was sonst das Staatsgefüge zusammengehalten hatte: *„Held der Arbeit"* war nun eine schmachvolle Auszeichnung ohne Wert, die gut dotierten Jobs bei Ministerien waren ein Schandmal und die wirtschaftspolitischen Weisheiten von Marx, Engels und Lenin, die einen pseudoreligiösen Status innegehabt hatten, wurden schlagartig als blanker Unsinn verteufelt. Ein Teil in ihr ahnte, dass man ihr nicht die ganze Wahrheit erzählt hatte. Die frühen Bilder ihrer Kindheit, die während des Einmarsches der Russen in Prag entstanden waren, suchten sie nun jede Nacht heim und Jenny stellte weitere Nachforschungen an. Der Schmerz, den das Kind in ihr über Jahrzehnte unterdrückt hatte, brach sich nun Bahn. Jenny begann, eine zweite Doktorarbeit zu schreiben. Diesmal über die Geschichte der Geheimdienste in Ost und West. Dazu stellte sie Recherchen über den ehemaligen Sicherheitsapparat der Staatssicherheit und die Rolle der Organisation Gehlen im Nachkriegsdeutschland an. Sie suchte nach Zeugen und Informanten. Schließlich erhielt sie Einblick in ihre Stasi-Akte. Der Name und die Existenz ihrer Mutter waren mit schwarzem Stift bis zur Unkenntlichkeit übermalt worden. Immer wieder stieß sie bei Recherchen auf eine Mauer des Schweigens bis zu jenem bedeutungsvollen Tag im September 1993, der ihr Leben in eine völlig neue Bahn lenken sollte. Ihr Doktorvater an der Universität in Berlin hatte ihr diesen Kontakt organisiert. Jenny hatte kaum eine Hoffnung, nach fast drei Jahren Stillstand, noch zu einem Ergebnis zu kommen. Und so betrat sie das Studentencafé in Berlin-Mitte mit einer gehörigen Portion Unmut. Sie hegte an dem, was sie tat, Zweifel, die langsam aber sicher an ihrem Selbstbewusstsein und Selbstbild nagten.

Der mysteriöse Informant erwies sich als ein Mann Ende Fünfzig, der sich als Gottlieb Bernhard vorstellte. Sein schlaffer Händedruck besaß etwas Unverbindliches, ebenso wie sein wachsweiches Lächeln.

„Sie suchen Ihre Mutter?", sagte er.

„Was Sie nicht sagen", entgegnete sie und nippte an dem Bohnenkaffee, der ihren Blutdruck nach oben schnellen ließ. Noch immer konnte sie sich an den westlichen Bohnenkaffee nicht gewöhnen und wünschte sich den guten alten Muckefuck aus DDR-Produktion zurück.

„Wollen Sie Ihre Mutter kennenlernen?", kam er zur Sache.

Jennys Misstrauen wuchs. „Sind Sie Zauberer?"

Sie hatte keine Lust, einem alten Sack, der sie mit falschen Versprechungen ins Bett köderte, auf den Leim zu gehen. Und plötzlich verspürte sie den Drang, aufzustehen und das Café wie eine

Fliehende zu verlassen. Tief im Innern spürte sie aber, dass dieser unscheinbare Mann mit dem nichtssagenden Namen die Wahrheit sprach.

„Kennen Sie das zweitälteste Gewerbe der Welt?", nagelte er sie fest.

Damit zitierte er Markus Wolf, der in einem Interview die Spionage als das *zweitälteste Gewerbe* der Welt bezeichnet hatte. Angeblich hatte die CIA dem Ex-Chef der DDR-Auslandsaufklärung bereits kurz nach der Wende ein Angebot für seine Dienste offeriert.

Jenny konterte: „Wenn Sie eine Frau suchen, die das älteste Gewerbe der Welt betreibt, dann zieh Leine, Alter!"

„Ich weiß, wo deine Mutter ist."

„Kein Mensch weiß, wo meine Mutter ist", entgegnete sie. „Es existiert keine Frau mit ihrem Namen, weder im Osten noch im Westen."

„Sie hat wieder geheiratet."

„Und zufällig weißt du auch, wie sie sich jetzt nennt."

„War nicht einfach für sie mitzuerleben, wie du ohne sie groß geworden bist."

„Meine Mutter hat mich im Stich gelassen!", wiederholte sie die Worte der Heimleiterin voller Wut.

„Deine Mutter ist bei ihrer Flucht im Kofferraum eines Fahrzeugs an der Grenze aufgegriffen worden. Anschließend hat sie drei Jahre in Bautzen verbracht, wo sie durch die Haftbedingungen im Stasiknast eine Knastpsychose bekommen hat."

„Woher weißt du das?"

Er senkte den Kopf und sah ihr in die Augen. „Weil wir sie freigekauft haben. Devisen! Zehntausend Westmark für eine republikflüchtige Fotografin ... und Erich Mielke hat deine Mutter danach nach Westen ziehen lassen."

Jenny stammelte: „Das ist ja ..."

„Deine Mama hat später nochmal geheiratet. Sie lebt in der Umgebung von München mit einem anderen Namen und arbeitet als Krankenschwester."

Plötzlich schossen Tränen in Jennys Augen. Die Tränen, die das Kind in den Nächten im Schlafsaal zurückgehalten hatte, kamen jetzt ungehemmt an die Oberfläche. Der Schmerz, den sie all die Zeit verdrängt hatte, suchte sich einen Weg in ihr Bewusstsein, wo er sie vor diesem Fremden erstarren ließ. Im Nachhinein – so begriff sie Jahre später – handelte es sich um jenen Moment, in dem sie beschlossen hatte, zu kooperieren. In dem sie beschlossen hatte, ihr Leben und ihre Dienste dem neuen deutschen Staat zu widmen. Damit nie mehr einem Kind angetan werden konnte, was ihr und ihrer Mutter angetan worden war!

Drei Tage nach jenem Treffen im dunklen Café traf Jennifer Görlitz ihre Mutter wieder.

Jetzt, im Schlaf, seufzte Elke Görlitz unruhig, während sie sich an einer hässlichen grünen Puppe mit roten Augen festhielt, die einmal einem Mädchen namens Liesel gehört hatte.

12 Uhr

Tscharly hatte vom Nahen Osten und vom Meer geträumt. Ausnahmsweise hatte kein Krieg und auch keine Katastrophe stattgefunden. Dennoch war er klatschnass geschwitzt, als er erwachte. Alle Glieder und Muskeln schmerzten von den metallenen Sprungfedern des provisorischen Feldbetts. Seit Tscharly in Köln war, wurde er die furchtbaren, butterweichen Matratzen nicht mehr los. Jennys Stimme holte ihn wie ein Fausthieb ins Hier und Jetzt zurück. Der scharfe Kommandoton konnte bei der Eliteeinheit des Bundesgrenzschutzes, der GSG 9, kaum strenger klingen. Jedem anderen hätte Tscharly sich energisch verbeten, in diesem Ton mit ihm zu sprechen, aber dieser Frau verdankte er immerhin sein Leben.

„Auf geht's! Keine Zeit für ein Schönheitsschläfchen!", weckte sie ihn. „Es ist zwölf Uhr. Du bist an der Reihe. Ich muss jetzt ins Amt, schauen, ob ich da irgendwo weiterkomme."

Tscharly streckte die Arme weit von sich und gähnte.

„Deine Schicht geht bis einundzwanzig Uhr", klärte Jenny ihn auf. „Es wäre gut, wenn du dich immer daran erinnerst, wie wichtig es für den Erfolg unserer Mission ist, Wagner zu beobachten.

Dadurch wird er uns aller Wahrscheinlichkeit nach zu den Hintermännern des Attentats führen."

Tscharly nickte verdrossen, denn das hatte sie ihm schon tausend Mal eingebläut und dennoch war dieser ominöse Wagner bisher noch kein einziges Mal in der Hells-Angels-Location aufgetaucht. Obwohl ihr Vorgesetzter laut Jenny tief bei den Hells Angels mit drinhing und diese vielleicht mit dem Anschlag zu tun hatten, blieb Wagner wie vom Erdboden verschluckt. Jenny hatte Tscharly nicht ins Bild gesetzt, ob sie meinte, dass er bei den Engeln der Hölle lediglich V-Männer laufen hatte oder ob er beim Motorradclub als Profiteur mitmischte. Letzteres konnte Tscharly sich ohnehin kaum vorstellen. Das würde alles, was er der deutschen Demokratie bisher zugutegehalten hatte, in ein dunkles Licht rücken.

„Wenn du pinkeln musst, mach schnell, Tscharly Huber. Oder willst du hier den Rest des Tages mit einer Morgenlatte rumrennen?" Sie räusperte sich. „Unser Erfolg hängt immerhin von unserer Disziplin ab."

„Zu Befehl!", stöhnte er und richtete sich auf.

„Du hast übrigens heute deinen Anrufversuch bei deiner Tochter. So wie ich es dir erklärt habe – *und keinen Deut anders als besprochen!* Hast du mich verstanden?"

Er nickte.

Jenny wandte sich zum Gehen der Tür zu. „Vergiss nicht, die Glock liegt unter deinem Bett. Und jetzt mach – in zehn Minuten musst du auf deinem Posten sein! Und für eine Rasur ist es auch allerhöchste Zeit, Rekrut!"

Tscharly schleppte sich ins Bad. Jenny schloss die Wohnungstür hinter ihr. Tscharly blickte in einen Spiegel. Mit dem ausgeprägten Dreitagebart – der tatsächlich ein Achttagebart war! – wirkte er um zehn Jahre älter, was an den grauen Haaren lag. Hilflos blickte er sich im Badezimmer um. In der tristen, gekachelten Dusche mit ekelerregendem Duschvorhang standen Shampoo und Duschgel. Er hatte es versäumt, Jenny zu bitten, ihm Rasierzeug von ihren Einkäufen mitzubringen. Womit sollte er sich nun rasieren? Sein Blick scannte den lieblos gekachelten Boden. Da – unter dem Waschbecken lagen ein Damenrasierer und eine Dose mit Rasierschaum.

Jenny nahm es mit den Zeiten auf die Sekunde genau. Tscharly musste sich beeilen. Eigentlich ekelte ihn diese Situation an, *aber in der Not frisst der Teufel Fliegen.* Er sprühte eine pflaumengroße Portion Schaum auf seine rechte Hand, machte dann erst sein Gesicht mit der Linken nass und während er den süßlich duftenden Schaum sorgfältig auftrug, erinnerte er sich an die Ereignisse der letzten Tage, die wie ein Multicolorfilm mit Dolbysourround-Sound vor ihm abliefen …

Nach der spektakulären Flucht, die er in dieser Krassheit noch nicht einmal aus einem Hollywood-Blockbuster kannte, hatten sich die Ereignisse überschlagen. Jenny, die Frau, die ihn wie ein Engel aus höchster Not errettet hatte, war mit ihm unendlich viele Umwege gefahren. Beinahe hatte er das Gefühl gehabt, mit ihr gemeinsam halb Nordrhein-Westfalen zu durchqueren, während seine rechte Schulter höllisch schmerzte.

„Wir müssen schütteln, schütteln, schütteln", hatte sie ihm eingetrichtert, dabei hatten sie schon mindestens zehn Mal die Fahrtrichtung gewechselt, unzählige Minuten im Schutz von Bäumen an Waldwegen abgewartet. Sie fuhren kreuz und quer in der Gegend herum. „Mit unseren Verfolgern ist nicht zu spaßen, die bleiben an einem kleben wie Kuhscheiße."

Jennys analytischer, eiskalter Verstand, mit der sie die lebensbedrohliche Situation mit ihm durchstand, hatte Tscharly imponiert. Nach einer schier unendlich scheinenden Flucht waren sie in die nördliche Kölner Altstadt und von dort nach Köln Nippes abgefahren. In Nippes waren sie in einem weißen, kurz nach Beginn des zwanzigsten Jahrhunderts erbauten, altehr-würdigen Gebäude in eine hochmoderne Tiefgarage gefahren. Auf einem Doppel-Duplex-Komplex hatte Jenny auf den Millimeter genau eingeparkt. Anschließend hatte sie Tscharly auf dem Weg zum Aufzug stützen müssen. Wie sie letztlich in die Dachgeschosswohnung gekommen waren, daran besaß Tscharly keine Erinnerung. Er hatte das Bewusstsein wenige Meter vor dem Ziel verloren.

Kurz darauf war er von einem gigantischen Schmerz aufgeweckt worden. Jenny hatte wie versprochen viel Alkohol zur Desinfektion der Wunde benutzt und ihm anschließend einige Schlucke

Whiskey in den Rachen geschüttet. Tscharly hatte mit einem Hustenanfall reagiert.

„Interessiert mich nicht, ob du das magst oder ob dir Whiskey zu stark ist – Morphium habe ich nicht." Sie hatte ihm zur Schmerzlinderung drei Schlaftabletten verabreicht. „Keine Widerrede, Mann!" Dann hatte sie seine Wunde gesäubert und verbunden – ein glatter Durchschuss.

„Die verdammte Tablette!", lallte Tscharly im Halbdämmer. *Ich will noch aufbleiben, Mama!*, wehrte sich das Kind in ihm gegen den Schlaf. Jenny hatte ihn mit einer Baumwolldecke zugedeckt. Tscharly war unter der wohligen Wärme der Decke, mit dem Alkohol und Gott weiß was im Blut, selig wie ein Baby eingeschlafen.

Ein letztes Mal musterte Tscharly sich jetzt mit durchdringendem Blick im Spiegel. *Endlich ist der ungepflegte Mehrtagebart passé.* Sein Gesicht ähnelte wieder demjenigen des berühmten amerikanischen Schauspielers, der als Gentleman-Gauner die nobelsten Casinos in Las Vegas zu knacken in der Lage war. Der Gedanke an die Film-Trilogie ließ ihn schmunzeln und gab ihm Zuversicht, dass er ebenso wie sein Hollywood-Konterfei die heikelsten Situationen meistern würde.

Tscharly spähte durch das Fernrohr und nippte an dem Kaffee, den Jenny ihm vom Bäcker gegenüber geholt hatte. Ein Muskelprotz mit ausgeprägtem Bierbauch und Lederkutte verteilte gerade die chilligen Lounge-Sessel auf dem Bürgersteig. Zeit für das Nachmittagsgeschäft – am Morgen war wohl nur wenigen Menschen danach, durch eine mit Apfel- oder Orangengeschmack gefüllte Shisha Rauchzeichen in die Luft zu senden. Anhand der martialischen Abzeichen auf der Lederkluft erkannte Tscharly, dass es sich bei dem Mann um einen Anwärter der Hells Angels handelte. Seine große Mutprobe – das Aufnahmeritual – stand ihm also noch bevor. In Clubs wie den Hells Angels und Bandidos bestand diese darin, ein Mitglied einer verfeindeten Rockergang anzugreifen. Den Gegner zu töten galt als ideal.

Menschen flanierten an der Straße entlang, standen beim Eissalon gegenüber in der Schlange, verschwanden in Kneipen und Lokalen. Tscharly haderte mit seinem Schicksal. Jenny hatte ihn dazu verdammt, hier oben unter einem Mansardendach in einer spartanisch eingerichteten Wohnung auszuharren. Und wozu das Ganze? Nicht etwa, weil er einem Rockerboss auf den Fersen war. Oh nein, Jenny hatte ihm eingebläut, nach ihrem Vorgesetzten vom Bundesamt für Verfassungsschutz Ausschau zu halten – diesem Roland Wagner. Tscharly seufzte, setzte das Fernglas ab und lehnte sich erschöpft an den Mauervorsprung, der vom Fenster weg in die Wohnung führte. Bisher kannte er Wagner nur von diesem Foto, das Jenny ihm gezeigt hatte. In den letzten drei Tagen hatte Tscharly viel zu wenig Zeit zum Schlafen gehabt. Angestrengt spähte er durch das Fernglas, doch außer zwei weiteren Hells Angels, die inzwischen breitbeinig mit einer Shisha auf den beigen Sesseln Platz genommen hatten, entdeckte er nichts Auffälliges. Schon gar nicht die Zielperson! Außerdem spürte er noch immer Schmerzen in seiner rechten Schulter, wenn er den Arm zu schnell hob.

Jenny hatte ihn über ihre Arbeit aufgeklärt: „Ich arbeite für die Abteilung Fünf des Bundesverfassungsschutzes. Wir sind sozusagen das Flusen-Sieb des Amtes. Wir bekämpfen Links-, Rechts- und Ausländerextremismus. Es ist unsere vornehmste Aufgabe, die freiheitlich-demokratische Grundordnung Deutschlands vor extremistischen Einflüssen zu schützen."

Tscharly waren eine Million Fragen auf einmal durch den Kopf geschossen. Jenny fuhr fort: „Ich habe den Auftrag gekriegt, dich zu beschatten. Dadurch, dass du Kontakte zu einem islamistischen V-Mann aufnehmen wolltest, der mit unserem Dienst kooperiert, wurdest du zur Gefahr für uns. Wir arbeiten mit elektronischer Überwachung und wissen vieles, was andere nicht wissen. Wo es für die Fassade Deutschlands ungünstig wird, müssen wir knallhart eingreifen. Wenn du den V-Mann getroffen und etwas über seine möglichen Verstrickungen mit unserem Amt geschrieben hättest, wäre das der Staatsräson Deutschlands gefährlich geworden."

„Hättest du mich dann kalt gemacht?", hatte Tscharly schockiert gefragt.

„Aber nicht doch", hatte sie ihn zu beruhigen versucht, „ich wäre an unsere Quelle herangetreten und hätte sie – wie man so schön sagt: *umgelenkt*. Das ist ein Verfahren, das wir häufig praktizieren, ohne dass dabei jemand zu Schaden kommt. Außerdem ist es unserem Amt verboten, Waffen einzusetzen. Das müsstest du als Journalist doch wissen!"

Tscharly hatte gelacht. „Verstehe. Und die Heckler & Koch habe ich mir nur eingebildet. Und die Schießerei hat auch niemals stattgefunden."

„Das war eine Ausnahmesituation", hatte Jenny entgegnet. „Du warst in höchster Gefahr! Kurzum, wir haben eine Spezialabteilung, die bei Gefahr in Verzug Waffen ausgibt, die nicht zurück verfolgbar sind. Stößt uns etwas zu, leugnet das Amt jegliche Kenntnis von diesen Vorgängen."

Was er zu hören bekommen hatte, hatte Tscharly den Atem verschlagen. Der wichtigste Inlandsgeheimdienst, der wegen der Lehren aus dem zweiten Weltkrieg bewusst nur mit beschränkten Kompetenzen und Mitteln ausgestattet worden war, setzte sich bei Belieben über jene Grenzen hinweg! Er agierte wie eine Bande wildgewordener Desperados, hörte Journalisten ohne juristische Handhabe ab und schoss sich, falls nötig, den Weg in Wildwestmanier frei!

Als Tscharly sich an all das erinnerte, schauderte es ihn. Dies warf sein Demokratieverständnis zurück und so manches Fragezeichen auf, doch es war noch dicker gekommen. Jenny hatte ihm klargemacht, dass all das Pipifax war im Vergleich zu dem, was noch folgen würde.

„Leider ist das zweitälteste Gewerbe der Welt", hatte sie mit nüchterner Klarheit verlauten lassen, „nicht immer einfach. Unsere Ursünde beginnt damit, dass wir mit V-Männern arbeiten. Wir bezahlen Menschen, die das tun, was wir verhindern wollen. Wir bezahlen Neonazis, Linksextremisten und fundamentale Islamisten, damit sie uns Informationen über ihre Organisationen, die unsere Demokratie beseitigen wollen, liefern. Das ist ein Tanz auf dem Vulkan. Wir wissen nie genau über die Validität der Informationen Bescheid. Wir können schwer einschätzen, warum jemand ein Mitglied seiner Organisation hochgehen lässt. Vielleicht handelt es sich um einen Verräter, der deshalb vom V-Mann mit Segen der Führungsebene, den Sicherheitsbehörden verraten und dadurch aus dem Verkehr gezogen wird."

Jennifers Seufzer hatte ihm signalisiert, dass sie nicht vom V-Mann-Wesen begeistert war. Was Tscharly in Wut versetzt hatte. So etwas hatte er sich in seinen kühnsten Träumen nicht vorgestellt, wobei er schon lange über die Materie der Geheimdienste Bescheid wusste. Aber es machte einen Unterschied, ob man über solche Verbindungen zwischen Geheimdiensten und Terrororganisationen in fremden Ländern spekulierte oder ob man aus erster Hand von einer heimischen Agentin erfuhr, dass all das auch in Deutschland praktiziert wurde.

Jennys Taktik bestand darin, ihm in mundgerechten Häppchen die Wahrheit zu offerieren. Nach zwei Tagen fand er die Dachgeschosswohnung weniger schrecklich als zu Beginn. Zwei Feldbetten, ein Fernseher, eine Kommode und ein knarzender Parkettboden. Überall hingen Birnen ohne Lampenschirme von der Decke. Vorhänge gab es keine. In der unmöblierten Küche standen zwei Kochplatten, auf denen Jenny und er sich hin und wieder Ravioli warm machten. Teller gab es keine, sodass sie wie bei einer Survival-Tour mit dem Löffel direkt aus der Dose aßen.

Was Tscharly jedoch stutzig machte, war der unregelmäßige Ablauf. Jenny kam und ging zu höchst unterschiedlichsten Zeiten. Immer wieder schob sie dienstliche Termine vor, während sie ihm einbläute, ordentlich auf den Szene-Treff der Hells Angels acht zu geben und ihr bei Bedarf sofort Meldung zu erstatten. Manchmal teilte Jenny sich die Nachtwache mit ihm. Einmal hatte sie sogar auf dem Feldbett wenige Stunden geschlafen. Doch diese Frau blieb ihm ein Buch mit sieben Siegeln und er fragte sich insgeheim, was sie wohl vor ihm verbergen mochte. Als ihre Geheimnistuerei ihm am dritten Tag auf den Geist ging, hatte er versucht, sie zur Rede zu stellen.

Jenny hatte nur geantwortet: „Ich weiß nicht, wovon du sprichst, Shatterhand."

„Ich gehe jetzt!", hatte Tscharly kurzentschlossen angedroht.

Jenny hatte ihre Hand auf seine verletzte Schulter gedrückt. Tscharly hatte die Zähne zusammengebissen und war erstarrt.

„Du kannst jetzt nicht einfach gehen, Shatterhand", hatte sie entgegnet und aus ihrem roten Lederblouson ein Din-A-4-Blatt herausgeholt. *„Kopie"*, stand in roter Schrift auf dem Papier.

Tscharly hatte der Atem gestockt. Denn das war eine interne Anweisung der Kölner Polizei, auf dem sein Name und sein aktuelles Passbild prangten – mit Datum von vorgestern!

„Du wirst wegen eines möglichen Geheimnisverrates als wichtiger Zeuge des Attentats gesucht, Tscharly. Vorläufig bestünde noch kein Haftbefehl – so heißt es da. Aber der Betroffene müsse dringend befragt werden! Was auch immer das heißt. Alle Polizeistreifen wurden aufgefordert nach dieser Person Ausschau zu halten. Wenn du jetzt rausgehst, bist du in einer Stunde festgenommen."

„Das ist ein Missverständnis …", hatte er gestammelt.

„Ich an deiner Stelle würde es nicht drauf ankommen lassen! In der Prärie bist du verloren. Die wollen dich nicht als Zeugen, sondern die wollen deinen Skalp. Den hängen sie sich als Trophäe an ihre Schreibtischlampe."

„Die wollen mich doch nicht wirklich umbringen!"

„Du wärst nicht der Erste und nicht der Letzte, der in der U-Haft zum Strick greift oder plötzlich einen Herzinfarkt oder Schlaganfall erleidet. Manchmal machen sie es auf die klassische Art und erschießen Leute beim Fluchtversuch wie früher – in den guten, alten Zeiten. So altmodisch sind sie aber in letzter Zeit selten."

„Aber ich habe doch nichts Falsches gemacht!"

„Das spielt jetzt keine Rolle", hatte Jenny geantwortet und ihre grünen Augen hatten ihn in Grund und Boden gestarrt. „Also – besser keine Fluchtversuche, sonst muss ich unangenehm werden. Hast du mich verstanden?"

Tscharly nickte. „Aber vielleicht verrätst du mir ja irgendwann wenigstens, warum ich nach diesem Roland Wagner Ausschau halten soll!", hatte er entgegnet.

„Ich muss los. Du hältst hier die Stellung!", hatte Jenny ihm befohlen. „Schließlich willst du deine große Story über das Keupstraßenattentat schreiben. Im Moment, Tscharly, ist dein Leben keine fünf Cents wert. Wenn du wartest, kommst du mit meiner Hilfe lebend davon und erhältst eine exklusive Sensationsstory. Das ist unser Deal!"

Dann war sie stehenden Fußes verschwunden und hatte ihn mit dem Fernglas, zwei Flaschen Saft und zwei Dosen Ravioli alleine in der Wohnung zurückgelassen. Das alles war für Tscharly genug Stoff, um sich den Kopf zu zermartern. Das Beobachten des Hells Angels Clubs erwies sich allmählich als Nervenbelastung. Tscharly hatte es satt, die sich als archaisch-martialische Krieger gebenden Rocker Tag und Nacht zu überwachen. Eigentlich hätte er das Fernglas längst weglegen können. Die starken Männer mit den ausgeprägten Bäuchen rückten auf Maschinen an, die durch das eindrucksvolle Knattern des Auspuffs die Ankunft ihrer Fahrer bereits vor deren Eintreffen ankündigten. Aber dann würde Tscharly vielleicht Jennys ominösen Vorgesetzten Wagner verpassen, der sicherlich keine Harley Davidson fuhr. Das wäre für einen Geheimdienstbeamten zu auffällig gewesen. Überhaupt – wieso wandte sie sich nicht einfach an andere Vorgesetzte, wenn sie einen Verdacht gegen Roland Wanger hegte? Gab es denn keine interne Überwachung bei den Verfassungsschützern? Wieso wandte sie sich nicht an ein Ministerium?

Tscharly nahm das fremde Prepaid-Handy aus der Hosentasche.

„Wenn du dein eigenes Handy behältst, haben sie dich schneller an den Eiern, als du eine Erektion kriegst", hatte Jenny ihm nach ihrer Flucht erklärt. Kurzerhand hatte Jenny die Sim-Karte seines Geräts entfernt und sie durch Fußtritte zerstört. Dann war sie mit dem Handy auf die Straße gegangen und Tscharly hatte durch das Fenster beobachtet, wie sie das Gerät auf die Ladefläche eines asiatischen, rot lackierten Pickup-Trucks geworfen hatte. Auf dem Rückweg zur Wohnung war die Sim-Karte in einem durchlässigen Gullydeckel entsorgt worden.

„Maximal dreimal klingeln lassen, dann auflegen", hatte Jenny ihm die Basics der geheimdienstlichen Überwachungslitanei in Sachen elektronische Geräte beigebracht. „Wenn du deine Tochter erreichst, musst du das Handy sofort entsorgen – so wie ich gerade! Keine Nummern speichern und ansonsten immer ausmachen. Ein Anrufversuch pro Tag. Auf keinen Fall mehr! Auf keinen Fall länger als drei Minuten sprechen, dann sofort auflegen! Das ist überlebenswichtig."

Mit einem Seufzer legte Tscharly das Fernglas hin, da nach wie vor nur die beiden Rocker zu sehen waren, die sich – ihren Gesten nach – wie zwei Wikingerfürsten über einen bevorstehenden Feldzug miteinander unterhielten.

Mit zitternden Händen balancierte Tscharly das Gerät, drückte den Einschaltknopf und wartete eine gefühlte Ewigkeit. Dann überlegte er, ob er den Zettel zum Ablesen von Millas Nummer benötigte. Unnötig. Aus dem Gedächtnis hackte er die ihm inzwischen bekannte Zahlenfolge ein. Vielleicht ging sie heute endlich an ihr Telefon …

Tut – Tut.

„Hallo?"

Tscharly blieb beinahe das Herz stehen.

„Milla! Milla, wo bist du? Ich habe mir solche Sorgen um dich gemacht", stieß er hastig hervor. „Geht es dir gut? Sag doch bitte was …"

Das warmherzige Lachen seiner Tochter ließ ihn alle Schrecken der letzten Tage vergessen.

„Papa. Hast du schon mal probiert, mich zu erreichen?", fragte Milla keck.

Tscharly blickte auf die Rado. So würden sie das Gespräch nie innerhalb der drei Minuten schaffen.

„Milla, ich habe keine Zeit. Deshalb ganz schnell … *Wir müssen uns sehen!*"

„Ist alles in Ordnung bei dir, Papa?"

„Ich kann jetzt nicht reden …"

„Du klingst gestresst. Warum warst du nicht mehr bei Mama? Steht es denn so schlimm zwischen euch?"

„Milla, wir sind in höchster Gefahr. Auch du, mein Engelchen", fügte er versöhnlich hinzu.

Für eine Sekunde herrschte perplexe Stille im Äther.

„Okay", hörte er Millas nicht mehr ganz so euphorische Stimme. „Wo wollen wir uns denn treffen? Ich kenne da ein ganz tolles Restaurant am rechten Rheinufer mit gutem …"

„Hör gut zu", flüsterte er beinahe bedrohlich. „Siebzehn Uhr im Kölner Dom, rechtes Seitenschiff", nannte er den Treffpunkt, den ihm Jenny als alternativen Sammelpunkt genannt hatte, falls alle Stricke rissen und die konspirative Wohnung auffliegen sollte.

Der Dom war gut, da es immer Zeugen gab. Zugleich würde ihn dort niemand vermuten. Außerdem bot der Dom zahlreiche Möglichkeiten, sich erfolgreich zu verstecken – und wenn es im Beichtstuhl sein musste!

„Ja, das schaffe ich, Papa", sagte Milla.

„Bis dann." Tscharly legte auf.

Uff – knapp unter zwei Minuten! Nicht schlecht. Alles war gut. Alles würde noch viel besser werden. Er musste seinen kleinen Engel treffen, koste es, was es wolle. Und es war Tscharly egal, was Jenny dazu sagen würde. Die war ohnehin nicht da. Wieder einmal. Völlig unverständlich. Außerdem war es seine freie Entscheidung, in welche Gefahren er sich begab. Tscharly blickte abermals auf die Rado. Da Jenny ihm detailliert den Weg zum Dom beschrieben hatte, ging er davon aus, dass er eine Stunde in der Wohnung überbrücken musste. Das Handy würde er auf dem Weg zum Dom irgendwo entsorgen. Er würde in das Badezimmer mit der nackten Glühbirne und dem Spiegel gehen, um seine Haarpracht mit dem Damenrasierer zu verändern. Vielleicht würde er eines der „*Zauberfärbemittel*" benutzen, die Jenny ihm für den Notfall ans Herz gelegt hatte. Auf ihren Rat, sich den Schädel kahl zu rasieren, wollte er nicht eingehen – Sicherheit hin – Sicherheit her, dagegen sprach seine Eitelkeit.

Freudig erregt robbte Tscharly auf dem Boden in Richtung des kleinen Fernsehers, sodass er von der Straße aus nicht gesehen worden konnte. Er verfluchte einmal mehr, das Rauchen aufgegeben zu haben. Die Langeweile war beinahe genauso tödlich wie die von Jenny skizzierte Lebensgefahr. Aber jetzt war das pralle Leben mit voller Wucht zurückgekehrt. So voller Freude war Tscharly seit Ewigkeiten nicht mehr gewesen. Sein Gehirn schüttete unablässig Endorphine aus. Bevor er im Bad Hand an sein Haar legte, würde er die Nachrichten anschauen. Das passte. Er drückte per Hand den Einschaltknopf, da das alte Ding nicht einmal eine Fernbedienung besaß. Dann suchte er einen passenden Sender und fand den WDR. Der Bericht über die Weinbauern und ihre Sorgen hinsichtlich des neuen Jahrgangs wurde ab- und die blondgelockte, große Nachrichtensprecherin eingeblendet. Ihr Lächeln galt dem Bericht über die Weinbauern, dann folgte ein kurzes Räuspern und ihre Miene verfinsterte sich.

„Vor vier Tagen fand das schreckliche Nagelbombenattentat in der Keupstraße statt", moderierte sie den nächsten Beitrag an. Und nun wurde der Film eingespielt, der einen Teil des zubetonierten Rheinufers zeigte. Dann wurde ersichtlich, dass ein Boot der Wasserpolizei mit Tauchern am Ufer anlegte. Ein weißes Zelt war aufgespannt mit Sichtschutz, damit Leiche und Ermittler nicht zu erkennen waren.

„Heute am frühen Morgen haben Taucher der Kölner Wasserschutzpolizei die Leiche einer dreißigjährigen Türkin im Rhein gefunden", fuhr die Kommentatorin völlig übergangslos fort. „Die Identifizierung der Leiche ging schnell vonstatten, da die Frau von ihrer Mutter bereits vorgestern als vermisst gemeldet und ihre Identität inzwischen bestätigt wurde."

Tscharly brach kalter Schweiß auf der Stirn aus beim Anblick des eingeblendeten Fotos.

„Bei der Leiche handelt es sich um Deniz Selen. Den ersten Ermittlungserkenntnissen zufolge wurde die Türkin vor ihrem Tod mehrfach brutal vergewaltigt, wozu unbekannte, stumpfe Gegenstände verwendet wurden. Bisher hat die Polizei keine heiße Spur und bittet die Bevölkerung um Mithilfe. Wer kann Angaben über die Aufenthaltsorte, Kontaktpersonen und letzten Stunden der Verstorbenen machen? Die Staatsanwaltschaft Köln hat eine Belohnung von fünftausend Euro ausgesetzt ..."

Tscharly schaltete das Fernsehgerät ab. Dann legte er sich der Länge nach auf den Boden und starrte die mit Stuck verzierte Decke an.

„Nein, nicht Deniz, nein, nicht Deniz, nein, nicht Deniz", wiederholte er in Zimmerlautstärke. Er spürte, wie seine Wangen feucht wurden und wie ein unglaublicher Schmerz sich in seiner Seele festfraß. *Deniz ist wegen ihm umgebracht worden – kein Zweifel!* Für alle Frauen, an denen ihm etwas lag, bestand offenbar höchste Lebensgefahr. Sara lag im künstlichen Koma, Milla war lange Zeit verschwunden gewesen und nun war Deniz bestialisch ermordet worden, wobei der oder die Täter sie davor auf brutalste Weise geschändet hatten. Allein Jenny schien auf sich selbst aufpassen zu können. Wie ein Kleinkind kugelte er sich auf dem harten Parkettboden, seine Fäuste hämmerten wie ein Dampfhammer auf das Holz. Er versuchte Schmerzensschreie auf ein Minimum zu reduzieren. Nach mehreren Minuten hörte Tscharly ein Klopfgeräusch. Kein Zweifel, der Nachbar unter ihm pochte mit einem Besenstil an die Decke. Tscharly biss sich so stark in die geballte Faust, dass die drei mittleren Finger zu bluten anfingen. Er durfte jetzt nicht den Fehler begehen, die konspirative Wohnung aufs Spiel zu setzen.

Er musste sich zusammenreißen! Er raffte sich auf. Als er das Badezimmer erreicht hatte, kehrte seine Euphorie gedämpft zurück. Schon bald durfte er Milla in die Arme nehmen! Aus heiterem Himmel fiel ihm die Glock ein. Sollte er sie auf seinem kleinen Ausflug in die Stadt mitnehmen? Sicher war sicher, oder? Tscharly stützte beide Arme auf den Rändern des Waschbeckens ab. Verdammt, das war eine völlig falsche Frage! Er *musste* die Glock mitnehmen, um seinen kleinen Liebling und sich zu schützen.

Aber was mache ich jetzt mit den Haaren?

16.30 Uhr

Tscharly zog sich ein Basecap ins Gesicht. Hinter einer dunklen, verspiegelten Sonnenbrille verbarg er seine Augen. Das Ding hatte maximal fünf Euro gekostet und die Bügel drückten links und rechts auf Höhe der Ohrläppchen. Eine Gitarre, die aus Gott weiß welchem Grund in der Wohnung herumgelegen hatte, klemmte er sich dazu unter den Arm. Dazu passte der alte, durchlöcherte Bundeswehrparka, den Jenny ihm aufgeschwatzt hatte, da seine geliebte Lederjacke jedem Hilfspolizisten in Köln längst bekannt sein durfte. Tscharly musste den Bus 15 Richtung Bad Godesberg nehmen. Bis zum Dom benötigte er – laut Plan – exakt sechzehn Minuten. Tscharly beschloss eine Station früher auszusteigen. Die Strecke zwischen der Haltestelle und dem Inneren des Doms bildete den gefährlichsten Teil der Reise. Streifenpolizisten, Überwachungskameras, zivile Greifer konnten überall lauern. Während Tscharly sich über den dicht bevölkerten Gehweg Richtung Bushaltestelle bewegte, erinnerte er sich an Jennys Offenbarungen: Sie hatte ihren Chef bei der Auswertung von Videoaufnahmen in der Nähe des Tatorts eindeutig identifiziert. Kurz darauf hatte Wagner Jenny sämtliche Akten vorenthalten – und das obwohl er sie mit den Ermittlungen in Sachen Keupstraße beauftragt hatte! Jenny hatte protestiert. Wagner war direkt zum Präsidenten des BfV gegangen, anstatt den Dienstweg über seinen direkten Vorgesetzen einzuhalten. Das wiederum hatte den Präsidenten nicht daran gehindert, Wagner im Nachhinein die Genehmigung zu erteilen, die Akten in Sachen Keupstraße vor ihr unter Verschluss zu halten. Jenny hätte sich auch freiwillig bei *Frauentausch* auf RTL2 angemeldet, nur um eine Übersicht über Wagners V-Mann-Akten in der rechtsextremistischen und isla-mistischen Szene zu erhalten. Zudem hatte sie diesbezüglich mehrere schriftliche Anfragen an die Abteilungs- und Amtsleitung geschrieben. Die Antworten hatten Jenny stutzig gemacht: *V-Mann-Schutz* ginge in diesem Fall über das Aufklärungsinteresse, Befragungen von ihrer Seite seien demnach sinnlos – mit einem Wort: *negierfähig.* Erst gestern hatte Jenny die Aktennotiz zurückgekriegt, eine Vernehmung der V-Leute sei gar unmöglich, da sie dadurch die Interessen Deutschlands massiv gefährden könnte. Die nur teilweise herausgegebenen und zudem geschwärzten Akten, von denen Jenny Tscharly berichtet hatte, bestärkten sie beide darin, an ihre Verschwörungstheorie zu glauben.

Tscharly stöhnte. Vor lauter Gedankenverlorenheit wäre er beinahe in einen Skater hineingelaufen. Der Typ fluchte und verschwand aus seinem Sichtfeld. Tscharly kontrollierte den Sitz seiner Brille und verlangsamte seinen Gang. Er schwitzte unter der Kappe, obwohl er sich die Haare bis auf die Länge von sechs Millimetern geschoren hatte. Er hatte darauf verzichtet, zum Haarfärbemittel zu greifen. Tscharly konzentrierte sich auf die Steinplatten unter seinen Füßen, als liefe er barfuß; der Boden fühlte sich irgendwie härter an als sonst. Touristengruppen mit Kameras umschwirrten den gotischen Sakralbau. Tscharly betrachtete den Haupteingang, vor dem auch hier die obligatorische Gruppe aus Asiaten und Italienern stand – genau wie in München vor der Frauenkirche. Fünf Minuten später stand Tscharly im Inneren des Gebäudes. Ein Blick auf die Rado zeigte ihm: *zehn vor fünf.* Das von Säulen getragene Kirchenschiff roch nach kühlendem Weihrauch, jahrhundertealtem Holz und kosmischem Gestein. In das Odeur mischte sich der Geruch unzähliger Parfüme und von Schweiß. Besucher filmten, fotografierten oder unterhielten sich, vereinzelt kniete jemand in Andacht versunken in einer der Gebetsbänke. Durch die Fenster fiel gülden das Licht der Nachmittagssonne und brachte die Gestalten der Heiligen Drei Könige zum Erglühen. Tscharly blickte in Richtung Altar und bereute einmal mehr seine Berufswahl. *Was hätte ich als Archäologe, Kunsthistoriker oder Geisteswissenschaftler für ein schönes, ruhiges Leben gehabt?* Während ihm derlei Gedanken durch den Kopf spukten, nahm er in der dritten Reihe des rechten Kirchenschiffs Platz. Ein Seitenaltar präsentierte ihm ein Gemälde der Heiligen Maria, die durch einen Engel erfuhr, dass sie ein Kind vom Heiligen Geist empfangen hatte. Tscharly erinnerte sich seines Religionsunterrichtes in der Grundschule. Damals hatten jene Geschichten seine kindliche Fantasie beflügelt. Der Ausdruck *„empfangen"* war für den Jungen unbegreiflich gewesen. Tscharly hatte dabei an ein Radiogerät gedacht, durch das Maria schwanger geworden war …

„Papa?"

Tscharly schrak aus seinen Erinnerungen.

„Milla!"

Mit wächsernem Teint, der ihn auf gespenstische Weise an eine Märtyrerin erinnerte, stand seine Tochter vor ihm. Täuschte er sich oder …?

„… was ist mit deinem Gesicht passiert?", fragte er und stand im Begriff, ein Hämatom über ihrem rechten Jochbein anzufassen.

Milla wich zurück. „Ein kleiner Unfall."

„Wie …?"

„Papa, ich bin gegen eine Schranktür in meinem Hotelzimmer gestolpert."

Tscharlys Bauchgefühl sträubte sich dagegen, seiner Tochter auch nur ein Wort zu glauben. Sein Verstand warf jedoch die

Frage in den Raum: Warum sollte er ihr *nicht* glauben? Immerhin war ihr Verhältnis, seit sie in Berlin studierte, aufgeblüht!

„Wie geht's Mama?", fragte er.

Milla setzte sich und kniete auf der Bank nieder, wie es die Katholiken ihrem Gott zu Ehren zu tun pflegen. Er tat es ihr gleich.

„Wo bist du gewesen, Papa? Und wieso dieser komische Aufzug?" Sie blickte auf seine Kappe. „Seit wann interessierst du dich für Baseball? Seit wann bist du Fan der Boston Red Sox? Oder träume ich das alles nur? Oder ist schon wieder Karneval in Köln?"

Er ließ den Kopf hängen. *Wenn ich dir erzähle, was ich erlebt habe, dann hältst du mich für verrückt, meine geliebte Milla.* „Recherchen", antwortete er.

„Was für Recherchen? Auf welche Sache hast du dich da schon wieder eingelassen. Ich habe gedacht, Mama und ich müssen uns endlich weniger Sorgen um dich machen, seit du nicht mehr im Nahen Osten recherchierst!"

„Je weniger du weißt, desto besser, Milla."

„Ich habe dich in deiner Pension gesucht, Papa."

„Weißt du, wie oft ich versucht habe, dich anzurufen, Milla? Warum gehst du nicht an dein Handy, verdammt!"

„Papa, hör endlich auf, deine Nase überall reinzustecken! Noch dazu in Sachen, die dich einen Scheiß angehen! Kümmere dich lieber um Mama. Das ist jetzt verdammt noch mal wichtiger als deine Scheiß-Karriere oder die verfluchte Story, der du gerade hinterherjagst!"

„Ich kümmere mich um Mama, indem ich mich mit der Frage befasse, wer hinter dem Anschlag steckt. Das ist eben meine Art, mit dieser Sache umzugehen. Und das weißt du. So bin ich immer gewesen. Deine Mutter hat bei unserer Hochzeit gewusst, auf wen sie sich da eingelassen hat …"

„Offenbar nicht! Dass du sie nach fünf Jahren verlassen würdest, damit hat sie wohl nicht gerechnet. Es hat Tage in meiner Kindheit gegeben, da hat Mama kein einziges Mal ihr Bett verlassen. So zugedröhnt war sie. Mama und ich haben die Hölle durchgemacht, während du von deinen Kriegen, Ayatollahs und irgendwelchen israelischen Abwehrraketen berichtet hast! Mama hat geweint, wenn sie dich im Fernsehen gesehen hat. Mama hat dich immer noch geliebt. Mehr als mich – dieses hässliche Kind, das vor ihren Augen immer dicker und dicker geworden ist. Und das, obwohl ich die ganze Zeit über bei ihr gewesen bin ... Während du weit weg warst!"

„Sara hat niemanden geliebt außer ihre Drogen."

„Das ist eine Lüge! Und das weißt du ganz genau, Papa!"

„Mag sein, dass ich als Vater versagt hab, aber dass ich ... dass ich ..." Tscharly suchte verzweifelt nach einem Ausdruck, der sein persönliches Versagen ins Positive drehte. „... dass ich meinen Weg einfach gehen *musste* ... Ich konnte nicht länger mit ihr und ihrem Selbstmitleid und Ausreden und Vorwürfen gegen ihren Vater und gegen alle anderen ... Sara hat allen anderen die Schuld an ihrem verpfuschten Leben gegeben, anstatt bei sich selbst anzufangen!"

Milla lachte.

„Was ist los?", fragte er.

„Mama wird sterben. Und du bist schuld."

„Ich lasse mich nicht erpressen."

Milla grinste ihn an. Das Hämatom verlieh ihrem Gesicht einen diabolischen Schimmer.

„Milla ... was ist denn nur in dich gefahren?"

Er versuchte, einen Arm um sie zu legen. Sie eiste sich blitzschnell los, wobei sich ein dünnes Kabel um Tscharlys Zeigefinger verfing und wieder löste. Jetzt erst erkannte er in der rechten Ohrmuschel seiner Tochter den winzigen Kopfhörer. Über ihren Schlüsselbeinen erhob sich der Stoff ihrer Bluse verräterisch. Kein Zweifel, darunter verbarg sich ein Mikro zum Abhören ihres Gesprächs!

Er erblasste: „*Milla!*"

Sie drückte ihm ein Buch in die Hand – ein Gotteslob. Er starrte sie an. Milla nickte ihm auffordernd zu, woraufhin er die Seiten mit den goldgefärbten Rändern auseinanderklappte. Er entdeckte eine Fotografie, die ihn – gemeinsam mit Deniz vor dem Krankenhaus – zeigte. Deniz hatte sich vertrauensselig bei ihm untergehakt, lachte bei ihrem Flirtversuch, der Tscharly sichtlich geschmeichelt hatte. Wenige Stunden vor ihrem Tod.

„Du hast Mama schon wieder betrogen, Papa."

„Ich habe sie doch nicht …"

Tscharly starrte in Richtung der Heiligen Jungfrau – auf jenes Altarbild, das die unbefleckte Empfängnis darstellte.

„Verlasse diese Stadt, solange du noch kannst, Papa."

„Wer sind diese Leute, die dich geschickt haben?", durchschaute er ihre Drohung. „Was haben Sie mit dir gemacht?"

„Das sind echte Freunde, Papa …"

„Das glaubst du doch selbst nicht! Siehst du denn nicht, dass hier jemand einen Keil zwischen uns treibt … die Situation ausnutzt!"

Sie maß ihn mit einem tiefen Bedauern in ihrem Blick. „Du hast es selbst nicht anders gewollt, Papa. Ab jetzt hast du dir alles, was dir widerfährt, selbst zuzuschreiben."

Die dunkle Brille auf Tscharlys Nasenrücken verrutschte. Milla verließ die Kirchenbank und bewegte sich durch den Mittelgang nach rechts zwischen den Sitzreihen hindurch. Er riss sich die Brille herunter und stapfte seiner Tochter hinterher. Tscharly erspähte ihr Profil im Licht eines Seitenausgangs.

„Bleib gefälligst stehen, wenn ich mir dir reden will!", befahl er.

Er hastete hinterher. Milla lief über den Domplatz. Tscharly drängte an Touristen vorbei durch das Tor und wurde sich schamhaft seines herrischen Tons, den er seiner Tochter gegenüber angeschlagen hatte, bewusst. Er ließ Gotteslob und Sonnenbrille in einer Tasche des Parkas verschwinden und verfolgte Milla zwischen den umliegenden Häuserfluchten. Er hatte sie aus den Augen verloren.

„Wo bist du, zum Teufel? – Milla, ich habe das nicht so gemeint … Ich lieb dich doch!"

Ein Schlag traf ihn unvermittelt auf den Hinterkopf. Tscharly wankte. Er tastete nach der Glock und stellte mit Entsetzen fest, dass die Pistole verschwunden war. Er befand sich auf einem Innenhof zwischen stuckverzierten Häusern. In seinem Schädel brummte es wie in einem Hornissennest. Hinter ihm schloss sich elektrisch ein hoher Metallzaun und drei Gestalten umzingelten ihn wie Toreros einen angeschlagenen Stier in einer spanischen Arena. Der Baseballschläger traf ihn ein zweites Mal und riss ihm die Kappe vom Kopf. Eine Stiefelspitze streifte mit unvermittelter Wucht Tscharlys Nasenspitze. Der Schmerz zuckte wie ein Blitz durch sein Innerstes. Tscharlys Kopf wurde im Nacken gestaucht. Er schlug ziellos mit den Fäusten um sich, was Gelächter auf Seiten seiner Angreifer auslöste. *Milla! Milla* – wo ist Milla? *Ruf doch die Polizei!* Die bärtigen Gesichter seiner Angreifer verrieten keinerlei Emotionen, während sie ihn mit Fäusten und Stiefeln traktierten. Dem Vorgang lag eine Routine wie beim Schlachten eines Kalbs für einen Dönerspieß inne. Tscharly zog beide Schultern hoch und landete einen Treffer im Gesicht eines der Männer. Im Gegenzug trat jemand mit Wucht in Tscharlys Rücken. Tscharly spürte jede einzelne Bandscheibe schmerzhaft. Der dritte Mann, offenbar der Anführer, brüllte: „Attila'ýý utandýrmamalýsýn! Macht mir keine Schande, Jungs! Verarbeitet das Arschloch zu Dönerspieß ..."

Der Anführer kickte die Glock, die sie ihm vorher abgenommen hatten, aus Tscharly Sichtfeld. Tscharly registrierte einen Schatten im toten Winkel an seiner rechten Seite. Die lädierte Schulter schmerzte nun, als wäre sie niemals durch Jenny verarztet worden. Tscharly sah verschwommen. Er traf einen Gegner mit dem Ellbogen in die Magengrube. Es gelang Tscharly, seinen linken Unterarm in den Nacken des Kerls zu positionieren und mit der rechten Hand über dessen Stirn den Kopf nach hinten zu überstrecken. Im selben Sekundenbruchteil sauste der Baseballschläger zum dritten Mal auf Tscharly herab. Diesmal tauchte er unter dem Sportgerät hindurch. Es handelte sich um Abläufe, die Tscharly vor Jahren in einem Camp in der Nähe von Regensburg eintrainiert hatte. Die deutsche Bundeswehr trainierte in diesem Camp wissenschaftliche Mitarbeiter und Journalisten, die in den Nahen Osten aufbrachen. Manchmal erlitten Teilnehmer derartiger Camps Psychosen aufgrund ihrer Realitätsnähe. Tscharly hatte dabei jedenfalls gelernt, wie er sich im Falle eines Angriffs oder einer Geiselnahme zu verhalten hatte. Tscharly wich abermals dem Baseballschläger aus. Die Angst hatte Unmengen an Adrenalin in seinem Körper freigesetzt. Sein Überlebenswille verlieh ihm die nötige Schnelligkeit und eine Brutalität, die ihn im Nachhinein jedes Mal selbst schockierte. Dies war zuletzt in Kabul der Fall gewesen. Tscharly gelang es, den Arm mit dem Baseballschläger abzufangen. Er packte den Gegner an Ellbogen und Handgelenk, machte eine Drehung um die eigene Achse und kugelte mit einem Ruck das Schultergelenk seines Gegners aus. Tscharly maß den Erfolg seiner Aktion am peinvollen Aufschrei des Mannes. In Sekundenbruchteilen hechtete er nach der Schusswaffe, ergriff sie und feuerte den ersten Schuss ab. Im Hintergrund heulte eine Polizeisirene auf. Tscharly gab einen weiteren Schuss ab, was den Anführer nicht davon abhielt, auf Tscharly zuzustürmen. Tscharly erkannte ein Messer in der Hand des Mannes. Tscharly schoss – ohne irgendwen zu treffen … Verdammt! Er drehte sich um einhundertachtzig Grad. Ein Motorrad raste mit Karacho direkt auf ihn zu. Das Metalltor hatte sich zu seiner Verwunderung geöffnet. Tscharly atmete auf – erkannte die Fahrerin unter dem aufgeklappten Visier des Helms. Jenny zückte eine Pistole und traf einen der Männer, bevor dieser ein weiteres Mal die Gelegenheit nutzte, um mit dem Baseballschläger und Tscharlys Kopf einen Pitch zu landen.

Jenny rief ihm zu: „Worauf wartest du, Shatterhand? Steig auf das Pferd!"

Tscharly schwang sich hinter sie auf die Maschine. Seine Schulter pulsierte. Jenny beschleunigte und sie rauschten mit Vollgas davon. Zwei Minuten später traf auch die Polizei am Tatort ein. Ein Raufhandel mit anschließendem Schusswechsel unter Türken war das Bild, das sich den Beamten darbot.

„Wo hast du nur meine alte Gitarre gelassen?", fragte Jenny mit vorwurfsvoller Miene.

„Die muss ich wohl im Dom in der Eile liegengelassen haben", antwortete Tscharly zerknirscht. Die Sonnenbrille und die Baseballkappe hatte er ebenfalls verloren. Tscharly hielt sich die Schulter und kauerte auf einem Sofa.

„Wo ich doch so gerne mit der Gitarre gespielt habe. Und ich dachte schon, ich könnte dich zum Singen überreden, Shatterhand!"

Tscharly blickte sich um. An der Wand hingen Tapeten, die Nelken auf einem ockerfarbenen Hintergrund zeigten. Die Schränke und Vitrinen waren voller Tand von Urlaubsreisen nach Bella Italia und an den bayerischen Chiemsee. Auf dem Wohnzimmertisch stand die hölzerne Figur eines Bergmannes neben einer alten Postkarte der Sächsischen Schweiz – eine Erinnerung an den Abbau von Eisenerz im ehemaligen Arbeiter- und Bauernstaat.

„Das war eine eindeutige Warnung", sagte Jenny und stellte zwei Gläser mit Coca-Cola auf den Glastisch.

Tscharly betrachtete das Foto, das seine Tochter ihm im Dom übergeben hatte. Jenny tupfte ihm mit einer Desinfektionslösung das Blut von Nase, Stirn und Lippen.

„Für einen Mann, der nicht schießen kann, hast du dich gar nicht schlecht geschlagen. Die kurzen Haare stehen dir. Macht dich endlich männlich."

Tscharly zuckte unter der Berührung des alkoholgetränkten Tupfers. Sein Herz pochte, seine Arme und Beine zitterten noch immer.

„Wo sind wir hier?", fragte er.

Jenny hatte das Motorrad in einer Tiefgarage geparkt. Anschließend waren sie mit einem Lift in den zehnten Stock gefahren. Tür Nummer 113 in einem Plattenbau über den Dächern Kölns – Colonia, wie die Römer die Metropole am Rhein genannt hatten. Tscharly eiste sich von Jenny los und überblickte durch eine geschlossene Balkontür das Panorama. Der Griff der Tür war zu seiner Verwunderung abmontiert.

„Tscharly, ich fürchte, es gibt schlechte Nachrichten", sagte Jenny.

Was könnte mich jetzt noch aus der Fassung bringen? „Und die wären?" Er wünschte sich verzweifelt, Milla hätte nichts mit der ganzen Sache zu tun.

„Wir können nicht länger zuwarten."

„Was hast du jetzt vor?"

„Wir müssen uns einen Plan überlegen, wie wir ins Quartier der Hells Angels einbrechen."

„Du bist verrückt!"

„Ich weiß nicht, wie Wagner es geschafft hat, sich deiner Tochter als Lockmittel zu bedienen … aber daran siehst du, wie manipulativ dieser Mann vorgeht. Vielleicht hat er sie mit Gewalt gefügig gemacht! Vielleicht bedroht er sie. Du sagst ja selbst, dass sie verkabelt war. Wir müssen in jedem Fall davon ausgehen, dass Milla sein Werkzeug geworden ist. Ich kann mir ebenfalls schlecht vorstellen, dass sie ihren Vater freiwillig in die Falle gelockt hat. Wer weiß, was Roland Wagner deinem Kind sonst noch alles angetan hat!"

„Aber was sollen wir dann in der Gangsterbude von diesem *Scheiß*-Motorradclub? Ich will nur meine Tochter zurück!"

„Hast du nicht selbst gesagt, dass du den Namen Attila gehört hast?"

Er nickte. „Deniz hat bei unserem ersten Gespräch von einem gewissen Attila gesprochen."

„Wenn es uns gelingt, eine Verbindung zwischen diesem türkischen Unterweltganoven, den Angels und Roland Wagner herzustellen, finden wir auch die Querverbindungen zum Nationalsozialistischen Untergrund. Wir können dann nachweisen, dass das Bundesamt für Verfassungsschutz diese Nazis gezielt deckt. Es gibt in Köln einen bekannten Rechtspopulisten, der es kaum erwarten kann, die Ausländerkriminalität dazu zu nutzen, um damit den Wahlkampf anzuheizen."

„Wie heißt dieser Typ?"

„Herrmann Wohlfeil."

Tscharly setzte sich wieder, während Jenny die Wunde über seiner Nase weiter desinfizierte. „Aua! – Ist das der Herrmann Wohlfeil, der als Richter für seine Gnadenlosigkeit gegenüber ausländischen Jugendlichen so bekannt geworden ist?"

„Wie es aussieht, hast du irrsinniges Glück gehabt, Shatterhand. Gebrochen ist nichts. Jetzt stell dich nicht so an. – Und ja, das ist genau der Richter Wohlfeil, von dem die Zeitungen schreiben, dass er ein harter Hund ist."

„Was will dieser Wohlfeil eigentlich?"

„Den einen gilt er als politischer Hardliner, für die anderen ist er ihr neuer Messias … Du erinnerst dich vielleicht, dass er für das Messerattentat auf die sozialdemokratische Bürgermeisterin einen jungen Muslim verantwortlich gemacht hat."

„Und – wer war es am Ende?"

„Ein junger Neo-Nazi. Man hat vermutet, der Attentäter stünde in Verbindung zu Wohlfeil. Es konnten aber keine Verbindungen zwischen den beiden nachgewiesen werden. Der Attentäter hat sich heroisch in Schweigen gehüllt. Er gilt seither als eine Art Märtyrer bei den Rechten. Ist Mitglied bei der Hilfsorganisation Nationaler Gefangener. Genießt im Knast eine Art Kultstatus. Wenn du mich fragst, geht es dem Kerl im Knast wahrscheinlich besser als draußen. Da drin ist er wer. König der Rechten. Und außerdem hält Wohlfeil seine Hand über ihn."

„Jennifer, wo bist du?"

Der Schrei einer Frau fuhr Tscharly durch Mark und Bein.

„Jennifer! Wo ist meine Jennifer … Ich will doch nur zu meinem Kind!"

Jenny sprang auf. „Mama, ich bin hier. Wir sind in deiner Wohnung. Du musst dir keine Sorgen machen. Ich bin doch hier!"

Tscharly hastete hinter seiner Gastgeberin her und erstarrte, ehe er die Schwelle zum Schlafzimmer übertrat. Er nahm einen stechenden Geruch von Urin und Kot wahr. Tscharly schärfte seinen Blick und sah eine Frau auf einer Matratze am Boden liegen. Mit schlohweißen Haaren. Angstvoll geweiteten Augen …

„Wer sind Sie?", fuhr die Frau Jenny an.

„Ich bin es, Mama, deine Tochter."

„Sie lügen ja, junge Dame. Meine Tochter Jenny ist ein Kind. Ein Mädchen. Wie kommen Sie darauf, zu behaupten, Sie wären meine Jenny? Ich das jetzt ein neuer Trick von euch? Um die Leute hier zu brechen? Erzählt ihr ihnen, ihr wärt ihre Kinder? – Was ist das für ein dreckiger Sozialismus? Ich weiß, dass ich hier in Bautzen bin ... Was haben Sie mit meiner Tochter gemacht? Was habt ihr meiner Jennifer für Lügen über mich erzählt?"

Jenny suchte unter der Bettdecke nach einem Gegenstand und zauberte ein hässliches, grünes, zerfranstes Etwas hervor, das Tscharly entfernt an eine Puppe erinnerte.

„Hier, Mama, siehst du denn nicht – ich bin's ... deine Jennifer ... Das ist die Puppe, die dir so gut gefallen hat, als du damals zu mir von München nach Berlin gezogen bist. Damals ... weißt du noch ... nachdem wir uns wieder ..."

Die verhärmten Züge der Frau erinnerten an ein trauriges Kind. Erkennen trat in ihren Blick. „Jennifer!", seufzte sie und nahm ihre Tochter in die Arme. In den Händen hielt sie die Puppe fest und Tscharly schien die Szene unwirklich wie in einem Film, in dem eine Horrorausgabe von Jenny existierte, die nur ein weißes Nachthemd trug, das bis zu den Hüften hochgerutscht war. Darunter präsentierte sie eine Windelhose, die prall gefüllt zu platzen drohte.

Mutter und Tochter saßen auf der Matratze nebeneinander und hielten einander fest umklammert.

„Soll ich rausgehen?", fragte Tscharly.

„Wenn du mir helfen willst, die Windel zu wechseln, kannst du hierbleiben", sagte Jenny.

Tscharly verstand die Ironie und trat in das Wohnzimmer zurück. Die Agentin einer Spezialeinheit pflegte zu Hause ihre an Alzheimer erkrankte Mutter! Endlich begriff Tscharly, aus welchem Grund Jenny den Observationspunkt gegenüber dem Angels-Quartier immer wieder für Stunden verlassen hatte.

„Du kannst wieder ins Schlafzimmer kommen", rief Jenny nach einer Weile. „Mama will dich kennenlernen."

Tscharly folgte der Aufforderung nach kurzem Zögern. Inzwischen hatte Jenny das Fenster geöffnet und einen Brei aus Gerste zubereitet. Jenny führte einen Becher mit eingedicktem Saft an den Mund ihrer Mutter.

„Mama schläft unruhig in der Nacht. Sie ist oft aus dem Bett gefallen. Das sind ihre alten Träume, die sie quälen. Seit sie auf der

Matratze am Boden liegt, schläft sie bedeutend ruhiger und hat sich auch nicht mehr verletzt."

Tscharly ließ sich ebenfalls neben der Matratze nieder. Jenny gab ihrer Mutter mit einem Löffel von dem Brei zu essen.

„Das ist Tscharly, Mama", sagte sie.

„Nein, das ist doch nicht der Tscharly", behauptete Jennys Mutter entrüstet, „das ist mein Freund Bohumil aus Prag, mein geliebter Genosse und Verführer. Er weiß, wie man eine Frau so richtig verführt …"

„Mama!", sprach Jenny errötend.

„Davon verstehen Sie nichts, Genossin, dafür sind Sie eindeutig noch zu jung."

„Mama …"

Tscharly nickte und lächelte. „Schon gut."

Jennys Mutter flirtete ihn mit ihren Augen an. Und Tscharly spürte eine Sehnsucht nach Familie und Geborgenheit in sich aufsteigen.

„Was wollte ich dir gerade erzählen, bevor wir unterbrochen worden sind?", fragte Jenny und wischte ihrer Mutter das Kinn mit einem Tuch ab.

„Wir waren bei Wohlfeil."

„Ach ja, Herrmann Wohlfeil."

Jenny erhob sich und kam mit einem Stapel Zeitungen ins Zimmer zurück. Sie setzte sich zwischen Tscharly und ihre Mutter, die die Situation kommentierte: „Man darf aber nicht alles glauben, was in der Zeitung steht, Genosse Bohumil. Die größten Schmierfinken arbeiten oft für diese Blätter. Wenn einer von diesen Leuten hier wäre, dann würde ich ihn sofort aus meiner Wohnung entfernen lassen. Was machen Sie eigentlich beruflich, junger Mann?"

„Mama – Tscharly arbeitet für mich."

„Na dann is ja gut, solange die Männer für Sie arbeiten, Genossin."

Tscharly überflog die Überschriften und betrachtete Bilder mit dem Konterfei des Politikers. Ein Mann mit Haarpracht – vermutlich ein teures Toupet, stahlblauen Augen und einer Haut, die ihren Träger als Solariengänger outete. „Absolut braun", murmelte er gedankenverloren vor sich hin.

„Siehst du den Mann hier?"

Jenny zeigte ihm einen Zuschauer, der sich im Publikum befand.

„Das ist doch Roland Wagner!", erkannte er.

„Roland Wagner im Hintergrund, an der Seite … er taucht immer wieder in der Nähe von Wohlfeil auf."

„Was ist Wohlfeil privat für ein Typ?"

„Lebt in Köln. Vornehmes Einfamilienhaus in Hahnwald, nobelste Gegend. Man weiß nicht viel über sein Privatleben, außer dass er eine Frau hat und einen Sohn, die er aber aus den Medien heraushält. Er hat als junger Mann die Kanzlei von seinem Vater übernommen. Jurist durch und durch. Fitnessfreak und regelmäßiger Saunagänger. Manche sagen ihm nach, er hätte eine Schwäche für Koks. Ist nur ein Gerücht, nicht bestätigt."

„In welcher Verbindung stehen dein Chef und Wohlfeil zueinander?"

„Das ist die Frage, Greenhorn, auf die niemand eine Antwort weiß."

Jennys Mutter bedachte Tscharly mit einem Lächeln. „Wenn ich dich sehe, Bohumil, dann frage ich mich, wo ich deine Fotos hingetan habe … die Fotos von Prag …" Jäh füllten ihre Augen sich mit Tränen. Elke Görlitz begann zu wimmern. Jenny hielt ihre Mutter an sich gedrückt und schaltete einen Fernseher ein. Eine Folge des Sandmännchens – *Ost*-Fernsehen – lief über eine VHS-Videokassette ab. Jennifer Görlitz beobachtete fasziniert das Geschehen.

Tscharly berührte unbewusst die verkrusteten Stellen in seinem Gesicht. „Ein Agent des Verfassungsschutzes schickt mir die verdammten Schläger auf den Hals, die für Attila – den Drogen- und Nachtkönig von Köln – arbeiten. Wagner soll Verbindungen zu den Hells-Angels pflegen und zu einem bekannten Rechtspopulisten. Kannst du mir mal sagen, was meine Tochter mit dem Ganzen zu tun hat? Ich erkenne mein Mädchen nicht wieder. Was ist nur mit ihr passiert? Das ist doch nicht …" Tscharly schüttelte den Kopf. Ihm fehlten die Worte für diesen Zustand. *Das ist doch nicht mehr mein kleines Mädchen!*

Jenny seufzte. „Ich wünschte, ich könnte dir deine Fragen beantworten. Leider fehlen mir dafür die Informationen. Aber eines weiß ich sicher – ein zweites Mal werden sie dich nicht mehr warnen, Shatterhand, wenn Wagner seine Hand mit im Spiel hat. Denk an das Foto mit dir und Deniz. Das ist ihr Trumpf. Nur eine Frage der Zeit, bis sie den gegen dich ausspielen. Dann passiert, was ich dir prophezeit habe. Du wirst in irgendeiner Gefängniszelle gefunden – erhängt. Es wird wie Selbstmord aussehen! Die Story, der du hinterherjagst, hat einen hohen Preis, Tscharly Huber. Ich weiß nicht, ob du dir das wirklich antun willst."

„Habe ich denn eine Wahl?"

„Man hat immer die Wahl."

„Und was ist mit dir? Wie lange kannst du deinen Chef noch bespitzeln, glaubst du, ohne dass er davon Wind bekommt?!"

„Im Gegensatz zu dir habe ich keine Wahl, Tscharly."

„Aber warum?"

Jenny erzählte ihm vom Schicksal ihrer Mutter.

„Ich habe mir geschworen", sagte sie, „dass ich alles dafür tun werde, dass nie mehr eine Diktatur von deutschem Boden ausgehen wird. Kein Kind soll je wieder das erleben müssen, was mir und meiner Mama angetan worden ist."

„Und dafür bist du sogar bereit, ins Quartier einer Rockerbande einzubrechen. Du willst die Hells Angels mit Wanzen abhören?", erriet er.

Anstatt einer Antwort lachte sie. „Haben Sie heute Abend schon was vor – *Bohumil*?"

Ihre Mutter erwachte durch das Aussprechen des Namens aus ihrer Trance.

„Wie es aussieht, hat Bohumil heute Abend noch gar nichts vor, Fräulein. In diesem Aufzug wird er nämlich unmöglich vor die Tür gehen können. Was sollen denn die Genossen von ihm denken?"

Jenny streichelte über das Gesicht ihrer Mutter. „Dann ist ja alles gut, Mama, wenn Bohumil heute Abend noch nichts vorhat."

„Alles gut", echote Elke Görlitz.

Tscharly spürte seine Schultern erschlaffen und seinen Herzschlag im Hals. Mit rauer Stimme fügte er hinzu: „Ich habe auch keine Wahl. Ich muss meine Tochter aus den Fängen von wem auch immer befreien, Genossin."

„Ja, die Fänge des Kapitalismus sind furchtbar und zerstören alles", behauptete die Alte mit seltsam klarem Blick. „Er wird uns jeder Lebensgrundlage berauben und das Soziale unter den Menschen zerstören."

Ihr Blick flackerte unruhig.

„Genossin, schalten Sie bitte die Feindsender ein, damit Bohumil weiß, wie schrecklich der Imperialismus sein furchtbares Werk verrichtet!"

Jenny seufzte und ging zu einer HiFi-Anlage, die mindestens zwanzig Jahre auf dem Buckel haben mochte.

„Wir sind in der Lage, die Feindsender abzuhören", sagte Jenny an Tscharly gewandt und deutete ein Zwinkern an, was bisher einer Intimität zwischen ihnen am nächsten kam.

„Es ist immer gut zu wissen, wo der Feind steht", sagte Tscharly sybillinisch und war versucht zurückzuzwinkern.

Die letzten Töne von *Onkelz versus Jesus* verhallten, als die Moderatorin mit süffisantem Ton überleitete: „Nicht nur die *Böhsen Onkelz* stehen im Verdacht, rechten Ideen nahezustehen. Was sich in unserer Stadt seit einigen Tagen abspielt, verwandelt die blühende Metropole am Rhein in ein Babylon der Kriminalität. Vor einigen Tagen der Nagelbombenanschlag in der Keupstraße, bei dem sich die Indizien immer weiter dahingehend verdichten, dass es sich um eine Tat im Bereich der Ausländerkriminalität handelt. Heute kam es vor dem Kölner Dom, seit Jahrhunderten ein Symbol christlich-europäischer Identität, zu einer folgenschweren Auseinandersetzung. Drei türkische Männer, die in die Auseinandersetzung verwickelt waren und von der Polizei als Verdächtige eingestuft werden, wurden leicht verletzt. Neben Hieb- und Stichwaffen wurden bei dem Streit auch Pistolen eingesetzt. Über die Flüchtenden gibt es vage Zeugenbeschreibungen. Ersten Angaben zufolge handelt es sich um einen Mann und eine Frau europäischen Aussehens. Dennoch ordnet die Polizei das Delikt, bei dem niemand Unbeteiligtes zu Schaden kam, dem Bereich der Ausländerkriminalität zu. Bei den drei Verletzten handelt es sich um den *König* des Kölner Rotlichtmilieus, Attila, der leichte Blessuren davontrug und zwei seiner Handlanger. Nach Angaben von Attilas Anwalt besitzen sie keine Feinde und sie können sich nicht erklären, wieso sie aus heiterem Himmel angegriffen worden sind. Alle drei werden medizinisch versorgt. Attila befindet sich nach der medizinischen Erstversorgung und der Befragung durch die Polizei inzwischen auf freiem Fuß. Ein anonymer Hinweis aus dem Umkreis der Ermittler gibt zu befürchten, dass es zu weiteren Auseinandersetzungen im kriminellen Ausländermilieu kommen wird, wobei sogar Tote nicht auszuschließen sind. Die Kölner Oberbürgermeisterin Strecker von der SPD möchte sich nicht vorschnell festlegen und erst die weiteren Ermittlungen abwarten. Ganz anders hingegen Herrmann Wohlfeil, Führungsmitglied der Nationalen Demokraten im Kölner Stadtrat, der uns jetzt live zugeschaltet ist."

Moderatorin: „Herr Wohlfeil, vielen Dank, dass Sie sich Zeit für dieses Interview genommen haben. Heute gab es vor dem Kölner Dom eine bewaffnete Auseinandersetzung, bei der eine stadtbekannte Größe des Kölner Rotlichtmilieus und mutmaßlicher Drogenhändler leicht und zwei seiner Bodyguards zum Teil schwer verletzt worden sind. Wie lautet Ihre Einschätzung der Vorgänge?"

Wohlfeil: „Wir Nationalen Demokraten haben seit jeher auf die Probleme aufmerksam gemacht, die mit der multikulturellen Gesellschaft einhergehen. In Köln wohnen zwanzig Prozent Ausländer – in anderen Metropolen noch mehr. Das bedeutet, dass jeder fünfte Bürger Kölns kein Deutscher ist. Obwohl wir nichts gegen Ausländer haben, muss sich jeder darüber im Klaren sein, dass die Überfremdung massive Probleme, besonders im Bereich der Allgemeinkriminalität, aber auch des Ausländerextremismus mit sich bringt. Köln ist ein höchstexplosives Haifischbecken ausländischer Terrororganisationen. Al-Qaida, PKK, Tamilische Tiger und IRA, um nur einige prominente Vertreter zu nennen, haben sogenannte Statthalter in Köln. Für uns war es nur eine Frage der Zeit, bis dieses Pulverfass explodiert, die Exekutivbehörden scheinen auf diesem Auge blind zu sein."

Moderatorin: „Sie wollen behaupten, dass Köln ein Tummelplatz ausländischer Terrorristen ist?"

Wohlfeil: „Genau. Mindestens genauso problematisch ist die Ausländerkriminalität. In der Fünfziger- und Sechzigerjahren gab es in Köln auch Kriminalität, das wollen wir nicht kleinreden. Das waren die sogenannten schweren Jungs. Beinahe ausnahmslos deutsch. Da galten bestimmte Regeln, es gab einen Ehrenkodex und die berühmte Ganovenehre und gewisse rote Linien wurden niemals überschritten. Seitdem unser Land im Allgemeinen und unsere geliebte Heimatstadt im speziellen gezielt von Ausländern und ihren kriminellen Elementen überflutet wird, haben sich diese Parameter verschoben. Heute beherrschen skrupellose, straff organisierte Banden aus Anatolien, dem Balkan, Afrika und Gott weiß woher beinahe das gesamte kriminelle Geschehen in Köln. Da gibt es keine roten Linien mehr und für Deutsche ist in diesem Gebiet kein Platz. Die besten Beispiele sind die Schießerei vor dem Kölner Dom und das Nagelbombenattentat in der Keupstraße. Ich erinnere daran, dass es die deutsche Kölner Unterwelt und nicht die deutsche Polizei war, die die Diebe, die unermesslich teure Schätze aus dem Kölner Dom gestohlen haben, zur Strecke gebracht und das Diebesgut der Kirche zurück gebracht hat und einen Finderlohn ablehnte. Das war für die deutschen schweren Jungs eine Sache der Ehre und an der Kirche durfte sich niemand vergehen, ebenso wenig wie an Kindern, Alten und Schwachen. Für mich waren das die goldenen Zeiten der Kriminalität. Es wird nie Gesellschaften geben, die völlig frei von Kriminalität sind. Aber da gibt es eben Unterschiede. Momentan befinden wir uns am unteren Bodensatz."

Moderatorin: „Worin liegen für Sie die Ursachen dieser Ausländerkriminalität und was würde Ihre Partei dagegen unternehmen?"

Wohlfeil: „Das Versagen liegt in der Asylpolitik, die uns von den westlichen Besatzungsmächten aufgezwungen worden ist. Deren erklärtes Ziel besteht darin, das deutsche Volk auszurotten. Wir sollen durch einen Umvolkungs- und Vermischungsprozess unserer völkischen Identität komplett beraubt werden. Das ist für mich ein Holocaust am deutschen Volk …"

Wohlfeil hatte sich in Rage geredet. An dieser Stelle sprang Tscharly auf und drehte die HiFi-Anlage ab. „Sorry, aber ich halte das nicht länger aus! Ich habe selten einen Mann gehört, der so charmant so widerliche Sachen ausspricht. Wüsste ich nicht, wovon dieser Wohlfeil redet, würde ich ihm glatt glauben."

Jenny wollte widersprechen à la ‚Wir müssen wissen, was der Feind denkt.' Sie machte Anstalten, aufzustehen. Ehe sie jedoch ein Bein ausstreckte, kam ihre demente Mutter ihr mit ihrem Protest zuvor: „Bleib sitzen, Kind! Wir müssen jetzt sehr stark sein, Genossin, damit wir nicht wieder von den braunen Massen überrannt werden. So wie damals. Unter diesem größenwahnsinnigen Österreicher, der nichts Besseres zu tun hatte, als der gesamten Welt den Krieg zu erklären. Einfach schrecklich, dieses Leben in der kapitalistisch-imperialistischen Westzone."

Und Tscharly fragte sich, ob Jennys Mutter vielleicht sogar klarer im Kopf war, als viele gesunde Menschen, die ihm je begegnet waren.

19.30 Uhr

Fanfaren begleiteten Herrmann Wohlfeils Einzug in die Halle. Der Politiker marschierte im Rhythmus des Badenweiler Marsches zwischen den Bierbänken hindurch. Sein blauer Anzug saß perfekt, die toupierten Haare leuchteten wie aus einer Werbung für Pflegespülungen. Das einstudierte Lächeln wirkte wie immer herzlich und zugleich unnahbar; ein Widerspruch, der Wohlfeil eine umso anziehendere Aura verlieh. Wer ihn sah, wollte dieser Reinkarnation einer hanseatischen Kaufmannsdynastie möglichst nahe sein. Die sechs jungen Männer, die Wohlfeil in den Versammlungsraum folgten, trugen Lederjacken, Jeans und Springer-stiefel. Gut als *Uniform* zu identifizieren. Geschichtskundige hätte die Ähnlichkeit der Glatzen mit einem SS-Schlägertrupp beunruhigt. Die etwa hundert Gäste im Raum dagegen erhoben sich von den Bierbänken und klatschten geschichtsvergessen im Takt der Marschmusik mit. Wohlfeil winkte seinem Publikum in der Manier eines Kaisers Nero zu, der sein Volk keine Sekunde aus den Augen lässt.

An den Wänden hingen Flaggen, von denen die meisten nicht mehr bekannt waren. Auch eine Reichkriegsflagge zierte die rustikale, dunkelbraune Holzvertäfelung. Zielstrebig marschierte

Wohlfeil zum Rednerpult und bedeutete den Gästen mit einer wohlwollend-aristokratischen Geste, sich zu setzen. Die Leibwächter verteilten sich zu gleichen Teilen auf beiden Seiten der Rednerbühne. Wagner war sich nicht sicher, ob Wohlfeil ihn in seiner Verkleidung noch erkannte. Dieses Mal hatte er sich für einen Vollbart entschieden. Dazu trug er einen braunen Borsalino, der zu seinem hässlichen, kratzenden Sakko, das zu hundert Prozent aus Polyester, Nylon und Polyacryl bestand, hervorragend passte. Er schwitzte jetzt schon unter den Achseln. Dazu hatte er die braunen Halbschuhe mit Absätzen angezogen, die ihn zehn Zentimeter größer erscheinen ließen. Ein Wunder, dass er mit den Dingern gehen konnte. In seiner Maskerade mochte er auf Außenstehende wirken wie ein grüner Veganer, dem einzig der Naturschutz und das Tierwohl am Herzen lagen.

„Kameraden, Volksgenossen, Freunde", begann Wohlfeil seine Rede – wie immer ohne Manuskript, „der heutige Anlass ist ein freudiger. Nach zehn Jahren hartem Kampf, in dem wir uns erbittert gegen Anfeindungen aus allen Richtungen wehren mussten, können wir heute das erste Volkshaus in Köln eröffnen. Und", die rhetorische Pause unterstrich die Bedeutung der folgenden Worte, „das in einer überwiegend von ausländischen Mitbürgern bewohnten Gegend!" Jubel folgte. „Unsere Geste sehen wir damit als wichtigen Beitrag zur Völkerverständigung. Entgegen allen Unkenrufen der Leitmedien sind wir Nationalen Demokraten keine Unmenschen. Wir haben nichts gegen Menschen anderer Länder und Kulturen. Wir heißen Fremde bei uns willkommen, solange sie sich an unsere Regeln halten und sich unserer Leitkultur anpassen!"

Wohlfeil deutete mit süffisantem Lächeln und beiden Händen eine Aufwärtsbewegung an, sodass auch der letzte Volksgenosse die Bedeutung dieses Triumphes verstand, woraufhin tosender Applaus aufbrandete. Jetzt strahlte Wohlfeil wieder jene Herzlichkeit aus, die er eigens für seine Volksgenossen und seine Anhängerschaft reserviert hatte. Dadurch unterschied er sich vom Gros der Berufspolitiker, die nur gegen Ende der jeweiligen Legislaturperioden ein Interesse an ihrer Wählerschaft nach außen hin demonstrierten. Das Wahlvolk honorierte dies dann hoffentlich mit dem Kreuz an der richtigen Stelle! Wohlfeils klar definiertes Freund-Feind-Bild, hielt ihn auch nicht davon ab, die seinen so sehr zu lieben, wie er alle anderen abgrundtief hasste.

„Dieses Volkshaus ist ein Haus für das Volk und das nicht nur auf dem Papier", fuhr er fort und mit dem rechten Arm deutete er auf ein gigantisches Büffet mit Bierfässern, Brötchen, Fleischkäse, Buletten und anderem mehr auf überquellenden Silbertabletts. „Alle Mitbürger sind jederzeit herzlich eingeladen, um Zeit mit uns zu verbringen. Denn nur so entsteht wahre Volksgemeinschaft! Durch Füreinander-Dasein und gegenseitige Unterstützung. Wir stehen für ein Europa der gleichberechtigten, in Frieden und Harmonie lebenden Vaterländer. Wir wollen Frieden und Wohlstand, um das größtmögliche Glück zu ermöglichen. Ich verspreche Ihnen, dass das Volkshaus für alle Volksgenossen offenstehen wird"

Wagner fühlte sich hin und hergerissen. Wenn er die wohlfeilen Worte ausblendete und Wohlfeil betrachtete, fiel es ihm schwer, eine Erektion zu unterdrücken. Die Worte hingegen lösten Euphorie in ihm aus. Derart salbungsvoll konnte nicht einmal der grünrot versiffte Außenminister, der es vom Sponti-Steinewerfer nach ganz oben geschafft hatte und jetzt nur noch Armani-Anzüge trug, vor den Vereinten Nationen reden. *Keine Frage, Wohlfeil hat Format – in jeder Hinsicht. Er wird es einmal weit bringen, sollte je die nationale Erhebung wie ein Sturm über Deutschland hinwegfegen und das 4. Reich auferstehen lassen.* Dann war Wohlfeil ein aussichtsreicher Aspirant auf den Posten des neuen Führers und Reichskanzlers, um mit Adolf Hitler in einem Atemzug genannt zu werden.

„Sie alle wissen", sprach Wohlfeil mit feinem Timbre in seiner Stimme, „dass ich mich aus einfachen Verhältnissen emporgearbeitet habe. Mein Vater, der als Offizier bei der Waffen-SS treu seinen Dienst versah, wurde von den Russen 1955 nach Adenauers Moskau-Reise zurück nach Deutschland entlassen. Zehn Jahre lang musste er unter allerhärtesten Bedingungen Sklavenarbeit leisten. Die UdSSR so aufzubauen, wie die Kommunisten es nie gekonnt hätten. Zwei Jahre nach seiner Rückkehr starb er an den Folgen der unmenschlichen Gefangenschaft und ließ meine Mutter und mich in schikanöser Armut zurück. Ich habe meinen Vater immer bewundert und beschlossen, Europa als Bollwerk gegen den Kommunismus zu verteidigen. Die Waffen-SS war entgegen allen Verunglimpfungen eine internationale soldatische Truppe mit Bosniaken und Indern und so weiter, die sich die Verteidigung der europäisch-abendländischen Kultur gegen die Bolschewisten auf die Fahnen geschrieben hatten."

Der Applaus wuchs an, doch Wohlfeil brachte ihn mit einer herrischen Bewegung zum Verstummen und setzte sein feinstes Aristokratengesicht auf.

„Kameraden, das alles ist nicht der wesentliche Punkt. Seien wir froh, dass die Zeiten heute andere sind. Ich habe einen Großteil für die Instandsetzung dieses Volkshauses aus meinem Privatvermögen beglichen. Ich werde für alle Zeiten für die Verköstigung unserer Volksgenossen" – jetzt brandete wieder tosender Applaus auf, „persönlich sorgen. Meine Kameraden und Volksgenossen: Nun sind der Worte genug gefallen. Ich eröffne das Büffet. Lassen Sie sich in der Volksgemeinschaft des Volkshauses fallen und genießen Sie den Abend bei feinem Essen, deutschem Bier und bereichernden Gesprächen."

Wie in einem Fußballstadion erhoben sich die Gäste in Form einer La-Ola-Welle und applaudierten wild. Es folgten Vivat-Rufe, und Wagner war sich nicht sicher, ob er nicht das eine oder andere *„Sieg Heil!"* heraushörte. Dynamisch spurtete Wohlfeil die Treppen vom Rednerpult herunter und begab sich zum Büffet. Er stellte sich an das riesige Krombacher-Fass und zapfte die ersten Maßkrüge persönlich wie ein Münchner Oberbürgermeister alljährlich auf der Theresienwiese. Keine Frage, dieser Kerl beherrschte die Klaviatur eines perfekten Populisten. Das Publikum drängte in Scharen Richtung Büffet und jeder wollte der Erste sein, der von Herrmann Wohlfeil die von ihm selbstgezapfte Maß in die Hand gedrückt bekam. Aber nicht nur das … Wohlfeil schüttelte auch noch etliche Hände und bedachte einzelne Anhänger mit warmen Worten.

Zum Glück blieb Wagner die Sicht auf Wohlfeil versperrt. Das Blut floss ihm vom Penis zurück in den Kopf. Immerhin musste er noch eine wichtige Aufgabe erledigen!, beschwor er sich. Als Aufpasser konnte er sich außerdem nicht leisten, wie ein dreibeiniger Lustmolch durch den Saal zu humpeln.

„Soll ich dir ein Bier mitbringen?", riss Thorsten, der von allen nur Thor genannt wurde, ihn aus seiner Trance.

Thor war einer von der Scheitelträgerfraktion und ziemlich intelligent, also das komplette Gegenteil zum Bodensatz der Glatzen, Springerstiefel und Bomberjacken. Bei Thor war sich Wagner nie sicher, wer hier wen instrumentalisierte. Er hielt Thor sogar für clever genug, einen V-Mann-Führer des BfV wie ihn aufs Kreuz zu legen.

„Später", entgegnete Wagner und spannte seine rechte Hand um Thors starken Bizeps. Thor runzelte kritisch die Stirn, denn trotz seines elitären Anstrichs stand er auf Bier und wollte sich offenbar von der Amts-Spaßbremse nicht die Partylaune verderben lassen. Irgendwas an dem Typen störte Wagner. „Wenn du was hast, spuck's aus", fuhr er Thor an.

„Ich möchte nicht, dass die ganzen Altvorderen mir das leckere Bier wegsaufen. Die fühlen sich hier wieder wie zwanzig. Gegessen habe ich heute auch noch nichts."

Wagner löste seinen Griff und hob den Daumen – *ich hab's ja verstanden, Alter und werde mich beeilen!*, gestikulierte er mit den Schultern und Armen.

„Ich weiß, wer Philip auf dem Gewissen hat", eröffnete er dem Scheitelträger und beobachtete dessen Reaktion. Thor begann am ganzen Körper zu beben – mindestens eine 7.5, die der Seismograph registrierte. Dabei reichte unter Experten die Stärke Fünf bereits aus, um Schäden an Gebäuden zu verursachen.

„Sag mir, wer das war und ich werde ihn in die Unterwelt schicken."

„Wenn du meinen Arm wieder loslassen würdest, werde ich dir die Täter zeigen", entgegnete Wagner.

Thor ließ seinen Unterarm los und Wagner griff in die linke Seite seines braunen Sakkos. Um sie herum befand sich niemand, da der Kampf um die Fleischtöpfe tobte. Die Volksgenossen zeigten wieder einmal keine Disziplin und preußischen Tugenden, wenn es etwas umsonst gab. Sie verhielten sich wie bei der Häuserschlacht um Leningrad. Wagner knallte zwei Porträtaufnahmen auf die

Bierbänke, die je einen Mann Mitte zwanzig mit dunklem Teint und kurzgeschorenen Haaren zeigten. Ein Typ glich dem anderen wie ein Zwilling, was an den Bärten liegen mochte. Mit finsterem Blick musterte Thor die Gesichter der beiden.

„Nabil und Arif", stellte Wagner vor.

„Ist mir egal, wie die Arschficker heißen! Philip war mein Kamerad! Niemand hat so einen Tod verdient. Ich werde aus den Kamelfickern Hackfleisch machen und sie an die Schweine meines Onkels verfüttern."

Vergnügt stellte sich Wagner das Szenario vor, rief sich aber zur Räson, da sein Plan anderes aussah.

„Das sind von Al-Qaida ausgebildete Killer und die sind für jeden aufrechten Patrioten eine Gefahr", impfte er Thor ein. „Dass es Philip erwischt hat, ist Zufall – das sind tickende Zeitbomben und die besitzen keine Skrupel."

„Genau mein Format", sagte Thor und prägte sich detailgenau die Visagen der Araber ein. „Die Hackfressen sehen leider alle gleich aus! Aber das wird ihnen auch nicht viel helfen."

„Aber warum denn nur die Hand abhacken, wenn man das ganze Geschwür beseitigen kann?", wandte Wagner ketzerisch ein.

Auf Thors Gesicht zeichneten sich Fragezeichen ab.

„Die Jungs wurden in der DITIB-Moschee radikalisiert", erklärte er. „Die Moschee ist unserem Amt und unserer Nationalen Bewegung schon lange ein Dorn im Auge. Hier werden junge Muslime wie Nabil und Arif religiös und ideologisch indoktriniert. Das Muster ist immer dasselbe. Die arabischen Mitbürger geraten spätestens mit zwölf Jahren auf die schiefe Bahn … Einbrüche, Fahren ohne Führerschein, Erpressung, Nötigung, bewaffnete Raubüberfälle, Drogenhandel und Zuhälterei. Manchmal landet ein Messer im Bauch eines Typen, der sie irgendwie komisch angeguckt hat. Irgendwann sagt sogar der liberalste Multikulti-Jugendrichter, dass es reicht und schickt sie zur Besinnung für einige Monate oder ein paar Jährchen in den Knast. Dort werden sie sofort unter die Fittiche von religiösen Fanatikern genommen. Die Knast-Islamisten beschützen ihren Nachwuchs davor, dass sie jeden Abend mehrfach in den Arsch gefickt werden und die Toilettenbrille mit der Zunge reinigen müssen. Das bringt ein hohes

Maß an Dankbarkeit hervor und außerdem begreifen die jungen Delinquenten die Religion als sinnstiftend – etwas, was es in ihrem verpfuschten Leben bisher noch nicht gegeben hat. Die fanatische Religiosität ist für sie ein Weg, aus diesem Teufels-kreislauf von Drogen, Verbrechen und Sex auszubrechen. Das heißt, sie haben die Gelegenheit, eine wichtige Respektsperson darzustellen und dabei genießen sie auch noch den Schutz des Allmächtigen und seines Propheten. Das versprechen ihnen ihre religiösen Knast-gurus. Hinzu kommt – wer findet es in diesem Alter nicht geil, Teil einer revolutionären Bewegung zu sein? Leute mit dem Segen Allahs umbringen zu dürfen und dabei auch noch als Märtyrer gefeiert zu werden! Das ist das Größte für diese Idioten."

Thor nickte verständig.

„Wenn sie aus dem Knast rauskommen, werden sie von der muslimischen Gemeinschaft mit offenen Armen empfangen. Niemand zeigt mehr mit dem Finger auf sie und wirft ihnen vor, was für schlimme Dinge sie begangen haben und was für schlechte Menschen sie sind. Im Gegenteil, jeder, besonders die Alten, zollt ihnen Respekt, weil die religiösen Führer aus dem Knast heraus die Botschaft gestreut haben, dass es sich um Bekehrte und zukünftige Krieger für die Vorherrschaft des Islams handelt. Da traut sich dann niemand mehr an die Kerle ran. Meistens geht das so weit, dass die Jungen doch wieder in ein gottloses Leben mit Sex und Drogen zurückfallen, es ihnen aber niemand mehr verübelt, da sie für die Sache Allahs kämpfen. Sie sind Krieger gegen die Un-gläubigen, die sie töten müssen. Da werden kleinere Sünden ver-geben."

Die ersten Mitglieder der Nationalen Demokraten bewegten sich mit übervollen Tellern und Maßkrügen wieder in Richtung ihrer angestammten Plätze. Zügig steckte Wagner die Bilder ein.

„Die brauche ich doch, damit ich meine Mission erfüllen kann!", wandte Thor ein.

Wagner schüttelte den Kopf und zeigte Richtung Toiletten. Thor verstand den Wink.

Nachdem sie sichergegangen waren, dass sich niemand sonst auf dem nigelnagelneuen WC befand, warf sich Wagner aufrecht in die

Brust, was bis zur Schulter des Hünen Thors reichte – Absätze hin, Absätze her, gegen die Gene halfen keine Hilfsmittel.

„Die Exekution Philips hat das Maß vollgemacht", setzte Wagner seine Rede fort. „Das dürfen wir nicht auf uns sitzenlassen, sonst wird das als Schwäche ausgelegt und die werden alle Hemmungen verlieren", sagte er, was Thor mit einem Kopfnicken bestätigte. „Deshalb müssen wir mit unerbittlicher Härte und ohne falsche Rücksicht gnadenlos zurückschlagen!" Wagner überlegte, ob er damit ein Hitler-Zitat abgewandelt hatte. „Deshalb rächen wir uns nicht nur an den Mördern, sondern wir werden die ganze Gefahrenquelle mit Stumpf und Stiel ausrotten! Hast du mich verstanden, Kamerad?"

„Uns fehlen aber die Mittel, um die Moschee in die Luft zu jagen", bewies Thor seinen für das Nationale Lager überdurchschnittlich hohen Intelligenzquotienten.

„Genau", gab Wagner ihm recht. „Da sind wir einer Meinung, mein Junge. Das erfordert viel Expertise, noch mehr Geld und es sollte vor allem schnell vonstattengehen, damit die Botschaft bei den Rezipienten ankommt."

Aus der rechten Tasche seines Sakkos holte er einen prall gefüllten Umschlag heraus.

„Fünfundsiebzigtausend Euro. Mit dienstlichen Grüßen vom Amt und privaten Spenden. Auch ich habe einen Teil meines Lohns geopfert. Das dürfte die Unkosten decken. Eventuelle Mehrkosten bitte detailliert darlegen, sodass ich das nachvollziehen kann."

Aus der rechten Sakkotasche fischte Wagner einen Zettel, auf dem nur ein Name und eine Handynummer standen. Er reichte ihn dem verdutzten Thor, der immer noch wie ein kleines Kind den braunen Umschlag anstierte. So viel Geld hatte er zweifellos noch nie auf einem Haufen gesehen!

„Das ist Markus", löste Wagner die Hypnose. „Der ist nicht so durchideologisiert wie du, aber er steht auf der rechten Seite", erklärte Wagner. „Markus ist, seitdem er unehrenhaft aus dem Kommando Spezialkräfte wegen Verdachts auf nationalistische Umtriebe entlassen wurde, bei beinahe allen Hotspots dabei gewesen: Balkan, Afrika, Asien, Ukraine und so weiter. Eine Kampfmaschine, die sogar Rambo als Tattergreis aussehen lässt. Markus besitzt nicht nur Expertise, sondern kann dir innerhalb eines Tages ein Team zu allem entschlossener Männer bereitstellen, die für genügend Cash und die nationale Sache zu jeder militärischen Aktion bereit sind. Ich denke, dass es ihnen eine Ehre sein wird, die DITIB-Moschee in die Luft zu jagen. Unsere Freunde Nabil und Arif besuchen die Moschee zur Mittagszeit, also wird es sie erwischen. Manchmal beten die Wichser sogar, indem sie einem Mann ihr Hinterteil vor die Nase halten, aber meistens beraten sie ausschließlich mit der rechten Hand des Imans darüber, wie sie weiße Europäer ausrotten. Das Attentat muss innerhalb einer Woche über die Bühne gehen. Wie gesagt nicht zum Abendgebet, denn dann haben unsere Freunde Besseres zu tun. Außerdem werden Attentate zur Abendstunde nicht in den Abendnachrichten gesendet."

Thor nickte und verstaute den Zettel mit den Kontaktdaten in seiner Geldbörse.

„Du kannst dich auf mich verlassen, Kamerad Wagner!", sagte er und legte Wagner freundschaftlich seine rechte Pranke auf die Schulter.

Die WC-Tür ging so schnell auf, dass Thor und Wagner ihre Position nicht verändern konnten. Ein über beide Ohren strahlender Wohlfeil betrat den Raum und machte ein überraschtes Gesicht, als er die Kameraden in der seltsamen Pose sah.

„Das ist doch nicht etwa das, wofür ich es halte", witzelte er und sein Lächeln verbreitete sich sogar, was ihn ein wenig wie Kermet den Frosch aussehen ließ. „Ihr wisst doch, dass wir alles, was wider die Natur ist, nicht unterstützen. Deshalb hoffe ich, eure Begegnung an diesem seltsamen Ort ist rein zufällig. Sonst müsste ich euch umgehend Hausverbot für das Volkshaus erteilen. Wir gönnen jedem das seine, aber in diesem deutschnationalen Haus werden wir keine widernatürlichen Schweinereien dulden."

Während Thorsten schnell seine Hand zurückzog, ging Wohlfeil in Richtung blank gescheuertem Urinal und positionierte sich.

„Habt ihr schon gewusst", fragte Wohlfeil aufgekratzt, wodurch er die Blicke der beiden Männer auf sich und sein prächtiges Glied lenkte, „dass man Schwule daran erkennt, dass sie nicht pinkeln können, wenn ihnen andere Männer dabei zusehen?"

Ein unglaublich starker, gelber Strahl folgte wie auf Knopfdruck. Wohlfeil lachte zufrieden. Dann schüttelte er sein bestes Stück sorgfältig aus.

„Ich bin glücklich, dass es uns gelungen ist, diesen Hort des Friedens, der nationalen Verständigung und des kulturellen Austauschs zu eröffnen", sprach er, während er die beiden im Spiegel beobachtete. „Ich denke, ihr habt das Wichtigste zu einem weiteren entscheidenden Schritt interkultureller Verständigung besprochen? Habe ich recht?"

Wagner und Thor nickten.

„Gut, dann werden wir schon bald von einem großen Ereignis hören. Wir sehen uns noch", sagte er und zwinkerte Wagner zu. „Und du mein junger Freund", wandte er sich an Thor, „kannst beweisen, dass du dich der nationalen Sache als würdig erweist. Du besitzt mein volles Vertrauen – enttäusche mich nicht, denn das würdest du nicht überleben. Und bitte entschuldigt mich jetzt, ich muss mich um meine Gäste kümmern."

Keine Frage, Wohlfeil war ein absoluter Glücksfall für die nationale Bewegung.

22 Uhr

Die Wände des Panikraums verschlangen jedes Geräusch. Die Welt schien jedes Mal zu erlöschen, wenn sie einander an diesem Ort begegneten.

„Du warst göttlich, meine Walküre."

„Was hast du auch anderes von mir erwartet, mein Herr und Meister?"

„Hochmut kommt vor dem Fall."

Milla lachte kehlig. „Ehre, wem Ehre gebührt."

„Du weißt, der Ehre geht Demut voraus, meine Sklavin."

Milla trug das schwarze Kleid mit den unzähligen Unterröcken. Ein Korsett schnürte ihre Taille ab. Sie gab sich Mühe, die Röcke zu raffen, ehe sie auf dem Fauteuil Platz genommen hatte.

„Das Kleid steht dir ausgezeichnet, meine Liebe", sagte Roland.

Sie studierte sein Gesicht. Er war erst vor einer halben Stunde nach Hause gekommen und hatte geduscht. Außerhalb dieses speziellen Raumes war Roland ein Mann mit Manieren, zugeknöpft und adrett gekleidet, den eine asexuelle Aura umgab. Hier – in diesem Raum, erzeugte die Begegnung mit ihm jene seltsame Mischung aus Lust und Furcht in ihr, die einen wohligen Schauder über ihrem Rücken auslöste.

„Du hast deinen Teil der Aufgabe heute Nachmittag meisterhaft erledigt", lobte er sie, und seine Worte klangen wie Absolution in ihren Ohren.

„Ist es heute soweit?", fragte sie ihn voller Ungeduld.

„Übe dich in Geduld, Sklavin – deine Stunde soll kommen, wenn die Zeit dafür reif ist."

„Wann?"

Herrmann Wohlfeil betrat den Raum und Roland fiel jäh vor ihm auf die Knie. Herrmann besaß einen eigenen Schlüssel zu Rolands Haus. Er kam meistens nachts und ging im Morgengrauen, nachdem er Roland und Milla als ihr oberster Zeremonienmeister seine Ehre erwiesen hatte.

Wohlfeil schloss die Tür des Panikraums. Gerne hätte Milla deren Code gewusst. Gleichzeitig bestärkten ihre Unwissenheit und das Ausgeliefertsein von Mal zu Mal ihren Nervenkitzel.

„Huldigt eurem Führer!", befahl Wohlfeil.

Er trug noch seinen blauen Anzug, in dem er einige Stunden zuvor vor die Fernsehkameras getreten war und sich über die Schießerei geäußert und danach das Volkshaus eröffnet hatte.

„Heil, mein Führer", erwiderte Roland.

„Heil, mein Führer", schloss Milla sich ihm an. *Wenn irgendwer aus meiner spießigen Familie wüsste, wie leicht mir dieser Gruß über die Lippen kommt. Drei Tage, die alles in meinem Innern verändert haben. Eine Studentin in Berlin, mit Minderwertigkeitskomplexen, auf der Suche nach einem Vaterersatz … Ein Mädchen, das sich für seinen fetten Arsch schämt. Das Mädchen von gestern ist tot. Lang lebe die Sklavin, die auserwählte Göttin des Führers, lang lebe …*

„Knie nieder!", befahl Wohlfeil.

Roland zögerte.

„Worauf wartest du?"

„Mein Führer, wollt Ihr nicht zuerst vom Schoß dieser Sklavin kosten? Sie steht für euch bereit?" Er offenbarte Wohlfeil in seinem Handteller einen Schlüssel.

Wohlfeil wandte Milla einen verächtlichen Blick zu.

„Elender Hund", wandte er sich an Roland, „entledige Er sich endlich seiner Kleider. Los!"

Wagner ließ den Schlüssel in einer Tasche verschwinden. Wohlfeil schwang seine neunschwänzige Peitsche. Was daraufhin folgte, kannte Milla längst. Roland schlüpfte Stück für Stück aus seinem Anzug. Wohlfeil rang ihm den Treueschwur der Wehrmacht ab, verwöhnte ihn mit dem Leder, ehe er sich selbst seiner Kleidung entledigte. Dann bückte er sich und holte aus seiner Hosentasche ein kleines Plastikbeutelchen, in dem sich Kokain befand.

„Die Medizin der Götter wurde uns Menschen geschenkt, um von Höhepunkt zu Höhepunkt zu gleiten", verkündete er wie ein aztekischer Medizinmann. Dann spuckte er in seine Linke und schmierte sein bereits halb erigiertes Glied mit Koks ein. Danach schüttete er großzügig das weiße Pulver in die noch feuchte Hand und massierte mit dieser intensiv seinen Penis, insbesondere sehr gründlich in der Nähe der Eichel. Wie von Zauberhand erstand aus dem schon halberigierten Penis ein ansehnlicher Phallus. Nachdem er zufrieden sein Prachtstück begutachtete, wie Hitler den Überbringer der Siegesnachricht, dass Frankreich kapituliert hatte, wandte er sich ihnen zu.

„Und nun, meine Sklaven, wird euch der Meister erniedrigen und damit zu den höchsten Weihen der Lust führen, die ein Mensch je empfunden hat."

Kaum hatte er seine Worte ausgesprochen, widmete er sich Roland nach allen Regeln der Kunst. Anschließend wand Roland sich stöhnend und schweißüberströmt auf der Matratze mit den seidenen Kissen.

„Was soll nun mit der Sklavin geschehen?", wandte er sich an Milla. „Tritt näher, Sklavin!"

Milla setzte einen Schritt auf ihn zu.

„Halt!"

In der Luft lag der Geruch von Haut, Schweiß und Blut. Milla blieb stehen – einen Meter von ihm entfernt.

„Zieh dich aus!"

Milla zögerte.

„Nun mach schon!"

Wohlfeil schwang die Peitsche und Milla wünschte sich nichts sehnlicher, als endlich mit dem Leder Bekanntschaft machen zu dürfen. Ihre Finger zitterten. Sie öffnete eine Schleife in ihrem Nacken.

„Hilf der Sklavin gefälligst!", befahl Wohlfeil Roland.

Roland erhob sich und öffnete die Knöpfe des schwarzen Kleids an Millas Rücken. Das Korsett trat zutage. Milla legte die Röcke ab. Um ihren Schoß trug sie jenen Keuschheitsgürtel, den Roland ihr an jenem Morgen nach ihrem ersten Mal angelegt hatte. Seither hatte sie sich dort nicht mehr berühren können. Roland entfesselte sie aus dem Korsett, das sie mit seiner Hilfe angezogen hatte.

Milla stand nun nackt – nur mit dem Keuschheitsgürtel – vor ihm. Sie fixierte Herrmanns Glied, an dem noch Sperma klebte, mit ihren Augen und empfand sexuelle Erregung in sich aufsteigen.

„Wo ist der Schlüssel?", fragte Wohlfeil.

Roland zauberte den vermissten Gegenstand herbei und hielt ihn demonstrativ vor Millas Gesicht.

„Willst du es wirklich?", fragte Wohlfeil.

Sie nickte.

„Ich höre dich nicht!"

„Ja, ich will!", antwortete Milla wie eine Braut.

Roland schlug ihr mit der flachen Hand ins Gesicht. „Dann antworte ihm gefälligst mit: *Ja, mein Führer!*"

Das Brennen auf ihrer Wange ließ Säfte in ihren Schoß fließen.

„Ja, mein Führer ..."

„Knie nieder!"

Sie tat, wie ihr geheißen.

Wohlfeil hielt den Schlüssel vor ihren Augen wie bei einem Spiel und ließ ihn in seiner Faust verschwinden.

„Bist du bereit, für deinen Führer deinen Leib und dein Leben zu geben, Sklavin?"

Gott, wie sehr sehne ich mich danach! Seit sage und schreibe vier Tagen hatte der Keuschheitsgürtel sie daran gehindert, ihren Kitzler auch nur mit einer Fingerspitze zu berühren. Je mehr Zeit vergangen war, desto größer wuchsen Lust und Sehnsucht.

Wohlfeil bückte sich und rieb wieder sein Glied mit dem weißen Pulver ein.

„Ich bin bereit, mein Leben und meinen Leib für euch zu geben, mein Führer! Heil Hitler!"

Ein Lächeln umspielte Wohlfeils Lippen.

„Dann hast du verdient, nicht nur meinen göttlichen deutschen Panzerschwanz aus Kruppstahl in all deinen Körperöffnungen zu spüren, sondern dir wird zudem die Ehre zuteil, mit deiner Zunge das divinatorische weiße Pulver mit deutscher Gründlichkeit in meinen Schwanz einzumassieren und die in deinem Mund haftenden Reste mit Genuss herunterzuschlucken. Glaube mir, meine Sklavin, die Kombination aus Körpersekreten und Kokain wird dich berauschen und zu ungeahnten Höhepunkten treiben."

Bei diesen Worten erbebte sie vor Lust und in dem Moment erklang Richard Wagners Musik aus Lautsprecherboxen.

„Wenn du deinen Schoß berühren willst", sprach Wohlfeil, „dann nimm das Fleisch deines Herrn und Führers in den Mund und zeige mir, wie sehr du danach begehrst."

Ehe sie sich versah, steckte er seinen Schwanz zwischen ihre Lippen.

„Koste das Fleisch deines Führers! Ein Reich, ein Volkskörper, ein Blut und Sperma."

Dienstag, 15. Juni, 3.10 Uhr

Jenny hatte ihm brüsk den Bauplan des Quartiers der Hells Angels vor die Nase gelegt. Ihm war bei dessen Anblick gründlich die Lust nach weiterer Agententätigkeit vergangen. Tscharly stöhnte.

„Wie sieht es mit eurem räumlichen Vorstellungsvermögen aus, Shatterhand?"

Sie befanden sich im Adlerhorst. Tscharly stand auf und beobachtete durch das Fernrohr das Dach und den Eingangsbereich der Kneipe. Der Novize schloss die Tür ab und ließ schwungvoll das Gitter herunter. Der Typ gähnte. Wohl zu viel Bier beim Arbeiten getrunken, der Typ – ein Traumjob, dachte Tscharly. Der Novize torkelte in Richtung Motorrad. Eine knallrote Kawasaki-Maschine. Für eine Harley hatte es anscheinend nicht gereicht oder gab es die erst bei der Vollmitgliedschaft? Der Novize drehte die Maschine auf und legte einen Kavaliersstart hin, der beinahe schiefgegangen wäre. Der Typ hatte eben mehr Glück als Verstand.

„Ich habe dir gesagt, ich hasse Baupläne", sagte Tscharly. „Weil ich mir darunter nix vorstellen kann."

Er wandte sich wieder dem Tisch zu, auf dem Jenny mit Legobausteinen extra für ihn das Gebäude nachgebaut hatte.

Tscharly schüttelte den Kopf. „Und ich wäre außerdem immer noch dafür, uns als Mitarbeiter der Telekom auszugeben und morgen Vormittag offiziell die Telefonleitungen zu überprüfen."

„Die Angels wissen längst, wie du aussiehst, Tscharly. Du bist beim Gebet mit deiner Tochter fotografiert worden."

„Und wie wäre es mit einem Richtmikrofon?", lamentierte er. Seit sie vor einer Stunde die Wohnung ihrer Mutter verlassen hatten, war Jennifer Görlitz wieder in die Rolle der Agentin zurückgeschlüpft. Menschliche Gefühle schienen ihr fremd, coole Sachlichkeit dominierte.

„So ein Ding kriege ich nicht. Das habe ich dir schon gesagt!"
Tscharly meinte eines jener Richtmikrofone, mit deren Hilfe eine
Abhöraktion gezielt von außerhalb eines Gebäudes möglich ge-
wesen wäre.

„Aber das könnten wir doch in einem Sicherheitsladen für
Hobbydetektive kaufen!"

„Mit diesen Dingern kannst du deinem Nachbarn beim Pupsen
zuhören, wenn du Tür an Tür wohnst", entgegnete Jenny. „Für
unsere Entfernung benötigen wir aber Profi-Equipment. Das be-
sorgst du nicht so einfach nebenbei in einem Laden für Hobbydetektive und Spanner. Die Geräte, die du meinst, Tscharly, besitzen einen Radius von bis zu tausend Metern und gehören zum
technischen Schnickschnack, über den nur der BfV, andere
Geheimdienste und das Militär verfügen. Die kosten ein Vermögen."

„Aber es muss doch möglich sein, dass du eines von den
Dingern organisierst! Du sitzt doch direkt an der Quelle!"

„Schon – aber nur wenn ich dem Typen von der Materialausgabe
einen Grund für die Entleihung nennen kann! Und das kann ich in
diesem Fall schwer. Wagner würde das sofort mitkriegen. Der hat
seine Fühler im Amt überall ausgestreckt. Außerdem kontrolliert er
jeden meiner Schritte und durch eine Anti-Spy-Ware habe ich
herausgefunden, dass er das Verlaufsprotokoll meines Dienstcom-
puters ausliest. Es grenzt schon an ein Wunder, dass er mich nicht
bis zu unserer Wohnung verfolgt hat. Das kann wohl nur daran
liegen, dass er zu viel um die Ohren hat."

Ihre Diskussion drehte sich im Kreis.

Tscharly setzte sich an den Tisch und entfernte wahllos einen der
Legobausteine aus dem Gebäudekomplex. „Wenn ich der Weihnachtsmann wäre, könnte ich durch den Schornstein einsteigen,
mal schnell ein paar Wanzen im Büro vom Chef verstecken und
wieder nach draußen fliegen."

„Seit wann kommt der Weihnachtsmann im Juni, Tscharly?"

„Bei uns in Bayern kommt immer noch der Nikolaus", klärte er
sie auf. „Und Knecht Ruprecht steckt die bösen Kinder in seinen
Sack."

„Und ich dachte immer, böse Kinder kriegen die Rute, aber du machst mir nicht den Eindruck, ein Kinderschänder zu sein", schoss sie eine Spitze ab. „Bei uns im Bauern- und Arbeiter-paradies haben uns die Jahres-Endzeit-Figuren das Jahresende versüßt. In Bayern sollen diese seltsamen Wesen mit den Flügeln ja Engel heißen, habe ich gehört."

„Nicht nur in Bayern, sondern auch in jedem anderen normalen Land mit christlich-abendländischem Hintergrund!", konterte er.

„Dann wären die kulturhegemonialen Aspekte ja jetzt geklärt", beendete Jenny die Diskussion. Und Tscharly beugte sich zähne-knirschend ihrem Machtwort. Anscheinend fand diese Frau seine Humorspitzen nur bedingt amüsant. Von Kindheit an war Tscharly daran gewöhnt, dass Mädchen – später Frauen – ihm schöne Augen machten. Umso mehr löste Jennys kalte Schulter ein ihm bis dato unbekanntes Ohnmachtsgefühl aus. *Etwas an dieser Frau ist einfach nicht normal! Oder bin ich tatsächlich ein eitler, selbst-gefälliger Gockel, der ohne die Bewunderung der anderen sofort an Minder-wertigkeitskomplexen leidet?* Tscharly stellte damit seit langem zum ersten Mal sein Selbstbild als Womanizer in Frage.

Zehn Minuten später standen sie auf der Straße. Ein kalter Wind wehte durch die Häuserschluchten und trug den Geruch von Regen heran. Jenny und er hatten sich in Schwarz gekleidet. Als Jenny die Schuhcreme ausgepackt hatte, hatte er sich dagegen zu verwehren versucht. „Doch, das ist nötig!", hatte sie ihm einge-trichtert. „Die Engel werden alle Videoaufnahmen auswerten. Dann erkennt uns Wagner und unser Spiel ist endgültig aus. Mit den geschwärzten Gesichtern kann Wagner hingegen keinen spe-zifischen Verdacht hegen."

Tscharly hatte nachgegeben und sich die Maskerade anlegen las-sen.

„Wenn ich die Alarmanlage außer Kraft gesetzt habe, dann blei-ben uns exakt fünf Minuten", wiederholte Jenny.

Sie standen im Schatten einer der Straßenlaternen. In der Nähe knatterte ein Motorrad.

Sie warfen beide einen Blick in das Schaufenster des Bäckers, der seine Brötchen vis-á-vis des Quartiers der Angels verkaufte. Um diese Zeit leuchtete eine einzelne Dekorationslampe auf die Attrappe einer Schwarzwälder Kirschtorte herab.

„Die Alarmanlage der Angels ist mit der Zentrale eines Sicherheitsdienstes in Hahnwald verbunden. Wohlfeil gehört zu den Miteigentümern dieses Unternehmens. Wenn die Anlage länger als fünf Minuten kein Signal gibt, dann werden die Wachmänner in der Zentrale nervös und schicken die Polizei."

Warum musst du mir alles immer zweimal erklären?

„Ich weiß", entgegnete Tscharly.

„Dann ist es ja gut."

Durch eine Seitengasse schlichen sie zur Rückseite des inoffiziellen Club-Hauses. Der Hinterhof bot einigermaßen Schutz vor neugierigen Blicken von der Straße her. Tscharly erspähte trotz der späten Uhrzeit vereinzelt Lichter und buntes Flackern von TV-Sendern. Er fragte sich, wie all diese Nachteulen ihr Leben wohl organisiert hatten und wodurch sie ihren Lebensunterhalt bestreiten mochten. Jenny zog die Lederhandschuhe fest und holte einen Dietrich und ein Werkzeugset aus dem schwarzen Beutel.

„Du bleibst hier", befahl sie. „Wenn irgendetwas Verdächtiges passiert, drückst du zweimal den Knopf des Senders. Und dann brechen wir die Aktion ab!"

Konsterniert betrachtete Tscharly die Box, die wie eine Fernbedienung für ein Garagentor aussah. Bei dieser Aktion lediglich die Rolle des Aufpassers zu spielen, kränkte ihn in seiner Männerehre. *Schmiere stehen für eine Frau* – ausgerechnet! Jenny bückte sich und hantierte an dem massiven Luftschutzgitter. Fachmännisch löste sie die vier Schrauben, die das Teil verankerten, während Tscharly angespannt die erleuchteten Fenster und die kleine Seitengasse im Auge behielt. Er wollte lieber nicht wissen, in welch schwindelerregende Höhen sein Blutdruck gerade schnellte. Ihm war unheimlich zu Mute. Aber alles war gut – Ruhe an allen Fronten.

„Hey, Mister Shatterhand, jetzt könnte ich eine starke Hand gebrauchen." Jenny deutete auf das Gitter. „Aber leise wenn's geht!"

Zu zweit rückten sie das schwere Metall zur Seite. Ein Spalt entstand, durch den Jenny sich wie eine Schlangenkünstlerin zwängte. Tscharly bewunderte die Ästhetik jeder ihrer Bewegungen.

„Die halten sich für schlau, die Alarmanlage unten anzubringen", flüsterte Jenny. Sie öffnete mit geschickten Handgriffen einen schwarzen Kasten. Jenny hatte sich eine winzige Taschenlampe zwischen die Zähne geklemmt. Sie machte sich mit einer filigranen Zange an Drähten verschiedener Farben zu schaffen, erkannte Tscharly durch den Spalt. Einmal fluchte sie sogar leise, sodass Tscharly nicht nur der Atem stockte, sondern auch sein Herz einen Hüpfer machte. Selten in den letzten Jahren hatte er sich einem Infarkt so nahe gefühlt.

„Vier Minuten und vierzig Sekunden", schärfte sie ihm anschließend ein.

Die Agentin machte sich mit dem Dietrich-Set an dem mehrfach verschlossenen Notausgang zu schaffen. Tscharly beobachtete die Zahlen auf seiner Stoppuhr.

„Verdammt, die haben wirklich was zu verstecken oder sind paranoid!", fluchte Jenny. Sie hatte das Außenschloss bereits geknackt und arbeitete sich nun Schloss für Schloss vor.

Bei einer Minute und dreißig Sekunden hatte Jenny alle Schlösser geöffnet und verschwand endlich mit kontrollierten Schritten im Lagerraum der Shisha-Lounge. Die Wände schluckten das Knirschen ihrer schweren Krepp-Sohlen an ihren schwarzen Schuhen. Die Uhr in der einen und den Signaltransponder in der anderen Hand, scannte Tscharly mit nervösem Blick neuralgische Punkte. Sein Herz wummerte in den höchsten Tönen. Diese Frau leistete die Arbeit eines Profis! Und dennoch konnte es sein Ego nach wie vor nur schwer verkraften, zur untätigen Rolle des Zuschauers verdammt zu sein. Er versuchte aus seinen Gedanken auszublenden, was ihnen bevorstand, wenn sie jetzt den Angels ins Netz gingen. Würde er tatsächlich an einem Strick in einer Zelle enden? In einem deutschen Untersuchungsgefängnis! Brutal von den Schergen eines als Demokratie getarnten Regimes ermordet und als Selbstmord kaschiert … Beim Gedanken daran wünschte er sich nichts sehnlicher als eine Zigarette – und einen tiefen Lungenzug, der eine beruhigende Wirkung in ihm verströmte. Aus dem Inneren des Angeltreffpunkts drang kein Laut. Keine Frage, diese

Frau hatte bei den Besten gelernt. Noch eine Minute und dreißig Sekunden. Bei der letzten verbleibenden Minute sollte er den Transponder einmal drücken – bei Gefahr zweimal. Als Tscharly das Signal für die restlichen sechzig Sekunden gab, merkte er, dass er trotz der kühlen Nacht schwitzte. Immer noch kein Laut. Hoffentlich hatte Jenny das Signal erhalten. Noch dreißig Sekunden. Jenny kam herausgerannt und auf ihrem Gesicht nahm er etwas wahr, das er bisher noch nie bei ihr gesehen hatte – ein zufriedenes Lächeln. Ohne ihn eines Blickes zu würdigen, begab sie sich zu dem Alarmanlagenkasten und hantierte zügig, ohne dabei jedoch hektisch zu wirken. Woher nahm Jenny nur diese Ruhe und Konzentration? Drei Sekunden vor Ablauf des Ultimatums reckte sie den Daumen in die Höhe, schloss das Kästchen ab und kletterte herauf.

„Du siehst so seltsam befriedigt aus", rutschte es Tscharly heraus und er verfluchte seine Wortwahl.

Sie hievten das Gitter an seinen Platz zurück.

„Kinderspiel!", meinte sie, als sie zehn Sekunden später durch die kleine Seitengasse Richtung Adlerhorst liefen. „Und jetzt halte dich fest – ich habe nicht nur die Bude verwanzt, sondern auch einen Beutel mit mindestens einem Viertel Kilo Koks aus dem Bierkühlschrank und eine Knarre, die unter dem Eisbehälter geparkt war, mitgehen lassen."

„Du hast was?", fragte Tscharly entsetzt.

„Wir müssen uns beeilen", spornte Jenny ihn an und deutete mit dem Daumen nach links, wo in einiger Entfernung das orangefarbene Licht einer Straßenkehrmaschine der Kölner Stadtbetriebe flimmerte. „Die geben exzellente Zeugen ab. Auch wenn sie uns vermutlich als Neger beschreiben."

Das N-Wort schrieb Tscharly ihrer Ostsozialisation zu, wobei ihm im selben Augenblick ein früherer deutscher Bundespräsident einfiel, der einmal eine Delegation aus Afrika mit „Hallo, meine lieben Neger!" begrüßt hatte. Aber vielmehr trieb ihn ihr undurchsichtiges Verhalten um. Das war doch nichts weiter als ein brandgefährliches Spiel, das sie da trieb und der Sinn desselben wollte sich ihm unmöglich erschließen. Offensichtlich bemerkte sie seine Unruhe und es schien ihm ebenso unmöglich, sich ein Urteil über die Frau, die sein Leben gerettet hatte, zu bilden. Einerseits eine fürsorgliche Tochter mit hochsensiblen Antennen, dann wieder ein Eisschrank mit der Präzision eines Roboters.

„Du hast wirklich keine Karl-May-Romane gelesen!", stichelte Jenny und schloss die Tür des Wohnhauses auf. „Das nennt man Kriegslist. Dadurch habe ich Zweifel, Zwietracht und Hass in ihre Herzen gepflanzt. Der arme Anwärter. Natürlich verdächtigen seine Bosse ihn, da sie keine Einbruchspuren feststellen können. Und Gäste als Räuber kommen nicht in Frage! Wahrscheinlich werden sie rüde mit ihm umgehen, aber vielleicht rettet ihn das davor, die Mutprobe bestehen zu müssen. Lieber ein paar Prügel einstecken, als ein Leben auf dem Gewissen zu haben. Oder was meinst du, mein weißer Blutsbruder?"

Sie warteten auf den Aufzug. Tscharly bewunderte die taktischen Finessen der Verfassungsschutzagentin, die nicht nur mit einem doppelten – nein –, mit einem drei- oder vierfachen Boden agierte! Andererseits erschreckte ihn, wie kühl und ungerührt sie mit dem Leben anderer Menschen spielte, auch wenn es sich bei besagtem Novizen wohl um kein Unschuldslamm handeln mochte.

18.05 Uhr

Er hatte wenig geschlafen und eine lange Nacht und einen fast ebenso langen Tag hinter sich. Die Zeit verging wie Kaugummi. Das schrille, stetig anwachsende Pfeifen des Wasserkessels riss Tscharly aus seinem Halbschlaf. Er ging die wenigen Schritte über das renovierungsbedürftige Parkett, das unter jedem seiner Schritte bedenklich knarzte. Der unangenehme Ton steigerte sich zu einem beinahe nicht auszuhaltendem Crescendo. Tscharly drehte den Knopf der linken der beiden schwarzen Herdplatten auf null und setzte den Kessel in die Mitte der rechten Herdplatte exakt auf die Mitte des mit Rot markierten Hitzezentrums. Dann bückte er sich und nahm vom Boden eine notdürftig mit Spülmittel und lauwarmem Wasser gereinigte Tasse auf. Der Nescafé stand daneben und

Jenny hatte aus Praktikabilitätsgründen darauf bestanden, den Löffel in dem Glas steckenzulassen.

Nachdem sie in das Quartier der Angels eingebrochen waren, war Tscharly dermaßen aufgekratzt gewesen, dass er kein Auge zugebracht hatte. Tscharly fing an, das Kaffeegranulat in die Tasse zu schaufeln und entschied sich, einen vierten gehäuften *Extra*-Löffel hinzuzugeben. Inzwischen hatte er seit dreißig Stunden nicht mal eine Mütze voll Schlaf bekommen. Der Abend versprach wieder einmal lang zu werden und die Angels hörten mit dem Feiern selten vor ein Uhr nachts auf. Der wohlbekannte Duft des Instant-Kaffees stieg ihm in die Nase und löste ambivalente Gefühle in ihm aus. Natürlich war das nicht mit einem edlen Gebräu eines Kaffeevollautomaten zu vergleichen, zugleich verursachte es aber auch ein paar angenehme Assoziationen in ihm. Während seines Studiums war dieser Kaffee sein täglicher Begleiter gewesen – nach erfüllten Nächten mit Kommilitoninnen, durchzechten Partys mit Freunden und als Gefährte bei der Vorbereitung zu Klausuren. Mit dem brühendheißen Getränk begab Tscharly sich an seinen Lauschposten zurück. Die Arbeit hatte sich durch ihren Einbruch geändert. Inzwischen musste er nur noch sporadisch durch das Fernglas schauen, da Jenny im Amt heimlich Wagners Stimme aufgenommen und ihm vorgespielt hatte. Diese Stimme würde er beim Lauschangriff sofort heraushören. Die Szenen, die Jennys Diebstahl nach sich gezogen hatten, waren fürchterlich gewesen. Den Geräuschen zufolge war der Novize mehrfach verhört, misshandelt und sogar mit Gruppenvergewaltigung bedroht worden. Das hatte das Fass vollgemacht. Der arme Knilch hatte daraufhin in Todesangst wahrheitswidrig gestanden, die Gegenstände entwendet zu haben, um seinem Traum von einer Harley Davidson näherzukommen. Eigentlich hätte Tscharly erwartet, dass es der Ehrenkodex der Angels erforderte, den Mann sofort zu exekutieren. Aber das war nicht der Fall gewesen. Vielleicht verfuhren die Angels nur bei vollwertigen Mitgliedern dermaßen konsequent. Attila, der wohl bei den Angels einiges zu sagen hatte, hatte dem Mann die Kutte und alle Symbole abgenommen und ihn offiziell aus der Gemeinschaft der Höllenengel verstoßen – ohne Aussicht auf Rehabilitation. Außerdem hatte der Nachtclubkönig ihm eine Rechnung für die fehlenden Gegenstände präsentiert, deren Endsumme sogar Tscharly astronomisch erschien.

„Wenn du deine Schulden nicht innerhalb eines Monats zurückzahlst, verfüttere ich dich an meine Piranhas", hatte Attila ihm gedroht. „Und dann wende ich mich deiner Familie zu. Mal sehen, wer in Sachen multiplem Gruppengangbang am leidensfähigsten ist … deine Freundin, deine Mutter oder deine beiden Schwestern?"

Der *Ex*-Novize hatte sich als gebrochener Mann von dannen gemacht. Von Wagner fehlte bisher aber immer noch jede Spur. Und mit jeder Stunde stiegen Tscharlys Zweifel, ob Jenny mit ihrem Verdacht recht hatte. Als Tscharly das Kokain das Klo hinunterspülen wollte, damit es keinen Schaden am Menschen anrichten konnte, hatte ihn Jenny mit einem rüden: „Sag mal, spinnst du eigentlich, Alter?", angefahren. Entgeistert hatte Tscharly sie angesehen und offen gefragt, ob sie das Koks etwa für sich haben wolle. Das hatte ihm neben einem bitterbösen Blick eine Litanei an Belehrungen eingebracht: Sie, als ehemalige Bewohnerin der DDR, würde nie zu solchen Dingen greifen, so etwas hätte es zudem in der realsozialistischen DDR niemals gegeben. Tscharly hatte sie provoziert, indem er einwandte, dass das Kali-Kartell, also Escobar und Konsorten, am Ostblock als Drogenumschlagplatz nur wegen der schwachen Währungen nie interessiert gewesen war. Das hatte Jenny zwar zugegeben, aber ihm zugleich verdeutlicht, dass die Menschen in der ehemaligen Ostzone aus einem anderen Holz als die dekadenten, korrupten Wessis geschnitzt gewesen waren, die nur auf ihren Vorteil und ihr Vergnügen bedacht gewesen seien.

„Was willst du mit dem Zeug anfangen?", hatte Tscharly sie gefragt.

„Weiß ich noch nicht", lautete ihre Antwort. „Vielleicht verstecke ich das in Wagners Schreibtisch. Oder ich besteche damit wichtige Zeugen!"

Damit war auch dieses Thema vom Tisch gewesen.

Nach der dritten Tasse Nescafé schien endlich Leben in das Beobachtungsobjekt mit dem einfallslosen Namen *No Name* zu kommen.

Wie immer kündigte nun Attila seine Ankunft mit großem Tamtam an. Den Schritten nach zu urteilen, ging er schnell durch die Kneipe, nannte den Namen Mohammed und bestellte unwirsch zwei Heineken mit Besteck für das Hinterzimmer. Zum Glück war Jenny auch in dieser Hinsicht äußerst umsichtig vorgegangen und hatte den ganzen Laden vorzüglich verwanzt. Nicht einmal die Darmwinde einer Maus wären diesem Abhörsetting entgangen. Tscharly schaltete alle anderen Mikrofone auf stumm. Er lauschte dem Geraschel einer Plastiktüte. Es folgte das Geräusch einer Kreditkarte, wenn diese rasend schnell auf einem Tablett auf- und niedergeht. Ausgiebiges Schniefen schloss sich daran an. Danach hörte Tscharly wieder ekelhafte Geräusche. Dann tranken die Männer von ihrem Heineken.

„Verflucht sei dieser Sohn einer räudigen Hündin – dieser verdammte Erkan", brach Attila als Erster mit aggressiver Stimme das Schweigen. „Nur weil er sich als Kölner Statthalter dieser verkackten Al-Qaida sieht, glaubt er, sich alles erlauben zu können. Dem verdammten Wichser ist nicht zu helfen. Nicht einmal ich, Attila – König der Nacht – nicht einmal ich kann ihn zur Vernunft bringen. Geschweige denn ihm was befehlen!"

„Das ist kein gutes Zeichen", äußerte sich Mohammed diplomatisch.

„Fick dich!", kam Attilas Antwort postwendend. „Am liebsten würde ich dem religiösen Schwanzlutscher die Gedärme langsam rausreißen und ihn sie dann selbst auffressen lassen. Aber da dieser Steinzeitmuslim über die Protektion von Al-Qaida verfügt, muss ich wohl vorsichtig sein. Ich, der König von Köln. Wir sitzen in der Klemme, Alter. Und das nicht zu knapp. Jetzt bist du dran – mach dein Maul auf!"

Offensichtlich getraute sich Mohammed zunächst nichts zu sagen, wurde vermutlich aber mit Blicken von seinem Chef dazu genötigt.

„Was ist überhaupt los, Chef?"

„Was los ist, du kleiner Wichser?", kam erwartungsgemäß die nächste Retourkutsche. „Irgendein verfickter Rauschebart in einer afghanischen Höhle hat beschlossen, dass das Attentat in der Keupstraße von Nazis begangen wurde. Die verfügen über einen

Geheimdienst, der seine Botschaften auf Tontäfelchen ritzt und dann per Eselskurier nach Europa schickt. Jetzt fordert dieser religiöse Obermufti Rache. Köpfe sollen rollen!"

„Rache?", hakte Mohammed vorsichtig nach.

„Stimmt was nicht mit meiner Aussprache? Oder hast du es an den Ohren, du Wichser? Ja, natürlich, Rache! Er fordert den Kopf des lokalen Führers der Rechten auf einem Silbertablett."

„Krass, er will ihn echt enthaupten?"

„Wenn ich eine Echokammer möchte, schaffe ich mir einen Papageien an, du Primat. Natürlich will er Herrmann Wohlfeil enthaupten. Und das auf eine möglichst öffentlichkeitswirksame Art. Das ist beschissen. Denn eigentlich brauchen wir Wohlfeil. Das ist einer unserer besten Kunden", lachte Attila und verdeutlichte durch erneutes Schniefen, was er damit meinte. „Außerdem laufen viele unserer Security-Kontakte und die Verbindung mit diesem Laden über ihn. Für unsere Geschäfte und Organisation ist er einfach unentbehrlich. Er ist die interkulturelle Schnittstelle zwischen uns, den Rechten, dem Bürgertum und den religiösen Fanatikern. Ein solcher Netzwerker ist eigentlich mit Geld nicht zu bezahlen!"

„Eigentlich?", hakte Mohammed nach.

„Eigentlich ist niemand unentbehrlich!", sagte Attila überraschend umgänglich. „Niemand … Aber wenn Wohlfeil als eine unserer Systemstützen wegbricht, kostet es uns wieder Zeit, Energie und jede Menge Geld, einen adäquaten Ersatzmann für ihn zu beschaffen."

Die Wortwahl erstaunte Tscharly, hatte er sich doch unter Gangsta-Speech etwas anderes vorgestellt. Die beiden Männer schwiegen. Entweder sinnierten sie angestrengt oder hingen dem kokainindizierten Kick in ihrer Birne nach.

Attila brach das Schweigen: „Was mich an Wohlfeil aufregt, ist, dass er ausschließlich mit dem Finger auf uns zeigt. Bei allen Statements zur Keupstraße und zur Schießerei vor dem Dom hat er die Organisierte Kriminalität verantwortlich gemacht. Dabei hatte ich mit ihm mühevoll verhandelt, dass er Verdachtsmomente in Richtung Al-Qaida und PKK ausspricht. Fehlanzeige, hat der Pisser einfach nicht gemacht! Vermutlich, weil es nicht perfekt in sein braungewichstes, politisches Weltbild passt. Oder weil er sich viel zu viel Koks reinpfeift. Oder zu viel vögelt und sich dabei Tripper und Syphilis zugezogen hat. Deshalb ist sein Hirn durchlässiger als ein Sieb. So ein verfickter Pseudo-Arier, der ohne Führer nicht mal sein eigenes Arschloch finden würde."

„Was tun?", fragte Mohammed mit Lenin.

Es folgten erneut langes Gluckern, ausgiebiges Schniefen und ein Schrei nach mehr Heineken. Offensichtlich wollte es sich der neue Novize mit Attila auf keinen Fall verderben, denn das Getränk stand im Nu auf dem Tischlein-deck-dich.

„Es bleibt uns nichts anderes übrig, wir müssen Wohlfeil fallen lassen", tönte Attila wie der CEO eines börsennotierten Unternehmens. „Aber wenn er schon geschasst werden muss, dann werden wir das unsrige dazu beitragen, das braune Arschloch wenigstens so richtig zu ficken. Dafür, dass er sich nicht an seine Vereinbarung gehalten hat, gehört ihm vor seinem Abgang die Quittung präsentiert. Wir schlachten ihn wie ein Kalb! Machen Dönerspieß aus ihm! Und was könnte diesen gläubigen Rauschebärten besser gefallen, als zusätzlich ein rechtsextre-mistisches Bekennerschreiben zum Keupstraßenattentat, das an eine Zeitung geschickt wird?"

„Chef, da gibt es aber einen Haken", wandte Mohammed ein.

Statt einer Schimpftirade wollte Attila diesmal wissen, was denn der Haken an seinem genialen Plan sei.

„Wie sollen wir ein Bekennerschreiben verfassen? Ich meine, die prüfen das auf Herz und Nieren. Und wenn unsereins das schreibt, merkt sogar mein fünfjähriger Sohn nach drei Sätzen, dass das niemals von Naziwichsern stammen kann."

So langsam wuchs Tscharlys Bewunderung für Mohammed weiter – Attila besaß anscheinend ein glückliches Händchen bei Personalentscheidungen.

„Richtig", stimmte der König seinem Minister zu, „wir brauchen jemanden, der über genügend Sachverstand verfügt und der uns niemals verraten wird."

Die Spannung während der Pause war für Tscharly physisch spürbar. Die Männer folgten ihren Routinen und er fragte sich, wie lange sie das durchhalten würden, ohne umzukippen. Dann hörte er ein Zippo klacken und wie einer der beiden tief inhalierte. So hingebungsvoll rauchte man eine Zigarette nur randvoll auf Koks oder es handelte sich um einen Joint. Vielleicht traf beides zu. Joints auf Koks zu rauchen, gehörte eindeutig zur Champions League der Unterwelt.

„Wagner!", schrie Attila auf einmal so laut, dass Tscharly zusammenzuckte. „Dieser verdammte Wagner! Wozu soll der Arschficker sonst gut sein? Das ist sein Job! Wenn sich jemand mit der braunen Schose und deren Gedankengut auskennt, dann der! Und der weiß auch, nach welchen Kriterien Bekennerschreiben auf ihre Authentizität hin von den Bullen überprüft werden."

Es folgte ein Geräusch, das sich nach einem heftigen High-Five anhörte. Nicht schon wieder, dachte Tscharly, als gleich darauf die ihm inzwischen gut bekannten Geräuschabfolgen zu hören waren. *Und dann musste er eingeschlafen sein.*

Er hörte, wie jemand geräuschvoll den Schlüssel ins Schloss steckte. Eine Tür flog auf. Mit einem ohrenbetäubenden Knall. Mit kräftigen, raschen und zielsicheren Schritten kam Jenny wie eine Furie ins Zimmer gestürmt.

„Hallo …" Die Worte blieben ihm im Halse stecken.

Wie eine Raubkatze beugte sie sich herab, packte ihn brutal bei den Schultern und rammte ihn mit voller Wucht auf den Boden. Mit den Knien presste Jenny seine Arme auf den Boden, ihre kräftige Linke würgte ihn am Hals. Er röchelte. Wie von Zauberhand führte sie blitzschnell ein Messer mit einer fünf Zentimeter langen Klinge an seine Halsschlagader.

„Warum hast du Deniz umgebracht?", schrie sie. „Überleg dir diene Antwort gut, Shatterhand, denn du hast nur die eine Chance."

„Ich …" *Ich bin unschuldig!*

„Wenn ich dich nicht umbringe, dann machen es Polizisten oder Deniz' Verwandtschaft. Also raus mit der Sprache! Wie hast du sie umgebracht, du Schwein …"

Er begann wild zu zappeln und schrie …

… und erwachte …

Als Tscharly die Augen öffnete, spürte er jeden Knochen. Minutenlang konnte er sich nicht bewegen. Er blickte auf die Rado.

Mitternacht! In seinen Ohren ein Sirren, zogen die Bilder seines Albtraums an ihm vorüber. Was würde er tun, wenn Jenny ihn tatsächlich für Deniz' Mörder hielt? Er hatte ihr das Foto gezeigt. Angeblich hatte sie ihn zu dem Zeitpunkt bereits beschattet, daher wusste sie von seiner Unschuld. Mit welchen Mächten er sich eingelassen hatte ... Tscharly bewegte seinen Körper und fasste sich mit überkreuzten Armen an die Schultern.

Ich verliere mich. Ich verliere meine Tochter. Sara.

Das Böse, das sich wie in einem Horrorfilm in sein Leben geschlichen hatte, war dabei, die ganze Welt zu unterwandern. Tief in seinem Innern glaubte er die Verbindung mit jenem kollektiven Bewusstsein der Menschheit zu verspüren, das der Psychoanalytiker Carl Gustav Jung erforscht hatte. Es war Tscharly, als würde jenes allumfassende Bewusstsein der ganzen Menschheit untergraben. Von einem feindlichen Konstrukt – einem *braunen* Komplex, der alle Macht über das Denken und Fühlen der Menschen übernahm. Die Landkarte von der menschlichen Seele, die Jung gezeichnet hatte, veränderte sich in eine Welt, in der ein Mensch des anderen Menschen Blut trank – oder eine Tochter ihren Vater verriet.

Mittwoch, 16. Juni, 10 Uhr

Auf der Homepage der BILD-Zeitung las Tscharly die Schlagzeile: *Bekennerschreiben Keupstraßenattentat aufgetaucht.* Jenny hatte ihm ein Nutella-Croissant und einen Becher Vollautomatenkaffee gebracht. Wahrscheinlich hatte irgendjemand in der Redaktion den Bericht in den frühen Morgenstunden im Schnellverfahren produziert …

Hiermit übernehmen wir für das Attentat in der Kölner Keupstraße die Verantwortung. Die Braune Armee Fraktion (BAF) hat das Attentat begangen, um das deutsche Volk aus seiner Lethargie zu befreien und es zum Widerstand gegen seine Unterdrücker anzuspornen. Die BAF ist ein Netzwerk von Kameraden mit dem Grundsatz *Taten statt Worte.* Solange sich keine grundlegenden Änderungen in der Politik, Presse, Polizei und Meinungsfreiheit vollziehen, werden die Aktivitäten weitergeführt. Dann war der Nagelbombenanschlag in dem Ausländer-Ghetto eine sanfte Ouvertüre für einen sich Bahn brechenden Orkan, der das deutsche Volk von den Fesseln des internationalen Finanzkapitals befreien wird. Der Umvolkungsprozess, der dafür sorgen soll, dass das deutsche Volk verschwindet und sich mit minderwertigem, fremdländischen Blut vermischt, darf nicht länger als gezielter Prozess der Sieger- und Besatzungsmächte zur Eliminierung der arischen Rasse fortgeführt werden. Solange die dieses Land beherrschenden fremden Mächte und die von ihnen unter dem Deckmantel der *Demokratie* agierenden Marionetten nicht davon ablassen, uns Nationalisten zu verfolgen und das Aussprechen von Wahrheiten mit empfindlichen Gefängnisstrafen zu belegen, werden Attentate auch gegen Funktionsträger des Marionetten-Regimes der besetzten BRD ausweiten. Deutschland muss seine nationale Souveränität wiedererlangen, damit es nicht weiter in jener Knechtschaft leben muss, die vor 85 Jahren mit dem Schanddiktat von Versailles begann. Dazu gehört, dass Deutschlands territoriale Integrität in den Grenzen von 1938 umstandslos und ohne jegliche Kompensationen wiederhergestellt wird.

WIR FORDERN DIE SOFORTIGE FREILASSUNG ALLER POLITISCHEN GEFANGENEN!

WIR FORDERN EINEN SOFORTIGEN AUFNAHMESTOPP ALLER AUSLÄNDER!

WIR FORDERN DIE SOFORTIGE RÜCKFÜHRUNG ALLER AUSLÄNDER IN IHRE HEIMATLÄNDER!

WIR VERLANGEN DEN SOFORTIGEN STOPP JEGLICHER PRESSE-ZENSUR!

WIR FORDERN EINE ERINNERUNGSPOLITISCHE WENDE UM 180 GRAD: DEUTSCHLAND WURDE VOM INTERNATIONALEN FINANZJUDENTUM ZWEIMAL EIN KRIEG AUFGEZWUNGEN, UM DEUTSCHLAND PHYSISCH ZU VERNICHTEN!

WIR VERLANGEN DAS SOFORTIGE VERBOT ALLER AUSCHWITZ-LÜGEN, DIE NUR DAZU DIENEN, DAS DEUTSCHE VOLK FÜR IMMER UND EWIG MIT DEM DOGMA DER SCHULD ZU INDOK-TRINIEREN!

WIR FORDERN DEN RÜCKTRITT DER BUNDESREGIERUNG UND DES BUNDESKANZLERS!

WIR FORDERN DIE SOFORTIGE WIEDERHERSTELLUNG DER DEUTSCHEN NATIONALEN SOUVERÄNITÄT!

Köln war nur der Anfang.

Deutschland war deutsch, Deutschland ist zum größten Teil noch deutsch und das deutsche Großreich wird Europa und weite Teile Asiens und Afrikas umfassen.

BRAUNE ARMEE FRAKTION

Nachdem Tscharly das Bekennerschreiben mehrfach gelesen hatte, runzelte er die Stirn. Er schaltete den Laptop aus. Das Gerät war nagelneu konnte er am frischen Plastik riechen und verfügte über eine verschleierte IP-Adresse, hatte Jenny ihm erklärt.

„Ist das alles, was Wagner zu bieten hat?"

Sein Albtraum verursachte ihm einen wie durch Fusel verursachten Kater. Jenny gönnte sich ebenfalls einen Schluck Kaffee. Er hatte ihr soeben Bericht von der vergangenen Nacht erstattet – jedoch seinen morgendlichen Albtraum weggelassen.

„Wahre Kunst zeigt sich in ihrer Schlichtheit", sagte Jenny.

„Wer sagt das?"

Tscharly würgte einen Bissen des Croissants hinunter und fühlte sich mehr als satt.

Jenny hob die Schultern.

„Konfuzius? Oder das Amt für Verfassungsschutz – Abteilung Terrorismusbekämpfung?", hakte er nach.

„Das sage ich dir, Tscharly, niemand sonst."

„*Braune Armee Fraktion* klingt in meinen Ohren reichlich abgedroschen. *So ein Schmarrn!*", kam der Münchener in ihm durch. „Und die BILD-Zeitung glaubt an ein solches Hirngespinst natürlich! Da können sie gleich auch an den Heiligen Geist glauben und an die unberührte Empfängnis."

„Du hörst dich an wie ein ehemaliger Messdiener, Tscharly. Bist du dir sicher, dass sich nicht doch irgendein Priester an dir vergangen hat? Die Frage ist, was willst du jetzt tun?"

Er kippte den letzten Schluck des Kaffees in sich hinein. „Das was ich immer getan habe."

„Das heißt dann wohl, du wirst mich ebenso verlassen, wie du deine Frau, deine Tochter und alle anderen verlassen hast. Du glaubst wohl, du kannst dir einfach so ein x-beliebiges Abenteuer aussuchen und dann alles hinter dir lassen, wenn es dir zu viel wird?"

Tscharly sah eine Vision von Deniz vor sich. „Wenn das so einfach wäre."

„Was?"

„Fliehen."

„Was willst du dann?"

„Ich fürchte, mit einer Flucht nach vorne, mache ich alles nur noch schlimmer."

„Du drehst dich im Kreis, mein Freund."

„Ich werde das tun, was ich am besten kann", wiederholte er trotzig.

„Weil du glaubst, es dem alten Methusalem schuldig zu sein, willst du für ihn schreiben, Tscharly?"

„Du hast meine Gespräche also auch abgehört!", stellte er wenig überrascht fest.

„Feind hört immer mit."

„Wie geht es deiner Mutter?"

„Danke der Nachfrage, wir haben eine ruhige Nacht gehabt. Aber ich fürchte, ich muss sie bald in ein Pflegeheim geben. Es wird immer gefährlicher, sie alleine zu Hause zu lassen. Gott sei Dank ist unser Gasherd seit über einem Jahr kaputt. Und bei dem Elektroofen habe ich die Sicherungen rausgeschraubt. Aber wenn es kalt wird und sie läuft wieder nur mit dem Nachthemd bekleidet nach draußen, könnte die Sache gefährlich werden. Demenz, die Krankheit der Zukunft", konstatierte sie.

„Früher sind die Menschen eben gestorben, bevor sie vergessen haben, wer sie sind."

„Ein weises Wort."

„Du könntest dich beurlauben lassen, dann wärst du für deine Mutter frei."

„Das ist eine Möglichkeit. Die Frage ist nur – für wie lange?"

„Was spricht dann gegen die Option Pflegeheim?"

„Ich fürchte, wenn Mama in einem fremden Haus mit vielen Leuten eingesperrt ist, könnte das die alten Erinnerungen an den Stasiknast wieder in ihr erwecken. In ihrer Demenz könnte sie das eine mit dem anderen leicht verwechseln. Und ich will nicht, dass meine Mama mit Psychopharmaka ruhiggestellt wird. Dieser Staat hat sie zerbrochen. Als sie im Westen angekommen ist, ist sie oft für mehrere Monate in der Psychiatrie gewesen. Und jetzt auch noch das! Nein, Tscharly, ich kann weder das eine noch das andere aufgeben."

„Dann sind wir uns ja einig."

„Das heißt dann wohl, du wirst mit den Aufzeichnungen der vergangenen Nacht einen Artikel schreiben. Und die Münchener Neuesten Nachrichten werden dank dir exklusiv von diesen ominösen Verwicklungen des Verfassungsschutzes berichten."

„Logisch."

„Und dadurch hoffst du allen Ernstes, die Liebe deiner Tochter wieder für dich zu gewinnen?"

„Mmh."

„Wenn das nur so einfach wäre, Tscharly."

„Was soll daran *nicht* einfach sein?"

„Weil du mit deinem Engagement den Feinden der BRD in die Hände spielst. Dafür wird sie dich noch mehr hassen!"

„Ich muss meine Tochter aus den Klauen dieser Nazis befreien. Wagner hat sie einer gravierenden Gehirnwäsche unterzogen. Ich bin es, der eine Lücke im Leben meines Mädchens hinterlassen hat. Und dieser Kerl hat sich erlaubt, einfach diese Lücke auszufüllen. Aber damit wird er niemals durchkommen!"

Jenny sah das Blitzen in seinen Augen. Die Stirn wie ein Boxer im Kampf nach vorne gebeugt, wünschte sie, ihn unter anderen Umständen kennengelernt zu haben. *Never fuck in a Company!*, ermahnte sie sich … „Dann tu, was du nicht lassen kannst, Greenhorn. Aber wenn ich mich nicht irre, dann haben wir noch einiges vor uns. *Und ich irre mich nie, wenn ich mich nicht irre!*", spielte sie mit ihrem Zitat auf den alten West-Mann Sam Hawkins an – den Freund und Lehrmeister Old Shatterhands im Wilden Westen.

Jenny stand auf.

„Wo gehst du jetzt hin?", fragte er bestürzt.

Sie zerdrückte den Pappbecher in ihrer Hand. „Meinen Chef bespitzeln", sie zwinkerte ihm zu, „das ist doch genau das, was wir Leute aus dem Osten am besten können! Du brauchst doch Informationen für deine Story, Tscharly."

11 Uhr

Wagner wischte sich mit einem lilafarbenen Stofftaschentuch den verräterischen Schweißfilm von der Stirn. Er schob einen Entzug. Umso mehr wünschte er die Kollegin dahin, wo der Pfeffer wuchs. Diese kleine Göre aus dem Osten entwickelte sich als lästiges Geschwür, das es zur Not durch eine radikale Operation zu entfernen galt. Ziellos schob er die parallel nebeneinander aufgereihten Bleistifte hin und her. Seine Augen wanderten nervös zwischen der grünen Akte mit der Aufschrift „*Cosmic*" und dem teutonischen Rotschopf hin und her. Er versuchte es mit dem Lächeln, das er immer sein Beamten- und Kollegenlächeln nannte. Das Lächeln war wachsweicher als Pudding und in jede Richtung dehnbar. Aber bei Jenny Görlitz verfehlte es seine Wirkung. Ihr Mienenspiel blieb verdächtig unbewegt.

„Frau Kollegin, so leid es mir tut, aber das Bekennerschreiben und meine analytische Expertise darüber ist mit der höchsten Sicherheitsstufe *Cosmic* versehen."

Wie zum Beweis klopfte er mehrfach mit seinem Zeigefinger auf den weißen Klebestreifen der grünen Akte, auf dem das mystische

Wort in roter Farbe prangte. Jetzt verdrehte das penetrante Weib auch noch die Augen. Wagner malte sich in seiner Fantasie aus, wie er Görlitz Wohlfeil zum Fraß vorwarf. Wahrscheinlich würde sie anschließend eine Woche lang breitbeinig wie ein Cowboy durch das Amt stelzen. So viel Vaseline wie sie brauchen würde, hatte der ganze Osten noch nicht gesehen!

Gnadenlos nervte sie ihn mit ihren Ausführungen: „... und deswegen, Herr Wagner, müssen Sie verstehen, dass es im Interesse unserer Behörde liegt, gemeinsam an einem Strang zu ziehen. Wir müssen die Attentäter so schnell wie möglich finden – die Sicherheit Deutschlands steht auf dem Spiel! Wir arbeiten doch beide an dem Fall! Und eine Einsicht in Ihre von mir in höchstem Maße wertgeschätzte Expertise könnte meinen Part der Arbeit ungemein erleichtern!"

Mann, die Alte ging ihm auf die Nerven!

„Das verstehe ich, werte Frau Kollegin. Aber ich habe strikte Anweisungen vom Präsidenten, dass diese Verschlusssache nicht mit Kollegen zu teilen ist. Mir sind da leider die Hände gebunden. Sie werden verstehen, dass ich in dieser delikaten Sache kein Disziplinarverfahren riskieren möchte. Außerdem gehe ich davon aus, dass der Präsident gute Gründe hat, ausschließlich mich mit dem Umgang des Bekennerschreibens zu beauftragen."

„Aber Cosmic heißt doch nicht zwangsläufig, dass das Dokument für alle Kollegen gesperrt ist!" Görlitz' Augen verwandelten sich in Schlitze. „Ich möchte von Ihnen eine ausdrückliche, schriftliche Aktennotiz, dass der Präsident Sie persönlich angewiesen hat, die Schriftstücke niemandem zur Einsicht vorzulegen. Falls ich diese binnen vierundzwanzig Stunden nicht erhalte, werde ich mich in dieser Angelegenheit an unseren direkten Vorgesetzten wenden, Herr Wagner."

Ohne eine Antwort abzuwarten, drehte sich die Kampflesbe auf dem Absatz um und ließ die Tür krachend ins Schloss fallen. Wagner atmete auf. Wenn er sich seiner sexuellen Präferenzen nicht ohnehin völlig sicher gewesen wäre – diese Frau hätte endgültig für eine unverrückbare gleichgeschlechtliche Orientier-ung gesorgt. Intuitiv merkte er, dass diese Frau ihm und seiner den Verlauf der Weltgeschichte verändernden Mission gefährlich werden konnte. Aus irgendeinem Grund hatte sie sich an ihm festgebissen. Vielleicht würde er jemanden beauftragen müssen, ihr eine kleine Abreibung zu verpassen – ein Denkzettel war allemal besser als gleich ein toter Rotschopf. Im Moment schien ihm alles über den Kopf zu wachsen. Daran, wie Attila ihn *überredet* hatte, das BAF-Bekennerschreiben zu verfassen, durfte er gar nicht erst denken. Um fünf Uhr morgens hatte er ihn aus dem Schlaf geklingelt! Eine Stunde später war das Schreiben der Bildzeitung von einem anonymen Postfach aus zugespielt worden. Wie schnell dieses Revolverblatt sein Meisterwerk veröffentlicht hatte, hatte wohl auch Attila überrascht. Aber er würde es diesem Wicht bei nächster Gelegenheit heimzahlen. Allerdings erwies sich das Schreiben als weitere Nebelkerze als ganz praktisch. Je mehr Spuren, desto mehr Konfusion. Alles konnte sein, nichts konnte mehr ausgeschlossen werden, aber Beweise – Fehlanzeige! Insofern war Attilas Idee sogar intelligent. Jedoch hatte das Schreiben nicht zu Wagners ursprünglichem Plan gehört und eigentlich hasste er jegliche Abweichung von seinem genialen Fahrplan. Aus den Tiefen seines Schreibtischs spürte er zunächst ein Vibrieren, das beinahe übergangslos in einen Handyklingelton überging. Mit einem Seufzer öffnete Wagner die Schublade, in der er die Kontakthandys seiner Informanten bunkerte. Schnell erkannte er das Gerät, das nach Aufmerksamkeit verlangte, drehte es um und las auf einem Aufkleber: „Max und Gerry". Wagner schnaubte. Max und Gerry! Was wollten die beiden Vollposten wieder von ihm? Er hatte ihnen doch strengstens untersagt, ihn ohne lebenswichtigen Grund anzurufen. Und jetzt ereilte ihn ihr Anruf auch noch im Amt. Wagner schickte ein Stoßgebet gen Himmel; hoffentlich hatte die kleine Ost-Schlampe keine Wanzen in seinem Büro versteckt!

„Ja", meldete er sich.

„*Wagner, du verdammter Wichser!* Wer hat diesen Schund verfasst ...?"

Er musste das Handy einige Zentimeter von seinem Ohr entfernt halten, denn der sonst so besonnene Max schrie in einer Lautstärke, die selbst ägyptische Pharaonen wieder zum Leben erweckt hätte.

„Ich habe mit dem BAF-Bekennerschreiben nichts zu tun", erwiderte Wagner. „Keine Ahnung, von wem der Schund stammt. Sicher irgendwelche Idioten, die sich wichtigmachen wollen. Trittbrettfahrer!"

Erneut folgte eine Schimpftirade mit Ausdrücken, die Wagner zum Teil gar nicht kannte und die alle einen NS-Hintergrund besaßen. Gerry stimmte in die wüsten Beschimpfungen aus dem Hintergrund mit ein. Obwohl Wagner das Handy auf maximaler Armlänge von sich entfernt hielt, vernahm er jedes Wort, als stünden die beiden direkt neben ihm.

„Natürlich weiß ich, dass keine Spur nach rechts führen sollte. Aber kann ich es ändern? Ich habe das verkackte Ding nicht geschrieben und ich kann euch versprechen, dass ich alles unternehmen werde, dass sich das Schreiben als Fake herausstellt!"

Max, der schlau war, schrie in voller Lautstärke, dass er nun für mindestens ein Jahr lang keine Aktion mehr für Wagner zu unternehmen gedenke. Wagner spürte Galle sodsauer in sich aufsteigen. Ging's bei dem Typen eigentlich noch? So offen am Handy zu reden! Auch wenn es sich um eine sichere Leitung handeln mochte … Außerdem bestimmte er, Wagner, was wann, wo und wie zu erledigen sei. Er musste dieses vermaledeite Telefonat aus Sicherheitsgründen so schnell wie möglich beenden. Sobald diese Sache hier in Köln endlich ausgestanden war, würde er sich mit den beiden Vollpfosten treffen und ihnen gehörig den Kopf waschen. Das nahm allmählich überhand, dass die Leute mit ihm respektlos, geradezu rüde umgingen, als sei er der Depp vom Dienst. Das würde sich aber bald wieder ändern! Immerhin besaß er vollumfängliche Deckung von ganz oben, tröstete Wagner sich. Vom Präsidenten und weiteren Akteuren, die er nicht einmal alle persönlich kannte. Er ahnte nur, dass sich darunter ranghohe Politiker, Wirtschaftseliten, Polizisten und Militärs befanden.

„Natürlich", beschwichtigte er jetzt den Idioten, „ich werde doch meine Elite, die Speerspitze des Nationalen Widerstands, nicht gefährden. Niemals. Unter keinen Umständen. Ihr wisst, dass auf mich Verlass ist!"

Wie zu erwarten maulten die Vorzeige-Nazis zurück. Jedoch beruhigte sich ihr Tonfall. Wieder einmal kauften sie ihm seine Geschichte ab!

„Ihr haltet die Füße still!", fuhr er fort. „Verkriecht euch auf einen Scheiß-Campingplatz an der Nord- oder Ostsee und lasst die Seele baumeln! Geht surfen, rudern, spielt Gesellschaftsspiele und verbringt lustige Abende mit euren Campingnachbarn. Sauft meinetwegen Rotkäppchen-Sekt, bis ihr hinter euren Camper kotzt. Aber ihr bleibt gefälligst auf Tauchstation. Verstanden?"

Max murmelte kleinlaut etwas, das sich anhörte wie: „Ja, mein Führer …" Dann kam der Bastard wie erwartet auf das zu sprechen, was von vielen unter den Kameraden als das Wichtigste im Leben betrachtet wurde. *Geld!* Konkret wollte Max wissen, wie sie auf Tauchstation gehen und die Füße stillhalten sollten, wenn sie nicht *jobben* dürften. „Jobben", so lautete das Codewort für Banküberfälle. Wagner seufzte und blickte auf seine Uhr. Verdammt, er war spät dran. Ein islamistischer V-Mann, für den er eine besondere Mission vorgesehen hatte, wartete heute noch auf ihn. Aber jetzt musste er erst einmal die Nazi-Killer besänftigen. Verdammt, warum musste er die ganze Drecksarbeit immer alleine machen? Aufräumen, wo andere Dreck hinterließen.

„Ich kümmere mich um die Kohle, macht euch keine Sorgen."

„Jawoll – mein Führer."

„Ich versorge euch über den üblichen Kanal. Füße stillhalten und auf Wagner vertrauen!", beschloss er das Telefonat.

Mit einem gequält klingenden Seufzer öffnete Wagner die graue Metallschreibtischschublade über derjenigen, in der seine V-Mann-Handys lagen. Darin befanden sich eine Pistole, bei der die Seriennummer abgeschliffen war, und ein Messer der US-Special-Forces. Wagner gedachte, auf keinen Fall unbewaffnet den V-Mann zu treffen. Es ließ sich nie vorhersagen, wie sich solch ein Treffen entwickelte. Eigentlich tendierte er ja eher zum Messer, wenn etwas schiefging. Das würde bei den Ermittlungsbehörden den Verdacht erhärten, dass es eine Tat unter Muslimen war – ein Klischee, das sich im ikonografisch-kulturellen Gedächtnis der deutschen Polizei festgesetzt hatte. Wagner verstaute beide Waffen sorgfältig und checkte sein Fußhalfter mit der kleinkalibrigen Waffe – nur für den Fall, dass alle Stricke reißen sollten!

Dann versicherte er sich, die erste Strophe der deutschen Nationalhymne leise singend, ob auch alle Fächer in seinem Büro abgeschlossen waren. Er verließ den Raum und drehte den Schlüssel zweimal im Schloss. Als Wagner am Kopierraum vorbeiging, sah er, wie Görlitz mit einem Gesicht wie drei Jahre Regenwetter einen Wust von Akten kopierte. Um die freche Ost-Schlampe musste er sich auch noch kümmern. Die Arbeit ging einem wirklich nie aus. Das war es, was er an seinem Job so sehr liebte.

12.05 Uhr

Tscharly schwitzte vor Anstrengung. Er hatte sich auf das Parkett niedergelassen und kritzelte sich Notizen auf einen Block. Sein Blick wanderte zum neuen Laptop. Das noch gut gekühlte Sixpack Bier stand neben ihm. Eigentlich gehörte Tscharly nicht zu jenen Kollegen, die sich erst in Stimmung saufen mussten, um dann ungeniert vom Leder zu ziehen. Genauso wenig war er jener Sorte von Journalisten zuzurechnen, die in der untersten Schublade ihres Schreibtisches stets einen Flachmann parkten. Aber nun, da er den von Smuss dringend geforderten Artikel zu verfassen hatte, war der Gedanke an ein kühles Weizenbier aus München verlockend. Jenny hatte ihm den Wunsch erfüllt, ihm aber zu verstehen gegeben, dass sie das für eine unnötige Schwäche hielt – Bier, eine weitere Geißel der Menschheit. Tscharly nahm zwei der bauchigen Bierflaschen und öffnete eine davon. Das kühle Nass bot eine angenehme Abwechslung zum ständigen Kaffee der letzten Tage. Eine wahre Herkules-Aufgabe lag vor ihm. Er musste seinem Ex-Schwiegervater eine Sensationsstory vom Feinsten liefern! Jedoch musste er mit jeder Menge Wissen über Jenny und ihre Quellen hinterm Berg halten. Die Existenz dieser konspirativen Wohnung galt es um jeden Preis geheimzuhalten. Zudem wollte er in seinem Artikel systemkritische Aspekte einfügen, wohlgesetzte Nadelstiche, die im Zweifel nachhaltiger schmerzten als der triviale Koma-Hieb mit dem Vorschlaghammer.

Während Tscharly das kühle Nass seine Kehle hinunterlaufen ließ, versetzte er sich geistig in Smuss' Büro und führte mit ihm ein Streitgespräch …

„So abgedroschen es klingt: Fakten, Fakten, Fakten", bläute der alte Methusalem Tscharly im Geiste ein.

„Ich weiß mehr als die beschissenen Fakten, die keinen Hund hinter dem Ofen hervorlocken", konterte Tscharly.

„Alles andere schadet aber mehr, als es nutzt!"

„Ich weiß über so ziemlich alles Bescheid, kann aber mein Wissen im Moment nicht präsentieren, ohne mich, Jenny, Milla und Sara zu gefährden. Außerdem fehlen noch einige Beweise", fasste Tscharly sein eigentliches Dilemma zusammen. „Ich muss mehr bieten als alle anderen zusammen und dennoch meine Quellen schützen."

„Mich wundert es nicht, dass du dich als ersten genannt hast", sagte Smuss. „Es geht um nichts weiter als deine Eitelkeit, Tscharly …"

Tscharly beendete per imaginärem Knopfdruck den fiktiven Dialog. Ein weiterer Schluck Bier – und er fing an, die ersten Buchstaben in den Laptop zu hacken. Sein eigener war wohl unwiderruflich und für alle Zeiten verloren.

„Beginne mit dem Erdbeben und steigere dich dann langsam", hatte Smuss seinem Ex-Schwiegersohn immer wieder eingeimpft.

Tscharly tippte die Überschrift mit fetten Buchstaben:

Münchner Neueste Nachrichten

Nagelbombenattentat und weitere schreckliche Verbrechen

Die Überschrift mochte es zwar in sich haben, war aber noch viel zu lang und dennoch sah Tscharly im Geiste, wie der Alte ihm wohlwollend zunickte. Also fuhr er fort: „Die zuständigen Ermittlungsbehörden haben herausgefunden, dass es sich bei der Bombe um eine mit Schwarzpulver, Zimmermannsnägeln und Bleikugeln gefüllte Vorrichtung handelte, die per Funk aus der Ferne gezündet wurde. Unsicher sind sich die Ermittler hinsichtlich der Professionalität der Tat. Die an einem Fahrrad befestigte Bombe war Marke Eigenbau. Einer der leitenden Ermittler sagte auf einer

Pressekonferenz, dass es sich dabei im Prinzip um eine ‚Bastler- und Tüftleraufgabe' handle, die solide durchgeführt worden ist. ‚Wer auch immer die Bombe fabriziert hat, wusste genau, was er tat', so der genaue Wortlaut des Ermittlers. ‚Für eine terroristische Vereinigung ist das Konstrukt zu einfach. Obwohl die Zündung der Bombe durch eine Fernbedienung von Flugzeugmodellen wiederum in allgemeinkriminellen Kreisen eher unüblich ist. Im Gegensatz zur recht einfachen Art der Bombe steht die sehr professionelle und abgebrühte Durchführung der Tat. Zu solch einer paramilitärischen Aktion sind natürlich auch Personen aus der Organisierten Kriminalität in der Lage, zumal sie ja häufig eine militärische Ausbildung besitzen oder sich eine paramilitärische Unterweisung angeeignet haben.'

Unerlässlich suchen die Ermittler in der türkisch geprägten Kölner Keupstraße mit Fahndungsbildern nach dem Täter und einem Komplizen. Das Ausmaß der Zerstörung war gigantisch und die Explosion erforderte 22 zum Teil schwer verletzte Opfer, von denen die meisten einen türkischstämmigen Hintergrund haben. Die zuständige Mordkommission *Sprengstoff* hat in den vergangenen Tagen unzählige Hinweise aus der Bevölkerung erhalten. Zivilpolizisten gehen energisch jeder möglichen Spur nach – teilweise ist sogar von rabiaten und drangsalierenden Ermittlungsmethoden die Rede. Die Bewohner der Keupstraße fühlen sich bestenfalls wie Bürger zweiter Klasse und schlimmstenfalls wie Kriminelle behandelt. Die Einschaltung eines Profilers, um den Tätern auf die Spur zu kommen, hat bisher zu keinen verwertbaren Erkenntnissen geführt, außer dass der Täter vermutlich einem fremden Kulturkreis zuzuordnen ist und die Motivlage im Bereich der Organisierten Kriminalität liegt. Hierbei beginnen aber die Unklarheiten und es fragt sich, ob die deutsche Politik und die Ermittlungsbehörden sich nicht bewusst vorschnell auf die Fährte der Ausländerkriminalität festgelegt haben, um von anderen Szenarien abzulenken, die vielleicht weniger vorteilhaft aussähen."

Während Tscharly den Rest des Weizenbiers runterspülte, überlegte er, was Smuss ihm wohl geraten hätte. Das Kunststück bestand darin, akrobatisch mit Vermutungen und Geheimnissen und zugleich unanfechtbar aufgrund der Fakten zu schreiben.

Tscharly tippte: „Zwar fehlte, laut Polizeisprecher, jeglicher Hinweis für einen politischen Anschlag, in der Zwischenzeit ist jedoch ein Bekennerschreiben der sogenannten Braunen Armee Fraktion (BAF) aufgetaucht, das von den Behörden als authentisch eingestuft worden ist, dessen Urheberschaft aber inzwischen vom Bundesamt für Verfassungsschutz (BfV) und anderen Terrorismusexperten wieder in Frage gestellt wird. In dem Schreiben bekannte sich die angeblich rechte Terrororganisation zu dem Attentat, um ein Zeichen gegen Überfremdung, Ausländer-Ghettoisierung und rechtsfreie Räume zu setzen. Das Schreiben war mit politisch rechts motivierten Forderungen garniert, die strukturell den Formulierungen von RAF-Bekennerschreiben ähneln. Aber während das BfV ungewöhnlich schnell die Authentizität des Schreibens bestätigt hatte, entblödete sich dieselbe Behörde nicht, ein paar Tage später einen kompletten Salto rückwärts zu vollziehen." Tscharly blickte in seine journalistische Kristallkugel: „Angeblich haben semantische und inhaltliche Analysen ergeben, dass der in dem Schreiben verwendete Jargon keine Ähnlichkeit mit ähnlichen rechtsextremistischen Bekennerschreiben aufweist, sondern dass nicht näher genannte Punkte explizit dagegensprächen, dass eine rechtsextremistische Gruppe das Schreiben verfasst habe." Über kurz oder lang würden die Behörden zu genau jenem Ergebnis kommen – der Artikel würde frühestens zu diesem Zeitpunkt erscheinen. „Dass das Amt diese Sachverhalte nicht der Öffentlichkeit preisgibt, wirft Fragen hinsichtlich der zwielichtigen Rolle der Verfassungsschützer auf."

Ein tiefer Seufzer entfuhr Tscharly aus dem Inneren seiner Brust. Jetzt begann es knifflig zu werden. Während er die zweite Bierflasche öffnete, versetzte er sich geistig wieder in Smuss' Büro.

„Für deine Ossi-Jenny kannst du dir nicht einmal einen Trostpreis kaufen", blaffte ihn der alte Methusalem an. „Die ganze Frau kann genauso gut ein geschicktes Täuschungsmanöver sein. Dieses Verfassungsschutzamt, das nicht einmal das Briefpapier wert ist, auf dem sich sein Logo befindet, spielt mit so vielen Finten und Böden, dass so ein Trottel wie du, Tscharly, nie dahinter steigt. Vielleicht ist Jenny auf dich angesetzt worden, um dich auf falsche Fährten zu locken. Diesen Brüdern ist alles zuzutrauen. Glaube mir, ich habe genug Erfahrungen mit den Sicherheitsdiensten der NS-Zeit – solche Expertise geht nicht schnell verloren. Auch nicht in einer angeblichen *Demokratie*!"

„Ich vertraue Jenny. Sie sagt die Wahrheit, ich spüre das. Außerdem hat sie mein Leben gerettet", erwiderte Tscharly dem Alten im Geiste.

„Das kann alles Teil einer Inszenierung sein, Tscharly. Wenn wir das drucken und es sich als falsch herausstellt, sind wir nicht nur als Zeitung erledigt, sondern werden noch mit einer Reihe von Klagen überzogen, die uns das letzte Hemd kosten. Dann kannst du nicht einmal Saras Begräbnis bezahlen und Milla muss sich einen Sugar-Daddy suchen, damit sie ihr Studium in Berlin finanzieren kann."

„Also soll ich nichts über Wagner bringen?", versicherte sich Tscharly.

Der Alte nickte. „Nein, lautet meine Antwort auf deine Gretchenfrage."

Tscharly entschied sich nach seinem inneren Disput für einen Kompromiss und tippte: „Wie dieser Zeitung aus verschiedenen Quellen zugetragen wurde, ist eine Involvierung des BfV in das Keupstraßenattentat denkbar. Wie die Rolle des Amts dabei genau aussieht, darüber gehen die Meinungen auseinander. Das Vertrackte an dem Attentat ist die Unübersichtlichkeit und die Schwierigkeit, klare Kausalzusammenhänge zu identifizieren, da alles mit allem und nichts mit nichts zusammenhängen könnte. Inwiefern die zwei Tage nach dem Attentat mit Messern und Pistolen geführte Auseinandersetzung vor dem Kölner Dom mit dem Attentat in Verbindung steht, ist unsicher. Immerhin handelte es sich bei einem der Verletzten um ‚Attila', den Anführer des multikulturellen Clans, der das Kölner Rotlichtmilieu seit Jahren beherrscht und der nicht umsonst den Spitznamen ‚Pate von Köln' trägt. Diese Person scheint den jüngsten Ereignissen zufolge genauso gefährdet zu sein wie prominente Rechtspopulisten. Auch hier gibt es in der Unterwelt Gerüchte, dass der Frontmann der Kölner Rechten, Herrmann Wohlfeil, durch ein Attentat gefährdet sei. Wohlfeil äußerte sich einer anderen Zeitung gegenüber, dass er bereits so viele Morddrohungen in seiner Karriere erhalten habe, dass er sie gar nicht mehr zählen könne. Angeblich haben sich bei radikalen Islamisten aus dem Umkreis des Salafistischen Milieus um den Konvertiten Pierre Vogel Gerüchte festgesetzt, denen zufolge Wohlfeil seine Hände bei dem Nagelbombenanschlag im Spiel gehabt habe. Angeblich sollen deshalb in der radikalislamischen Szene Forderungen nach Wohlfeils Kopf laut geworden sein, was nicht völlig von der Hand zu weisen ist, da Einzelakteure der Salafisten angeblich mit Führungskadern Al-Qaidas in Pakistans Bergen in Verbindung stehen. Also ist es durchaus vorstellbar, dass sogar Al-Qaida in die Ereignisse von Köln involviert ist."

Während Tscharly das Bier dezimierte und über seine immense Schreibgeschwindigkeit erstaunt war, reflektierte er den Inhalt. Die rasende Produktionsgeschwindigkeit war kein Wunder. In ihm hatte sich viel angestaut, was raus musste! Raus, raus, raus, da es ihm sonst das Gehirn zu zerreißen drohte.

Wieder stieg vor seinem inneren Auge das Konterfei des Alten auf. „Du hast die Pointe verpasst, mein Lieber. Wo bleibt die Systemkritik?" Ein berechtigter Einwand, weshalb Tscharly sich sofort wieder den Tasten zuwandte.

„In Köln wird in absehbarer Zeit ein Krieg zwischen der ausländischen Community und Rechtsextremisten zu befürchten sein. So ist der brutale Mord und die widerliche Vergewaltigung einer 30-jährigen Türkin, deren Leiche gestern aus dem Rhein gefischt wurde, nicht abschließend geklärt. Inzwischen haben sich Augenzeugen gemeldet, die bestätigten, das Mordopfer in Begleitung mehrerer junger Männer gesehen zu haben, die aufgrund ihres Auftretens den Eindruck nationalpatriotisch gesinnter Deutscher hervorgerufen hätten. Die Frau habe den Eindruck gemacht, als sei sie durch ihre Begleitung verängstigt gewesen. Nicht auszumalen, wenn diese Rechtsextremisten die Frau mit türkischen Wurzeln mehrfach brutal vergewaltigt und dann bestialisch umgebracht hätten, wonach es dem momentanen Ermittlungsstand entsprechend aussieht. So scheint sich in der Rhein-Metropole eine Dialektik von Gewalt und Gegengewalt zu entwickeln. Wie die Gewaltspirale durchbrochen werden kann, ist im Moment nicht ersichtlich. Vielmehr steht zu befürchten, dass das Ende der Fahnenstange noch nicht erreicht ist. Denn direkt nach dem Tag des

Attentats wurde ein einschlägig vorbestrafter Rechtsextremer in der Kölner Keupstraße von maghrebinisch aussehenden Tätern hingerichtet. Wieder stellen sich altbekannte Fragen: Abrechnung im Milieu? Religiöse Fanatiker? Politischer Mord? Für diese Tat sollen vom rechtsextremistischen Spektrum Racheaktionen geplant sein.

Die wesentliche Frage ist die nach der Rolle des Staates und der deutschen Polizei: Welche Aspekte dieser Geschichte gefährden die deutsche Staatsräson so stark, dass die Behörden Untersuchungsergebnisse unter Verschluss halten, sich grenzwertiger Ermittlungsmethoden bedienen und die eingeschüchterte türkischstämmige Bevölkerung der Keupstraße mit beinahe als kriminell zu bezeichnenden Methoden einzuschüchtern versuchen? Was hat der Staat vor dem Licht der Öffentlichkeit zu verstecken? In diesem Sinne ist absolute Transparenz das Gebot der Stunde. Nur wenn der Staat bereit ist, seine Karten auf den Tisch zu legen, besteht die Chance, die Situation zum Guten zu wenden. Dazu gehört, dass das BfV seine dubiose V-Mann-Politik offenlegt. Dem Bekunden mehrerer Informationsquellen nach mischen die V-Männer des BfV überall mit: bei Rechtsextremisten, islamistischen Terroristen und der Organisierten Kriminalität. Die dort eingesetzten V-Männer leiten nicht nur Informationen an das Amt weiter, sondern sie sind zugleich Mitglieder und Teil der extremistischen, religiösen und kriminellen Vereinigungen. Niemand weiß, wie viel Geld, das sie vom BfV für ihre Dienste erhalten, sie anschließend wieder in ihre Organisationen stecken, die damit wiederum Straftaten begehen. Zudem stehen Behauptungen im Raum, dass die V-Männer mitunter von den V-Mann-Führern des Amts mehr Informationen abgreifen als umgekehrt, was ein weiterer Skandal wäre."

Erschöpft und dennoch unter Strom ließ Tscharly seine Finger von den Tasten gleiten und schnappte sich die Bierflasche mit der bayrischen Flagge auf dem Etikett. Er stellte sich vor, wie Smuss ihm auf die Schulter klopfte. Bei Smuss galt das Sprichwort: Nicht geschimpft, ist genug gelobt!

„Nicht schlecht, Ex-Schwiegersohn", sprach Smuss in Tscharlys Fantasiewelt, „aber meine Hoffnungen, aus dir einen guten Ehemann und einen noch besseren Journalisten zu machen, waren trotzdem vergeblich. Soll das der Leitartikel für die Titelseite sein? Oder ist das lediglich ein Meinungsartikel für den Politikteil? Du weißt, dass ich mich mit Hybridformen jedweder Art nie habe anfreunden können, Tscharly. Du musst dich entscheiden! Klarer Leitartikel und dann nur mit 100% Fakten und alle Meinungsaspekte raus! Oder aber Meinung pur und dann weniger Fakten – dafür aber viel markanter Position beziehen!"

Tscharly lehnte sich zurück. Obwohl es ihm gegen den Strich ging, sich einen anzutrinken, öffnete er das dritte Weizenbier. Leitartikel oder Meinungsteil? Verdammt, das war bei der Folge der Ereignisse, seinem Geheimwissen und der mehr als komplexen Konstellation eine verdammt schwierige Entscheidung. Nach ein paar weiteren Schlucken des immer weniger gut schmeckenden Bieres, seufzte Tscharly wie ein Brauereiross und hatte sich dafür entschieden, einen Leitartikel zu fabrizieren, der alle bisherigen in den Schatten stellen sollte. Dafür würde er aber noch jede Menge am Text feilen müssen. Gut, dachte er, dann begehe ich eben jetzt Raubbau an meiner Leber … *Der Artikel ist es wert!* Aber Bier gilt bei uns in München ja eh nicht als Alkohol, sondern als Grundnahrungsmittel! Das bin ich mir selbst und Sara und Milla schuldig. Und außerdem – wie lautete die alte Regel sämtlicher literarischer Genies: Betrunken schreiben und nüchtern gegenlesen!

Prost!

München, 16 Uhr

„Du wirst also etwas länger brauchen?", hatte Smuss seinen Ex-Schwiegersohn bissig gefragt.

Der alte Methusalem war vor einer Stunde in München gelandet. In Köln, am Bett seiner Tochter, hatte er schneller als die meisten anderen verstanden, dass er im Moment nichts für Sara tun konnte. Das wächserne Gesicht seiner Tochter, deren Leben am seidenen Faden hing, hatte ihm auf unbarmherzige Weise auch die eigene Vergänglichkeit bewusst gemacht. Es hatte einfach keinen Sinn, bei einem ins Koma versetzten Menschen Tag und Nacht zu wachen, sagte er sich. Auch wenn es sich bei diesem Menschen um sein eigenes Fleisch und Blut handelte!

„Gib mir ein paar Stunden", hatte Tscharly ihm am Handy geantwortet – wie meistens um Aufschub bittend, als ob seine Artikel die Sahnehäubchen der Münchner Neuesten Nachrichten wären. „Ich muss das Ding auf Hochglanz polieren. Wenn du mir sechs Stunden einräumst, wird die Konkurrenz vor Neid im Boden versinken!"

„Wie du meinst, Tscharly. Du hast schon immer die Meinung der Minderheit vertreten, zu den besten zu gehören."

Der Alte befand sich in einem sarkastischen Fahrwasser.

„Ich muss auflegen", hatte Tscharly gesagt.

„Wir werden wohl wieder abgehört", hatte der alte Methusalem ihre Situation analysiert.

„Wir werden definitiv abgehört", hatte Tscharly bestätigt.

Und dann hatte dieser Hallodri von Ex-Schwiegersohn mir nichts dir nichts das Gespräch beendet. Smuss ließ dieses SIM-Kartenhandy, von dem nur seine wichtigsten Mitarbeiter und seine holde Gattin wussten, in der Tasche seines Anzugs verschwinden und schritt durch die Schalterhalle des Franz-Josef-Strauß-Flughafens. Er wartete auf seinen Koffer, der über ein Fließband beinahe zielsicher in seine Hände glitt und schlenderte an den Menschen, die in die Vorsaison des heurigen Urlaubs strebten, vorbei. In seinem Leben hatte er viele Flughäfen gesehen: Tokio, New York, London, Teheran, Haifa … aber nirgends schien ihm der Betrieb dermaßen perfekt organisiert wie auf bundesdeutschen

Flughäfen. Es hatte eine Zeit in der deutschen Geschichte gegeben, in der die Mitglieder seiner Familie mit Zügen ins Nirwana
abtransportiert worden waren. Wahrscheinlich hatten nicht einmal
die Züge in die Todes- und Arbeitslager Ver-spätungen gehabt –
deutsche Pünktlichkeit war fester Bestandteil deutscher Ideologie.
Egal ob Autoindustrie, Bahnhöfe, Flughäfen oder Todesindustrie
– in diesem Land der Technokraten landeten Flieger pünktlich und
rollten Autos nach einem exakten Timing vom Fließband. Und
Menschen ermordeten Menschen nach einem System, das keinerlei
Abweichungen zuließ. Keine Gnade kannte. Pünktlich ins Gas.
Darum hatte der Holocaust auch nur in Deutschland stattfinden
können!

Peter Smuss kaufte an einem Flughafenkiosk sämtliche Aus-
gaben der großen Tageszeitungen und stieg in ein Taxi. Er nannte
dem Fahrer die Adresse der Redaktion und blickte aus dem
Fenster. Häuser zogen an ihm vorüber. Die Häuser jener Stadt, in
der er vor neunundfünfzig Jahren nach einem kräftezehrenden
Todesmarsch angekommen war. München mit seinem Bier, seinen
Brezen und Weißwürsten. Die Stadt, die aus dem Metzgersohn aus
Danzig einen Zeitungsverleger gemacht hatte. Smuss erinnerte sich
an die zerbombten Ruinen und den ausgemergelten jungen Mann,
der mit einundzwanzig Jahren von Trümmerfrauen und barfüßigen
Kindern für einen Greis gehalten worden war. Wenn er in späteren
Jahren Menschen getroffen hatte, die ihn als Zeitzeugen befragten,
dann antwortete er auf die Frage, wie er es geschafft hatte, zu
überleben: „Ich war jung, ich war sehr sportlich und von der
Arbeit in der Fleischerei war ich einiges gewöhnt. Aber das
Wichtigste, was du brauchst, ist Glück! Jede Menge Glück, dann
überlebt man sogar ein Todeslager." Den transzendenten Faktor
Gott hielt er für ein Hirngespinst – Kants Transzendental-
philosophie hingegen nicht, er fühlte sich als laizistischer Jude
fortan der Ideengeschichte der Aufklärung verpflichtet.

Er war sechzehn gewesen zu seiner schlimmsten Zeit. Die Nazis
hatten ihn in ein Außenlager versetzt, wo er einem Gefangenen-
trupp zugeordnet worden war, der in der Nähe von Berlin an der
Reichsautobahn baute. Schnee lag auf der Baustelle, es herrschte
klirrende Kälte. Mit nichts als Häftlingskleidung am Leib, arbeitete

er mit einer Spitzhacke gegen widerborstiges Gestein. Ein Gefangener, der aus einem anderen Trupp zu ihnen stieß, teilte Peter Smuss mit, dass sein Vater im bayerischen Dachau an einem Herzinfarkt gestorben war – von Nazischergen zu Tode schikaniert im achtunddreißigsten Lebensjahr. Der Sechzehnjährige hatte einen hysterischen Anfall bekommen und geschrien. Allein einem Wunder verdankte er, dass die Nazischergen ihm keine Kugel in den Kopf gejagt hatten. An jenem Tag hatte Peter Smuss sich geschworen, nie wieder an Gott zu glauben. Falls dieses Etwas namens Gott doch existierte, dann gab es keinen Grund, vor dieser Bestie, die das Morden zugelassen hatte, auf die Knie zu fallen.

„Verzeih mir", hatte Smuss am Bett seiner Tochter auf der Intensivstation gemurmelt. „Ich hätte mich mehr um dich und deine Mutter kümmern sollen."

Kein Gebet, kein Betteln an eine unsichtbare Macht. Allein sein Stolz hätte ein Gebet niemals zugelassen. Nach dem Untergang des Tausendjährigen Reiches und mit Erlangung seiner persönlichen Freiheit hatte Smuss – kaum, dass er ein wenig Fleisch auf den Rippen hatte –, jeden Handlangerjob, den er kriegen konnte, angenommen. Er hatte Lebensmittelmarken gegen käufliche Liebe getauscht. Er war ein halbes Kind gewesen, als die Nazis ihn deportiert hatten. Er hatte nie zuvor mit einer Frau geschlafen. Und so hatte der entlassene KZ-Häftling jede Gelegenheit, die sich ihm bot, einer Frau nahe zu sein, genutzt. Beim Geschlechtsverkehr konnte er jene Bilder verdrängen, die auch der Grund waren, warum er nachts schreiend aus dem Schlaf erwachte. Von sechsunddreißig Verwandten, an die Peter Smuss sich erinnern konnte, meldete sich niemand. Er erfuhr durch andere Häftlinge, in welchen Lagern seine Mutter und seine beiden Schwestern im Gas ermordet worden waren. Er hörte von den Todesumständen der einen oder anderen Tante – jedoch blieben auch diese Informationen nichts weiter als Gerüchte. Die Nazis hatten am Ende nicht nur Leichenberge verbrannt – nein, sie hatten auch noch den Großteil ihrer Akten vernichtet.

„In Deutschland fahren Züge pünktlich", hatte Smuss sich die Situation einmal mehr selbst zu erklären versucht, „für einen Juden ist das ein gehöriger Nachteil."

Und dann lachte er und weinte – wie es sich für einen anständigen Juden gehörte. Wie sonst schaffte man sonst das Kunststück, bei all dem nicht verrückt zu werden?

Humor – minus den Faktor Gott – Huren und Zigaretten: So lautete die Überlebensformel, mit der der junge Mann versuchte, mit dem fertig zu werden, was jene Menschen, die ihm in der Nachkriegszeit täglich auf der Straße begegneten, angetan hatten. Und manchmal stahl er sich in einem amerikanischen Camp ein Stück Bacon, das sich wie das Paradies auf seiner Zunge anfühlte. Niemals hätte er sich vorstellen können, dass ein Stück Schweinefleisch einem den Verstand derart benebeln konnte …

Halb fünf. Peter Smuss steckte sich mit einem Streichholz die Pfeife an und beobachtete das Taxi, das auf dem Parkplatz vor dem Verlag wendete und schließlich wieder in den Münchener Feierabendverkehr einfädelte.

„Grüüüüß Gott, Herr Smuuuuus", empfing ihn Robert.

Peter Smuss ignorierte das geschäftige Treiben im Großraumbüro. „Grüß dich, Robert", entgegnete er. „Was gibt es Neues in München und in der Redaktion?"

Robert trug eine Gießkanne in der rechten Hand. Von allen Mitarbeitern schätzte er den vierzigjährigen Angestellten am meisten. Robert erinnerte ihn an einen Kameraden, der ebenfalls eine leichte geistige Behinderung gehabt hatte. Gemeinsam hatten sie für die Nazis in einer Rüstungsfabrik Bleche ausgestanzt bis zu jenem Tag, an dem der Kamerad unter eine der monströsen Stanzmaschinen in der Werkhalle geraten war.

„Ihr Kakttttus braucht Wasssssser, Chef. Ich wooooolllte ihn gerrrade gieeeeßen."

„Dann lass dich nicht aufhalten, Robert."

Vor seinem geistigen Auge erstand eine Vision jenes stacheligen Giganten, den Alexandra – seine erste Ehefrau und Saras Mutter – ihm zum Abschied hinterlassen hatte.

„Aaaaber …", Roberts Augen drohten aus ihren Höhlen zu quellen, „daaaaas geeeeht jetzt niiiiiiicht. Ich darf nicht!" Empört stellte er die Gießkanne auf einem Fensterbrett ab. „Weiiiil Kakttttussssseee niiiicht zuuu viel Wasssser vertraaaagen."

„Das stimmt auch wieder."

Robert verschränkte die Arme und Smuss fragte sich, welche Laus dem Angestellten denn über die Leber gelaufen war … Ach, andererseits konnte er sich nicht auch noch um die Beziehung eines Angestellten zu einem Kaktus kümmern! Die Pflanze war das letzte Geschenk seiner Ehefrau. Einer Ehefrau, die mit Smuss' Nachfolger in einem Kibbuz nahe dem Westjordanland seit den Siebzigerjahren eine neue Heimat gefunden hatte. Smuss wusste nicht einmal, ob *diese Ex-Ehefrau* noch lebte. Was sollte er sich also wegen eines alten Kaktusses Gedanken machen?

„Grüß Gott, Chef!", hörte er als Nächstes die Stimme der Volontärin.

Wie hieß sie noch gleich?

Ach ja … Kira – ihr Nachname war ihm entfallen.

„Hallo Kira, und – wie gefällt es Ihnen bei uns?"

„Ganz gut, Herr Smuss", antwortete das Mädchen verschämt wie eine Klosterschülerin vor dem Herrn Bischof.

„Kopf hoch, Kira, Sie schauen ja drein wie drei Tage Regenwetter. Aber wenn man diesen Sommer näher betrachtet, treffen Sie mit Ihrer Stimmung den Nagel auf den Kopf."

„Ja, Herr Smuss."

„Gibt es irgendwelche Neuigkeiten, Kira?"

„Ja … Doch! Ich meine – nein, Herr Smuss, alles ist wie immer."

Smuss betrachtete ihre Schlüsselbeine, die sich schaurig unter einem schwarzen T-Shirt abzeichneten. „Wenn es sich einmal ergibt, würde ich Sie gerne zum Italiener einladen, wenn Sie möchten."

„Gerne, Herr Methu …" Sie errötete. „Gerne, Herr Smuss!"

Smuss lachte. „Keine Ursache, Kira, für einen Achtzigjährigen ist das ein richtig schöner Nickname."

Warum nur hatten Freunde und Angestellte ihm diesen Namen aber bereits vor über vierzig Jahren verpasst?

Smuss ließ Kira und Robert stehen und setzte seinen Weg in Richtung seines Büros fort. Gedankenverloren aus dem Fenster über den Parkplatz spähend, stieß Smuss gegen ein Paar Schultern. Erwachend blickte er in Mayers vom Sonnenbrand gezeichnetes Gesicht, von dem die Haut in Fetzen abblätterte. Smuss hätte den Kulturredakteur gerne gefragt, wo er sich seinen beginnenden

Hautkrebs geholt hatte. Andererseits sollten sommersprossige Typen wie Mayer von Haus aus lieber auf der Grünen Insel oder irgendwo in Skandinavien wohnen, dachte er. Zu ihrer eigenen Sicherheit!

„Mayer, wo kommen Sie denn gerade her?"

Täuschte er sich – oder kam ihm der Kulturredakteur aus seinem – Smuss' persönlichem – Büro entgegengestürzt?

Mayer setzte ein Lächeln auf – für ein echtes Lächeln zeigte er eindeutig zu viele Zähne! Haifisch mit Sonnenbrand – hätte als Umschreibung für den Überraschten am besten gepasst.

Mayer hechelte: „Grüß Gott, Herr Verleger, ich wollte nur kurz nach der Klimaanalage sehen", lautete seine Antwort.

„Grüße Sie gleichfalls, und dafür waren Sie extra in meinem Büro?"

„Ja."

„Wer hat Ihnen denn den Schlüssel zu meinem Büro gegeben?"

„Kira."

„Aber sie hatte doch den Auftrag, niemanden während meiner Abwesenheit in mein Büro zu lassen ... außer", ja – *außer Robert*, dem Smuss sein uneingeschränktes Vertrauen schenkte.

„Seit wann fällt die Klimaanlage denn in das Ressort der Kunst, Herr Mayer?"

Mayer räusperte sich. „Sie wissen, dass die Anlage hier im Büro aus den unterschiedlichen Lüftungsschlitzen unterschiedlich stark bläst. Das führt einerseits zu grippalen Beschwerden mitten im Sommer, andere Kollegen wiederum schwitzen. Ich habe vorhin mit der Hausverwaltung telefoniert. Und die meinten, das liegt daran, weil in manchen Büros die Mitarbeiter die Lüftungsschlitze mit Tesafilm zugeklebt haben. Besonders die Raucher, die heimlich in ihren Büros rauchen, gehören laut Hausverwaltung zu den üblichen Verdächtigen, weil die Rauchmeldeanlage mit der Lüftung irgendwie zusammenhängen soll."

Smuss griff nach seiner kalten Pfeife – eine automatische Bewegung, die stets seine körperliche Anspannung verriet. Er hatte Robert tatsächlich darum gebeten, die Schlitze in seinem Büro mit Isolierband abzudichten, aber ... „In meinem Büro rauche ich solange und so viel ich will. Und Sie haben darin nichts verloren, Herr Mayer. Haben Sie mich verstanden?"

Mayers Schultern und Kopf ahmten die Haltung einer Schildkröte nach. „Ja, Herr Verleger. Wie Sie wünschen, Herr Verleger!" Smuss ließ den Schlüssel ins Schloss gleiten, als ihn Mayers säuselnde Stimme abermals innehalten ließ.

„Herr Verleger", sprach er, „ist denn der Bericht von Herrn Huber eigentlich schon fertig?"

Smuss drehte sich um. Welcher Bericht?, hätte er beinahe erwidert. Stattdessen beschloss er den Ahnungslosen zu mimen: „Wovon sprechen Sie, Herr Mayer?"

„Herr Huber wollte doch aus Köln über den Anschlag berichten. Und jetzt, wo es dieses Bekennerschreiben aus dem Nationalen Lager gibt, da ist die Sache doch hochbrisant. Ich habe mir gedacht, die Münchner Neuesten Nachrichten müssen dazu Stellung beziehen. Und wenn nicht Herr Huber den Artikel schreibt, wer dann? Er ist ja quasi in Köln mitten im Geschehen. *Live*, sozusagen."

Der alte Methusalem überlegte drei Sekunden. Hatte Mayer etwa von Tscharlys Erkenntnissen irgendwie Wind bekommen? Er betrachtete den Redakteur, der zu seinem Haifischlächeln zurückgefunden hatte.

„Ich erwarte, dass Herr Huber seine Arbeit macht – und Sie Ihre, Herr Mayer."

Wieder vergingen drei Sekunden.

„Ja, Herr Verleger, ich habe verstanden."

„Dann ist ja alles gut. Und jetzt zurück zum Alltagsgeschäft. Die Münchner Neuesten Nachrichten haben Anzeigenkunden verloren, wie Sie sicher wissen. Tragen Sie also Ihren Teil dazu bei, dass uns die Kunden nicht alle in dunkle Kanäle ins Internet abwandern!"

Smuss legte die Pfeife weg und stellte den Koffer neben dem Schreibtisch ab. Dann setzte er sich auf seinen Sessel und stierte erst einmal ins Leere. Von der Dauerfehde zwischen Tscharly und Mayer wusste er seit langem. Smuss schätzte sowohl den einen als auch den anderen in seinem Ressort als Top-Mann. Daher würde er sich weder von dem einen noch von dem anderen jemals freiwillig trennen. Gerade in Zeiten, in denen das Internet ihnen Leser abspenstig machte! Sowohl Tscharly als auch Mayer lieferten ihm das Niveau, das es brauchte, damit der gute Ruf der Zeitung auch in Zukunft gewahrt blieb. Smuss seufzte schwer. Er spürte wieder einmal sein Herz. Ich hätte mir den Koffer lieber von jemand Jüngerem tragen lassen sollen, gestand er sich ein. Er hatte an seinem achtzigsten Geburtstag im Februar sämtliche Medikamente von einem Tag auf den anderen abgesetzt. Deren Nebenwirkungen und Wechselwirkungen erschienen ihm inzwischen gefährlicher als deren eigentliche Wirkungen. Außerdem – wer will schon ewig leben? Smuss atmete einige Male tief durch und erhob sich. Er trat zu einem Safe. Bedächtig tippte er den Zahlencode ein und entnahm diesem einen Laptop. Das Gerät verfügte über eine ID, die für das Gegenüber unsichtbar blieb – eine Art *Spezialanfertigung*, die ein befreundeter Hacker ihm angefertigt hatte. Smuss machte das Gerät an und loggte sich in ein konspiratives Emailfach ein.

Und dann entdeckte er den Absender: Sara@sara.com. Kein geringerer als Tscharly benutzte diese geheime Adresse, und zwar nur in jenen Fällen, in denen er seinem Ex-Schwiegervater hochbrisantes Material zukommen lassen wollte. Des alten Methusalems untrüglicher Instinkt, der ihm auch in der schrecklichsten Zeit seines Lebens geholfen hatte, sollte auch dieses Mal recht behalten. Nachdem Smuss die nächsten zwanzig Minuten damit verbracht hatte, Zeile für Zeile von Tscharlys Artikel in sich aufzusaugen, richtete er sich auf und trat zum Fenster. Er betrachtete den alten Kaktus, der ihm schon so viele Jahre Gesellschaft leistete. Es handelte sich um einen Sabra-Kaktus. Die Feigenblüten, die bei seiner Abreise nach Köln in ihrer vollen Blüte gestanden waren, ließen nun traurig ihre Köpfe hängen. Smuss legte einen Zeigefinger in den Blumentopf und erinnerte sich an Robert mit der Gießkanne. Tatsächlich, Robert hatte recht gehabt, die Pflanze brauchte dringend Wasser.

19 Uhr, Köln, DITIB-Moschee (Türkisch Islamische Union der Anstalt für Religion e. V.)

Der Leichnam ihrer Cousine Deniz lag auf einem Tisch aufgebahrt, während die Frauen das Totengebet in einem schier unendlich scheinenden Lamento wiederholten: „Siehe, du allein machst die Toten lebendig, großer Gott – und wir schreiben auf, was sie zuvor taten und ihre Spuren und alle Dinge haben wir aufgezählt ...“ Das Glaubensbekenntnis, in arabischer Sprache, das den Weg über Ayshes Lippen fand, verursachte ihr Schmerzen im Gesicht und erinnerte sie, dass vor genau einer Woche eine Nagelbombe ihr Leben und das ihrer Familie für immer gezeichnet hatte. Ayshe sah zu, wie Deniz' Mutter neben deren Mutter stand, die wiederum die Totenwaschung bei ihrer Enkelin nach islamischem Ritus durchführte. Mit Rosenwasser reinigte die Alte Deniz' sterbliche Hülle von allem irdischen Schmutz von Kopf bis Fuß. Die Kriminalpolizei hatte Deniz erst vor einer Stunde freigegeben. Die Frauen hüllten ihren Körper in ein weißes Leinentuch und richteten ihren Kopf nach Osten hin aus. Deniz blickte in Richtung der heiligen Stadt Mekka.

Ayshe beneidete die Cousine. Ayshe trug eine Vollverschleierung. Sie hatte die letzten beiden Tage auf einer Unfallstation verbracht. Ihr Herz-Kreislauf-System hatte sich stabilisiert, so die Ärzte, und die Wunden in ihrem Gesicht waren in keiner Weise lebensbedrohlich, solange keine Infektion dazu kaum. Ayshe hatte die Klinik daraufhin gegen die eindeutige Empfehlung der Ärzte verlassen.

Was soll ich noch im Krankenhaus? Warum hatten Ärzte und Schwestern sie nicht einfach verbluten lassen? Was bildeten diese sogenannten Lebensretter sich überhaupt ein?

Kamen sie sich am Ende auch noch heldenhaft vor? Brauchten diese Leute eine gelungene Operation für ihr Ego ... ohne auch nur eine Sekunde daran zu denken, wie das weitere Leben der Geretteten verlief!

Ayshe erlebte jeden Moment wie einen Film, der ihr völlig unwirklich schien. Diese Frau, die ihr aus dem Spiegel entgegengeblickt hatte – das konnte doch unmöglich sie sein!

Nach der rituellen Waschung ihrer Cousine stapfte Ayshe müde neben den weiblichen Mitgliedern der Familie her. Sie fürchtete, zusammenzubrechen. Ayshe kniete sich in dem überfüllten Gebetsraum nieder und sah über einen Bildschirm den Imam, der sich im Männerbereich der Moschee befand. Der Geistliche verkündete mit salbungsvoller Stimme: „Die Trauerfeier für unsere verstorbene Schwester findet morgen gegen fünf Uhr früh bei Sonnenaufgang statt. Lasst uns alle für die Verstorbene beten – oh Allah …" Der Imam verstummte jäh, als ein halbes Dutzend Polizeibeamter in Uniform den Gebetsraum stürmte.

Einer der Beamten, offenbar ein Ziviler, etwas kurz geraten, aber dafür mit einem umso beeindruckenderen Organ, ergriff das Mikrofon des Imams: „Achtung, hier spricht die Polizei! Es besteht kein Grund zur Unruhe, meine Damen und Herren. Wir suchen eine gewisse Ayshe Bal. Keine Sorge, wir möchten Frau Bal nur ein paar Fragen stellen in Zusammenhang mit dem Mord an ihrer Cousine! Es geschieht ihr nichts!"

Ein Zweimetermann an seiner Seite äugte mit Argusaugen über die Trauernden hinweg. Und Ayshe fragte sich: Gefiel es diesen beiden deutschen Beamten, eine Andacht für eine verstorbene Muslima zu stören? Der Zweimetermann sprach ebenfalls ins Mikrofon: „Wenn Sie kooperieren, wird Ihnen nichts passieren, Frau Bal."

Can richtete sich im Gebetsraum auf. „Was wollen Sie von meiner Frau? Sie ist verletzt! Sie haben kein Recht, ihr Fragen zu stellen …"

„Wir haben das Recht, sie jederzeit in Gewahrsam zu nehmen, da wir davon ausgehen müssen, dass ihr Leben genauso in Gefahr sein könnte, wie das ihrer Cousine. Und was Gewahrsam bedeutet, das brauche ich Ihnen ja nicht erst zu erklären, Herr Bal."

Panik erfüllte Ayshe. An der unversehrten Haut ihrer Arme und ihres Nackens stellten sich die feinen Härchen auf. Das, was von ihrem Gesicht noch übriggeblieben war, lag unter einer Schicht aus Pflaster und Verband verborgen. Jedoch spürte sie ihre Mimik wie Phantomschmerzen. Der Schutz des Schleiers vor den Blicken der anderen bot Ayshe die einzige Sicherheit in ihrem Leben, so schien es ihr. Auf Can konnte sie nicht weiter zählen. Seit er sie im

Krankenhaus gesehen hatte, würdigte er sie keines Blickes. Für ihren Ehemann war sie eine Tote geworden. Bei Can würde sie keinen Schutz finden. Es blieb als einzige Rettung dieses Kleidungsstück. Bei Allah! *Am liebsten möchte ich davonfliegen wie die Störche!* Ayshe sprang auf die Beine – ignorierte Schmerz und Schwindel und Geschrei. Sie zwängte sich an weiteren Beamten in Uniform vorbei und rannte mit großen Schritten nach draußen. Regen perlte vom Himmel, tränkte den Stoff des schweren Trauergewandes. Weg! *Einfach nur wegfliegen.* Alles hinter sich lassen. Das Leben an dem Ort zurücklassen, an dem sie einst gelebt hatte. *Mohammed, großer Prophet, ich flehe dich an, hilf mir! Lass mir Flügel wachsen.* Heiße Tränen füllten ihre Augen. Ehe Ayshe sich jedoch versah, ergriffen zwei Uniformierte sie unter den Armen und rangen sie zu Boden.

Sie hörte die Stimme des kleinen Beamten rau und drohend: „Hebt Sie hoch! Und dann ab in den Wagen mit ihr!"

Drei Minuten später sah sie sich auf einem Sessel den beiden zivilen Polizisten gegenübersitzend.

„Kennen Sie diesen Mann?", fragte der Hüne.

Der Kleine bellte: „Sagen Sie schon, dann lassen wir Sie auch gehen, Frau Bal."

Ayshe schluchzte. Mit verschwommenem Blick sah sie das Foto, das einen Mann zeigte – Seite an Seite mit Deniz – der Typ, der aus der Ferne ein bisschen wie George Clooney ausgesehen hatte. Ihre Cousine hatte sich bei ihm untergehakt.

„Wir können Sie auch auffordern, Ihren Schleier abzunehmen, wenn Sie nichts sagen!", sagte der Hüne.

„Also – haben Sie nun diesen Mann schon einmal gesehen oder nicht?", fuhr der Kleine mit seiner Terrier-Stimme fort.

„Ja."

„Und wo haben Sie diesen Mann schon mal gesehen?"

„An dem Tag ... an dem es passiert ist ... vor dem Geschäft ..."

„Bingo!", meinte daraufhin der Hüne.

„Frau Bal, wir müssen Sie bitten, uns auf das Kommissariat zu folgen. Wir brauchen Ihre Aussage nämlich schriftlich für unser Protokoll!"

„Aber ..."

Der Hüne fuhr fort: „Sie wollen doch auch, dass Ihrer Cousine Gerechtigkeit widerfährt, oder etwa nicht?"

„Ja."

„Eben. Wir müssen nämlich davon ausgehen, dass dieser Mann Ihre Cousine zuerst vergewaltigt und dann umgebracht hat."

21 Uhr

Der Rocksender spielte den Beatles-Song „*Lucy in the Sky with Diamonds*", den Tscharly fröhlich mitpfiff. Der Titel stand als Akronym für die halluzinogene Droge LSD. Auch wenn ein Horrortrip ausgeblieben war, so hatte Tscharly das Zeug nach einem einmaligen Versuch in seiner Jugend als geistig zu anstrengend empfunden. Diese Chemikalie führte einem das eigene Leben im Speziellen und das Gesamtuniversale im Allgemeinen in einer Art und Weise vor Augen, die ziemlich an die Substanz gehen konnte. Wer einmal dieses Prinzip durchschaut hatte, bedurfte nach seiner Meinung keiner weiteren Wiederholung dieses Experiments. Aber der Beatles-Song gefiel ihm auch weiterhin! Im *No Name* herrschte heute Funkstille – keine Ahnung, was los war. Langsam, aber sicher übermannte ihn ein Lagerkoller. Der Moderator des Senders pries einen weiteren Rockklassiker an: „*Smoke on the water*". Dann vernahm Tscharly plötzlich eindeutige Signale durch die Mikrofone. Sofort drehte er das Radio ab, schnappte sich das Fernglas und beobachtete zwei Männer, die durch die Vordertür ins Lokal verschwanden. Der hintere der beiden Männer sah weder wie ein Rocker noch wie ein Novize aus. Tscharlys Herz schlug bis zum Hals. War das endlich Wagner? Hatte Jennys Vorgesetzter nun spät aber doch noch die Tür zur Rockerkneipe gefunden? Wie immer kontrollierte Tscharly sofort, ob das Aufnahmegerät auch mitlief.

„Hi", sagte der neue Novize, „was darf's denn sein?"

„Mit dem verkackten Hi fängt die Verhunzung der deutschen Sprache an, du Idiot", lautete die Antwort einer Stimme, die nicht nur sympathisch klang, sondern Tscharly bekannt erschien.

„Sorry", entblödete sich der Typ hinter dem Tresen.

Es folgten Klatschgeräusche und Tscharly war sich sicher, dass es eine Backpfeife gesetzt hatte.

„Mit Vollpfosten wie dir sollen wir eine Revolution machen?", fragte dieselbe Stimme. „Verpiss dich! Wir benötigen den Laden eine halbe Stunde für uns. Geh dir einen Döner kaufen, du Euthanasie-Opfer."

„Und was ist mit dem Laden? Wenn andere Gäste kommen?", fragte der Novize, der hörbar langsamer sprach, um keinen weiteren Fehler zu begehen.

„Wir hängen das Schild dran, dass wegen betriebsinterner Abläufe für kurze Zeit geschlossen ist", antwortete der Wortführer und schlagartig fiel Tscharly ein, woher er die Stimme kannte.

Sie gehörte Herrmann Wohlfeil, dessen Interview er mit Jenny bei deren kranker Mutter gehört hatte. Außerdem kannte er ihn aus zahlreichen Fernsehtalkabenden. Tscharlys Puls raste. Jemand packte Jacke, Schlüssel und ein Bier aus dem Kühlschrank ein und verabschiedete sich mit einem schüchternem „Tschö".

„Ausgezeichnet", sagte die Stimme des dritten Anwesenden und Tscharly spürte, wie sein Adrenalin-Spiegel sich in schwindelerregende Höhen schraubte. „Lass uns auf Nummer sicher gehen, Roland, und alles verriegeln. Wir dürfen keine Risiken eingehen. Die Handys legen wir ins Eisfach, damit kein Ton durchdringt."

Tscharly fürchtete, sogleich aus den Latschen zu kippen, denn sein Verdacht traf zu – der zweite Mann, der von der Erscheinung her nicht zur Outlaw-Kneipe passte, war kein geringerer als Roland Wagner. Er kannte dessen Stimme von Jennys heimlich aufgenommenen Tonbandaufnahmen. Blitzschnell holte Tscharly das unter seiner Matratze gebunkerte Wegwerfhandy, das Jenny ihm speziell für diesen Fall gegeben hatte, hervor. Er drückte die einzige gespeicherte Telefonnummer, ließ es dreimal klingeln, legte auf und rief sofort erneut an. Als die Mailbox ansprang, sprach er die vereinbarte Losung: „Der Onkel ist zu Besuch!"

Dann vernahm Tscharly zügiges Hantieren. Diese Männer waren Macher – keine Frage. Sogar der Riegel, der ein SEK-Team einige Minuten aufhalten konnte, wurde vorgeschoben.

„Kameras?", fragte Wagner.

„Vergiss es", antwortete Wohlfeil. „Am Anfang haben wir uns überlegt, ob wir welche als Witz reinhängen sollen. Mal ehrlich – welcher Todessehnsüchtige würde sich in die Höhle des Löwen wagen, um etwas mitgehen zu lassen? Die größere Gefahr besteht beim Personal", machte er eine Anspielung auf die erst kürzlich gestohlenen Gegenstände.

Wagner brummte etwas Unverständliches. Dann hörte Tscharly, wie der schwere Deckel einer Gefriertruhe geöffnet und die besagten Gegenstände hineingelegt wurden.

„Sicher, dass das alle waren?", fragte Wagner im scharfen Ton eines Alfa-Tieres. „Ich kenne meinen Geheimdienstverein. Die meisten extremistischen Idioten ficken wir schon vor Tatbegehung, weil sie unsere technischen Möglichkeiten unterschätzt haben. Uns sollte das auf keinen Fall passieren!"

„Mehr als drei Handys führe ich nie bei mir", retournierte der braune Lokalpolitiker. „Außerdem bin ich kein Baby, das vom Himmel auf die Erde geplumpst ist, du Amtshengst. Ich habe schon mit der Polizei Katz und Maus gespielt, als du noch für das Amt Toilettenpapier bestellt und Bleistifte gespitzt hast. Also hör mit deinem Scheiß *Ich-weiß-alles-am-besten-Dreck* auf, sonst besorge ich es dir an Ort und Stelle, dass dir Hören und Sehen vergeht."

„Das würde ich in der Tat zu schätzen wissen", antwortete Wagner und es war Tscharly unmöglich, einzuschätzen, wie dieser seine Anspielung meinte. „Leider habe ich meinen Gag-Ball, verzeihe mir bitte den Anglizismus, nicht dabei. Das dauert bei mir immer etwas länger. Aber gut Ding will ja bekanntlich Weile haben. Realpolitik ist schließlich auch entscheidend, nicht nur unser privates Vergnügen, mein Herr und Meister. Deshalb haben wir uns ja der Nationalen Sache mit Haut und Haaren verschrieben."

Je mehr die beiden miteinander redeten, desto undurchsichtiger geriet das Ganze für Tscharly. Aber im Prinzip war es ihm ja auch scheißegal, ob die beiden aus krasser Homophobie einen sarkastisch-zynischen Humor pflegten oder ob mehr dahintersteckte. Tscharly interessierte brennend, was die beiden ausheckten. Dabei musste es sich um ein richtig dickes Ding handeln – bei dem ganzen Zinnober, den die beiden dafür abzogen. Tscharly hörte, wie der Kühlschrank geöffnet wurde.

„Für mich bitte ein Glas Maracuja-Saft", bat Wohlfeil, der wahrscheinlich froh sein mochte, mal kein Bier trinken zu müssen. Wie sonst bei Politikern bei öffentlichen Veranstaltungen üblich! Wagner entschied sich wohl für ein Bier, da Tscharly einen Kronkorken ploppen hörte. Die Männer stießen mit ihren ungleichen Getränken an.

„Also, nochmal im Klartext", sagte Wohlfeil, „im Volkshaus war mir das Ganze ein wenig zu kryptisch. Ich möchte noch einmal ganz detailliert von dir aus erster Hand wissen, wer hier was, wann, wo und wie genau geplant hat."

Wagner brummte – zierte sich wie die sprichwörtliche Jungfrau, mit den Fakten herauszurücken. Plötzlich schreckte Tscharly zusammen, da ein Glas oder die Flasche mit voller Wucht auf den Tisch oder den Tresen gehauen wurde.

„Soll ich dir die Würmer einzeln aus der Nase ziehen?", fuhr Wohlfeil Wagner an – und Tscharly fragte sich: Wo war nur der konziliant-kosmopolitische Politiker auf einmal geblieben, den jeder aus der Öffentlichkeit kannte? „Wenn du dein Maul nicht aufkriegst, dann war es das. In jeder Hinsicht. Ich mach dich nämlich fertig, du Wichser!"

„Aber ich ... Was hast du denn auf einmal?"

„Und wehe du lässt etwas aus!", fuhr Wohlfeil fort. „Wenn ich das rauskriege, dann kann dir weder ein christlicher Schöpfergott noch irgendein altheidnischer Götze helfen!"

Wagner räusperte sich. „Du und ich, wir sind doch Freunde", sagte er, „unzertrennlich sozusagen. Uns verbindet ein mehrfaches braunes Band der Freundschaft. Wie könnte ich dich da jemals belügen? Oder dich hintergehen, Herrmann?"

„Mach dir nichts vor! In unserem Alter gibt es keine Freundschaften mehr. Und in der Politik schon gar nicht!"

Tscharly konnte Wagners Enttäuschung durch den Äther regelrecht spüren wie eine radioaktive Strahlung.

„Ich will die Minister-Version – maximal eine Seite, aber ohne geringste Auslassung!", fuhr Wohlfeil fort. „Ist doch nur noch eine Frage der Zeit, bis ich persönlich das Amt des Innenministers bekleiden werde, du Schwuchtel!"

Wagner erklärte mit der sachlichen Amtsstimme eines Scheidungsrichters: „Nachdem Max und Gerry den Anschlag Keupstraße durchgezogen haben, habe ich über Umwege zwei islamistischen V-Männern den Auftrag gegeben, unseren Kameraden Philip nach Walhalla zu schicken. Die Islamisten haben geglaubt, der Auftrag käme direkt von Al-Qaida. Diese Idioten wissen natürlich nicht, dass die rechte Hand des Imans in der DITIB-Moschee auch auf der Gehaltsliste unseres Amts steht. Es handelt sich bei ihm um einen V-Mann einer islamistischen Terrororganisation. Dadurch haben wir den in dem Viertel herrschenden Hass potenziert und kommen unserem Ziel der bürgerkriegsähnlichen Zustände zwischen aufrechten Nationalisten und islamistischem Ungeziefer immer näher und näher. Kamerad Philip war ohnehin eine miese Ratte, der für fünf Euro jeden in die Pfanne gehauen hat. Dieser Judas hat einigen seiner Kameraden ordentlich Knast eingebrockt. Und dafür musste er eben sterben!"

„Ja, ein Judas", meinte auch Wohlfeil, „aber spar dir die Details, mich interessiert nur das große Ganze."

„Um die Stimmung aufzuheizen, habe ich meine Beziehungen spielen lassen und zwei der schärfsten Kölner Kripobullen auf den Fall Keupstraße angesetzt. Die sind nicht korrupt, auch nicht rechts durchideologisiert, aber das sind Arschlöcher, die gerne ihre Macht ausspielen und die Leute mit großem Genuss fertig machen. Auf jeden Fall sind sie scharf wie ein SS-Dolch! Sollte einer der Beteiligten irgendwann einmal in seinem Leben etwas Illegales getan haben, so werden sie es mit hundertprozentiger Sicherheit herausfinden. Und damit die Spirale der Gewalt sich noch höherschraubt, habe ich über einen V-Mann-Kontakt einer Horde wilder Skins eine gehörige Portion Panzerschokolade zukommen lassen und sie auf eine türkische Bewohnerin der Keupstraße angesetzt. Eigentlich sollten die Idioten die Türkenschlampe nur brutal vergewaltigen. Damit sie nachher noch ihren Landsleuten davon erzählen kann! Irgendwas ist aber aus dem Ruder gelaufen bei der Aktion. Vielleicht war das Meth zu stark. Irgendeiner der Penner hat die Osmanin kaltgemacht! Das war natürlich so nicht geplant. Das ist bedauerlich."

„Du findest umgehend raus, was los war!", befahl Wohlfeil. „Unzuverlässige Leute können wir in unseren Reihen nicht dulden. Disziplin und Selbstbeherrschung sind die zentralen Pfeiler unserer revolutionären Bewegung. Wer das nicht bringt, ist draußen!"

Tscharly schluckte. Wohlfeil hatte soeben einen weiteren Mord – oder sollte er sagen: eine *Hinrichtung?* – angeordnet. Andererseits hatten die Angels den Novizen, der wahrheitswidrig den Diebstahl des Kokses gestanden hatte, am Leben gelassen. Eine Träne rann an Tscharlys Wange herunter. Bilder, wie es Deniz in den Minuten vor ihrem Tod ergangen sein musste, erstanden vor seinem inneren Auge.

„Ja", stimmte Wagner dem vermeintlichen zukünftigen Innenminister zu. „Als du Thor und mich im Volkshaus auf der Toilette überrascht hast, habe ich ihm gerade die entsprechende Anweisung gegeben. Er stellt gerade ein Team mit einem Kameraden zusammen."

„Es gibt da einen Haken an der Geschichte", sagte plötzlich Wohlfeil.

„Welchen denn?"

„Ich wollte es dir schon länger sagen, habe aber den richtigen Augenblick abwarten wollen …"

Ein explosiver Schmerzensschrei. Ein Schlag … Es folgten Kampfgeräusche. Nach Minuten beruhigte sich die Atmung der Männer etwas. Tscharly hörte Geräusche, die ihn ahnen ließen, dass Wohlfeil Wagner mit Fesseln an einen Stuhl gekettet hatte.

„Oh, nein, das kannst du doch nicht tun!", hörte er einen in Todesangst befindlichen Wagner winseln. Statt einer Antwort, hörte Tscharly, wie eine Pistole entsichert und der Hahn gespannt wurde.

„Du weißt, wie sehr ich Geheimnisse hasse", sagte Wohlfeil. „Wenn du nicht sofort damit rausrückst, bringe ich dich auf der Stelle um. Und falls du es auch nur noch ein einziges Mal wagst, mich zu betrügen, schicke ich dich sofort dahin, wo du hingehörst – in die Hölle, du Missgeburt!"

Tscharly grübelte. Sollte er seelenruhig dasitzen und zuhören, wie ein Mensch erschossen wurde? Auf der anderen Seite durfte er sich auf keinen Fall entgehen lassen, was Wagner Wohlfeil verheimlichte!

Wagner erzählte: „Attila, der verdammte Mistkerl, hat mich gezwungen, dieses Bekennerschreiben im Namen der Braunen Armee Fraktion zu verfassen."

Ein weiterer Fausthieb. Tscharly konnte sehen, wie Wagner Blut und Zähne ausspuckte.

„Du Versager hast dich also tatsächlich von einem beschnittenen Schwein dazu zwingen lassen, diesen Schrieb zu verfassen? Und dann besitzt du allen Ernstes auch noch die Dreistigkeit, mir diesen Schund als Geniestreich zu verkaufen! Das ist Verrat!"

„Ich bitte dich, bring mich nicht um, Herrmann", winselte Wagner.

Das Hörspiel bot Tscharly einen weiteren Akt der Gewalt. Wohlfeil hieb Wagner mit der Pistole in den Nacken und brüllte ihn an: „Raus damit! Oder ich mach dich endgültig kalt!"

Wagner stammelte: „Attila hat über Al-Qaida eine Aktion angezettelt … eine Aktion … die … dich deinen Kopf kosten soll … Verzeih mir …"

Tscharly stockte das Herz. Aktion Lebensrettung war angesagt! Er rannte zur Matratze. Suchte die Glock. Wo war das verdammte Ding nur, wenn man es brauchte? Tscharlys Blut rauschte in seinen Ohren. Ein einziger Gedanke beherrschte ihn: Ich muss Wagner retten! *Ich muss dieses verdammte Schwein retten …*

„Immer muss man die Metzgerarbeit selbst machen!", sprach Wohlfeil. „Die arme Drecksau, die nachher die Sauerei beseitigen muss, tut mir jetzt schon leid – mein lieber Roland …"

Tscharly rannte aus der Wohnung und stürmte das Treppenhaus wie ein Orkan hinunter. Die Entscheidung über Leben oder Tod hing jetzt von seiner Geschwindigkeit und seinem persönlichen Einfallsreichtum ab. Autos hupten. Tscharly rannte – ohne links oder rechts zu sehen – über die Straße und hämmerte mit der Faust gegen die Tür des Rockerschuppens.

Er schrie wie ein Verrückter aus Leibeskräften: „Hilfe, bitte helfen Sie mir! Es geht um Leben und Tod!"

Keine Reaktion.

Tscharly schrie mit der Kraft seines vollen Lungenvolumens um Hilfe.

Keine Reaktion …

Tscharly sandte ein Stoßgebet gen Himmel und ergriff einen Pflasterstein. Er schleuderte ihn mit voller Wucht gegen das Kellerfenster. Die Scheibe zerbarst. Tscharly stand wie versteinert, während er eine Bewegung vor dem Fenster beobachtete. Gleich darauf öffnete jemand von innen die Haustür.

„Ja, bitte, was kann ich für Sie tun, mein Herr?"

Wohlfeil stand vor ihm und wirkte, als hätte Tscharly ihn soeben bei einer Partie Schach und einem guten Tropfen Wein gestört.

Tscharly beschloss, das Schauspiel fortzusetzen. „Helfen Sie mir", flehte er in melodramatischem Ton, „ich werde von ausländischen Gangstern verfolgt …"

„Kommen Sie rein – in Sicherheit", sagte Wohlfeil in oberlehrerhaftem Ton und winkte Tscharly nonchalant mit einer großkalibrigen Browning – derer Tscharly erst jetzt gewahr wurde – ins No Name. In derselben Sekunde verfluchte Tscharly seinen panischen Aufbruch. Er hätte wenigstens vorher einen Notruf absetzen sollen! Andererseits – bis die Polizei vor Ort war, hätte sie wahrscheinlich nur noch Wagners Überreste gefunden. Tscharly machte blitzschnell einen Schritt zurück und stieß gegen einen Novizen, der wie ein Fels in der Brandung dastand und einen furchterregenden Totschläger gezückt hatte.

„Wohin so eilig, wo es doch gerade erst gemütlich wird?", erdreistete sich die Glatzenbirne ihn zu fragen und schlug rhythmisch mit dem Totschläger in seine linke Hand. „Ich hab gedacht, Sie benötigen dringend Hilfe. Hier werden Sie geholfen – ausländische Gangster haben gegen uns Biodeutschen nicht den Hauch einer Chance!"

„Lass den Scheiß, du Wichser!", wies Wohlfeil das Wesen am unteren Ende seiner persönlichen Nahrungskette zurecht. „Wir wollen doch nicht riskieren, dass die ganze Nachbarschaft mitbekommt, was hier unter Freunden besprochen wird. Immer mit der Ruhe! Immer hereinspaziert in die gute Stube, Herr Journalist Tscharly Huber aus München! Leider können wir Ihnen hier kein Weißbier anbieten – und auch keine Brezeln."

Tscharly stand wie angewachsen im Vorraum des Clubs. Eine Nackenschelle erinnerte ihn daran, wer hier den Ton angab. Wohlfeil und der Novize packten ihn unter den Schultern und verfrachteten ihn wie ein widerspenstiges Paket in den Gastraum, während die Haustür krachend ins Schloss fiel.

„Setzen!", befahl Wohlfeil und wies auf einen Sessel gegenüber Wagner. Jennys Vorgesetzter sah aus wie ein Fall für die Unfallambulanz eines Krankenhauses. Trotz Wagners Zustands nahm Tscharly ähnliche Reaktionen auf seinem Gesicht wie bei Wohlfeil wahr: Überraschung, Erkenntnis, Verärgerung und Angst.

Tscharly ließ sich auf den Sessel sinken.

„Ich schlage vor, wir setzen unsere kleine Aussprache unter Freunden nun zu dritt fort, Herr Huber."

Den Anblick des braunen Politikers mit der Glatze empfand Tscharly als lächerlich.

„Bei uns ins Bayern sagt man Amigos", scherzte Tscharly. „Außerdem tragen wir Perücken, wenn uns am Kopf kalt ist."

„Das sind doch alles Peanuts", widersprach Wohlfeil. „Eines muss ich jedoch vorausschicken, da ich in diesem Punkt absolut mit dem größten Führer aller Zeiten konform gehe: Wer nicht mit uns marschiert, Herr Huber, ist unser Feind und hat nichts als den Tod verdient. Haben Sie mich verstanden, Amigo?"

Tscharly bemerkte ein unkontrolliertes Zucken an seiner rechten Augenbraue. Das war ihm zuletzt als Teenager passiert, wenn Unsicherheit gegenüber seines jeweiligen Schwarms sich seiner bemächtigte.

„Guck mal, der versucht mit dir zu flirten, Herrmann", sagte Wagner zu seinem Führer. Die neue Situation verhalf ihm unverhofft zu Oberwasser, was ihn die Schmerzen der Tortur offenbar vorübergehend vergessen ließ. „Der würde wohl auch gerne seinen Arsch hinhalten, um seine Haut zu retten."

„Quatsch", widersprach Wohlfeil, „dem Wichser hier geht der Arsch auf Grundeis. Und das aus gutem Grund. Ein eiskalter Arsch ist so viel wert wie der Fick mit der Gefriertruhe, nicht wahr?"

„Ich weiß nicht, wovon Sie sprechen …"

Ein Schlag mit der flachen Hand ins Gesicht schnitt Tscharly das Wort ab. Der Novize rieb sich die Knöchel und schlug ein zweites Mal – diesmal mit dem Handrücken – zu. Tscharly biss sich auf die Unterlippe und spuckte Blut.

Damit hatte das Verhör begonnen. Tscharly lehnte sich zurück und schloss die Augen. In weiter Ferne tönten die Martinshörner von Feuerwehr und Rettung und Tscharly stellte sich vor, dass irgendwo ein Brand ausgebrochen war. Faustschläge trommelten gegen seine Wangenknochen. Tscharly schrie seine Schmerzen aus vollen Lungen nach draußen und ergab sich in sein Schicksal.

23.00 Uhr

Dass Jenny ihn noch einmal pflegen würde, daran hätte Tscharly nicht im Traum gedacht. Aber es war, wie es war. Er saß auf dem rotlackierten Holzstuhl in der Wohnung von Jennys Mutter und Jenny kümmerte sich um seine Schürfwunden, Schwellungen und anderweitigen Blessuren. Das Desinfektionsmittel brannte höllisch.

„Wegen deiner hirnverbrannten Rettungsaktion ist unsere mühsam aufgebaute konspirative Wohnung wahrscheinlich verbrannt!"

Tscharly biss sich auf die Zähne. „Die wissen doch gar nicht, wo sich die Wohnung befindet."

„Aber wir können wegen deiner Bruce-Willis-Aktion die Wohnung im Moment nicht mehr benutzen, du Idiot! Das ist ein bedeutender strategisch-taktischer Nachteil, den du uns da mit deinem Heldentum eingebrockt hast."

Zum Glück schlummerte Elke Görlitz im Nebenzimmer tief und fest und bekam nichts von ihrem Streit mit.

„Kaum lässt man dich einmal für eine Stunde aus den Augen, steckst du schon wieder mächtig in der Klemme, Shatterhand." Es schien ihr Vergnügen zu bereiten, den Tupfer mit dem Desinfektionsmittel auf die Läsur unterhalb seines rechten Auges zu drücken; Tscharly ächzte und sie befand: „Du bist einfach nicht für den Wilden Westen gemacht, Greenhorn."

„Ahhhh …"

„Stell dich nicht so an! Was glaubst du, was die mit dir getrieben hätten, wenn ich dir nicht deinen knackigen Fitnessstudiohintern gerettet hätte? Außerdem würde der echte Shatterhand sich lieber die Zunge abschneiden, als sich wie ein Waschlappen in Sachen Schmerzen zu benehmen."

Das fand Tscharly nun wiederum ungerecht. Nach allem was ihm widerfahren war! „Diese Kerle haben mir eine Bierflasche über den Kopf gezogen, bevor du gekommen bist. Und auch deinen Chef Wagner haben sie von seinem Sessel losgemacht. Der hat eine Mordsgaudi dabei gehabt und zugeschlagen, der Depp … mit seinen Fäusten! Dafür dass ich ihm seinen Skalp gerettet hab!"

„Ein echter bayerischer Sturschädel hält das aus, habe ich mir sagen lassen."

Wagner hatte sich als der größte Sadist von allen dreien erwiesen. All die Morddrohungen gegen ihn mochten jedoch nur Schau gewesen sein, wie Tscharly erst hinterher klargeworden war. Vielmehr hatte das Trio mit Gewalt Druck aufzubauen versucht, um Tscharly von ihrer Nationalen Sache, was auch immer das sein sollte, zu *überzeugen* – wie Wohlfeil es formuliert hatte.

„Nein! Nein! Und nochmals nein!", hatte Tscharly ihnen entgegengeschleudert.

Jenny erklärte ihm: „Nachdem ich deine Nachrichten an mich abgehört habe, bin ich wie ein geölter Blitz zum Adlerhorst gerast und habe den Funk abgehört. Da war mir klar, in welchen Schwierigkeiten du schon wieder steckst! Da habe ich die Polizei und die Feuerwehr angerufen und ihnen mitgeteilt, dass im *No Name* ein Feuer ausgebrochen ist."

Polizei und Feuerwehr hatten das *No Name* daraufhin gestürmt.

So Jennys genialer und ebenso schlichter Rettungsplan!

„Dafür stehe ich einmal mehr tief in deiner Schuld", gestand Tscharly kleinlaut ein.

„Denk nur ja nicht, dass das zur Gewohnheit wird", erwiderte sie.

Als die Martinshörner aus der Entfernung zu hören gewesen waren, hatte die Männer die Panik ergriffen.

„Kein Risiko!", hatte Wohlfeil seinen Kameraden eingeimpft und dann dem Novizen befohlen, Scherben und Blut so schnell wie möglich wegzuwischen. Wohlfeil und Wagner hatten Tscharly durch den Hinterausgang mehr getragen als begleitet.

„Wir wissen, in welchem Krankenhausbett deine Frau liegt. Und wir wissen auch, wo wir deine Tochter finden", hatte Wagner neben Tscharlys Ohr geraunt.

Wohlfeil hatte herzlich geschmunzelt. „Man trifft sich immer zweimal im Leben, Tscharly! Vergiss das nicht. Und beim nächsten Mal werden wir Freunde! *Heil Hitler!*"

Damit waren die beiden vermeintlichen Führer des deutschen Volkes und der Novize im Dunkel einer Seitenstraße verschwunden. Die Erinnerung daran löste ein Schaudern in Tscharly aus. Er atmete tief durch, was gegen die Schmerzen herzlich wenig nützte. Er fühlte sich wie nach einer Schönheitsoperation, die ein Monster aus ihm gemacht hatte. Tscharly hatte sich in der Dunkelheit aufgerafft. Er hatte kein Verlangen danach verspürt, seine Verletzungen der Polizei zu erklären. Anschließend taumelte Tscharly wie ein Betrunkener durch die Gassen. Nachdem er zum zehnten Mal im Kreis gelaufen war, gelangte er auf die Hauptstraße zurück. Er hatte an seinem Verstand gezweifelt. Stand da nicht Jennys Mini in einer Parkbucht vor einem offenen Dönerladen? Per Lichthupe hatte Jenny ihm drei kurze Signale aus dem Morsealphabet gegeben. *SOS!* Tscharly hatte sein Glück kaum fassen können. Er hatte sich mit letzter Kraft zum Auto geschleppt. Hatte ihre Stimme gehört. Ihr Gesicht verschwamm. Er hatte sich auf die Rückbank fallen lassen und endgültig das Bewusstsein verloren.

„Was mich irritiert", sinnierte Tscharly jetzt vor sich hin, „ist die Frage, woher Wohlfeil meinen Namen und mein Gesicht kennt. Er hat mit mir gesprochen, als wären wir alte Freunde. Als würde er mich schon ewig kennen, der verfluchte Bastard."

Jenny wog unentschlossen ihren Kopf hin und her.

„Kann sein, vielleicht bildest du dir das aber auch nur ein. Auf der anderen Seite, mein Geheimdienst arbeitet mit allen Tricks. Vielleicht hat Wagner dich ja bereits seit deiner Ankunft in Köln auf dem Schirm. Vielleicht aber auch schon vorher. Manchmal nehmen wir die Journalisten der Leitmedien schon sehr früh unter die Lupe."

„Ob Roland Wagner wohl derjenige ist, der Milla mit dem Foto ausgestattet und mit dem Micro verkabelt hat?"

„Wir müssen uns jetzt auf das Attentat konzentrieren!", lenkte Jenny ihn ab. „Wir haben keine Zeit für Spekulationen, Tscharly. Wir müssen rauskriegen, wann die Party steigen soll und die Person identifizieren, die die Bombe transportieren soll. Und zum Dank dafür dann auch noch in die Luft gejagt wird!"

Tscharly stimmte der Agentin innerlich zu. Besser, die Ereignisse der letzten Nacht ruhen zu lassen. Ein bevorstehendes Attentat auf eine der größten deutschen Moscheen stellte sein eigenes Familienschicksal gewaltig in den Schatten. Die Rechten erhofften sich ein Bürgerkriegsszenario und befanden sich auf einem verdammt guten Weg genau dorthin. Es lag in Jennys und seinen Händen, dies zu verhindern.

„Actio und Reactio", murmelte er, „und dann wird das Ganze zum Perpetuum Mobile. Bürgerkrieg, here we come und dann wiederholt sich die ganze Geschichte des zwanzigsten Jahrhunderts allen Unkenrufen zum Trotz. Wir wollen unseren Kindern das alles ersparen!"

„Vielleicht handelt es sich aber auch nur um braun angehauchte Großmannsfantasien, Tscharly. Die Nazis tendieren doch seit jeher zum Größenwahn. Ausschließen möchte ich allerdings auch nichts. Bei all dem, was uns in den letzten Tagen heimgesucht hat."

Jenny stand leise auf, schlich auf Zehenspitzen aus dem Zimmer und verstaute die Medikamente und Salben im Bad. Dann kehrte sie ebenso leise in das Zimmer zurück – mit Kopien unter dem Arm und einer staatstragenden Miene im Gesicht.

„Das hier wird dir einiges erklären, Tscharly."

Sie überreichte ihm die Unterlagen, als handle es sich um das Original biblischer Schriften.

Tscharly blätterte darin. Das Beamten-Kauderwelsch schien ihm gewöhnungsbedürftig. So eine verquaste Sprache mit „hätte, hätte, hätte – *Fahrradkette*!" – und jeder Menge „*könnte, sollte, wäre – scheiß auf die Gewähre!*", reimte Tscharly. Hier vermied ganz klar ein pflichtbewusster Beamter um jeden Preis, sich in einer Sache festzulegen. Tscharly runzelte die Stirn, was höllisch schmerzte.

„Bevor du dir hier laut den Kopf zerbrichst und dadurch meine Mama aufweckst, werde ich dir verraten, was es mit diesen ganzen Schriftstücken auf sich hat", erbarmte sich Jenny seiner mit einer Weichheit in ihrer Stimme, die ihn fast entsetzte. „Wagner war ein einziges Mal unvorsichtig und das habe ich ausgenutzt. Normalerweise schafft er einen Gang zum WC in unter einer Minute. Das reicht, wie du dir denken kannst, niemals aus, um sich in seinem Büro umzusehen oder gar Dokumente zu kopieren. Gestern ist er auf dem Rückweg vom stillen Örtchen von unserem gemeinsamen Vorgesetzten aufgehalten worden. Der hat ihn in sein Büro gerufen. Der Alte wollte eine Standpauke loswerden, die ich wiederum in Auftrag gegeben habe. Ich habe mich nämlich über Wagners unkollegiale Art beschwert! Ich habe die Gelegenheit genutzt und bin in sein Büro geschlichen. Das hier habe ich in seinem Regal und der harmlosen Überschrift ‚Reisekostenabrechnungen' gefunden. In der Schublade ‚V-Männer' sind nur ein paar rechtsradikale Titten- und Schwanz-magazine rumgelegen, die er vielleicht in der Mittagspause immer studiert und nach Dienstschluss Berichte mit weißer Flüssigkeit auf Taschentücher darüber verfasst. Ich konnte die Seiten der V-Mann-Akten leider nur mit dem Handy abfotografieren. Ich habe es leider nicht geschafft, die gesamte Akte auf diese Weise zu kopieren. Natürlich habe ich all das hier in Mamas Wohnung ausgedruckt, damit ich im Amt keine Spuren hinterlasse, wie du dir denken kannst."

„Was ist das Wichtigste?", fragte Tscharly.

Jenny nahm ihm die Papiere aus der Hand. „Na gut, dann kriegst du eben die Kurzversion geliefert. Die V-Mann-Unterlagen belegen, dass Roland Wagner gezielt ein nationalsozialistisches Trio herangezüchtet hat. Die drei Akteure stammen aus Sachsen und standen kurz vor dem Antritt von empfindlichen Haftstrafen wegen Gewaltdelikten, Verwendung verfassungswidriger Symbole, vorgetäuschten Bombenanschlägen und so weiter. Wagner und zwei Kollegen des Thüringer und Sächsischen Verfassungsschutzamts haben dem Trio dabei geholfen, unterzutauchen. Sie also bewusst dem Polizeizugriff entzogen! Sogar die Zielfahnder der Kripo und der Landesämter haben sie geschickt an der Nase herumgeführt. Die Akten geben Aufschluss darüber, dass Wagner und Konsorten ihnen materielle Zuwendungen haben zukommen lassen. Wagner hat der Gruppe auch einen Namen verliehen – *Nationalsozialistischer Untergrund*. Aus den Akten geht leider nicht eindeutig hervor, ob das seine oder die Idee des Trios war. Spielt ja letztlich auch keine Rolle. Der Name soll jedoch identitätsstiftend wirken und dem Ganzen den Anstrich einer schlagkräftigen Terrorgruppe verleihen."

„Und was sind das für Typen, die da mitmischen?"

Jenny suchte drei Blätter heraus, bei denen links oben mit einer Büroklammer Porträtbilder befestigt waren. Die beiden Männer und die Frau mochten circa Mitte zwanzig sein. Die Frau hatte lange dunkle Haare, was bei rechtsradikalen Damen eine Seltenheit war. Nur ihre Augen lagen etwas zu dicht beisammen und ihre Nase war zu prominent, sonst hätte sie vielleicht als hübsch durchgehen können, befand Tscharly. Auch die Jungs sahen nicht völlig unattraktiv aus und sie bestätigten in Tscharly nicht das Vorurteil des hässlichen Nazis. *Diese Kinder wirken eher wie unreife Jugendliche, die noch überlegen müssen, ob sie erst einmal um die Welt reisen oder doch lieber gleich eine Lehre beginnen sollen.*

„Die Decknamen lauten Liesel, Gerry und Max", erklärte Jenny. „Der Ordner enthält Fotografien, bei denen sie auf NS-Demonstrationen teilnehmen – am Heß-Geburtstag, am Tag der NS-Niederlage, der Machtergreifung und so weiter und so fort. Auf einem der Bilder tragen sie ein Transparent mit der Aufschrift *Nationalismus – eine Idee sucht Handelnde*. Immer wieder findet sich in der Akte auch das Motto des – kurz: NSU genannten Vereins – *Taten statt Worte*."

Blitzartig erinnerte sich Tscharly: War nicht exakt von diesem Slogan in jenem ominösen Bekennerschreiben der *BAF* ebenfalls die Rede gewesen? Offenbar bediente sich dieser Mistkerl Wagner in einem gefälschten Bekennerschreiben ausgerechnet eines Slogans einer in echt existierenden NS-Terrororganisation, die er höchstpersönlich aus der Taufe gehoben hatte!

„Okay, dann hat dein Chef sich also drei braune Früchtchen herangezogen, sie untertauchen lassen, mit reichlich Kohle und sonst noch was alimentiert und dann?"

„Ja, dann wäre fast alles im Lot", sagte Jenny, „aber die Akte ist eine wahre Atombombe – mindestens auf Nagasaki-Niveau. Denn sie enthält Daten, hinter denen jeweils die Kürzel der Vornamen stehen, was wohl bedeutet, wer bei diesen Aktionen konkret mitgemischt hat. In Sachen Buchführung macht Wagner niemand so schnell was vor! Dezember 1998: der erste Überfall des Trios überhaupt auf einen Edeka-Supermarkt in Chemnitz. Von da an waren wohl in erster Linie ausschließlich die beiden Männer an Aktionen aktiv beteiligt. Am 9. März 1999 Bombenanschlag auf die Wehrmachtausstellung in Saarbrücken. Allerdings sind hier die Kürzel mit einem Fragezeichen versehen. Vielleicht ist sich Wagner selbst nicht sicher, ob sein höchstpersönliches NSU-Duo dabei mitgemischt hat. Im Juni 1999 ein misslungener Sprengstoffanschlag auf eine türkische Gaststätte. Zum Glück hat die Sprengstofftaschenlampe nicht mehr Schaden als ein Polenböller angerichtet. Dann begann eine neue Ära. Das Trio beziehungsweise das Männer-Duo hat sich auf das Eliminieren von türkischstämmigen Männern im zeugungsfähigen Alter verlegt. Im Frühherbst 2000 hat es einen türkischen Blumengroß-händler in Nürnberg erwischt. Dann Anfang 2001 ein Bomben-anschlag auf ein iranisches Lebensmittelgeschäft in Köln. Und einige Monate später die Exekution eines türkischen Inhabers einer Änderungsschneiderei in Nürnberg."

„... du meinst *Ermordung*", unterbrach Tscharly ihren Flow – ihre Wortwahl behagte ihm nicht ganz. „Eine Exekution erfolgt bei Straftätern oder säumigen Zahlern. Das hier sind wahrscheinlich Leute, die brav ihre Steuern bezahlt haben, nehme ich an."

„Du bist hier der Dichterfürst von uns beiden", stimmte sie ihm zu und fuhr fort. „Nur vierzehn Tage später hat es einen türkischstämmigen Gemüsehändler in Hamburg erwischt. Knapp einen Monat später einen Landsmann aus demselben Gewerbe in München. Vor viereinhalb Monaten haben diese eiskalten Killer dann einen Mitarbeiter eines Dönerstandes in Rostock kaltgemacht. In der Zwischenzeit hat Wagner akribisch acht weitere Raubüberfälle des NSU-Trios verzeichnet. Die Höhe der Beutesummen variieren beträchtlich, aber die Gesamtsumme ist nicht unansehnlich."

„Mmh, ich würde sagen, die sind ganz schön agil", versuchte Tscharly mit Sarkasmus das Ganze auf emotionaler Distanz zu sich zu halten. „Das alles ist wirklich starker Tobak. Und alles mit der Protektion des hehren Amtes für Verfassungsschutz. Diese Arschlöcher begehen eine Straftat nach der anderen, so wie normale Menschen Arzttermine ausmachen. Die haben die schützende Hand eines Roland Wagners über sich. Anscheinend steht der Quellenschutz in diesem Fall über jeder Form von Aufklärungsinteresse. Aber genau das ist ja das Fatale am Geheimdienstwesen in Deutschland, dass der Quellenschutz ja praktisch über allem anderen steht!"

Obwohl sich Tscharlys Stimmung auf dem Tiefpunkt befand, lachten beide kurz. Tscharly suchte Blickkontakt und erkannte in Jennys Augen einen verräterischen Glanz. Da lauerte noch der große Knaller, verriet ihm dieses Schimmern, obwohl ihm das alles kaum mehr zu toppen schien. Diese Frau mit DDR-Sozialisation war gut, ausgezeichnet sogar – und hatte sich besser im Griff als fünfundneunzig Prozent der Menschheit.

„Du hast noch was auf Lager, Jenny, raus damit!"

Jennys Lippen verwandelten sich in einen schmalen Strich, dann erklärte sie: „Am 9. Juni dieses Jahres ist K für Köln mit den Kürzeln G und M vermerkt."

Tscharly spürte, wie ihm die Luft wegblieb.

„Alles okay?", fragte sie, nachdem es ihm gelungen war, seine Atmung zu stabilisieren.

„Gar nichts ist okay. Braune Armee Fraktion hin, Nationalsozialistischer Untergrund her! Organisierte Kriminalität – Bullshit! Ausländerextremismus à la Al-Qaida und PKK, einfach lächerlich! Irgendein Wichser von dem Amt, das vorgibt, die Menschen in diesem Land und die Verfassung zu schützen, hat einen Bombenanschlag in Auftrag gegeben. Und meine Frau liegt seither auf der Intensivstation. Und kein Mensch kann mir sagen, ob Sara jemals wieder aufwacht!"

„So bedauerlich das mit deiner Frau auch ist", entgegnete Jenny, „so musst du das ganze Bild im Auge behalten. Es geht hier um nicht weniger als darum, die politischen Verhältnisse in unserem Land so zu destabilisieren, dass in Deutschland Polizei, Militär und

Rechtsextremisten sie dazu ausnutzen können, um einen Putsch in die Wege zu leiten. Und Wagner steckt hinter all dem!"

„Mit dem Segen von Wohlfeil!", fügte Tscharly hinzu.

„Aber das reicht noch nicht, Tscharly. Hinter der gigantischen Aktion müssen noch weitere Hochkaräter stehen – wie ranghohe Politiker, Polizisten, Militärs, Wirtschaftseliten und Geheimdienste."

„Vielleicht sogar dein oberster Chef, ihre Eminenz Dr. Maß?", hatte Tscharly einen plötzlichen Geistesblitz.

„Möglich. Weit genug rechts steht er ja und man sagt ihm Affinitäten zum braunen Rand nach."

„Haben wir weitere Beweise? Gibt es Hinweise auf Mitverschwörer? Oder wo sich Wagners NSU-Trio momentan aufhält?"

Jenny schüttelte den Kopf. „Nichts, außer dem da", sie klopfte auf die Blätter, „aber mit diesem Minenfeld kann es uns durchaus gelingen, die Schose platzen zu lassen. Zudem stimmen Bilder der Musiksender-Überwachungskamera mit den Konterfeis der NSU-Männer überein, auch wenn sie sich ein klein wenig verkleidet haben."

„Wir müssen schnell sein! Sonst erwischen sie uns als erste – bevor wir sie erwischt haben", erwiderte er und die bedrohlichen Szenen der letzten Stunden stiegen unheilvoll vor seinem geistigen Auge auf. Inzwischen nahm der Gedanke, Sara und Deniz zu rächen, Überhand in ihm. Er würde die braunen Brüder mit dem höchsten Vergnügen nach Walhalla schicken – dorthin wo die gefallenen Krieger der Germanen hausten!

Jenny runzelte die Stirn. „Wir müssen verdammt schnell sein. Ich vermute, dass Wagner dem NSU-Trio den Befehl zum Abtauchen erteilt hat, um sie dann in einem Jahr oder so wieder für neue Schandtaten wie das Kaninchen aus dem Hut hervorzuzaubern."

Tscharly seufzte. „Ich muss nochmal in die Wohnung zurück."

„Aber warum?"

„Der Laptop liegt noch da."

„Gib zu: Bei meiner dementen Mutti und ihren überquellenden Windeln gefällt es dir wohl nicht. Aber dass du einen weiteren Artikel schreiben möchtest – dagegen habe ich ja auch nichts einzuwenden. Nur musst du dich damit abfinden, dass ich ihn vor

Drucklegung ohnehin zensieren werde. Denn es darf sich nichts darin finden, was in irgendeiner Form unsere Identität und unser Wissen in dieser Sache preisgibt. Dann können wir vielleicht auch den Adlerhorst weiter nutzen."

„Gut, ich schreibe den Artikel und du legst dir den weiteren Schlachtplan zurecht. Das Attentat muss verhindert werden. Das sind wir Deutschland schuldig."

„Absolut", gab Jenny ihm ausnahmsweise recht, „wir müssen unsere muslimischen Mitbürger retten. – Ist ja auch ein Kinderspiel, Herr Journalist!"

23.05 Uhr

„Pass auf dich auf, Opa."

„Du auch, Milla", sagte der alte Methusalem.

Milla brannte darauf, das Gespräch so schnell wie möglich zu beenden. „Das Bekennerschreiben ist sicher eine Fälschung", wiederholte sie zum dritten Mal. „Das waren Ausländer, die die Bombe gezündet haben. Kriminelle Ausländer und Papa sind schuld daran, dass Mama jetzt auf der Intensivstation liegt!"

Milla legte einfach auf.

„Das hast du gut gemacht", sagte Roland. Er sah lädiert aus – mit blauen Flecken im Gesicht. Täuschte sie sich, oder fehlte im Unterkiefer sogar ein Schneidezahn? Er hatte ihr erzählt, er sei in der Innenstadt von einem Fahrradfahrer über den Haufen gefahren worden. Irgendwie wehrte sich ein Teil in Milla dagegen, ihm diese Geschichte abzukaufen. Andererseits – welches Recht hatte sie, ihn zur Rede zu stellen?! Immerhin hatte sie ja beschlossen, Rolands Sklavin zu sein.

„Wir haben ihn!", fuhr Roland fort.

Sie befanden sich inzwischen wieder im Panikraum. Er stand wie ein Priester im schwarzen Anzug vor ihr. Sie kniete vor ihm in einem transparenten, roten Nachthemd. *Vielleicht ist ja heute der Tag, an dem er endlich den Keuschheitsgürtel öffnet und sich wie ein Mann verhält!*

„Inwiefern?", wagte Milla nachzufragen.

„Der Fisch hat den Köder geschluckt."

„Du meinst Papa? Oder Opa?"

„Der alte Jude hat gerade sehr aufgeregt geklungen, ist dir das nicht aufgefallen, Liebes?"

„Ich verstehe Eure kryptische Ausdrucksweise nicht, mein Herr und Gebieter."

Sie wagte nicht, zu ihm aufzusehen. Er hatte ihr verboten, in diesem Raum in sein Gesicht – geschweige denn in seine Augen – zu blicken. Ein Regelverstoß bedeutete Bestrafung durch Nicht-Beachtung. Milla fürchtete nichts mehr, als dass er sie aus seinem Haus werfen könnte, bevor sie auch nur ein einziges Mal in den Genuss gekommen wäre, dass er den Keuschheitsgürtel um ihren Schoß löste. Und am Ende alles nur ein Traum gewesen war.

Er belehrte sie: „Deutsches Blut, das danach strebt, sich miteinander zu vereinen, wird die Schande der Umvolkung tilgen."

„Ich verstehe euch noch weniger."

„Wer hat gesagt, dass du verstehen sollst, Sklavin?"

„Aber …"

Wie aus dem Nichts traf seine Hand sie klatschend an der Wange. Milla zuckte zurück und spürte das Kribbeln in ihrem Schoß. „Verzeiht, mein Herr und Meister, ich war ungehorsam …"

„Genau dafür hast du deine Strafe auch verdient!"

Sie nickte ehrfürchtig.

Er riss ihr das dünne Hemd mit einer einzigen Bewegung vom Körper.

„Steh auf!"

„Wie Ihr befiehlt, mein Meister."

„Dreh dich um – oder willst du es tatsächlich wagen, deinem Herrn und Meister ins Gesicht zu sehen, Sklavin?"

Sie gehorchte. Und er streichelte mit der Peitsche in der Mitte ihres Rückens entlang und legte seine Hand exakt auf die Stelle, an der ihre Wirbelsäule in die Mulde zwischen ihren Gesäßbacken überging. Sie spürte seine Finger darin. Ihre innere Spannung steigerte sich ins Unermessliche, als er die Hand sang- und klanglos zurückzog.

„Beuge dich nach vorne!"

Sie tat wie geheißen und spürte das feine Leder, das fest und zugleich voller Sorgfalt ihre Haut bearbeitete. Die klatschenden Geräusche in ihren Ohren hätten kaum schöner sein können. Sie umklammerte mit den Händen eine Säule und genoss die Prozedur. Ein Klingeln an der Tür beendete ihr gemeinsames Spiel. Wagner befahl ihr, sich aufzurichten.

„Es ist so weit", sprach er und blickte vielsagend auf den Keuschheitsgürtel.

Milla lächelte. Konnte es kaum erwarten, Herrmann Wohlfeil zu Diensten zu sein. Endlich würde all die Spannung der vergangenen Tage in einem Orgasmus von ihren Schultern abgleiten und sich in pure Lust verwandeln.

„Ich danke euch, mein Herr und Meister für die Bestrafung."

Er fesselte ihre Hände mit einer Kette über ihrem Kopf. Mit ausgestreckten Armen lehnte sie an der Säule, während er auch ihre Beine in Ketten legte. Er zeigte ihr den Schlüssel des Keuschheitsgürtels und verschwand eilig nach oben. Ungeduldig wartete sie und starrte auf die Stahltür. Sie hörte Schritte im Foyer – Stiefel, und die Stimmen mehrerer Männer. Ehe sie einen Gedanken fassen konnte, betrat Roland Wagner den Raum in Begleitung eines halben Dutzends Skinheads mit Glatzen.

Wagner sprach wie ein Dirigent: „Ich habe nie behauptet, dass das alles nur ein Spiel ist, meine Walküre."

Und dann löste er den Keuschheitsgürtel um Millas Schoß, woraufhin sie den Skinheads nackt gegenüberstand.

„Mach mich los!" Sie wand sich in ihrer Panik in den Ketten.

„Das hättest du wohl gerne." Er lachte sein schrillstes Lachen.

Die Skinheads rissen derbe Zoten. Milla konnte sich kaum bewegen. Schon löste der erste Skinhead seinen Gürtel und öffnete seinen Hosenstall. Entblößte sein Glied, das bei ihrem Anblick auf die Größe einer Schlange anschwoll. Schweiß brach aus Millas Poren.

„Das kannst du nicht tun, du Mistkerl …"

„Natürlich kann ich."

„Ich werde dich anzeigen – wegen Vergewaltigung …"

„Du befindest dich in unserer Macht. Und das hast du dir selbst zuzuschreiben, meine Liebe."

„Aber …"

„Ich habe dir nach unserer ersten Nacht die Wahl gelassen, meine Liebe, aber du hast es vorgezogen, bei mir zu bleiben. Und damit hast du auch allen Konsequenzen zugestimmt. Erinnere dich nur. Und jetzt bekommst du, was du dir die ganze Zeit über gewünscht hast."

„Aber das ist doch …"

„Denk an deine Mutter! Du willst doch nicht, dass jemand in die Klinik geht und die Maschinen, die sie am Leben erhalten, ausschaltet. Tu es für sie. Mach es für Mama und sei ein liebes Mädchen! Ein tapferes, deutsches Mädchen, das seinem Führer huldigt und treu ihre Pflicht verrichtet."

Wagner hatte die schalldichte Tür verriegelt. Er griff nach der Fernbedienung und drückte einen Knopf. Augenblicklich erfüllte schriller Gitarrensound vermischt mit einer tiefen, knurrenden Bassstimme das Innere des Raums. Es handelte sich um eine rechte Rockgruppe namens Landser, die vor über einem Jahr als terroristische Vereinigung aufgelöst worden war und die nun den Soundtrack zu Millas real gewordenem Albtraum lieferte.

„Heute ist die Nacht der Nächte!", brüllte Wagner mit seinem zerschundenen Gesicht. „Deine persönliche Reichskristallnacht hat begonnen, mein Mädel. Und ich hoffe, du wirst sie niemals mehr vergessen."

Dann spürte Milla den Atem des ersten Skinheads in ihrem Gesicht.

23.53 Uhr, München

Peter Smuss hatte eine Platte auf den Teller gelegt und lauschte dem Sound von Benny Goodmanns legendärer Big Band aus New Orleans. Das Original stammte von 1936. Der alte Methusalem war zwölf gewesen und hatte sich die „Negermusik", wie sein Vater sie bezeichnete, mit einem Grammophon angehört. Später – in den Fünfzigerjahren – machten die Amerikaner den Swing in der Westzone populär. Smuss hatte in einem Nachtclub in Schwabing dazu getanzt, *Sing, sing, sing,* und Saras Mutter kennengelernt. Auch sie war eine Überlebende der Shoah gewesen. Er sah es in ihren Augen, ohne mit ihr jemals mehr als drei Sätze darüber gesprochen zu haben. Das Thema blieb eines der wenigen Tabus in ihrer Beziehung. Das Unaussprechliche in Worte zu fassen, schien es Peter Smuss, hätte dem Ganzen niemals gerecht werden können. Je mehr Nullen eine Zahl besaß, desto gewaltiger überstieg ihr Wert ohnehin jegliches menschliche Abstraktionsvermögen. Und so war es ihrer beider stilles Übereinkommen gewesen, die Nächte durchzutanzen anstatt von Albträumen gepeinigt und schreiend nebeneinander aufzuwachen. Dieselbe Ruhelosigkeit hatte Smuss auch den Antrieb gegeben, den Weg vom Zeitungsjungen bis in die Redaktion der Münchener Neuesten Nachrichten zu bewältigen.

Peter Smuss saß hinter dem Schreibtisch in seinem Büro und ließ seine Gedanken schweifen.

„Warte nicht auf mich", hatte er seiner jungen Ehefrau Nummer zwei am Telefon mitgeteilt. Das war vor Stunden gewesen.

Smuss steckte die Platte in ihre Hülle zurück. Einer der GI's hatte ihm diese kostbare Aufnahme geschenkt.

Heute ist wieder eine dieser Nächte, sinnierte er, in denen man besser wachbleibt. Tscharlys Recherchen und das Bild der komatösen Sara hatten die alten Erinnerungen in ihm von Neuem entfacht. Smuss konnte sich also ausrechnen, welche Art von Traum ihn wohl verfolgen würde. Aber was tun – wenn der Körper zu ungelenk und schwer geworden war, um die Nächte durchzutanzen?

Was Milla wohl in Köln gerade macht?

Die Stimme der Enkelin hatte jenes verräterische Timbre der Lüge innegehabt. Sie hatte beteuert, es gehe ihr gut. *Arme, tapfere Milla – hast es nicht leicht gehabt mit deiner Mutter.* Warum nur hat Sara, nachdem Tscharly sie verlassen hat, keine Hilfe von mir angenommen? Sara hätte doch das Kind auch auf ein Internat geben können. Ich hätte gerne dafür bezahlt, wenn ich Milla dafür in guten Händen gewusst hätte. Anstatt bei ihrer kranken Mutter.

Ein Klopfen an der Tür riss Smuss aus seinen Gedanken.

„Ja?"

„Herr Verleger", hörte er die Stimme von Kira Rauch – ihr Nachname war ihm wieder eingefallen, „ich ..."

Ihr blasses Gesicht jagte ihm einen kleinen Schrecken ein. „Müssten Sie denn nicht längst zu Hause sein, Frau Rauch? Bei Ihrem Freund."

„Ich habe keinen Freund", entgegnete die junge Frau.

„Dann eben bei Ihrer Familie."

„Meine Eltern sind geschieden."

„Ach so." Er nickte überrascht. „Kommt heutzutage wohl in den besten Familien vor. Treten Sie schon ein. Was kann ich für Sie tun?"

Die Volontärin setzte zögerlich einen schlanken Fuß vor den anderen.

„Setzen Sie sich."

Kira zog es vor, stehenzubleiben.

„Herr Verleger", sagte sie, „ich muss Ihnen etwas sagen, aber ich weiß nicht recht, ob ich damit ..."

Robert und der Kaktus fielen ihm prompt ein. „Es ist wegen Mayer", kombinierte er. „Nur heraus damit."

„Ich weiß nicht, ob ich ..."

„Machen Sie sich keine Sorgen, Frau Rauch. Der Inhalt dieses Gesprächs wird auf alle Fälle unter uns bleiben."

„Herr Mayer war heute in Ihrem Büro."

„Ich weiß."

Die Praktikantin blickte zu Boden. „Und als Robert den Kaktus gießen wollte, hat er ihn einfach aus dem Büro gejagt. Robert meinte, Mayer hat ausgesehen, als hätte er dort etwas gesucht auf

Ihrem Schreibtisch. Robert wollte Ihnen das eigentlich selbst mitteilen, Herr Verleger.“

„Aber Robert war sich wohl zu unsicher, ob seine Beobachtung den Tatsachen entsprach“, vermutete er.

Kira nickte. „Robert hat Angst, dass Mayer ihn aus Rache schikanieren könnte. Mayer hat Robert erzählt, dass er persönlich dafür sorgt, dass Sie ihn rausschmeißen, Herr Verleger, wenn davon auch nur ein Wort an Ihre Ohren gelangen würde.“

Smuss atmete auf. „Deswegen war Robert heute so verstört, als ich in der Redaktion angekommen bin. Das ist also des Rätsels Lösung.“

„Robert macht sich große Sorgen um seinen Job und er ist wütend, weil Mayer ihm gedroht hat. Ich habe Robert versprochen, die Sache für mich zu behalten.“

„Danke, Frau Rauch, ich werde mit Robert reden. Und selbstverständlich bleibt dieses Gespräch unter uns.“

„Danke, Herr Verleger.“

„Ich wüsste nicht wofür. Sie haben Robert damit auf alle Fälle sehr geholfen. Der arme Kerl. Die Frage ist nur, was mache ich jetzt mit Mayer?“

Die Angestellte wusste offenbar keine Antwort, wie ihm ihre Miene verriet. Smuss erhob sich. Er trat um den Schreibtisch herum auf sie zu. „Ich danke Ihnen sehr, Frau Rauch. Und jetzt gehen Sie bitte nach Hause. Überlassen Sie einen alten Mann seinem Schicksal, bevor Sie auch noch eines dieser Nachtgespenster werden. Ich bin froh, dass Sie sich Robert annehmen. Der braucht das – so wie jeder von uns ab und zu einen anderen Menschen braucht.“

Kira verabschiedete sich. Smuss musste wieder an Milla denken. *Die sind im gleichen Alter, die beiden! Eigentlich sind in diesem Alter alle noch Kinder. Ab wann ist ein Mensch eigentlich wirklich erwachsen? Mit siebzig? Achtzig? Oder mit hundert …?*

Er legte eine andere Platte auf und Marlene Dietrich sang: „Vor der Kaserne, vor dem großen Tor, stand eine Laterne – und steht sie noch davor …“ Die Geschichte der jungen Frau, die auf die Rückkehr ihres geliebten Soldaten wartet – ein Anti-Kriegslied der Nachkriegszeit.

Smuss blickte auf die Uhr.

Mitternacht.

Wann hat dieser ganze Wahnsinn endlich ein Ende? Früher, bevor Transporte vom Arbeits- ins Todeslager bevorstanden, hatte sein Instinkt ihn stets gewarnt. Smuss hatte gelernt, sich wie ein Unsichtbarer zu verhalten. Mit einem Mal war dieses Gefühl wieder da. Mit den Händen greifbar die Angst im Raum. Jeder stechende Herzschlag fühlte sich an wie der Vorbote eines Infarktes. Und der alte Mann wünschte sich nichts sehnlicher, als zu sterben. Aber vorher stand ihm noch ein letzter Kampf bevor. Das Schicksal hatte ihn schließlich dazu auserkoren, weiterzuleben.

Smuss starrte mit seinem einzelnen Auge in die Finsternis. Dann setzte er sich wieder in den Ledersessel. Er döste ein und träumte von schwebenden Polizeiautos wie in den Science-Fiction-Filmen der Fünfzigerjahre. Und es war den Polizisten möglich, dank eines Gehirnchips eine Person auf der Stelle festzuhalten, ohne sie überhaupt berühren zu müssen. Die Polizisten wedelten bei jeder Gelegenheit mit einem dünnen weißen Bändchen mit der Deutschlandfahne herum. Dann befand Smuss sich plötzlich in einem Raum mit zwei Polizisten zum Verhör. Einer der beiden öffnete ein Fenster und warf das Grundgesetz hinaus und spuckte hinterher. Dieser zutiefst undemokratische, frevelhafte Akt war es, der Smuss im Nu magische Kräfte verlieh. Er erhob sich wie ein Tänzer, schwebte zum Fenster und eilte schwerelos dem Grundgesetz hinterher. Er sah das Buch zu Boden fallen und holte es ein – fing es auf mit den Händen – und dann erwachte er in seinem alten Büro.

„Uff, was für einen Scheiß ich träume", murmelte er vor sich hin.

Wenigstens habe ich nicht vom KZ geträumt!

Er warf einen Blick auf die Rolex. *Zehn Minuten nach zwölf.*

„Zeit endlich heimzugehen", seufzte er, verspürte aber keinen Antrieb, sein Büro zu verlassen. Im Gegenteil, die innere Unruhe erweckte in ihm die Lust, sich irgendwo – wie ein Kind – zwischen den Büromöbeln zu verstecken. Dieses angeborene Bauchgefühl hatte ihn einst vor den schwarzen Männern mit den Totenkopfmützen gerettet.

„Kein Wunder, wenn das eigene Kind stirbt", fasste er seine Trauer in Worte.

Er raffte sich auf und schlüpfte in das schwarze Sakko, das seine Frau ihm ausgesucht hatte. Obwohl weit und breit kein Mensch in Sicht, überprüfte er, ob der Knoten der schwarzen Krawatte auch perfekt saß. Dann ergriff er die Pfeife, stopfte sie mit edlem Kirschtabak und steckte sie in die linke Sakkotasche. Dieses Betthupferl würde er sich zu Hause vor dem Einschlafen gönnen!

Auf dem Parkplatz fühlte er sich wie ein alter Kahn in der Danziger Werft, der leck gelaufen war. Smuss marschierte mit einer leichten Linksneigung, eine Schonhaltung nach dem langen Sitzen, auf das Auto zu und erspähte auf einmal die Gestalten um sich. Zwei große, kräftig gebaute Männer, beide Anfang Dreißig, lehnten an einem schwarzen 5er-BMW. Eine Spur zu lässig, fand Smuss. Früher waren Sicherheitskräfte anders – da hätte es für diese Art von Herumbummelei drakonische Disziplinarstrafen gegeben. Das waren keine Gangstertypen wie aus alten amerikanischen Filmen über Al Capone gewesen. Die Soldaten der SS hatten sich durch eine *arische Körperhaltung* ausgezeichnet. In einer Rede vor SS-Oberen hatte Himmler den Anstand seiner Ordensmitglieder beschworen! Dass die SS-Schergen trotz größter psychischer Belastung, die ihre staatstragende Mission mit sich brachte, stets Haltung bewahrten, pries Himmler als eine der größten Tugenden überhaupt an.

Diese beiden Gestalten dagegen hätte Himmler als eine „Schande für das deutsche Volk!" bezeichnet. Der Blonde schnippte eine Zigarettenkippe in Smuss' Richtung. Der Verleger schwor sich, auf keinen Fall zu blinzeln. Er hatte dieses Alter eines Methusalems erreicht – und würde sich jetzt nicht durch Milchbubis einschüchtern lassen! Der Dunklere der beiden setzte sich etwas dynamischer in Gang – vielleicht ein Fußballspieler, irgendeine Angriffsposition, vermutete Smuss.

„Herr Smuss?", fragte der Blonde mit den groben Zügen, die so aussahen, als ob jemand ein Kunstwerk begonnen und dann die Lust daran verloren hätte.

Der alte Mann nahm seelenruhig die Pfeife aus seiner Sakkotasche, zündete sie sich entsprechend altmodisch mit einem

Streichholz an, paffte dreimal genüsslich und nickte mit dem Kopf. Der Dunkelhaarige funkelte ihn mit einem zornigen Paar Augen an. Missachtung der Amtsautorität durch einen alten Sack schmeckte dem Milchbubi wohl nicht besonders, bemerkte Smuss zu seiner eigenen Erheiterung.

„Herr Smuss, wir müssen Sie bitten, uns auf unsere Dienststelle zu begleiten!"

Der Blonde trug eine schwarze Lederjacke, sein Kollege eine beige Northface-Jacke. Bei beiden zeichneten sich die Konturen der Pistolenhalfter unter dem Gewebe ab.

Smuss überlegte. „Wahrscheinlich kommen Sie mir jetzt gleich mit ‚*Gefahr in Verzug*'. Aber dann müsste ich Ihnen antworten, dass Sie die Einzigen sind, die sich hier gleich verziehen werden. Sie befinden sich nämlich auf einem Privatgrundstück, die Herren!"

Er versuchte zu lachen, ehe ein Hustenanfall seine Posse vorzeitig beendete.

„Geht's Herr Smuss oder darf ich Ihnen auf den Rücken klopfen?", fragte der Lederjackenträger.

Dessen plötzlich bemüht freundlicher Ton machte Smuss augenblicklich nervös.

„Darf ich fragen, wer Sie überhaupt sind, meine Herren? Bitte weisen Sie sich aus!", spielte er das Spiel weiter.

Die Polizisten zückten ihre Dienstausweise. Die Straßenlaternen erzeugten zu wenig Licht für Smuss' altes Auge. Der Beamte mit der Northface-Jacke zückte eine Taschenlampe und Smuss informierte sich über Dienstnummern und Dienstgrade der Beamten.

„Was kann das Münchener Landeskriminalamt, Abteilung Staatsschutz, um diese unchristliche Zeit von einem Greis nur wollen?", entgegnete er. „Ist das eine neue Art, mit Dementen umzugehen, indem man ihnen einen Schrecken einjagt!"

„Es handelt sich um eine gemeinsame Aktion mit dem Bundesamt und dem Landesamt für Verfassungsschutz", legte nun der Dunkelhaarige wieder eine Spur Autorität in seine Stimme.

„Viel Feind, viel Ehr." Smuss sog zum Schein genüsslich an seiner Pfeife. „Ich muss Ihre Einladung leider dankend ablehnen. Um diese Uhrzeit habe ich meinen ehelichen Pflichten nachzukommen."

Seine Akte enthielt bestimmt auch ein Bild seiner Frau, dachte Smuss.

„Ich fürchte das geht nicht", sagte der Blonde, „denn es besteht akute Verdunkelungsgefahr."

„Wenn Sie denken, meine Ehefrau wird sich verdunkeln, um sich ihren ehelichen Pflichten zu entziehen, dann wissen Sie mehr als ich, meine Herren ..."

Der blonde Beamte fiel ihm ins Wort: „Herr Smuss, ich muss Ihnen mitteilen, dass hier um Punkt sechs Uhr sämtliche Redaktionsräume der Neuesten Münchner Nachrichten durchsucht werden. Und damit Sie in der Zwischenzeit kein Beweismaterial verschwinden lassen, werden Sie leider mit uns kommen müssen. Ob Ihnen das nun genehm ist oder nicht!"

Smuss dämmerte es ... Zwischen zweiundzwanzig Uhr abends und sechs Uhr morgens durften – laut Gesetz – keine Durchsuchungsbefehle vollstreckt werden. Außer bei Gefahr in Verzug!

„Ich fürchte, Sie sind schuld, meine Herren, wenn meine geliebte Gattin heute Nacht auf mich verzichten muss und ich meine ehelichen Pflichten nicht erfüllen kann."

Die deutschen Gesetze hatten eben schon immer merkwürdige Blüten getrieben. Nacktautofahren ist in diesem Land erlaubt, jedoch wer im Adamskostüm aussteigt, dem droht ein Bußgeld. Verstirbt ein Beamter auf Dienstreise, gilt diese als vorzeitig beendet. Ähnlich skurril fand Smuss das Verbot von Hausdurchsuchungen zu nachtschlafender Zeit – anscheinend aus Rücksicht auf die Nachbarn waren diese verboten worden. Der Gedanke hielt Smuss derart gefangen, dass er wie von Zauberhand geleitet den Staatsdienern zu ihrer Limousine folgte. Der Blonde öffnete ihm die Türe, legte ihm sachte die Hand über seinen Kopf, sodass er sich nicht am Rahmen stoßen konnte. So ein Scheiß, dachte Smuss, als der BMW wie ein Raumschiff durch das nächtliche München glitt. Jetzt gehen diese Nazi-Methoden schon wieder los! Pressezensur, Beschneidung der persönlichen Freiheitsrechte und psychischer Druck, der mich dazu bringen soll, mich der Staatsmacht zu beugen. Ungeachtet der wütenden Proteste der Beamten, zündete Smuss sich die Pfeife nochmals an und ließ sich das Kirscharoma auf der Zunge zergehen.

„Sie sind in meiner Wohnung, Jennylein", sagte Elke Görlitz.

„Wer, Mama?"

Tscharly stellte den Kaffee weg und lauschte dem Telefonat der beiden Frauen.

„Die Stasi!", flüsterte Elke Görlitz. Tscharly sah in einer Vision das Bild von Jennys Mutter vor sich. In den grünen Augen, die sie ihrer Tochter vererbt hatte, spiegelte sich panische Angst.

„Mama", antwortete Jenny, „du hast gerade geschlafen. Und dann bist du aufgewacht. Du hast von früher geträumt ... von ..."

Elke Görlitz wimmerte.

Jenny fluchte: „Verflixt, wann wird diese Scheiß-Vergangenheit endlich einmal vorbei sein! Verdammt! Mama, bleib ganz ruhig – es ist nichts passiert! Du bist in Sicherheit. Du bist im Westen. Du hast diesen ganzen Scheiß längst hinter dir gelassen!"

„Aber die Stasi ist in meiner Wohnung! Sie sind im Vorzimmer. Was soll ich tun? Sie wollen mich wieder mitnehmen! In den Osten zurück. Nach ... nach ..."

„Mama, hör endlich auf damit! Ich will davon jetzt nichts mehr hören! Ich habe das so oft mit dir diskutiert ..."

Elke Görlitz fiel ihrer Tochter ins Wort: „Wer sind Sie überhaupt, junge Frau? Sie sind sicher nicht meine Tochter! Meine Tochter ist ein Kind. Geben Sie zu, Genossin, dass Sie mit *denen* unter einer Decke stecken. Geben Sie es schon zu ..."

„Mama, ich ..."

„Hören Sie auf!"

„Mama ..."

Ein Poltern, das sich anhörte, als würde ein Sessel umgekippt, unterbrach das Gespräch. Schritte folgten. Eine Tür bewegte sich quietschend in den Angeln. Männerstimmen. Jennifer Görlitz stieß einen Schrei aus.

Dann war die Leitung tot.

„Mama!"

Tscharly spürte seinen Puls wie ein Maschinengewehr, dessen Kugeln neben ihm einschlugen. Er legte schützend einen Arm um Jenny. Ihr Gesicht leuchtete aschfahl. Für die Dauer von drei

Sekunden ließ sie seine Umarmung geschehen, dann drängte sie ihn von sich.

„Ich muss zu ihr!"

„Ich begleite dich."

„Nein, du musst hierbleiben!"

„Ich lasse dich jetzt nicht alleine fahren."

„Ach!", keifte sie. „Ein Sessel ist umgefallen, im Hintergrund läuft der Fernseher und dann hat sie aus Versehen aufgelegt", redete Jenny sich ein.

Tscharly schaute ihr zu, wie sie zweimal die Nummer ihrer Mutter wählte.

„Mist! Sie geht nicht mehr ran!"

„Ich fahre dich!"

„Ich habe gesagt, du bleibst hier, Shatterhand."

„Aber …"

„Kein Aber! Du rettest Deutschland! Hast du mich verstanden? Das ist deine staatsbürgerliche Pflicht, verdammt nochmal! Ich fahre zu meiner Mama zurück und beruhige sie. In spätestens einer Stunde bin ich wieder bei dir. Ich dulde keine Widerrede!"

0.05 Uhr

Milla kniete vor ihm und spürte eine Mischung aus Angst und Erleichterung tief in ihrem Bauch.

„Es ist alles nur ein Spiel, meine Walküre. Alles nur ein Spiel!" Roland lachte.

„Verdammter Idiot!", hauchte sie.

„Tut mir leid, aber das musste einfach sein."

„Du hast mir einen solchen Schrecken eingejagt. Ich habe schon geglaubt …"

„… du hast doch wohl nicht wirklich geglaubt, dass ich dich einer Horde wildgewordener Skinheads überlassen würde?"

„Ich will weg!"

„Du kannst gehen, wann immer du willst. Du bist frei. Aber wenn du jetzt gehst, dann bedenke, dass niemand die Verräterin liebt."

„Du bist ja völlig verrückt!"

„Du willst es doch auch. Wenn dein Herr Papa erst einmal unseren gelungenen Sex-Film mit seiner eigenen Tochter sieht, dann ... Dann wird Tscharly Huber es sich künftig zweimal überlegen, was er tut. Du willst es ihm doch auch heimzahlen, Milla, was er dir und deiner Mama angetan hat!"

Roland hatte ihr die Ketten abgenommen. Ihr Körper fühlte sich an, als könnte er jeden Augenblick wie ein mit Gas gefüllter Luftballon abheben. Ihr unbedingter Wille, sich ihm um jeden Preis zu unterwerfen, hielt Milla am Boden zurück. Auf einem auf stumm geschalteten Bildschirm verfolgte sie die Aufnahme. Die Skinheads, die nach und nach ihre Schwänze offenbart und vor ihr onaniert hatten. Milla, die sich in ihren Ketten wand. Gute zehn Minuten dauerte der Film. Dann hatte Wagner die Skinheads weggeschickt. Kein einziger hatte die Möglichkeit gehabt, Milla auch nur mit dem kleinen Finger zu berühren. Die Glatzen verschwanden und ein Teil in Milla hatte sich plötzlich nach deren Rückkehr gesehnt, wie sie zugeben musste.

„Siehst du diesen Ausdruck der Angst in deinen Augen", erklärte Roland, „genau diese Mischung aus Angst und Lust ... das ist es, was dein Vater zu sehen bekommen wird. Jetzt müssen wir nur noch deinen Großvater zum Schweigen bringen. Du bist unsere Hauptfigur, Milla. *And the oscar goes to Milla Huber!* Du wirst diesen Scheiß-Moslems, die deine Mutter auf dem Gewissen haben, einen gehörigen Schrecken einjagen. Das ist dein Tag! Das ist deine Rache. Sie werden sich vor Angst in die Hosen machen, wenn sie eine nackte Frau – nur mit einem Sprengstoffgürtel bekleidet – auf einmal in ihrem Gebetsraum vor sich sehen! Und ein Freund von mir wird Fotos von dir machen. Ich werde dir dazu eine Dornenkrone aufsetzen. Und wir werden Nägel in deine Handflächen mit wasserfester Farbe malen. Die Aufnahmen mit der Nackten in der Moschee werden um die ganze Welt gehen. Als Zeichen für die Befreiung der Frau in der muslimischen Welt. In schwarz-weiß, ganz ästhetisch, natürlich!"

Milla schüttelte den Kopf.

„Was findest du besser, Milla, sei ehrlich … Burkini-Arabien oder Bikini-Deutschland?"

„Mein Hintern, er ist doch viel zu …"

„Vergiss die paar Gramm Fett. Du bist wunderschön und sexy. Weiblich. Hast du nicht die geilen Blicke der Jungs vorhin gesehen?"

Adrenalin pumpte noch immer durch ihren Körper. Lust und Furcht rangen ständig miteinander. Milla fragte sich, ob ihr Herr und Meister ihr diese seltsame Neigung von vornherein angesehen hatte. Oder war sie zum Opfer seiner Manipulation geworden? – *Nein, ich will kein Opfer sein! Ich habe ihn mir selbst ausgesucht. Ich bin seine Sklavin, aber ohne mich wäre er nichts! Und ich kann jederzeit gehen. Die Macht liegt bei mir!*

„Warum tust du das alles für mich?", fragte sie.

„Diese Geschichte hat einen Anfang und ein Ende. Am Ende stehen wir."

„Ich verstehe nur Bahnhof, mein Herr und Meister."

„Leg dich ein wenig hin, Milla. Ich will dir eine Geschichte erzählen, meine geliebte Walküre."

Als er sie mit einem Fell zugedeckt hatte, setzte er sich zu ihr. Er streichelte durch ihr Haar. Milla atmete tief. Irrte sie sich, oder hing in der Luft noch der säuerliche Geruch der Ejakulate der Skinheads?

„Alles wird gut werden", sprach Roland.

Die Mischung aus Wut und Verzweiflung, die in ihr herrschte, verlor allmählich gegen die körperliche Erschöpfung.

Was immer er mit ihr vorhatte …

Was immer dieser Mann mit ihr tat …

Sie spürte die Decke wie in einen Kokon. Roland legte sich neben sie. Dann begann er zu erzählen. Während er redete, entstand der innere Film vor Millas geistigem Auge …

„… von der ersten Frau deines Großvaters handelt diese Geschichte …", begann Roland.

1942, nördlich von Berlin bei Oranienburg umschließt ein elektrischer Stacheldrahtzaun das Lager Sachsenhausen. *Arbeit macht frei*, die Buchstaben suggerieren den Insassen, dass sie nur hart genug schuften müssen, damit sie in die Freiheit zurückkehren dürfen. SS-Obersturmführer Siegfried Wagner befehligt eine Erfindung, die er selbst gemacht hat. Er ist Herr über die Genickschussanlagen, in der die sowjetischen Kriegsgefangenen exekutiert werden. Die Gefangenen stellen sich an die Wand vor ein Maßband und denken, dass lediglich ihre Körpergröße gemessen wird. Als der Arzt die Körpergröße seiner Gehilfin diktiert, schießt der Schütze hinter der Wand dem Gefangenen ins Genick. Anschließend wird der leblose Leib des Gefangenen mit einem Wagen abtransportiert. SS-Sturmführer Wagner hat, bevor er sich freiwillig zur SS meldete, als Pathologe in der Charité gearbeitet. Die Gehilfin, die eine Schwesternhaube und eine weiße Schürze trägt, ist ebenfalls eine Gefangene. Das Mädchen heißt Marina Goldberg. Sie stammt aus Ostpreußen, wo ihre Familie ein Gut besessen hat, bevor die Nationalsozialisten den Besitz arisiert haben. Marina entkam ihrer Deportation an jenem Tag im Sommer 1939, da sie sich zu dem Zeitpunkt nicht zu Hause aufgehalten hatte. Damals war sie siebzehn gewesen. Sie hatte einen Russen kennengelernt – Dimitri, der sich den Partisanen angeschlossen hatte. Dimitri fiel einem Angriff der Wehrmacht nahe der Oder zum Opfer. Die Partisanen haben Marina daraufhin in ein Bordell, dreißig Kilometer von Warschau entfernt, verschleppt. Es dauerte nicht lange und Marina fiel in die Hände der deutschen Wehrmacht. Diese sahen in ihr eine sogenannte „*Bettpolitische*", weil sie sich im Bordell mit russischen und polnischen Partisanen der Rassenschande schuldig gemacht hat. Die junge Frau war also für das Gas bestimmt. In Sachsenhausen angekommen, wartete sie auf einen Weitertransport in eines der berühmt-berüchtigten Todeslager.

„Ihr Nazischweine könnt mich quälen, soviel ihr wollt, aber niemals werdet ihr eine Träne von mir zu sehen bekommen."

Das Partisanenliebchen spuckt vor dem SS-Obersturmführer aus.

Dieser schlägt ihr mit Fäusten ins Gesicht, was sie heldenhaft hinnimmt.

„Ich habe keine Angst vor dem Tod."

Der Obersturmführer erwidert: „Es gibt einen langsamen und einen schnellen Tod."

Marina hat von einem Versteck aus beobachtet, wie die Nazis ihren Geliebten erschossen haben. Jenen Mann, für den sie sich mit ihrer Familie entzweit hat. Dem ihr Herz gehört. Dimitri hat nicht das geringste Anzeichen einer Schwäche gezeigt, als er im Kugelhagel verreckte – und wie eine Schießbudenfigur in eine Grube fiel, die er und seine Kameraden zuvor selbst haben ausheben müssen.

„Du kannst mir keine Angst einjagen", giftet sie zurück.

Der Oberstumführer kratzt sich die Nase. Seine Blicke taxieren ihre Brüste und ihr Becken unter dem schütteren Stoff ihres Kleides. „Ich würde dir ja gerne einen schnellen Tod im Gas bereiten, Partisanenliebchen. Aber ich habe Befehl von meinem Kommandanten die Bettpolitischen ihrer wahren Aufgabe zuzuführen. Du wirst im Lager das machen, was du am besten beherrschst."

In einem Anbau – neben der Pathologie – befindet sich die Bordellbaracke. Von seinem Arbeitsplatz aus und als Betreiber der Genickschussanlage kann Wagner die Kunden sehen, die den Frauen in der Baracke ihre Besuche abstatten. Für gewöhnlich handelt es sich um Lagerinsassen, die von den SS-Leuten auserkoren worden sind. Manche der Männer haben lange keine Frau mehr gesehen. Die Gewalt, die sie erlebt haben, lassen sie nun gebührlich an den Lagerhuren aus. Hauptsächlich handelt es sich um Funktionshäftlinge, die zum Beispiel von den SS-Leuten zu Aufsehern ernannt worden sind, die sich ihre Belohnung im Bordell abholen. SS-Oberstumführer Siegfried Wagner leidet an feuchten Träumen, wenn er an die Gefangene mit der Nummer 125692 denkt, die dort ihren Dienst versieht, um „die Arbeitsmoral der Gefangenen zu fördern", so hat Himmler es den SS-Leuten erklärt. Bei SS-Leuten wird strengstens kontrolliert, ob sie Kondome dabeihaben, wenn sie zu den Huren gehen. Verschleppt jemand eine Geschlechtskrankheit, um dauerhaft auszufallen, dann steht für SS-Leute die Todesstrafe dafür.

Zwei Jahre vergehen, in denen er die Gefangene mit der Nummer 125692 immer wieder zu sich in die Pathologie kommen lässt.

Die Gefangene sieht hager aus. „Es heißt, du weigerst dich zu fressen, Hure? Es heißt, du sollst die Beine regelmäßig breitmachen für einen ohnehin todkranken Juden? Das wird jetzt aufhören! Der Kerl kommt auf den Transport nach Auschwitz."

Nr. 125692 verweigert dem Obersturmführer eine Antwort. Im dritten Jahr ihrer Lagergefangenschaft erkrankt Marina schließlich an Typhus.

Endlich besucht er sie in der Krankenbaracke. „Hör zu, ich will ehrlich zu dir sein. Die Ostfront ist Legende. Die sechste Armee ist im russischen Winter vor Stalingrad festgefroren. Der Untergang des Großdeutschen Reichs ist nur noch eine Frage der Zeit."

Die Gefangene schüttelt schadenfroh den Kopf. „Diese Worte aus dem Munde eines Offiziers – ist das nicht Wehrkraftzersetzung?"

„Genau genommen nennt man es aus dem Munde eines Offiziers Hochverrat", korrigiert er sie.

„Was für ein schöner Tag zum Sterben", entgegnet Marina.

Siegried Wagner ignoriert die Todessehnsucht der Lagerhure. „Ich könnte eine Gehilfin in der Pathologie recht gut gebrauchen", schlägt er vor.

Die Gefangene entgegnet: „Maschinenschreiben habe ich nicht gelernt. Eine wie ich beherrscht nur das Französische." Sie grinst.

„Hör zu! Himmler hat vor, die Lagerbordelle zu schließen und auch die Bettpolitischen nach Auschwitz zu bringen", entgegnet er …

An der Stelle unterbrach Roland Wagner seine Erzählung. Er griff nach der Fernbedienung und schaltete einen DVD-Player ein. Milla erstarrte. Über den Bildschirm begann ein Schwarz-Weiß-Film zu flimmern.

„Lehne dich zurück, meine Walküre. Was jetzt kommt, ist großes Kino!"

1 Uhr, München

Die Runen der SS an Uniformen und vor einem Stacheldraht ausgemergelte Gestalten in Häftlingskleidung ließen keinen Zweifel daran, aus welcher Zeit dieser Stummfilm stammte. Peter Smuss las die Aufschrift „Lagerbordell" auf einer der Baracken. In der nächsten Szene erblickte er eine Frau, die Häftlinge nacheinander mit gespreizten Beinen empfing. Dann folgte abrupt ein Szenenwechsel. In einem bürgerlichen Schlafzimmer, in dem eine schwarze Uniform über einem Stuhl hing, lag dieselbe Frau wie in der ersten Szene auf einem Himmelbett. Nur spielte sie diesmal lustvoll die Geliebte eines SS-Offiziers.

„Ich bin mir sicher, Sie kennen diese Frau, Herr Smuss", sagte der Beamte des Bundesverfassungsschutzes und drückte die Pause-Taste.

Ein Sondereinsatzkommando des Landeskriminalamts, die einige Verfassungsschützer im Gefolge hatten, hatte vor fünfundvierzig Minuten die Redaktion der Münchener Neuesten Nachrichten gestürmt. *Und das vor sechs Uhr morgens!*

„Was werfen Sie mir vor?", hatte Smuss überrascht gefragt.

„Darf ich Ihnen einen Kaffee anbieten?", erwiderte der Verhörexperte.

„Wie ein Verhörraum sieht das hier nicht gerade aus", hatte Smuss geantwortet. „Ich vermisse Mikrofon und Kameras."

„Es gibt keine *Verhörräume* in der Bundesrepublik Deutschland, Herr Smuss. Ein Mann wie Sie sollte das doch eigentlich wissen! Das sind Nazi-Ausdrücke. Die Bundesrepublik Deutschland mag zwar der Rechtsnachfolger des Dritten Reiches sein, aber wir unterscheiden uns gewaltig in den Methoden. Wenn ich Sie hätte vernehmen wollen, dann hätte sie ich Sie in unseren *Vernehmungsraum* gebeten."

„Was wollen Sie von mir?"

„Gar nichts, Herr Smuss, ich will Ihnen nur einen alten Film zeigen." Und dann hatte der Beamte einen Laptop aufgeklappt und die Bilder über einen Beamer an die Wand projiziert.

Smuss spürte seinen Atem stocken, als er das Gesicht der Frau erkannte. Sein Puls raste. Er spürte sein Gesicht glühend heiß werden.

„Kriegen Sie mir nur ja keinen Herzinfarkt, Herr Smuss", sagte der Beamte. Sein Gesicht saß auf den Schultern, ohne dass ein Hals erkennbar gewesen wäre. „Mir in Bayern können an Skandal gar net brauchen", sagte er in feinstem Münchener Dialekt.

Er reichte Smuss ein Nitrolingualspray. „Da – nemmen S' ruhig zwei kräftige Hübe, damit Sie mir net verrecken hier!"

Smuss griff nach der Plastikflasche und sprühte die bittere Lösung unter seine Zunge.

„Ich nehme an, Ihre geschiedene Frau hat Ihnen nicht gesagt, wie sie damals die finsteren Zeiten überlebt hat", sagte der Beamte. „Aber wissen S', was das Gute daran ist? Wenn man ihr damals draufgekommen wär, dass sie eine Jüdin ist, dann hätte man sie eins zwei drei ins Gas geschickt. So schnell hätt Ihre Marina gar nicht schauen können, Herr Smuss, dann wär sie ganz einfach wie ihre Familie in Auschwitz verendet ... Und es wär vorbei gewesen mit ihr!"

1.05 Uhr, Köln

„... deine Großmutter, Milla, ist stattdessen schwanger geworden vom SS-Obersturmführer Siegfried Wagner", fuhr Roland fort.

„Woher weißt du das alles?"

Sie stand in der Mitte des Raumes in die Decke gehüllt. Trotz der auf Hochtouren laufenden Heizung fror Milla. Auf dem Boden lag noch immer der Keuschheitsgürtel.

„Deine Großmutter wurde anschließend hochschwanger zu einem der berüchtigten Todesmärsche getrieben. Die letzten Überlebenden sollten nach Westen gebracht werden, um sie zu erschießen und ihre Leichen zu verscharren. Deine Großmutter trug das Kind von Siegfried Wagner unter ihrem Herzen. Auf dem Weg wurden die Schwachen, die zusammengebrochen sind, von den SS-Leuten erschossen. SS-Obersturmführer Siegfried Wagner hat dafür gesorgt, dass deine Oma nicht auch auf diese Weise sterben musste. Anfang Mai, kurz vor Schwerin, lief der Todeszug den Amerikanern in die Hände. Und deine Großmutter hat in der Obhut des Feindes des Deutschen Reichs das Kind geboren, das sie im Lager Sachsenhausen empfangen hat."

Milla blickte zu ihm auf. „Und was ist aus diesem Kind geworden? Und aus seinem Vater?"

„Der SS-Obersturmführer Siegfried Wagner stahl die Kleidung eines Häftlings. Über die sogenannte Rattenlinie über Südtirol ist er an einem italienischen Hafen an Bord eines Schiffes gegangen, das ihn nach Argentinien gebracht hat. Mein Vater hat dort unter dem Namen Siegfried Wegener ein zweites Leben begonnen. Auf diese Weise hat er sich der Siegerjustiz der Alliierten entzogen."

„Und meine Großmutter?"

„Deine Oma hat ihr Kind einfach weggegeben. Die Hure hat ihr Kind weggegeben wie ein wertloses Stück Dreck! Ihr unschuldiges, kleines Kind, das nicht einmal sechs Monate alt war! In die Obhut von Nonnen in einem Waisenheim im Nachkriegsdeutschland. Die Hure hat sich einfach nie wieder um dieses Kind gekümmert! Sie hat deinen Großvater, den alten Judensack, kennengelernt – und fortan ein Leben geführt, als hätte es weder ihre Vergangenheit noch ihr Kind noch den SS-Obersturmführer, der ihr das Leben gerettet hat, jemals gegeben."

Milla brachte kein Wort hervor und sah ihn nur fragend an.

„Ja, ich … ich bin das Kind …", nickte er.

„Und dein Vater … Hat er sich denn nicht um dich gekümmert?"

„Mein Vater ist erst 1955 aus Argentinien zurückgekehrt. Die Amerikaner haben sich auf ihr neues kommunistisches Feindbild konzentriert. Die Kommunistenjagd hatte ja unter McCarthy begonnen. Die neuen Feinde der USA waren Stalin und der Kommunismus. Mein Vater ist mit seiner falschen Identität nach Deutschland zurückgereist und hat natürlich nach dem Jungen gesucht. Ich bin es von klein auf gewöhnt gewesen, dass ich wegen Nichtigkeiten von den christlichen Nonnen geschlagen worden bin. Sie haben uns mit Essensentzug bestraft und wir haben dort auch unser Erbrochenes essen müssen … Aber all das hat mir nichts ausgemacht. Schlimm war für mich die Tatsache, dass ich nicht wusste, wer ich bin. Und so habe ich endlich meinen Vater kennengelernt. Eines Tages stand er einfach vor der Tür und konnte anhand irgendwelcher Papiere, die ehemalige Kameraden im Nachkriegsdeutschland ihm besorgt haben, beweisen, dass er mein Vater war."

„Hast du dem fremden Mann denn geglaubt?"

„Er hat mir ein Kinderfoto von sich selbst gezeigt. Ich gleiche diesem Mann eins zu eins. Er hat mich zu sich genommen und unter seine Fittiche genommen. Zwar machte ich schon am ersten Tag mit seinem Gürtel Bekanntschaft – er tat dies, damit ich ihn fürchtete und Respekt vor ihm hatte ... Aber er umarmte mich zum ersten Mal in meinem Leben und hat mir beigebracht, wie man mit Waffen umgeht. Er hat mich die Grundlagen über den Nationalsozialismus und Volk und Reich und Führer gelehrt. Er arbeitete zu der Zeit wieder als Arzt in der Pathologie – wie vor dem Krieg. Und ich habe durch diesen großen Mann den Zugang zu meinen arischen Wurzeln wiedergefunden. Ich stehe dafür tief in seiner Schuld. Und in der Schuld des Deutschen Reiches."

1.16 Uhr, München

„... wie jeder andere Deutsche hat auch Ihre Exfrau im München der Nachkriegszeit neu angefangen", resümierte der Beamte. „Und dieser Neuanfang, Herr Smuss – das sind Sie gewesen!"

„Ich habe schon vor über dreißig Minuten nach meinem Anwalt rufen lassen", entgegnete Peter Smuss.

„Mir in Bayern mögen keine Hetz", sagte der Beamte, „das sollten S'eigentlich in den vierundfünfzig Jahren, die S' sich hier aufhalten, schon gelernt haben."

„Ich beanspruche diesen Film für mich und meine Ex-Frau."

„Sie haben hier gar nichts zu beanspruchen, Herr Smuss. Nach dem ganzen Schund, den wir in Ihrer Redaktion gefunden haben – in Ihrem geheimen Laptop – Ihre Prepaidhandys …“

„Woher haben Sie Ihre Informationen über mich? Die Durchsuchung darf doch frühestens um sechs Uhr morgen früh beginnen. Sie haben mich doch nicht elektronisch …“

Der Beamte hob die Schultern und grinste sein Wirtshausgrinsen als säßen sie einander bei einer Partie Schafkopf an einem Stammtisch mit gezinkten Karten gegenüber.

Auf das Schweigen seines Gegenübers hin, fand Smuss die Antwort: „Mayer.“

„Das haben jetzt Sie g'sagt, Herr Smuss.“

„Dann heißt das …“ Die Gedanken in seinem Kopf überschlugen sich: „Dann heißt das – dieser Dreckskerl hat mich die ganze Zeit bespitzelt und hat …“

„… mit dem Verfassungsschutz kooperiert, wie es sich für einen anständigen deutschen Staatsbürger gehört, Herr Smuss!“, ergänzte der Beamte mit einem Franz-Josef-Strauß-Grinsen.

„Was haben Sie ihm dafür bezahlt?“

„Sie meinen, ob wir ihm einen Judaslohn haben zukommen lassen? Nein, Herr Verleger, Ihr Kulturchef hat eine Vorliebe für Kinderpornos. Haben S' das gar nicht gewusst? Wir haben doch letztes Jahr diesen Ring ausgehoben. Dabei ist er aufgeflogen. Wir haben ihn vor die Wahl gestellt. Entweder er informiert uns über jeden Ihrer Schritte oder er geht ins Zuchthaus nach Stadelheim. Und was mit Kinderfickern hinter schwedischen Gardinen passiert, das brauch ich Ihnen wohl nicht erzählen, Herr Smuss. Das ist allgemein bekannt.“

„Aber warum ausgerechnet meine Redaktion? Warum Tscharlys Arbeit …?“

Der Beamte deutete himmelwärts. „Der Heilige Geist war es nicht – auch nicht der Herrgott oder sein Sohn … oder irgendein anderer Jud … Nein, Herr Smuss, die Order, einen regelmäßigen Blick in Ihre Redaktion zu werfen – die kommt von ganz oben …“

1.21 Uhr Köln

„… deine Großmutter hat dem alten Smuss lange kein Kind gebären können. Als dann 1963 deine Mutter zur Welt gekommen
ist, Milla, da hat sie keine emotionale Beziehung zu ihrer Tochter
aufbauen können."

„… und dann hat sie meinen Großvater und meine Mutter einfach verlassen", ergänzte Milla.

„Das war 1968. Deine Mutter war fünf Jahre alt und deine Groß-
mutter ist mit einem anderen Mann nach Israel durchgebrannt.
Das ist die Geschichte der Kaktuszüchterin in ihrem Kibbuz im
Westjordanland."

„Und dann?"

„Dann hat dein Großvater deine Mutter in ein sündteures Internat in der Schweiz gesteckt. Er hat wohl gedacht, wenn er sie
einsperren lässt und das arme Kind die beste Bildung bekommt,
die es für Geld zu haben gibt, dann könnte er dem Kind eine gute
und sichere Zukunft bieten. Aber daraus ist ja nichts geworden,
wie du selbst weißt. Deine Mama ist mit siebzehn Jahren ausge-
büxt, hat in München auf der Staatsoper vorgetanzt und hat deinen
Papa geheiratet. Wogegen jedoch auch Tscharly Huber nichts hat
machen können, das waren die Angstzustände deiner Mutter,
Milla. Und die Tatsache, dass sie immer mehr Benzos zu sich genommen hat. Tscharly Huber ist seiner Frau nicht mehr Herr geworden und hat sie schließlich verlassen – genauso wie schon ihre
Mutter deine Mutter verlassen hat. Glaub mir, meine Walküre, jede
unglückliche Familie ist auf ihre eigene Art und Weise unglücklich
… Und jetzt hast du nach all den Dramen und Ungerechtigkeiten
zum ersten Mal die Möglichkeit, das alles hinter dir zu lassen. Ich
biete dir die einmalige Chance, ihnen allen zu zeigen, dass mehr in
dem kleinen Mädchen steckt, das bei seiner drogensüchtigen Mutter aufgewachsen ist. Mehr als alle dir jemals zugetraut haben! Du
musst mir glauben, es tut mir unendlich leid, dass deine Mama bei
diesem Anschlag durch diese feigen Muslime verletzt worden ist.
Was wir Deutschen dagegen wollen, ist ein rechtschaffenes deutsches Land, in dem die Familie wieder heilig ist. In dem Mütter

und Väter sich um ihre Kinder kümmern, anstatt vor ihnen davonzulaufen! Amen."

1.25 Uhr

Die Tote sah aus, als schliefe sie nur.

„Was willst du hier?", blaffte Jenny ihn an. „Ich habe dir doch befohlen, du sollst auf deinem Aussichtspunkt bleiben!"

Tscharly stand in der Wohnung ihrer Mutter und spürte die Eiseskälte, die ihm in die Glieder kroch wie ein sibirischer Winter. Er suchte nach tröstenden Worten. Fand jedoch kein einziges Argument dafür, ausgerechnet jetzt den Blick nach vorne in die Zukunft zu werfen. *Was sagt man einem Menschen, dessen Mutter gerade ermordet worden ist?*

„Ich …"

„Lass es!"

Ein Insulinpen lag neben dem Bett der Toten auf dem Nachtkästchen. „Ich hätte ihr Insulin doch niemals einfach so herumliegen lassen", haderte Jenny. „Ich habe das Insulin immer weggesperrt, damit sie sich in ihrer Schusseligkeit nicht aus Versehen die zehnfache Dosis injiziert!"

Tscharly sah sich in dem aufgeräumten Schlafzimmer um. Auch im Wohnzimmer und im Flur herrschte pedantische Ordnung – das Einzige, was an diesem Tatort auffällig war – höchst auffällig! Hatte Elke Görlitz in ihrer Zerstreuung das drahtlose Telefon doch oftmals in den Kühlschrank gelegt und ihre Brille im Spülkasten auf der Toilette auf rätselhafte Weise „*verloren*". Von dem Chaos, das die Demenzkranke verursacht hatte, entdeckte er keine Spur.

„Sie haben die Wohnung blitzblank aufgeräumt und desinfiziert", sagte Jenny. „Das Türschloss ist unversehrt. Außerdem wirst du hier auch keinen einzigen Fingerabdruck mehr finden. Nicht einmal von meiner Mama oder mir. Diese Leute sind gründlich, Tscharly!"

„Glaubst du wirklich, dass …?", wiederholte er.

„Das ist ihre Methode, wie sie mit Verrätern aus den eigenen Reihen umgehen. Ich kenne mich da aus. Aber die Wahrheit ist – ich habe meine Mutter auf dem Gewissen. Dieser verdammte Dreckskerl Wagner hat bemerkt, dass ich ihn bespitzelt habe. Das Spiel ist verloren, Tscharly. Wir sind durchschaut."

Tscharlys Kieferknochen mahlten. „Nein, wir haben noch nicht verloren, Jenny."

„Du irrst dich …"

„Nein, wir werden gegen sie gewinnen!"

„Sie haben deine Tochter, Tscharly. Davon kannst du ausgehen! Mit tödlicher Sicherheit. Willst du, dass ihr dasselbe passiert wie …" Jenny stockte.

Er konnte nicht aufhören, sie immerzu anzustarren. Jenny hielt eine hässliche grüne Puppe mit roten Augen und pinkem Haar in ihren Händen. Ihre Mutter hatte das Teil bei ihrer ersten Begegnung ebenfalls in den Händen gehalten, erinnerte er sich. Elke Görlitz hatte die Puppe mit einer Zärtlichkeit behandelt, als wäre sie ihr Kind. Anstatt sie jetzt der Toten in die Hände zu legen, presste Jenny sie gegen ihr Gesicht und schien den vertrauten Geruch in sich einzuatmen.

„Das ist Frau Liesel", erklärte sie. „Mama hat Frau Liesel geliebt. Dabei gehörte sie eigentlich einmal …" Wieder erstarb ihre Stimme.

„Frau Liesel hat dir gehört?", riet Tscharly.

„Nein. Nach Mamas Flucht bin ich in der Nähe von Gera bei meinen Pflegeeltern aufgewachsen – das habe ich dir schon erzählt. Ich war damals neun, da habe ich eine kleine Cousine bekommen. Ihre Mutter hatte sie bereits als Baby zu den Großeltern gegeben. Ich habe unsere gemeinsamen Großeltern jeden Tag besucht. Frau Liesel war die Lieblingspuppe meiner kleinen Cousine. Eines Tages ist ihre Mutter dann zu uns nach Gera gekommen. Sie hatte in Potsdam irgendeine Arbeitsstelle als Zahnärztin bekommen. Meine Cousine war damals drei. Ihre Mutter hatte sich bis dahin kein einziges Mal nach ihr auch nur erkundigt. Trotzdem hat sie ihre Tochter an dem Tag einfach mitgenommen. Und ich habe meine kleine Cousine viele Jahre nicht mehr gesehen. Nur diese Puppe ist mir als Erinnerung an sie geblieben.

Die Puppe heißt übrigens genauso wie das Kind, Tscharly – Liesel
… Verstehst du?"

Tränen in ihren Augen verrieten ihm die ganze Wahrheit. Er nickte. „Und Liesel ist auch der Grund, warum du dich für Wagners Abteilung beworben hast? Deine geliebte Cousine Liesel gehört zur NSU. Hätte dein Vorgesetzter von deiner persönlichen Beziehung gewusst, hättest du diesen Job niemals bekommen."

„Ich konnte doch nicht untätig zusehen, wie dieses große Kind in sein Verderben läuft. Ich habe gehofft, ich könnte durch meine Arbeit für die Abteilung diesen Wahnsinn stoppen. Ich habe gehofft, ich könnte dieses Kind von damals davor bewahren, immer mehr und immer größere Fehler zu begehen. Sie war ein Mädchen, das für mich wie eine kleine Schwester gewesen ist. Und ich habe mich unzählige Male gefragt, wie das nur passieren konnte. Und als ich mitbekommen habe, dass Wagner diese Leute skrupellos in ihren Verbrechen unterstützt, da habe ich begonnen, diesen Mistkerl zu bespitzeln. Diesen Verführer! Zum Glück bin ich rechtzeitig auf dich aufmerksam geworden, Tscharly. Wagner hat nämlich schon vor einem Jahr damit begonnen, ein Netz um deine Tochter zu spannen. Und ich wiederum habe damit begonnen, Recherchen über dich anzustellen. Du warst meine einzige Hoffnung, diesen ganzen Wahnsinn an die Öffentlichkeit zu bringen und damit zu beenden. Die Nazi-Ideologie ist wie ein Virus. Das braune Virus hat nach 1945 die Geheimdienste in diesem Land niemals verlassen. Der erste deutsche Geheimdienst – die Organisation Gehlen – wurde von ehemaligen Gestapo-Leuten gegründet. Daraus ist schließlich der Bundesnachrichten-dienst hervorgegangen und das Bundesamt für Verfassungsschutz. In diesen Kreisen haben sich bis heute skrupellose Herren-menschen ihre Macht und ihren Einflussbereich erhalten. Wagners Vater arbeitete nach seiner Rückkehr aus Argentinien für diese Leute, während er offiziell Mediziner war. Und sein Sohn ist wie sein Klon. Wann hört dieser Wahnsinn nur endlich auf? Wann - Tscharly? Wann …?"

Ihr Atem fühlte sich heiß an. Er wischte eine Träne von ihrer Wange. Auch die Tränenflüssigkeit fühlte sich heiß an auf seinen

Fingerspitzen. Das ist das Virus, dachte er – das Virus, von dem sie gesprochen hat. *Das ist ihr Fieber.*

„Diese selbsternannten Herrenmenschen ziehen aus dem Hintergrund die Fäden und manipulieren solange, bis ihre V-Leute und Bauernopfer einander bekriegen. Sie gießen Öl ins Feuer, damit die Flamme des Nationalsozialismus weiterhin brennt. Und dabei sind ihnen Menschenleben scheißegal, Tscharly. Sieh meine Mutter an … für diese Leute ist meine Mama nichts weiter als ein Kollateralschaden. Wie habe ich auch nur einen Moment daran glauben können, ich könnte diesen Bestien Einhalt gebieten? Wie habe ich bloß so naiv sein können? Wenn ich auch nur eine Sekunde lang rational gedacht hätte, dann könnte Mama noch leben. Ich … ich … ich bin schuld an ihrem Tod!"

„Schuld ist katholisch und gehört in die Kirche!", erwiderte er. „Und Beten bringt uns jetzt nicht weiter!"

Sie blickte zu ihm auf. „Wo willst du hin?"

Er schwieg. Musste nachdenken.

„Du kannst jetzt nicht so einfach in unsere konspirative Wohnung zurückkehren, Tscharly. Das ist Selbstmord!"

„Glaubst du im Ernst, ich lasse unsere Aufnahmen und das Dossier einfach so zurück? Jetzt, wo ich so nahe an meinem Ziel bin!"

„Tscharly, wir sind verraten worden! Wenn du in die Wohnung zurückkehrst, finden sie demnächst deine Leiche irgendwo im Rhein. Oder sie machen dich mundtot, indem sie dich für den Mord an der Türkin ins Gefängnis stecken. Deniz' Cousins und Brüder werden dafür sorgen, dass dir dort die Eier abgeschnitten werden und du auf einem Dönerspieß endest. Kapier es endlich, Shatterhand, Winnetou ist tot, der Kampf ist vorbei!"

Er schritt zur Tür – das Zitat eines Halunken aus seinem Sechzigerjahre-Westernfilm im Ohr: *„Ich gehe niemals an einen Ort, an dem ich schon einmal war."* Dean Martin hatte die Rolle eines Ganoven verkörpert – neben dem einzigartigen John Wayne. Bei dem Streifen handelte es sich um *Die vier Söhne der Katie Elder.* Tscharly hatte den Film bestimmt ein Dutzendmal gesehen. Scheiß auf Dean Martins Warnung!

„Tscharly!"

Er zögerte.

„Wenn du jetzt gehst, dann kann ich dich – wenn du beim nächsten Mal wieder in der Patsche sitzt … dann kann ich dich da nicht mehr so einfach raushauen, Cowboy!"

Er griff nach der Glock unter seiner Jacke. Und für die Dauer eines Atemzugs fühlte er sich wie Gary Cooper. Nachdem dieser vorsorglich sein Testament gemacht hatte, erwartete Cooper um zwölf Uhr mittags die wilde Horde. Tscharly spürte einen feuchten Glanz in seinen Augen.

„Wenn du das zu mir sagst, lächle", hatte Cooper auf die Drohung seines Gegners hin erwidert.

Tscharly biss die Zähne zusammen. „Du hast mehr als genug für mich getan, Jenny. Ich bin dir dankbar. Ab jetzt muss ich mal erwachsen werden."

„Dann tu, was du nicht lassen kannst, Greenhorn."

Er ignorierte ihre Worte und trottete nach draußen. *„Wenn wir schon hängen, dann hängen wir wenigstens an der frischen Luft"*, dachte er. Sein Lieblingsspruch von Terence Hill aus *Nobody ist der Größte*.

1.32 Uhr

In den meisten Campern und Zelten brannte kein Licht mehr. Liesel trank Rotkäppchensekt. Vor Gerry stand eine halbleere Bottel des rotbraunen Sterni Biers, das er nicht wegen des Geschmacks, sondern aus reiner *Ostalgie* trank. Manchmal stellte eben selbst Gerry seine nationalsozialistische Gesinnung für eine Stunde oder zwei in den Hintergrund. Max wiederum begnügte sich mit guter deutscher Apfelsaftschorle – Ananas dagegen empfand er noch immer als zu exotisch! Sie spielten *ihr* Spiel. Dabei handelte es sich um eine durch nationalsozialistische Weltanschauung unterlegte Abwandlung des weltbekannten Monopolys. Sie hatten diese Variation selbst erfunden. Dessen Produktion und Verkauf hatte sie als Trio die erste Zeit in der Illegalität finanziell über Wasser gehalten. Spielziele gab es verschiedene, wie zum Beispiel Städte judenfrei zu machen, das Zeigen des Hitlergrußes beim Über-Los-Gehen und nicht weniger als die Erringung der imaginären Weltherrschaft. Besonders scharf war das Trio mit fortschreitender Uhrzeit auf das Auschwitz-Feld. Liesel musste eine SS-Karte ziehen.

Sie las vor: „Du hast auf ein Judengrab gekackt. Leider hast du dir hierbei eine Infektion zugezogen. Arztkosten: tausend Reichsmark." Ihr sächsischer Dialekt trat immer dann besonders prominent hervor, wenn sie reichlich ostdeutsches Blubberwasser konsumiert hatte. Aus heimatlicher Verbundenheit zog sie dieses jedoch jedem ausländischen Gesöff vor. „Ach nö, nich schon wieder", maulte sie.

Gerry und Max lachten herzhaft und lästerten schadenfroh „Selbst schuld!", „Das hast du jetzt davon!" und „Geh doch aufs Pottapotti!".

„Immer ich", lamentierte Liesel, kniff ihre zu eng beieinanderstehenden Augen zusammen und fixierte die Kameraden mit ihrem Blick.

„Das Ding in Köln wart doch nicht ihr?", fragte sie wie beiläufig und bemerkte genau, wie sich die Mienen in den Gesichtern der beiden kurz verhärteten. Gerry und Max tauschten einen Blick aus. Dann zuckten beide betont gleichgültig mit den Schultern. Gerry würfelte eine Fünf und landete auch auf einem SS-Feld.

„Ehre, wem Ehre gebührt!", verkündete er, trank pflichtbewusst einen Schluck des proletarisch-kameradschaftlichen Biers und nahm die Karte auf.

Seine Mimik sprach Bände. Beleidigt las er vor: „Du hast keine Ehre, keinen Stolz und keinen Mut. Deshalb wollen dich die Juden als ihren Vorsitzenden. *Gehe zum Juden!*"

„Ist doch nur ein Spiel", sagte Liesel.

Max kicherte. „Juden sind schlimmer als jedes Gefängnis dieser Welt. Obwohl du ja krasse Besenstil-Horrorgeschichten aus dem Knast zum Besten gegeben hast, Kamerad! Und mit der Abdeckung der Judensterne sieht es bei dir auch nicht so dolle aus – von wegen Befreiung der Städte von den Juden …"

Gerrys Augen funkelten gefährlich, wie immer, wenn er kurz vor der Eruption stand. An die Analtortur mit fünfzehn Jahren im Jugendknast erinnerte er sich genauso gern wie an einen akuten Blinddarmdurchbruch. Das stellte auch den Hauptgrund dar, warum er sich geschworen hatte, lieber zu sterben, als noch einmal einzufahren.

„Köln?", hakte Liesel hartnäckig nach und nippte am zur Neige gehenden Sekt, während nun Max würfelte.

Wieder schwiegen die Männer. Max zählte genau ab, aber er kam weder wie gewünscht auf das Gaswerk noch an das *Arbeitsdienstfeld*. „Schon wieder so ne blöde Karte", meckerte er.

„Nur, dass du nicht zur Elite gehörst", maulte Gerry, dessen Ego immer noch nicht besänftigt war.

Max nahm die SA-Karte: „Immerhin bin ich rein optisch der einzige hier in diesem Scheiß-Campingmobil, den die SA mit Kusshand aufgenommen hätte!"

„Vorsicht Freundchen", zischte Gerry. Er packte den für seinen Geschmack zu vorlauten Kameraden an der Lonsdale-Hoody-Kapuze, sodass dessen Kopf mit Wucht gegen den Ess- und Spieltisch des Campers krachte. Karten, Spielfiguren und Würfel hüpften durcheinander. „Soll ich dir zeigen, was Hitlers Elite wirklich bedeutet?"

„Spinnst du?", schrie Liesel ihn an und beugte sich über den Tisch, um Gerry an weiteren aggressiven Handlungen zu hindern.

Als Max wieder aufblickte, zierte eine Platzwunde seine Stirn und die hellbraune Kapuze wies Blutflecke auf.

„Den bezahlst du mir, du Wichser!", brüllte Max nun Gerry an und ballte beide Fäuste – gestreng dem Motto: Ein echter Deutscher lässt sich nicht so einfach beugen!

Liesel ortete einen gefährlichen Überschuss an Testosteron in der Luft. „Pack schlägt sich – Pack verträgt sich", sprach sie. Sie nahm Max die SA-Karte aus der Hand, streichelte ihn mit der Rückhand sanft über die Wange wie eine Schwester. „Ich werde mich gleich um deinen kleinen Kratzer kümmern, Darling." Und las ihm den Inhalt der Karte vor: „Gehe zum nächsten KZ, um die gefangenen Juden abzugeben und zahle dem Besitzer das Doppelte der normalen Miete."

„Ich kauf dir nen super Thor-Steinar-Hoody, sobald Wagner die Kohle rüber rückt", versuchte auch Gerry mit einer Mischung aus Provokation und konziliantem Einlenken den Kameraden zu beruhigen.

„Das möchte ich mit eigenen Augen sehen, du Glatze! Außerdem lässt sich der diesmal ganz schön viel Zeit mit der Kohle", erwiderte Max. „Lässt uns die Drecksarbeit machen und rückt nicht mit der Kohle raus, dieser verfickte Wessi-Beamten-Wichser und Pseudo-Kamerad."

Liesel nickte. Ihr Riecher hatte also doch recht gehabt! Nach einer Aktion erhielt das Trio nämlich stets einen Batzen Geld mit besten Grüßen vom Amt. Als Schatzmeisterin wusste sie auch darüber Bescheid. Die Kohle reichte zwar nicht zum Leben aus, aber sie vereinfachte viele Dinge.

„Nenn mich nicht Glatze, du Wichser!", fuhr Gerry Max in einer Lautstärke an, die in Sachen Lärmbelästigung grenzwertig war. Nicht mehr lange und sein Geschrei würde einen der Spießernachbarn auf den Plan rufen. Diese Edel-Camper besaßen einen Jagdinstinkt wie Dobermänner beim Geruch von Juden, was die Einhaltung der Platzregeln anging, sinnierte Liesel.

Gerry wischte voller Wut im Bauch mit einer Hand das Brettspiel inklusive Spielfiguren, Würfel und Karten vom Tisch. Liesels Sekt kippte ebenfalls um. Das Sterni harrte wie ein Fels in stürmischer Brandung. Max' Saftglas stand zum Glück außerhalb der Gefahrenzone.

„Du verdammter Krüppel", reagierte Max auf das Gemetzel. „Du bist doch derjenige von uns, der nicht einmal dazu fähig gewesen ist, das Fahrrad richtig abzustellen. Hast vor einem Kümmelschwanztürken den Schwanz eingezogen wie Lassie!"

Die Männer standen beide halb gebückt im Campingwagen – wie zwei unter Anspannung stehende Boxer. Liesel wog die Optionen ab. Sie könnte das Spielfeld auf die andere Seite des Tischs zwischen die Männer gleiten und als Mittelteil des Sandwiches fungieren, was eigentlich immer funktionierte. Sie konnte sich aber auch bücken, unter dem Tisch durchkriechen, auf Höhe des Gemächts mit dem Kopf auftauchen und bei Gerry anfangen, was Max dazu animieren würde, an sich selbst Hand anzulegen und dann auch mit ihnen beiden mitzumischen. Andererseits hatte sie ihre Tage und keine Lust, arisches Blut unnötig zu vergießen.

Mit leiser, nach Aufmerksamkeit heischender Stimme sagte sie: „Otto hat mich heute kontaktiert. Der hat was ins Laufen gekriegt. Ne große Nummer. Und würde sich über Unterstützung freuen." Die Blicke der braungebrannten Männer, die den größten Teil des Tages mit Surfen, Fahrradfahren und Sonnenbaden verbracht hatten, wandten sich ihr erstaunt zu. Neugier und Eifersucht mischten sich in ihren Blicken. Otto war ihr gemeinsamer alter Kamerad aus den Tagen, als sie alle drei noch in der Legalität gelebt hatten. Der informelle Führer des Thüringer Heimatschutzvereins. Der Freund, der ihnen stets tatkräftig unter die Arme gegriffen hatte: finanziell, infrastrukturell und menschlich. Aber Otto hatte einen Makel. Otto hieß eigentlich Tiemo Feuer. Seine V-Mann-Führer hatten ihm den antiquierten Decknamen eines von Bismarck verpasst. Aber das war noch nicht alles ...

„Was heckt die Oberpetze diesmal aus?", brach Gerry als erster das Schweigen.

Liesel verzog den Mund zu etwas, was ein Lächeln sein sollte. Irgendwie kriegte sie ihre Mundwinkel einfach nicht richtig hochgezogen. Aber in ihren Augen zeigte sich Feuer.

„Otto hat sich dieses Mal was ganz Fieses ausgedacht."

„Wundert mich bei der dummen Fotze nicht", konstatierte Max. „Der wäre dem Röhm sein liebstes Betthäschen gewesen, die schwule Sau. Irgendwie wünsche ich dem auch noch eine Nacht der langen Messer."

„Bewiesen ist das nicht, dass er vom anderen Ufer ist", entgegnete Gerry. „Aber mir kommt der auch viel zu *soft* vor. Aber du kannst unseren alten Kameraden vom THV nicht ohne Beweise als schwul bezeichnen. Das lass ich nicht zu. Auf Otto war immer Verlass, wenn wir ihn gebraucht haben!"

„Und deshalb sind ja auch so viele aus seinem direkten Umfeld von den Bullenschweinen gefickt worden! Genau das ist dem Typen sein Schönheitsfehler!", ergänzte Max.

Trotzdem besaß Otto bei der Kameradschaft Thüringen immer noch ein hohes Ansehen. Das lag an seinen schier unerschöpflichen finanziellen Möglichkeiten und dass er fast alles besorgen konnte. Die Szene konnte sich in der Causa Otto nicht entscheiden. Die eine Hälfte hielt ihn nicht nur aufgrund seiner Leibesfülle und der Hingabe an die schönen Seiten des Lebens für die Reinkarnation von Hitlers Stellvertreter seit 1941 – die andere Hälfte argwöhnte, er sei ein V-Mann, der ab und an einen Kameraden ans Messer lieferte, dafür aber kräftig abkassierte, wobei er zugegebenermaßen viel in die politische Aufbauarbeit reinvestierte.

„Nee", sagte Liesel, „wenn Otto ein Schwein wäre, hätte der uns doch schon längst hochgehen lassen. Da hätte auch der Wagner nicht helfen können. Also Schluss jetzt. Ich lege für Otto meine Hand ins Feuer – vielleicht nicht für seine sexuelle Gesinnung", ihre gekrauste Stirn wirkte verräterisch, „aber der Otto ist ein treuer Kamerad. Und der Otto ist nicht so dumm, wie ihr denkt. Und die vom Amt unterschätzen ihn gnadenlos, sodass in Wahrheit er es ist, der mit denen spielt."

Sie presste die Lippen aufeinander.

Sie genoss die begierigen Blicke der beiden Männer. Die Deppen unterschätzten sie als „die dumme Liesel vom Herd", übersahen dabei jedoch gerne, dass sie im Hintergrund die Strippen zog.

„Hat was mit Kindern zu tun", steigerte sie die Neugier der Kameraden.

Angewidert schüttelte Max den Kopf. „Nein, da mache ich nicht mit! Das passt nicht in meine Weltanschauung. Als durchideologisierter Nationalsozialist mit intellektuellem Format sind Kinder für mich tabu. Das ist was für Asoziale, Kamelficker, Juden und das allerletzte Gesocks. Ohne mich!"

Liesel schmiegte sich unauffällig an Gerry. „Ja, eigentlich stimme ich dir grundsätzlich zu, Max. Aber der Plan hat etwas, finde ich. Wir helfen Otto ja nur dabei, politischer, polizeilicher, juristischer und künstlerischer Prominenz Kinder zuzuführen. Wir sind die Zwischenhändler. Das Leben von den armen Kindern ist eh schon total verkackt. Denen ist das letztlich auch egal, welchen Schwanz die lutschen müssen, ganz ehrlich."

Gerry lächelte.

„Euch haben sie wohl auch schon das Gehirn mit dem Scheiß-Kapitalismus infiziert!" Max wirkte angespannt wie eine Pfeilsehne. „Habt wohl schon raffgierige Klauen – wie Juden? Da geh ich lieber ehrlicher revolutionärer Arbeit nach und raube den Kapitalisten das Geld."

„Überleg doch mal, Max!" Liesel berührte mit der anderen Hand dessen Handrücken. „Es geht doch bei der ganzen Sache gar nicht um die Kohle. Es geht darum, dass wir die Prominenz in der Hand haben. Dass wir die nach Strich und Faden erpressen können. Die müssen dann nach unserer Pfeife tanzen. Das ist doch eine Super-Absicherung!"

Gerry jedenfalls schien Feuer und Flamme, wie ihr seine Augen verrieten. „Genial, meine geliebte Fotze."

„Wer steckt hinter der Idee? Nur Otto? Oder auch das Amt?", wollte Max wissen.

„Kein Amt", beschwor Liesel Max. „Aber Otto hat was von einem Motorradclub und einem Rotlichtkönig erzählt, mit einem Namen, der nach Hunnenkönig klingt."

Max brummte, was alles und nichts bedeuten konnte.

„Das sollten wir morgen noch mal in aller Ruhe besprechen", schlug Gerry versöhnlich vor.

„Ich will mit Rockern nichts zu tun haben", erwiderte Max. „Das sind Kriminelle. Die sind von uns Politischen so weit weg wie ein Saujude vom Führer. Wir machen nichts für Geld, sondern nur aus weltanschaulichen Gründen und die tun alles nur wegen des Geldes. Das sind zwei Parallel-Universen, die aufeinandertreffen, aber nicht zusammenpassen."

Für ein paar Sekunden herrschte Stille.

„Mensch, Max", knurrte Gerry, „aber die Pumpgun, die Maschinenpistole und das Meth, das wir an die Konzertheinis vertickt haben, das nimmst du dann schon gerne von den Rockern an?"

„Das war doch rein geschäftlich."

„Eben", stimmte Liesel Max zu. „Das Politische muss vom Geschäftlichen getrennt werden. Die Sache mit den Kindern wäre etwas rein Geschäftliches. Wobei es uns in erster Linie nicht um die Kohle geht, sondern um die Protektion, die wir durch diese Art von Geschäft erhalten. Überleg doch mal, Max – die wollen uns ficken, weil irgendein Schwein vom Amt beschlossen hat, uns fallen zu lassen. Und dann fahren wir so ein Schweinchenvideo auf, auf dem der Herr Innenstaatsekretär oder Justizstaatsekretär die tollsten Sachen mit einem kleinen, armen Kind anstellt – wenn wir Glück haben, sind es deutsche Kinder, da kochen auch bei Lieschen Müller die Emotionen hoch. Das kann uns noch einmal den Arsch retten. Denk mal drüber nach."

Max schwieg. Gerrys Miene signalisierte ihr dessen wilde Entschlossenheit. Jetzt nur nicht die Diskussion gleich wieder von vorne beginnen. Am besten Morgen in aller Ruhe noch einmal mit Max ins Gericht gehen. Der Junge brauchte einfach eine Mütze voll Schlaf, ehe auch er sich der Vorteile bewusst werden würde.

„Wer macht eigentlich jetzt die Sauerei hier im Camper weg?", fragte Liesel, um einen Punkt zu setzen.

Die Blicke der Männer waren eindeutig und wiesen in ihre Richtung.

„Immer ich", seufzte Liesel.

„Klar, du bist für den Haushalt da und wir jobben", meinte Max. „Die Wertigkeit der Frau im Dritten Reich erhöhte sich erst durch den Krieg. Und bei dem möchtest du ja nicht mitmachen."

Liesel nickte. Endlich waren die beiden Kerle sich wieder einig! Ihre Ablenkung hatte funktioniert.

„Danach kuscheln wir auch ne Runde", versprach Gerry und zwinkerte Max zu.

Oh, mein geliebter Führer Adolf Hitler, dachte Liesel, ohne meine Hilfe würden die beiden nicht einmal ihre Schwänze selber finden. Manchmal komme ich mir wie die Mutter Theresa der beiden vor.

„Aber in die Sache, die ihr mit Wagner in Köln abgezogen habt, hättet ihr mich schon vorher einweihen können. Das vergesse ich euch so schnell nicht!"

1.45 Uhr München

„Ich würd sagen, dass Sie net großartig die Wahl haben, Herr Verleger", sagte der Beamte.

„Das ist Erpressung."

„Das ist ein Deal, Amigo, so sagt man bei uns in Bayern. Betrachten S' das, was Ihnen und Ihrer Familie bisher passiert ist, als Peanuts im Vergleich zu dem, was Ihnen passiert, wenn S' Fakten und Inhalte aus dem Dossier in Ihrem linken Schundblatt veröffentlichen sollten."

„Sie drohen mir? Ich habe aber keine Angst vor Ihnen!"

„Denken S' ans Renommee der Münchner Neuesten Nachrichten, wenn bekannt wird, dass die Ex-Frau des Verlegers für einen Nazi-Schergen die Beine breit gemacht hat. Und sich nicht einmal dafür zu schade gewesen ist, diesem einen kleinen Bastard zu gebären! Das ist ein immenser Imageverlust. Und in Ihrer momentanen Situation können Sie es sich nicht leisten, noch mehr Anzeigenkunden zu verlieren, Herr Smuss. Glauben S' mir, wir verfügen über Mittel und Wege – wir können dafür sorgen, dass kein einziger Großkunde mehr bei Ihrem linken Schundblatt inseriert. Dann sind S' am Ende. Dann haben S' alles, was Sie sich aufgebaut haben, schneller verloren als Sie bis drei zählen können!"

Peter Smuss äugte nach seinem Handgelenk mit der tätowierten Häftlingsnummer. Im Laufe der Jahrzehnte hatte die schwarze Farbe gelitten. Zurückgeblieben war ein Fleck in der Landkarte seiner Haut.

Er entgegnete: „Das letzte Hemd hat keine Taschen, Herr unbekannter Beamter."

„Aber Ihre Familie lebt, Herr Verleger. Noch. Und wenn Ihre Tochter im Koma stirbt, würde kein Mensch irgendwas hinterfragen. Am Ende steht ein einsamer alter Mann, der sein Kind betrauern muss, wegen Landesverrats vor dem Richter."

„Landesverrat." Das Wort fühlte sich an wie eine Büroklammer unter seiner Zunge. „Sie haben doch dieses Land verraten! Sie und Ihresgleichen haben 1933 dieses Land verraten und es in seinen Untergang getrieben … Sie und Ihresgleichen. Sie sind die wahren Verräter, die dieses Land und seine Menschen nach und nach zerstören! Ich möchte am liebsten lachen, wenn ich nicht gerade ein historisches Flashback hätte, wenn Sie verstehen, was ich meine."

„Wir verstehen hier keinen Spaß, Herr Verleger."

„Was nicht gerade für Ihre Intelligenz spricht. Wie lange wollen Sie mich hier überhaupt noch festhalten?"

Der Beamte blieb ihm eine Antwort schuldig.

„Wenn Sie tatsächlich vorhaben, mich wegen Landesverrats zu verklagen, dann müssten Sie auch die Beweisstücke zulassen. Alles was Ihre Leute in meiner Redaktion gefunden haben!"

Der Beamte lächelte müde. „Ich sehe, Sie sind ein verständiger Mann, Herr Smuss. Oder wie wir hier in Bayern sagen – eine Hand wäscht die andere! Ich mache Ihnen *ein Angebot, das S' nicht so ohne weiteres ablehnen können* – ich entschuldige mich auch gleich für alle Urheberechtsverletzungen wegen diesem Zitat. Schlagen S' ein. Und es soll zu Ihrem Schaden nicht sein."

Der Beamte streckte ihm seine fleischige Rechte entgegen.

„Warum sollte ich auf Ihr Angebot eingehen?"

„Aber Herr Smuss, warum denn so misstrauisch! Sie tun grad so, als wären wir die italienische Mafia. Ich biete Ihnen ein Geschäft im Namen des bayerischen Verfassungsschutzes an. Wir sind anständige Leute. Das ist so sicher wie das Amen in der Kirche."

Smuss musste lächeln. „Darauf kann ich dann wohl Gift nehmen."

2.03 Uhr Köln

Die Lichter der Straßenlaternen spiegelten sich in der Oberfläche des Rheins. Die Hochhäuser ragten wie leuchtende Riesen aus Beton und Glas in den lichtverschmutzten Nachthimmel über der Stadt. Tscharly steuerte den Mini über Kreuzungen und Straßen hinweg durch das Häusermeer. In der Nähe des Uniklinikums parkte er in einer Seitenstraße unter einer Laterne. Ob es wohl eine Möglichkeit gab, zu Sara zu gelangen, ohne dabei von jemandem gesehen zu werden? Ihr Bild vor seinem geistigen Auge hielt er sich am Lenkrad fest …

Wenn diese Ehe nur funktioniert hätte!

Ja – wenn …

Mit einem Mal drohten die Bilder der vergangenen beinahe zehn Tage gleichzeitig über ihn hereinzubrechen. Tscharly startete den Motor und jagte davon. Direkt in jenes Viertel, in dem das Lokal der Angels lag. Gegenüber ihrer konspirativen Wohnung, in der er seit einer Woche neben Jenny die Stellung gehalten hatte. Ein schweres Seufzen entkam aus Tscharlys Brust. Er stellte den Mini in zweihundert Metern Entfernung an einer Straße mit Sozialwohnungen, an denen Graffitis in schrillen Farben gegen das Grau der Stadt ankämpften, ab. Tscharly zögerte, auszusteigen. Vielleicht warteten seine Feinde bereits oben in der Wohnung auf ihn. Andererseits – vielleicht auch nicht. Ach! Er entschied, es auf einen Versuch ankommen zu lassen. Er schmiss die Autotür hinter sich zu und marschierte geradewegs auf das Objekt zu. Er öffnete die Haustür mit dem Schlüssel und betrat den Lift. Fühlte sich aufgeputscht und müde zugleich! Ein schrecklicher Zustand eines kognitiven und körperlichen Seins. Zum aus der Haut fahren! Am liebsten hätte er sich an sämtlichen Körperstellen blutige Kratzer zugefügt. Wieder musste er an Sara denken.

Ich habe sie damals verlassen – genau wie ihre Mutter sie als Kind verlassen hat. Und ihre Tochter Milla hat ein paar Jahre später das Gleiche wieder getan. Der alte Methusalem hatte Tscharly einmal anvertraut, dass Saras Mutter sie kaum je in den Arm genommen hatte. Irgendwie war sie mit dem Kind völlig überfordert gewesen. Sie hatte die Nähe zu ihrem eigenen Kind vermieden! Und alles einer Nanny überlassen.

Der alte Methusalem hatte dafür keine Erklärung parat gehabt. Die emotionalen Verflechtungen in dieser imaginären Familienaufstellung, meinte Smuss einfach, entbehrten schlichtweg jeder Logik.

Tscharly biss die Zähne zusammen und trat aus dem Lift. Er verzichtete darauf, das Licht im Wohnungsflur einzuschalten, zog die Schuhe aus und näherte sich der Wohnungstür auf Socken. In der Finsternis tastete er die Tür ab. Er entdeckte keinerlei Spuren eines gewaltsamen Einbruchs. Auch Türklinke und Schloss schienen unversehrt. Tscharly knipste das Licht an. Das Paar Sandalen, das Jenny auf dem Fußabstreifer abgestellt hatte, lag unverändert an Ort und Stelle. Tscharly sperrte die Tür auf …

… atmete …

Und trat ein …

Ein Schlag mit der Faust traf ihn mitten in die Magengrube. Tscharly ächzte und sackte nach vorne. Stieß mit dem Kopf gegen den Lichtschalter im Wohnungsflur. Ein Kleiderständer stürzte neben ihm in sich zusammen. Tscharly sah sich zwei Männern in Motorradkutten gegenüber. Sie traten mit Stiefeln nach ihm. Tscharly wand sich rückwärts durch den Flur. Ein dritter Angel, der hinter der Tür auf ihn gelauert hatte, verhinderte jedoch seine Flucht. Verdammt! Er saß in der Falle. Und Jenny würde ihm dieses Mal nicht in letzter Sekunde zu Hilfe kommen. Er hatte sich auf ihre Worte stets wie auf einen Schwur verlassen können. Ein Tritt mit einem spitzen Biker-Stiefel in den Rücken fällte Tscharly; er stürzte wie ein Baum zu Boden. Ein Schmerz wie bei einem Hexenschuss strahlte von seiner Wirbelsäule aus in Schultern und Beine. Die Angels lachten. Tscharly nutze den Moment ihrer Unachtsamkeit und raffte sich auf. Er stürzte auf einen der Brüder zu und versuchte ihn mit einem Leberhaken elegant auszuschalten. Er verfehlte den Mann um Haaresbreite. Dieser revanchierte sich dafür mit einem kräftigen Schlag in den Nacken. Tscharly ging neuerlich in die Knie. Ruderte hilflos mit den Armen.

„Fick das Arschloch! Aber anständig!", schrie einer der Männer.

Ein Kamerad entgegnete: „Am besten immer schön mit dem Maul den Boden auffressen lassen! Das wird die Tunte sich merken! Das hat noch keinem geschadet von diesen Negerfickern!"

Tscharly dankte seinem Herrgott innerlich, dass in der Wohnung kein Bordstein existierte. Sonst hätten sie mit ihm noch *Bordsteinfressen* veranstaltet! Er hatte wenig bis gar keine Lust, in Zukunft mit dritten Zähnen herumzulaufen. Tscharly erkannte die Männer an ihren Stimmen und am Aussehen. Der Anführer, einer seiner Gefolgsleute und der Novize hatten ihm hier aufgelauert. Letzterer lieferte den beiden Vorgesetzten einen Treuebeweis, indem er mit seiner Stiefelspitze gezielt gegen Tscharlys Schläfe trat. Der

Schmerz fühlte sich an, als hätte er auf diese Weise ein Loch in Tscharlys Schädel gestanzt. Dann hüllte gnädige Schwärze Tscharly von allen Seiten ein.

Als er wieder zu sich kam, fand er sich auf der Ladefläche eines Transporters wieder. Kabelbinder verhinderten die Bewegungen seiner Arme und Beine. Der Novize kniete neben Tscharly und verpasste ihm gleich beim Aufwachen ein Paar Ohrfeigen, die den Zweck hatten, ihn zu demütigen. Tscharlys Augen und Wangen waren geschwollen. Er drehte sich zur Seite und hustete Blut. „Maul halten!", sagte der Novize und stand auf. Mit einem Grinsen im Gesicht trat er gegen Tscharlys Schulter. Ein weiterer Schmerz erfüllte ihn durch und durch. Ein Geräusch wie ein Zweig, der in seinem Schultergelenk zerbrach, brachte Tscharlys Trommelfell zum Schwingen. Tscharly versuchte, die Schulter zu bewegen. Es handelte sich ausgerechnet um jene Stelle, aus der Jenny eine Kugel herausoperiert hatte. Zu seinem eigenen Erstaunen gehorchte das Körperteil seinen durch das Gehirn gesteuerten neuronalen Impulsen. Tscharly biss sich auf die Unterlippe. Und keuchte. Der Arm mit der Rado befand sich auf seiner Körperrückseite. Wie es aussah, raubte ihm die Mischung aus Cortisol und Adrenalin in seinem Blut ohnehin jegliches Zeitgefühl. Er spürte Wut und Zorn neben Angst und Verzweiflung. In diesem Cocktail aus widersprüchlichen Gefühlen wuchs der Hass in ihm ins Unermessliche. Hass auf die Feinde, die es um jeden Preis zu vernichten galt. Und Hass gegen sich selbst. Er würde diese Sache hier zu Ende bringen! Tot oder lebendig. *Aber was ist mit Milla?* Er wand sich und versuchte, ruckartig an den Kabelbindern zu ziehen, was sein Peiniger jedoch nur mit Lachen und weiteren Ohrfeigen honorierte.

Kurz darauf blieb der Wagen stehen. Bremste abrupt, was eine Explosion in Tscharlys angeschlagener Schulter zur Folge hatte. Die Türen wurden von außen geöffnet und drei kräftige Männer in Kutten zerrten ihn ohne Rücksicht auf Verletzungen nach draußen. Tscharly erspähte Lüftungsschächte an der Decke. Paletten lagen herum. Spinnweben, Staub, Maschinenöl und Rost – eine Geruchsmischung, die ohne Zweifel in eine stillgelegte Industriehalle gehörte. Die Arschlöcher warfen Tscharly neben einem Kettenzug zu Boden. Tscharly schrie und erblickte ver-schwommen mehrere Paar Stiefel um sich herum.

Dann kamen Füße, die in einem Paar eleganter Lackschuhe steckten, vor Tscharly zum Stehen. Der feine Stoff eines Nadelstreifens wölbte sich elegant über die Treter, die ihren Besitzer das Monatsgehalt eines Hilfsarbeiters am Bau gekostet haben mochten.

„Nehmt ihm die Fesseln ab! Und setzt ihn hin! Ich will mit ihm reden! Wir wären doch schon beim letzten Mal fast Freunde geworden, Herr Huber."

Jemand zwickte mit einem Seitenschneider die Kabelbinder durch. Tscharly stöhnte und streckte seine Glieder von sich.

„Steh auf!", befahl der Anführer der Angels, der Tscharly bereits in der Wohnung empfangen hatte.

Zwei der Höllenengel halfen Tscharly dabei, auf einem Stapel Paletten Platz zu nehmen. Tränen schossen Tscharly bei Wohlfeils Anblick in die Augen. Tscharly stöhnte. Er wandte seinen Blick abwärts und erkannte, dass er unterwegs auch noch seine Socken verloren hatte.

„Was wollt ihr Arschlöcher denn von mir? Was habe ich euch denn getan?"

Herrmann Wohlfeil stand inmitten dreier Angels.

„Ist das auf Ihrem Kopf eine Perücke?", brach es aus Tscharly heraus.

Wohlfeil spielte gelassen den hanseatischen Gentleman.

„Die Zeitung, für die Sie arbeiten, Herr Huber, pflegt für gewöhnlich kein gutes Haar an mir zu lassen. Wie ich sehe, ziehen Sie es vor, diese gute alte Tradition der Münchener Neuesten Nachrichten unbeirrt fortzusetzen."

Tscharly schluckte. „Ich schreibe eben nicht für eine billige Gazette, sondern für eine Zeitung, die für ihre seriöse Berichterstattung bekannt ist."

„Ein linkes Hetzblatt, meinen Sie wohl?", entgegnete Wohlfeil.

Tscharly entschied sich, seinem Feind die Stirn zu bieten. *Und wenn es das letzte ist!* „Soll das hier der Auftakt zu einem Interview werden, Herr Wohlfeil?"

„Es wird eine Zeit kommen, Herr Huber, in der Ihre Kollegen mich auf Knien darum bitten werden, zu Pressekonferenzen überhaupt noch eingeladen zu werden. Ich rate Ihnen einen freundlicheren Umgangston mit mir an."

„Und wenn nicht?"

„Mmh, es könnte leicht sein, Herr Huber, dass ich einmal eine wichtige politische Persönlichkeit in diesem Land bin. Und dann ..." Wohlfeil setzte eine gekonnte Sprechpause ein.

Tscharly tappte ihm in die Falle. „... dann werden Sie uns kritische Journalisten in Lagern verschwinden und ermorden lassen?"

„Das haben jetzt Sie gesagt, Herr Huber. Ständig legen mir irgendwelche Journalisten Worte in den Mund, die ich niemals auch nur im Traum gesagt hätte ..."

Tscharly spuckte aus, verfehlte den Politiker jedoch um Längen. „In ihrem Traum von einem Vierten Reich können Sie mich ruhig ins Gas schicken, Herr Wohlfeil. In Wirklichkeit werden Sie das niemals erreichen! Solange wir in einem Rechtsstaat leben, wird Ihr großes Ziel nur ein verdammter Traum bleiben!"

„Wenn Sie nur wüssten, wie lächerlich Sie aussehen, Herr Huber, während Sie mir mit Ihrem moralinsauren Gutmenschentum drohen. In Wahrheit sind Sie ein Nichts, Herr Huber – genau wie die anderen. Aber wenn Sie die Seiten wechseln würden, dann ..."

„Sie belieben zu scherzen! Ich habe genug Freunde ..."

„Mmh, auf Ihren Schwiegervater würde ich nicht zählen. Während wir beide hier in Köln die künftigen Machtverhältnisse klären, wird in München der alte Smuss in die Mangel genommen. Jeder Mensch ist angreifbar – auch Smuss. Und wenn schon nicht er selbst, dann eben jemand aus seiner Familie. Und genauso verhält es sich auch mit Ihnen – Tscharly!"

Tscharly spürte den Boden unter seinen Füßen immer weniger.

„Hat Wagner Sie geschickt?"

„Wie lange haben Sie uns eigentlich insgesamt abgehört, Herr Huber? Sie und Ihre kleine Freundin!"

„Bin ich die Telefonauskunft?"

„Ich darf Ihnen übrigens ein Kompliment machen, Herr Huber, von Herrn Wagner persönlich. Er meinte, Ihre Tochter, sie – äh, ist ein wunderbares deutsches Mädel, wie es im Buche steht."

„Was haben Sie mit ihr gemacht?"

Wohlfeil nickte einem der Angels zu, der ihm daraufhin ein Laptop reichte. Sie zeigten Tscharly den Film. Ohne Ton. Wohlfeil stoppte die Aufnahme, nachdem die Skinheads vor Milla onaniert hatten.

„Den Rest der Aufnahme können Sie sich vorstellen, Herr Huber."

Die Angels hielten Tscharly an den Armen und der lädierten Schulter zurück. Wohlfeil klappte das Laptop zu. Ein Novize trug es in Richtung Lieferwagen.

Wohlfeil grinste. „Wenn Sie möchten, dass all das aufhört, dann verschwinden Sie von unserem Radar, Herr Huber. Ich bin nämlich befugt, Ihnen im Namen von Herrn Wagner ein Angebot zu unterbreiten. Sie bekommen vom Bundesverfassungsschutz einen neuen Namen, ein neues Leben und eine neue Identität. Sie werden in Kalifornien ganz von vorn beginnen und nie wieder ein Wort über all das verlieren. Und dasselbe gilt selbstverständlich auch für Ihre Tochter, wenn wir mit ihr fertig sind."

Tscharly gab einen leisen Schluchzer von sich. „Lassen Sie sie frei! Lassen Sie meine Tochter gehen …"

„Ich kann Ihre Verzweiflung verstehen, Herr Huber. Diese Gangbang-Pornos sind wahrlich nichts für einen Romantiker wie Sie. Ich sage nur Deniz. Der Bundesverfassungsschutz bietet einem räudigen Hund wie Ihnen, Herr Huber, die einmalige Gelegenheit in einem Zeugenschutzprogramm unterzutauchen und Sie schreien mich hier an, als wäre ich Ihr schlimmster Feind? Dabei will ich doch nur Ihr Freund sein."

„Du perverse Drecksau! Lass Milla gehen."

„Ihre Tochter weiß, was sie tut, Herr Huber – im Gegensatz zu Ihnen. Sie ist alt genug. Sie hat sich für uns entschieden! Sie hat sich dafür entschieden, die Rache für das, was ihrer geliebten Mama angetan worden ist, selbst in die Hand zu nehmen. Wir, Herr Karl Huber – wir haben die Enkelin von Peter Smuss – wie man so schön sagt – *rekrutiert*."

„Das würde meine Milla niemals …" Tscharly schüttelte den Kopf.

„Können Sie sich vorstellen, dass Ihre Tochter eine – wie sagt man – *perverse Neigung* in sich trägt? Dass ihr das alles gefällt! Das wird wohl am jüdischen Blut ihrer Mutter und ihres Großvaters liegen. Und ihrer Großmutter! Aber seien Sie versichert, Milla ist regelrecht verrückt danach, arische Schwänze abzulutschen …"

„Ich bring dich um!"

„Aber nicht doch, Herr Huber, wer wird denn gleich in die Luft gehen? Ihre Tochter hat doch im Morgengrauen noch einen Job zu erledigen – die kleine Fotze – und Sie können sich doch denken, dass eine Selbstmordattentäterin in der DITIB-Moschee …"

Eine Maschinengewehrsalve zerriss wie aus heiterem Himmel die Grabesstille in der toten Industriehalle. Die Griffe um Tscharlys Schultern lockerten sich für eine Sekunde. Ein alter Reflex, der Tscharly in Kriegsgebieten tausendmal das Leben gerettet hatte, setzte ein: Tscharly warf sich zu Boden! Der Schock schaltete seine Schmerzen aus. Tscharly schaffte es bis zum Lieferwagen, um darunter Deckung zu suchen. Wohlfeil landete neben ihm. Blutete aus dem Unterschenkel. Eine Leichenblässe überzog das Gesicht des Politikers, der seine Perücke verloren hatte. Die Angels schossen mit Maschinenpistolen auf ihre zwischen Schächten und Materialien unsichtbaren Feinde zurück. Jemand warf eine Palette nach Wohlfeil, der unter dem Aufprall vor Schmerzen kreischte und Hasstiraden von sich gab. Tscharly kroch unter das Fahrzeug und erspähte die orientalisch aussehenden Männer mit Bärten und großkalibrigen Waffen den Lieferwagen umkreisen. Tscharly begriff in dem Moment, dass es sich um jenes Killerkommando handelte, die es auf Wohlfeils Kopf abgesehen hatten. Die Angreifer hatten die Palette geworfen, damit Wohlfeil vor den Kugeln geschützt blieb. Wenn sie mit den Angels fertig waren, würden sie den Rechtspopulisten nach allen Regeln der Al-Quaida-Kunst enthaupten, ein Video davon drehen und Kopien an sämtliche Radio- und Fernsehstationen schicken. Die Hinrichtung eines deutschen Politikers in einer deutschen Stadt würde für die Söhne Osama Bin Ladens einen Triumph darstellen, der sich für alle Zeiten in deren kollektives Gedächtnis einprägen würde. So wie das Bild der brennenden Zwillingstürme sich auf alle Ewigkeit ins

Bewusstsein der amerikanischen Gesellschaft gebrannt hatte! Diese Leute waren gekommen, um Geschichte zu schreiben!

Tscharly krabbelte unter dem Wagen hindurch zur Fahrerkabine. Kugeln schlugen in die Karosserie ein. Die Al-Quaida mochte mit einem halben Dutzend ihrer Krieger angerückt sein, schätzte Tscharly anhand der Feuermündungen. Er wand sich unter dem Fahrzeug hervor und riss die Fahrertür auf. Eine Schusssalve und zersplitterndes Glas folgten. Tscharly kroch ins Wageninnere. In Gedanken zählte er bis drei. Ein Geschoss streifte glühendheiß sein Ohrläppchen. Er robbte über Scherben auf den Fahrersitz und stieß die Beifahrertür auf. Er erkannte Wohlfeil, der die Palette als Schutzschild benutzte, sein verwundetes Bein hinter sich herzog und in der Geschwindigkeit einer Schnecke ebenfalls schutzsuchend auf das Fahrzeug zukroch.

„Geben Sie mir Ihre Hand!", brüllte Tscharly.

Der Politiker konnte ihn im Kugelhagel nicht hören.

„Deine Hand …"

Wohlfeil blickte zu ihm. Die Perücke lag noch an jener Stelle, an der Wohlfeil Tscharly noch vor weniger als einer Minute zu verstehen gegeben hatte, dass Milla einer Gehirnunterwäsche unterzogen worden war. Denn etwas anderes konnte dieses ganze verdammte Rekrutierungsgesülze ja wohl kaum bedeuten!

Er ergriff die Hand des Politikers. Kugeln schossen haarscharf an Tscharly vorbei. Es gelang ihm Wohlfeil ins Wageninnere zu zerren. Tscharly drehte den Zündschlüssel und bediente Gas und Kupplung mit den Händen. Er drückte das Gaspedal bis zum Anschlag durch. Wohlfeil erbrach sich neben ihm vor Panik in den Fußraum der Beifahrerseite. Tscharly schaltete in den zweiten Gang und tauchte über dem Lenkrad auf. Er brachte den Motor zum Aufheulen und steuerte den Wagen auf gut Glück geradewegs auf ein Tor zu. Den Aufprall des Fahrzeugs gegen die Kunststoff-Metall-Konstruktion spürte er wie ein Erdbeben in seiner lädierten Schulter. Tscharly kam noch oben und schaltete in den dritten Gang. Er steuerte auf eine Schranke zu. Eine Sekunde später durchbrach er mit dem Transporter auch dieses Hindernis. Die Straße führte durch ein Industriegebiet. Polizeisirenen ertönten in der Ferne. Tscharly krümmte sich über dem Lenkrad. Der Fahrtwind blies ihm unbarmherzig durch die zerstörte Front-scheibe des Wagens entgegen. Regen peitschte ihm ins Gesicht. Seine Kleidung war durchnässt und er wusste nicht, ob er gut daran getan hatte, dem Mann, der sich neben ihm in die Hosen machte, das Leben zu retten. Oder hätte er Wohlfeil lieber doch seinem Schicksal überlassen sollen?

4.27 Uhr

Wie ein Modedesigner, der letzte Hand an sein Model legte, rückte Wagner den Sprengstoff-Gürtel an Milla zurecht. Sie standen verdeckt von Hunderten Getränkekisten auf dem Gelände eines Getränkegroßhandels. Auf dem Gelände herrschte bereits reger Betrieb. Zu dieser frühen Stunde wurde die neue Ware geliefert, hatte Wagner recherchiert – niemand kümmerte sich um das Alt-Pfand! Also waren sie vor neugierigen Blicken sicher. Und die Moschee – Millas Laufsteg – befand sich kaum mehr als zwei-hundert Meter von dem Gebäude entfernt. Die Nägel, die er mit Hennafarben in ihre Handteller gemalt hatte, sahen täuschend echt aus.

„Warum blinken die ganze Zeit diese roten Lampen?", fragte Milla.

„Die Attrappe muss doch echt wirken, sonst fällt niemand da-rauf herein!", erklärte er ihr. „Das sind ganz normale Lämpchen – so wie sie an Weihnachtsbäumen und so weiter glühen. Zum Weihnachtsbaum fehlt dir nur noch das Lametta, meine geliebte Walküre."

Er schwitzte vor Anstrengung. Endlich saß der Gürtel richtig! Schließlich sollte keiner der Betbrüder das gute Stück später unter dem Niqab erkennen. Wagner streichelte sanft, aber bestimmt über die Vorderseite von Millas rotem Stringtanga.

„Ich glaub dir kein Wort", entgegnete sie, anstatt auf seine anzügliche Berührung einzugehen.

„Es wird einiges an Zeit brauchen, bis du das Ganze akzeptieren kannst. Mir ist es nicht anders ergangen als dir, Milla."

Er setzte ihr die Dornenkrone auf. Sie sah aus wie ein weiblicher Jesus Christus. Das Kunstwerk war fertig! Anschließend nahm er den Niquab und half ihr in das Kleidungsstück. *Ladies und Gentlemen, meine Damen und Herren, ein weiteres Highlight aus der Collection ,la terreur', das Ihren Liebsten bombensicher gefallen wird!*

„Ich frage mich die ganze Zeit, was mit mir los ist", nervte Milla ihn mit ihrem Gelaber. „Seitdem ich weiß, dass du mein Onkel bist, begehre ich Wohlfeil und dich nur umso mehr. Ihr seid meine Familie!

„Mach dir keine Gedanken darum. Auch ich begehre dich. Auf meine ganz besondere Weise!"

„Aber es ist doch nicht normal, dass mein Verlangen nach dir und Herrmann dermaßen stark ausgeprägt ist."

„Das ist das jüdische Blut in uns. Dagegen sind wir machtlos, mein Mädel. Deshalb müssen wir umso entschlossener und mit unbändigem Willen in den Kampf für das deutsche Volk ziehen!" Sorgfältig strich er den Niqab an allen Ecken und Enden glatt. „Was du heute machst, ist eine PR-Aktion vom Feinsten. Niemand kommt zu Schaden. Und du wirst über Nacht zur deutschen Johanna von Orleans. Eine echte Heilige und Märtyrerin!"

„Nur, dass ich keine Jungfrau mehr bin", erwiderte Milla geschichtskundig. „Und auch nicht auf dem Scheiterhaufen verbrennen möchte!"

Milla blickte an sich hinab. Erstaunlicherweise fiel ihr ausgerechnet jetzt ihr zu dicker Hintern wieder ein, den aber weder Wohlfeil noch Wagner oder einer der Skins in irgendeiner Weise je moniert hatten. Mit der Verkleidung sah sie aus wie eine im sechsten Monat schwangere Muslima. Roland hatte ganze Arbeit geleistet! *Ich kann es kaum erwarten, mich vor allen anderen auszuziehen!*

„Also, nochmal in Kurzform", rief sie Wagner ins Hier und Jetzt zurück. „Wir arbeiten ohne doppelten Boden. Kein Knopf im Ohr. Kein Handy. Kein Piep-Gerät. Wir wollen keine Spuren hinterlassen. Und keine unnötigen Risiken eingehen. Die Story, die du den Medien nach der Aktion erzählen wirst, haben wir zehnmal durchgekaut. Da dürften keine Unklarheiten bestehen."

Milla schüttelte den Kopf – bloß nicht nochmal die ganze Leier wiederholen! „Ich hab's ja kapiert", fauchte sie ihn an.

„Gut. Du begibst dich also unauffällig in die Frauenabteilung der Moschee. Wenn dich jemand anspricht und dir blöd kommt, weil sie dich nicht kennt oder einfach wissen will, zu welchem Zweig der Familie du gehörst, erzählst du die von uns entwickelte Geschichte von der deutschen Konvertitin! Du bist deinem Al-Qaida-Helden ins afghanische Bergland gefolgt. Du hast ständig das Gefühl, unter behördlicher Beobachtung zu stehen – besonders seit dem Keupstraßenattentat! Um Punkt sechs Uhr und zehn Minuten gehst du dann in die Männerabteilung und lässt dich von niemandem, aber auch wirklich niemandem, aufhalten. Die muslimischen Männer sind größere Feiglinge als allgemeinhin angenommen. Dort reißt du dir schlagartig den Niqab vom Leib und schreist ,*Lang lebe Herr Jesus Christus, unser Erlöser!*‘.“

„,*Mohamed war pädophil!*‘, darf ich also nicht rufen?“

„Nein. Keine Abweichungen, keine Extratouren. Einer meiner V-Männer befindet sich unter den Trauergästen und wird alles filmen. Das wird überall gesendet: Auf allen Internetkanälen, Tagesschau, Heute Journal und so weiter. Und morgen bist du der Star der deutschnationalen Bewegung. Unser neues Pin-Up-Girl. Die Heldin einer Nation, die im Aufstehen begriffen ist und sich zum Kampf gegen diese Terroristen rüstet.“

Er küsste sie auf die Stirn und gab ihr einen zärtlichen Klaps auf den Hintern. „Los jetzt! Das richtige Timing ist das Alpha und das Omega in dieser Sache.“

„Für Volk und Vaterland!“, antwortete sie.

Wagner blickte ihr nach. Eigentlich hätte er stolz auf sein Mädchen sein können. Er öffnete eine ranzig aussehende Ledertasche und checkte mit einem Blick den Detonationsauslöser. Das Teil glich einer Fernbedienung für einen Fernseher oder Videorecorder. Er musste lachen über den Vergleich. Es handelte sich dieses Mal bewusst um ein anderes Modell als eine Flugzeugfernsteuerung. Schließlich sollten die Behörden auf keinen Fall irgendwelche Rückschlüsse auf das Keupstraßenattentat ziehen. Der Sprengstoff stammte von einer Razzia gegen eine Al-Qaida-Zelle und trug somit die Originalsignatur der rausche-bärtigen Kopfabschneider Saudi-Arabiens. Das würde die Verhält-nisse in Deutschland gehörig ins Wanken bringen. Sunniten gegen

Schiiten. Deutsche gegen Muslime. Polizei und Militär gegen die Politik. Und am Ende alle vereint gegen die Juden und den Bolschewismus. Deutschland musste sich aus den Fesseln der Fremdherrschaft befreien. Und kostete es den letzten Tropfen deutschen Blutes!

Wagner spürte Durst in seiner Kehle. Es war an der Zeit, die Location zu wechseln. *Kölsch und mehr* befand sich gleich um die Ecke. Ein Frühschoppen im Dienst war nicht zu verachten – fraglich blieb nur, ob er das Bier als Spesen im Dienst abrechnen sollte. Ein wenig bedauerte er das bevorstehende Schicksal seiner neuen Lieblingsnichte. Aber schließlich trug Milla verseuchtes Blut in sich und war ein moralisch zutiefst degeneriertes Wesen, beschwor er sich. *Aber niemand hat gesagt, dass es einfach werden wird. Und schließlich ist eine Revolution kein gemütlicher Spaziergang!* – Das hatte sogar die dumme Fotze und links-intellektuelle Schlampe Ulrike Meinhof vor über vier Jahrzehnten richtig erkannt. *Und nur darauf kommt es jetzt an: Wir müssen alle unsere Opfer bringen, damit Deutschland wieder wird, was es einmal vor den Verträgen von Versailles gewesen ist!*

5.17 Uhr

Die Sonne erhob sich blassrosa über den Dächern, den Hochhäusern, dem Dom und der Rheinbrücke. In der Nacht hatte es geregnet, wodurch die Luftfeuchtigkeit tropische Ausmaße annahm. Tscharlys Hemd hing ihm in Fetzen vom Leib. Unter den Achseln und am Rücken war es nass von Schweiß und Regen. Im Fahrzeug der Angels hatte er eine alte Lederjacke gefunden. Da es noch geregnet hatte, hatte er sie sich übergestreift. Tscharly hatte den Wagen mit Wohlfeil an einer Tankstelle geparkt. Dann hatte er Wohlfeil mit Kabelbindern gefesselt. Auch auf die Gefahr hin elektronische Schleifspuren zu hinterlassen, war Tscharly in die Tankstelle gegangen und hatte einen halben Liter Fusel-Wodka gekauft. Auf dem Weg zurück zum Auto hatte er einen passenden Ast gefunden, der doppelt so dick wie sein Daumen war. Im Handschuhfach lag eine Waffe. Tscharly hatte Wohlfeil mit der

Pistole gezwungen, den Wodka innerhalb von drei Minuten aus-
zutrinken. Anschließend hatte er den Rechtspopulisten mit dem
Ast und Stofffetzen als Knebel nach allen Regeln der Kunst zum
Schweigen gebracht. Wohlfeil strampelte noch kurz wie ein Baby,
bevor er auf dem Sitz zur Seite klappte. Tscharly hoffte, dass
Wohlfeil an seiner Alkoholvergiftung nicht starb. Allmählich hatte
der Regen nachgelassen. Tscharly hatte im Van auch den Laptop
gefunden. Es machte wohl keinen Sinn, das Gerät zu zerstören, da
das Video mit Milla als Hauptdarstellerin sicher in einer Cloud
gespeichert war. Also klemmte er sich das Gerät unter den Arm.
Dann war er davongelaufen und hatte den Laptop auf einer Park-
bank absichtlich liegengelassen. Inzwischen hatte es komplett zu
regnen aufgehört. Jemand würde heute seinen Glückstag feiern
oder das Ding beim Fundbüro abgeben. Tscharly tippte auf Va-
riante eins. Er lief wie in Trance. Vermisste den Regen, der seine
Tränen verborgen hatte. Er stellte sich Sara vor, die ihm Vor-
haltungen machte, weil er nicht ausreichend auf Milla aufgepasst
hatte. Er dachte an den alten Methusalem, der in München um das
Überleben seiner Zeitung kämpfte und damit um die Sinnhaf-
tigkeit seiner irdischen Existenz. Hatte denn das Dritte Reich in
Wahrheit niemals aufgehört zu existieren? Und war Milla nur ein
weiteres von vielen Opfern?

Tscharly hatte Zuflucht zwischen Altglas-Containern gesucht,
wirkte wie ein Obdachloser, der nach Pfandflaschen fischte. Er
beobachtete Frauen mit Schleiern und Männer mit Kopfbe-
deckungen, die über den Bürgersteig gingen. Die DITIB-Moschee
befand sich beinahe in Sichtweite.

„Tscharly!"

Eine Frauenstimme ließ ihn erstarren. Ehe er sich versah, sah er
sich zwei muslimischen Frauen gegenüber. Eine der beiden trug
ein Niqab, die andere, die ihn angesprochen hatte, schaute ihn aus
großen Augen an, die ihm entsetzlich bekannt vorkamen. *Deniz'
Augen.* Deniz' Mutter!

Tscharlys Herz hämmerte.

„Haben Sie gewusst, dass Ihre Tochter auf einer Schauspielschule vorsprechen war, Frau Selen?", entgegnete er.

Die Mutter der Ermordeten sah durch ihn hindurch. Er blickte zu ihrer Begleiterin und fragte sich, wessen Augen durch diesen Schlitz stierten.

„Deniz war ein gutes Mädchen. Sie hat mir nichts verheimlichen können, Tscharly."

„Ich ... ich ..."

Er spürte ihre Hand auf seiner – eiskalt. „Ich weiß, dass du meine Deniz nicht umgebracht hast."

„Aber ... woher ..."

„Mein Mädchen hat sich immer auf seine Menschenkenntnis verlassen können. Komm, Ayshe, ich fürchte, wir werden sonst noch die letzten sein, die Deniz die Ehre erweisen ..."

Tscharly stellte sich den beiden Frauen in den Weg. „Sie dürfen nicht hingehen, Frau Selen", flüsterte er. „Das ist Ihr sicherer Tod. Es gibt Menschen, die planen Schreckliches ... Bitte! Das hätte Deniz nicht gewollt!"

Deniz' Augen im Gesicht ihrer Mutter blickten apathisch zu ihm auf.

„Allah ist mein Zeuge", erwiderte sie, „ich werde der Totenfeier meiner geliebten Tochter beiwohnen. Und was immer mir geschehen mag – ich fürchte nichts mehr im Leben. Glaub mir, Tscharly, ich bin mit meiner Tochter gestorben. Bete zu Gott, Tscharly. Nur Er kann uns von unserem Schmerz erlösen."

Tscharly blickte den beiden Frauen nach. Und fragte sich, ob er Milla bereits verpasst hatte.

5.27 Uhr

Das Gebäude sah wie alles andere aus – nur nicht wie ein Gotteshaus. Es war im Sechzigerjahre-Stil quaderförmig gebaut und besaß den Reiz einer Grundschule oder eines Krankenhauses in einem weniger entwickelten Land. Und wegen dieser Moschee hatte es Streit, Bürgerinitiativen und sogar Straßenschlachten gegeben, mit einem Ergebnis, das sich nicht einmal halbwegs hätte *sehen lassen* können, dachte Tscharly. Zum fünften Mal innerhalb von zwei Minuten blickte er auf die Rado. Seine Schulter schmerzte und schmerzte und der Kopf fühlte sich an, als ob ein Reisebus auf zerschundenen Felgen darüber gerollt wäre. Tscharly fixierte jeden der Moscheebesucher. Viele schieden als seine Tochter aus, da sie offensichtlich im Groß-Familienverbund kamen. Außerdem konnte er keine Person ausmachen, die sich auch nur annähernd wie Milla bewegt hätte. Einige fragende, mehr misstrauische und seltene feindselige Blicke streiften ihn. Ein Wunder, dass bei seiner abgerissenen Erscheinung niemand die Polizei rief. Plötzlich drehte sich alles bei Tscharly. Ein Schwindel. Hoffentlich bahnte sich da kein Herzinfarkt oder ein Schlaganfall an. Ganz ruhig bleiben, ermahnte er sich, ganz ruhig. *In der Ruhe liegt die Kraft!* Aber was nützt ein Mantra gegen Kammerflimmern? Tscharly konzentrierte sich darauf, gleichmäßig und tief zu atmen …

„Hey, das hier ist geschlossene Gesellschaft!“, vernahm er eine Männerstimme.

Tscharly sah drei Männer auf sich zukommen. Der erste packte Tscharly am Kragen. „Was hast du hier verloren?“

„Schau dass du verschwindest!“, schloss sich ein zweiter Türke an.

„Das ist die Trauerfeier meiner Cousine. Wir brauchen keine deutschen Nazis!“

Tscharly stöhnte: „Okay. Okay … Ich gehe ja schon. Aber ich würde da nicht reingehen! Auf keinen Fall!“

„Wer sagt das?“, fragte Deniz' Cousin.

„Es gibt Hinweise … Bitte bleiben Sie der Moschee fern! Ich möchte Ihnen nur helfen, denn es …“

„Schaff den Besoffenen hier weg, Mehmet!“, mischte sich ein älterer Herr in ihre Unterredung ein. Der Mann trug eine schwarze Brille und eine gelbe Binde mit drei schwarzen Punkten. Und dann sagte er zu Tscharly: „Ich bin vor über vierzig Jahren in dieses Land gekommen. Ich habe in der Fabrik gearbeitet. Ich habe eine Konditorei aufgebaut, die jetzt in Trümmern liegt. Und dann der Tod meiner Nichte Deniz … Habt ihr Deutschen denn keinen Respekt vor uns? Sind wir für euch nichts weiter als dreckige Türken? Verflucht sollt ihr auch dafür sein – für das, was ihr meiner Schwiegertochter Ayshe angetan habt!“

„Verschwinde jetzt!", schloss Mehmet sich ihm an und stieß ihn weg. Tscharly zitterte.

„Schon gut. Ich gehe ja schon … Aber wenn ihr mir nicht glaubt …"

„Verschwinde – oder ich rufe die Polizei!"

Tscharly strich reflexartig die Oberseite der Lederjacke glatt.

Zwei Minuten später fand er Zuflucht in einer Seitenstraße hinter der Moschee. Er empfand Wut gegenüber Milla und schämte sich entsetzlich, Deutscher zu sein. *Kölsch und mehr* las er geistesabwesend auf dem Schild über einer Kneipe. Zu Tscharlys Verwunderung brannte hinter dem Fenster noch Licht. *Ich wusste gar nicht, dass die Westdeutschen hier keine Sperrstunde haben*, sinnierte er. Andererseits – er dachte an die Begegnung mit seinem vermeintlichen Informanten, die im Rheingold stattgefunden hatte …

Vielleicht harrte Milla in irgendeinem Abstellraum dieses sichtlich deutschen Lokals auf ihren Einsatz.

Millas Hintermänner würden sich kaum in der Moschee aufhalten, wenn die Bombe explodierte …

Sie werden sich einen Ort in der Nähe suchen.

Warum nicht ein deutsches Lokal?

Der Gedanke kam einer Marter gleich. Tscharly raffte die Schultern und dachte ein zweites Mal innerhalb von vier Stunden an Gary Cooper in seinem Oscar-Streifen *Zwölf-Uhr-Mittag*. Sein minimalistisches Spiel hatte Cooper berühmt gemacht – der stille Held! Tscharly versuchte sich ebenfalls in der Rolle des Unsichtbaren. Er blickte zu Boden und stapfte mit hochgezogenen Schultern auf das Lokal zu.

Tatsächlich ließ die Tür sich ohne weiteres öffnen. Tscharly trat ein.

„Wir haben noch geschlossen!", vernahm er die tiefe Marlboro-Stimme eines Barkeepers.

„Ich will auch gar nichts essen", antwortete Tscharly und zückte die Glock.

Dem Barkeeper fiel bei seinem Anblick die Zigarette aus dem Mundwinkel. „Wir wollen keinen Ärger, Mann. Was willst du? Aber steck gefälligst das Schießeisen weg, Gringo."

„Ich will mit Milla sprechen."

„Siehst du hier weit und breit eine Frau?"

„Dann will ich mit Roland sprechen."

„Kenn ich nich. Mann, steck das Ding weg …"

Tscharly fiel dem Mann ins Wort. „Dann bring mich zu – *Siegfried!*", sagte er. Liesel und die beiden Jungs nannten Roland Wagner in ihren geheimen Schreiben nach dem Helden aus Richard Wagners Nibelungen. Tscharly hatte das in den Dossiers gelesen.

„Ich kenne auch keinen Siegfried, Fremder – und jetzt sieh zu, dass du Land gewinnst!"

Tscharly entsicherte mit seinem Daumen die Pistole. „Dann führ mich halt zu – *Onkel Wolf!*" Die Familie Wagner zu Bayreuth hatte Hitler den Kosenamen „Onkel Wolf" verpasst. Einen Versuch war es wert!

„Sag das doch gleich", erwiderte der Barkeeper und ließ die Hände sinken. „Onkel Wolf wartet schon auf dich, Kamerad!"

Tscharly entgegnete: „Heil Hitler!" Und senkte den Lauf der Pistole auf Halbmast.

„Heil Hitler!", entgegnete auch der Barkeeper und Tscharly atmete auf. *Wenn du wüsstest, was ich für ein schlechter Schütze bei der Bundeswehr gewesen bin, dann wärst du wahrscheinlich an einem Lachanfall erstickt, Kamerad.*

Der Kerl führte ihn durch die Gaststube. Eine gewöhnliche Deutschlandfahne hing über dem Stammtisch.

Der Wirt öffnete eine weitere Tür und ließ Tscharly eine Kellertreppe nach unten blicken.

„Bitte, nach Ihnen, Fremder!"

Tscharly blickte zwischen dem dunklen Schacht und dem narbigen Gesicht des Mannes hin und her.

„Wolf wartet unten auf dich, Kamerad."

Tscharly stieg die Stufen hinab. Er fühlte sich wie im freien Fall und hielt sich an einem Handlauf fest. Unten angekommen, pochte der Barkeeper mit seiner fleischigen Faust gegen eine Stahltür. Dreimal kurz, einmal lang. Anscheinend ein vereinbartes Zeichen. Daraufhin wurde von innen die Tür geöffnet.

„Viel Spaß mit Onkel Wolf!", sagte der Barkeeper und ließ Tscharly stehen. Eiligen Schrittes trollte er sich nach oben und versperrte die Tür. Tscharly fragte sich, welche Bedeutung dieses Klopfzeichen gehabt haben mochte – ob es sich um einen gewöhnlichen Code oder um eine Warnung handelte.

„Treten Sie schon ein, Herr Huber! Worauf warten Sie?", vernahm er Roland Wagners Stimme.

Tscharly folgte der Aufforderung.

Die Tür schloss sich per Knopfdruck hinter ihm und Tscharly blickte auf ein halbes Dutzend Bildschirme, die das Innere der Moschee zeigten.

„Schön, den Vater meiner geliebten Walküre endlich wiederzusehen. Beim letzten Mal hatten wir ja herzlich wenig Zeit miteinander, Tscharly."

Wagner trat hinter einer Fernsehwand auf Tscharly zu.

Tscharly erkannte die Fernbedienung in dessen Hand.

„Ich habe zwar keine Pistole", sagte Wagner, „wie Sie, Tscharly – aber dafür einen Fernzünder. Damit bestimme ich, was mit Ihrer Tochter geschieht. Haben Sie mich verstanden?"

„Lass gefälligst meine Tochter in Ruhe – du Hurensohn!"

Wagner seufzte. „Wenn Sie nur wüssten, wie recht Sie haben, Tscharly. Sie haben den Nagel auf den Kopf getroffen. Fragen Sie den alten Methusalem. Er wird es Ihnen erklären können."

„Was hast du mit meiner Milla gemacht, du Arschloch?"

„Nichts, was sie nicht selbst so gewollt hätte."

„Ihr habt ihr eine Gehirnwäsche verpasst!"

Wagner lachte. „Das kommt davon, wenn man sich nicht selbst um seine Kinder kümmert. Dann entgleiten sie einem. Eine Tochter braucht doch ihren Vater. Du selbst hast zugelassen, was aus ihr geworden ist. Weil sie dir nämlich scheißegal war. Dein Egotrip war dir immer wichtiger, Tscharly."

„Wo ist sie?"

Wagner trat einen Schritt zurück und gab somit den Blick auf die Bildschirme frei.

Tscharly erkannte überall Gestalten, die ihre Gesichter nach Osten gewandt hatten, bereits auf den Knien – auf den Beginn einer islamischen Trauerfeier harrend.

„Wir haben vorgesorgt", erklärte Wagner. „Wenn du mich davon abhalten solltest, diesen Fernzünder zu bedienen, wird ein Kamerad mit einer Pistole vor Ort dafür sorgen, Milla ein Loch mitten in die Stirn zu brennen. Es wird aussehen, als hätte einer der anwesenden Muslime auf die verrückte Selbstmordattentäterin geschossen. Also gib dir keine Mühe, Tscharly Huber. Das Ding ist gelaufen."

Wagner nickte in Richtung einer Digitalanzeige unter den Bildschirmen. „In exakt vierundzwanzig Minuten ist alles vorbei, Tscharly. So oder so."

5.51 Uhr

Ayshe zählte innerlich bis zehn, um sich abzulenken. Sie kniete neben ihrer Tante. Deniz lag aufgebahrt auf dem Altar in einem Leichentuch. Nachher würden sie sie in einen Sarg legen müssen. Das deutsche Gesetz schrieb auch den Muslimen die Verwendung von Särgen vor. Wahrscheinlich fürchteten diese Leute um ihr Grundwasser! Ayshe blickte in Deniz' Gesicht und fühlte sich tief in ihrem Innern mit der Cousine verschmelzend.

„Allah, vergib mir", flüsterte sie.

Die Frauen murmelten leise ihre Gebete. Um sechs Uhr wollte der Imam mit dem offiziellen Totengebet beginnen. Die Sonne hatte sich heute um Punkt 5.17 Uhr über der Stadt erhoben. Die Trauerzeremonie würde etwa eine halbe Stunde dauern, damit die Tote bei Sonnenaufgang pünktlich unter die Erde kam, wie der Brauch es verlangte. Die Frauen in ihrem Gebetsraum knieten Körper an Körper, dicht an dicht. Die meisten trugen Schleier und Kopftücher. Niemals hätte Ayshe sich noch vor zehn Tagen vorzustellen gewagt, jemals einen Niqab zu tragen. Sie war in Deutschland aufgewachsen. Jetzt war das Kleidungsstück der Strenggläubigen zu ihrer einzigen Rettung geworden, um weiter zu existieren. Sie fühlte Schwindel in sich aufbranden. Die Beine drohten ihr wegzusacken.

„Alles in Ordnung mit dir?", fragte Deniz' Mama.

Schwärze hüllte sie ein – eine Schwärze, in der rote Punkte vor ihr auf- und abtanzten. Die Ärzte hatten sie vor Nachwirkungen der Narkose auf ihren Kreislauf gewarnt.

Ich habe mir körperlich zu viel zugetraut, dachte sie. „Mir ist nur … Es ist alles in Ordnung!"

„Soll ich dich auf die Toilette begleiten?", bot Deniz' Mama an.

Ja, bitte. „Nein, ich bin in Ordnung! Mach dir keine Sorgen, Tante."

Ayshe stützte sich mit den Händen am Boden ab. *Allah, hilf mir. Mohammed, mein Prophet – du Glückweisender, du Wegweisender, du Großzügiger,* betete sie die erstbesten Namen einer langen Liste, die die Muslime ihrem Propheten Mohammed zugedacht hatten. Ayshe erhob sich daraufhin aus eigener Kraft.

„Ich komme gleich. Ich gehe mich frisch machen", erklärte sie der Tante und drängte sich an den Frauen vorbei. Es gelang ihr, eine Seitentüre zu erreichen. Sie verschwand auf der Toilette. Schaffte es, ihren Mageninhalt gerade solange bei sich zu behalten, bis sie die Toilettenschüssel erreicht und das Kopfteil gelüftet hatte. Das Verhör gestern hatte sie entsetzlich angestrengt. Can ignorierte sie noch immer, seit sie das Krankenhaus verlassen hatte. Er hatte die Nacht irgendwo verbracht, anstatt mit der Familie für Deniz zu beten.

Ayshe trank gierig mit den Händen aus dem Wasserhahn. Die Vernehmung – wie die beiden Polizisten das Verhör genannt hatten – hatte erst gegen dreiundzwanzig Uhr geendet. Ayshe schob ihre Übelkeit auf dieses Erlebnis. Nachdem sie ihren Durst gestillt hatte, zog sie den Niqab wieder über. Beim Hinausgehen stieß sie ausgerechnet mit einer anderen Niqab-Trägerin zusammen.

„Entschuldige, Schwester!", entgegnete die Unbekannte.

„Nichts passiert", erwiderte Ayshe.

In dem Moment tangierte noch eine Niqab-Trägerin Ayshes Weg und verschwand ebenfalls auf der Toilette. Ayshe suchte ihren Weg zurück zu ihrem Platz. Endlich erschien der Imam auf dem Bildschirm und stimmte durch sein Mikrofon das traditionelle arabische Glaubensbekenntnis an.

Hatte die Fremde soeben mit einem bayerischen Akzent zu ihr gesprochen?, fiel es Ayshe unvermittelt ein, während sie auf dem Boden kniend in den Gesang der anderen einstimmte. Waren die Bayern denn nicht katholisch? Mmh, diese streng gläubigen Konvertitinnen würden ihr wohl für immer ein Rätsel bleiben, sinnierte sie und blickte nach vorne. Das letzte Stück Weg in Deniz' irdischem Dasein hatte soeben begonnen.

5.59 Uhr

„… hast du dich denn niemals gefragt, wie lange ein Volk sich selbst verleugnen kann, ohne sich selbst zu verlieren, Tscharly? Was wäre Bayern ohne Weißbier? Der Prophet hat seinen Jüngern sogar den Schweinsbraten verboten! Willst du in Zukunft auf alles Schöne und Gute verzichten?"

Tscharly spürte den Puls an seiner Schläfe.

Noch elf Minuten.

Was fand Milla nur an diesem Wahnsinnigen?

Bisher hatte Wagner ihn mit einer Diskussion über rechte Ideologie in Schach gehalten.

„Ich bin nicht hierhergekommen, um mit einem Verrückten über Sauerkraut zu diskutieren", entgegnete er.

„Kannst du es denn nicht hören, Tscharly?", fragte Wagner. Offenbar genoss der Agent es, ihn zu verhöhnen, indem er Tscharly in jedem zweiten Satz duzte und beim Vornamen nannte.

„Ich höre nichts außer unsere beiden Stimmen."

„Weil du ein Banause bist, Tscharly. Aber als ein Mann, der das Deutsche verinnerlicht hat, kann ich tief in mir in diesem historischen Moment der deutschen Geschichte den Gesang der Wagnerschen Chöre hören. Siegfried ist tot! Er hat sein Leben dem Kampf geopfert. Gudrun opferte ihr Leben, damit sein Geist zu neuem Leben erwacht über einem brennenden Walhalla: Die Götter versinken in Feuer und Rauch. Deutsches Blut tritt über die Ufer des Rheins … Das hier ist kein Ende, nein, Tscharly, das ist erst der Anfang! Das deutsche Volk hat lange genug unter der

Diktatur des Zionismus gelitten. Das deutsche Volk wird sich erheben. Und deine Tochter Milla vollbringt in diesem historischen Augenblick das größte Opfer, das ein Mensch von deutschem Blute zu bringen vermag ... Das ist die Götterdämmerung, Tscharly! Das ist die Stunde der Wahrheit. Unser Kampf ist noch lange nicht vorbei ... Heil Hitler!"

6.00 Uhr

Milla kniete in der dritten Reihe von vorne. Der Sprengstoffgürtel saß perfekt. Vorhin hatte sie sich auf der Toilette erleichtert. Roland war wahrlich ein echter Profi. Auf dieselbe Art und Weise, wie er sie mit einer *Schein*-Vergewaltigung schockiert hatte, würde sie nun ein *Schein*-Selbstmordattentat inszenieren. Milla schaute auf ihre Armbanduhr. Noch neun Minuten. Tief in ihrem Inneren wusste sie: *Es wird alles gut!* Und Mama wird wieder gesund. Und die Moslems bekommen endlich den Denkzettel, den sie verdient haben! Sunniten und Schiiten, Türken und Araber, Perser und Afghanen ... ganz egal, welche Ethnie oder religiöse Strömung ... Diese Leute waren die Abkömmlinge primitiver Völker, die ihre Kriminalität und ihr Machogehabe nach Deutschland mitgebracht hatten. Das musste endlich ein Ende haben! Damit nie wieder passieren konnte, was Milla und ihrer Familie passiert war. Nie wieder! Ich bin ja eigentlich gar keine echte Nazi-Braut, dachte sie. Aber im Nachhinein fiel es ihr schwer, sich vorzustellen, dass es eine Zeit in ihrem Leben gegeben hatte, in der sie von Toleranz gegenüber diesen Primitiven gesprochen hatte. *Wir haben zu lange nur zugeschaut! Zu lange uns hinter unserer falschen Toleranz verkrochen. Der Islam und seine Haltung gegenüber der Frau hat in unserer westlichen Demokratie absolut nichts verloren! Die gehören ins Mittelalter zurück!* Milla murmelte gedankenverloren und leise ein Vaterunser. Dabei imitierte sie die Bewegungen der anderen Frauen und blickte ein weiteres Mal auf die Uhr.

6.01 Uhr

„Noch neun Minuten, Tscharly! – Milla ist ein gutes Mädchen, obwohl ihre Mutter und ihre Großeltern dreckige Judenschweine sind, Tscharly."

6.02 Uhr

Ein Impuls – Nervosität hatte Ayshe dazu bewogen, plötzlich in der Bewegung innezuhalten. Sie starrte nach vorne.

„Ich muss gehen!"

„Aber … Willst du meiner Tochter denn nicht die letzte Ehre erweisen? Allah, ich verstehe dich nicht, mein Kind …"

„Verzeih mir, meine liebe Tante. Ich schaffe es einfach nicht …"

„Wo willst du hin, Kind …?"

Ehe ihre Tante ein Widerwort an sie hätte richten können, richtete Ayshe sich auf. Sie erreichte die Wand, hangelte sich daran entlang zum Ende des Saals. Die Frauen wurden ihrer kaum gewahr. Konzentrierten sich auf das Totengebet. Ayshe zwängte sich zum Ausgang. *Wo willst du hin?,* hallte die Frage ihrer Tante in ihr nach.

Eine Stimme in ihr schrie: *Can!*

Hatte sie ihm denn nicht ihr Eheversprechen gegeben? Und der Imam hatte die Verbindung Can gegenüber mit jener Sure aus dem Koran abgesegnet: *Eure Frauen seien wie ein Gewand für euch, und ihr seid das Gewand für eure Frauen.* Allah, ich habe ein Recht darauf, seine Frau zu sein!

Ayshe erreichte das Foyer der Moschee und lugte durch eine Tür in den Gebetsraum der Männer. Sie würde hier zwischen den Schuhen der Männer stehen und warten. Solange bis Can durch diese Tür trat. Und dann würde sie ihn ein letztes Mal an jenes heilige Versprechen, die *Nikah,* erinnern. Wann – wenn nicht jetzt? Hier – auf Deniz' Totenfeier, hatte Can die Pflicht, ihr Rede und Antwort zu stehen! Im Angesicht des Todes und des allmächtigen Gottes!

„Da bleibt mir wohl nur zu beten übrig", erwiderte Tscharly. „An die Vernunft eines Größenwahnsinnigen zu appellieren, käme einem Regentanz auf Mauritius gleich."

Wagner bedachte seine Erkenntnis mit einem hämischen Grinsen. „Warum nicht gleich homöopathisch, Tscharly – obwohl, in Bayern betet man doch eher Rosenkranz, oder?"

Tscharly betrachtete die Glock vor sich auf dem Boden. Wagner hatte ihn gezwungen, die Waffe dort abzulegen. Andernfalls würde er den Fernzünder vorzeitig betätigen.

Verdammt, ich muss diesen Haufen braunen Drecks endlich überwältigen …

„Hör auf, die ganze Zeit die Pistole anzuglotzen, Tscharly. Abgesehen davon – denkst du, ich weiß nicht, was für ein miserabler Schütze du zu deiner Bundeswehrzeit gewesen bist?"

Tscharly hob den Blick. „Du hast dich verdammt gut über mich erkundigt, Arschloch."

„Ich wollte dich einfach kennenlernen – sozusagen meinen Schwiegervater in spe, wie man so schön sagt, Tscharly."

„Warum hast du dich ausgerechnet an meine Tochter rangemacht?"

Wagner zuckte die Schultern. „Weil ich glaube, dass es Unglück bringt, einen Schwur, den man einem Sterbenden gegeben hat, zu brechen."

Tscharly versuchte ein Lachen, das ihm im Halse stecken blieb. Er hatte sich den Platz, an dem die Pistole lag, tief in sein Gedächtnis eingeprägt. Er musste in einer Blitzaktion danach greifen und Wagner eine Kugel in den Kopf jagen …

„Ich habe meinem Vater auf seinem Sterbebett geschworen, dass ich mein Leben für die Auferstehung eines glanzvollen deutschen Reiches opfern werde", erklärte Wagner. „Das ist ein heiliges Gelübde, das ich somit erfülle."

„Das Deutsche Reich ist tot, Wagner. Es ist 1945 untergegangen."

Wagner ließ seinen Blick über die Bildschirme gleiten. „Wie es aussieht, bringt sich deine Tochter gerade in Position. Schau nur –

Milla verlässt den Gebetsraum für die Frauenzimmer. Und wenn ich wollte, dann könnte ich jetzt schon die Detonation auslösen. Noch vier Minuten – dann ist es soweit. Und du willst mir allen Ernstes erzählen, der Nationalsozialismus sei tot? Nein, Tscharly, er lebt in Menschen wie deiner Tochter weiter …"

6.06 Uhr

Der Gesang des Imams klang wie lautes Hundegeheul in Millas Ohren. Tränen, die sich in schiefe Musik verwandelt hatten. Der Gesang kündete von Trauer, Leid und Erlösung – und von Ewigkeit – einer Welt, die keinen Anfang und keinen Tod kannte. *„Bismi-llahi-r-rahmani-r-rahim – Al-hamdu li-llahi rabbi-l-'alamin – Ar-rahmani-r-rahim – Maliki yaumi-d-din - Iy-yaka na'budu wa iy-yaka nasta'in …"*

Endlich erreichte Milla den Vorraum. Sie blickte auf die Uhr an ihrem Handgelenk. *Noch drei Minuten.* Und atmete tief in den Bauch. Eine Frau in einem Niqab lehnte Milla gegenüber an einer Wand und wartete ebenfalls auf irgendwas. Milla blickte in dunkle Augen, in denen – so schien es ihr – ein unsäglicher Schmerz lag. Das Bedürfnis, die Frau in den Arm zu nehmen und zu trösten, konnte Milla nur mit Mühe hintanstellen. Wahrscheinlich stand diese Frau mit dem traurigen Blick hier, weil sie an ihrem Leben in einer frauenfeindlichen Welt längst zerbrochen war. Weil sie bereits als Kind das Traumata einer Genitalverstümmelung erlitten hatte, das ihr aufgrund muslimischer Tradition irgendwo in Anatolien angetan worden war … in den großen Ferien im Verlaufe eines Urlaubs bei den Großeltern. Milla hatte in Artikeln der Münchner Neuesten Nachrichten von solchen Fällen gelesen.

„Alles wird gut, Schwester", raunte sie der Niqab-Trägerin zu. *Verrate mich nicht*, fügte sie in Gedanken hinzu. Und trat an ihr vorbei. Im besten Fall lösen wir gleich eine sexuelle Revolution in der islamischen Welt aus. *Free the nipples*, Schwester! Milla zitterte und spürte eine Mischung aus Lust, Angst und Lampenfieber – wie bei einem Auftritt in einem Schultheaterstück.

Die Frau hinter ihrem Rücken verharrte wie zur Salzsäule erstarrt.

6.09 Uhr

„Wenn man es genau nimmt, ist es der erste Akt des neuen Deutschlands", sagte Wagner. Er hatte den Ton der Überwachungsbildschirme eingeschaltet und lächelte.

Aus den Lautsprechern tönte die Stimme des Imams:

„... Ihdina-s-sirat al-mustaqim – Sirata-lladhina an'amta 'alaihim – Ghayri-l-maghdubi 'alaihim wa-la-d-dalin ..."

Tscharly blickte auf die Anzeige. *Noch eine Minute ...*

In seinem Innern hörte er das Lachen seiner Bundeswehrkameraden. *Tscharly Huber, der Held mit den zwei linken Schusshänden!* Tscharly stand wie versteinert als handle es sich um einen jener Träume, bei denen der Geist wach, der Körper jedoch erstarrt ist – Diagnose: *Schlaf-Paralyse.*

„Dreißig Sekunden ...", kündigte Wagner das Finale an.

Schießen – ohne mit der Wimper zu zucken.

Ein Mann wie Gary Cooper.

High Noon.

Wenn du das zu mir sagst ...

„Jetzt!", kommentierte Wagner. „Tscharly – sieh nur! Deine Tochter rennt wie eine Wilde in den Gebetsraum zu den Kameltreibern hinein ..."

Tscharly hörte seine Tochter durch den Lautsprecher schreien: „Lang lebe Herr Jesus Christus, der König der Juden ..."

„Braves Mädchen ... Noch zehn Sekunden!", jubilierte Wagner.

Und hob den Fernzünder in Richtung der Bildschirme. „... acht ... sieben ... sechs ..."

Tscharly äugte in Richtung der Pistole.

Milla drehte sich im Kreis und bewegte sich wie eine Tanzende zwischen den Betenden.

6 Uhr 09 Min 55 Sek

Tausend Gedanken schossen gleichzeitig durch Ayshes Kopf, als sie das Kreischen der Niqab-Trägerin durch den Gebetsraum der Männer hallen hörte. Sie sah grauenhafte Bilder in sich aufsteigen – ausgelöst durch die panischen Rufe, die blitzartig von allen Seiten laut wurden. Am Ende der Bildfolge spürte Ayshe das Feuer und die Stoßwelle in ihren Gliedern ... dasselbe Gefühl, das sie auch bereits beim Anschlag in der Keupstraße – acht Tage zuvor – gespürt hatte. Ayshe wähnte sich, als stünde sie noch einmal inmitten der Straße, in der die Bombe explodierte. Nägel und Splitter bohrten sich in die Haut ihres Gesichtes ...

„Can!", lautete ihr erster Gedanke.

Sie hatte keine Chance, sich gegen dieses Déjà-vu in ihr zur Wehr zu setzen. Die Bilder aus ihrer Erinnerung brachen in Fluten über ihr Bewusstsein herein.

Ich kann nicht zulassen, dass ihm was passiert!

6 Uhr 09 Min 55 Sek

Tscharly stürzte sich nach der Pistole und schoss. Es geschah alles innerhalb einer Sekunde. Das Projektil traf Wagners Handwurzelknochen. Der Fernzünder fiel zu Boden. Tscharly hechtete nach dem Gerät. Wagner warf sich auf ihn.

„Tscharly Huber, du mieser Verräter am deutschen Volke ..."

Wagner verpasste Tscharly mit seiner unversehrten Handkante einen Hieb gegen den Adamsapfel. Die Pistole entglitt Tscharlys Händen. Wagner benutzte seine versehrte Hand, als verfüge er über keinerlei Schmerzempfinden. Was wohl an seinem Adrenalinspiegel liegen mochte! Und schlug mit der Faust gegen die Nase seines Gegners! Tscharly kickte mit einem Bein den Fernzünder in eine Ecke des Raumes – wo er eine Armlänge von ihrem Handgemenge entfernt liegenblieb. Tscharly wich einem Tritt nach seinem Gesicht aus und packte seinen kampfgeschulten Gegner am Hals. Wagner kniete auf ihm und drückte mit der Kraft beider

Hände Tscharlys Luftröhre zu. Verdammt, ich muss diesen Kerl überwältigen, bevor der Barkeeper und weitere Kameraden in den Keller stürmen, um mit Wagner anzustoßen! Bevor Wagner den Fernzünder in die Hände bekommt. Tscharly hielt die linke Hand seines Gegners mit seiner rechten fest und übte mit dem Ellbogen desselben Armes Druck auf Wagners linken Arm aus. Wagner knickte ein und schlug mit dem Gesicht neben Tscharly auf dem Boden auf. Tscharly röchelte und bekam ein wenig Luft. Befreit versuchte er aufzuatmen, ehe der nächste Faustschlag gegen sein Jochbein prallte und er vor Schmerz um Atem rang. Tscharly wurde durch die Wucht des Schlages gegen die Wand geschleudert. Vor ihm lag der Fernzünder. Er versuchte danach zu greifen. Seine lädierte Schulter machte ihm plötzlich die Bewegung unmöglich.

6.10 Uhr

Milla verkündete: „Lange lebe unser Herr Jesus Christus! Unser Erlöser – und König der Juden ..."

Nur noch mit dem Sprengstoffgürtel – aus Roland Wagners Terror-Mode-Collection – bekleidet, stand sie mit nackten Brüsten und rotem String inmitten des Gebetsraumes und hob die Hände wie eine frühzeitliche Priesterin an einem sakralen Ort. Jeder konnte die Nägel in ihren Handflächen und die Dornen-krone des christlichen Erlösers sehen. Die orientalischen Muster an den Wänden erschienen Milla wie die Hieroglyphen des Bösen, das es um jeden Preis auszutreiben galt. Das Wort *Hure* in Tür-kisch, Arabisch, Farsi und sämtlichen Sprachen des Morgenlandes hallte von den Mauern der Moschee – Geschrei ...

... ehe sich im anbahnenden Chaos ein Schuss löste ...

Ayshe erblickte die Terroristin vor sich. Und sie wusste im sel-ben Moment, dass sie erst vor wenigen Sekunden in diese schmerzerfüllen Augen geblickt hatte. Ayshe blieb vor der nackten Fanatikerin mit dem Sprengstoffgürtel stehen. Und starrte nun ihrerseits dieser gebannt in die Augen. Sie hatte Angst vor dem Hass, der aus ihnen loderte. Ayshe stürzte sich auf Milla. Ein zweiter Schuss hallte zwischen den Mauern wider. Ayshe spürte das Projektil – den Schmerz – einschlagen in ihrer linken Seite am Rücken. Unwillkürlich klammerte sie sich an der Attentäterin mit dem Sprengstoffgürtel fest. Sie stürzten zu zweit der Länge nach zu Boden, als eine dritte Niqabträgerin den Ort ihres Kampfes erreichte. Der Imam hechtete nach dieser und riss ihr die Bedeckung vom Kopf. Eine ebenfalls westlich aussehende Frau mit roten Haaren und grünen Augen kam darunter zum Vorschein. Die Frau wehrte den Imam ab und zerschnitt mit einem Messer blitzschnell die Riemen des Sprengstoffgürtels um Millas Körper. Milla versuchte die Fremde daran zu hindern. Jedoch versetzte die Rothaarige sie mit einem gezielten Schlag gegen die Schläfe für einige Sekunden in Ohnmacht. Die Frau hielt den Gürtel mit dem Sprengstoff wie einen Säugling an sich gepresst. Die Männer wichen zurück. Zeugen erzählten später, die Frau sei durch eine der Seitentüren gerannt. Dort befand sich der Waschraum und die Toiletten für die Männer. An jenem Ort befand sich zum Zeitpunkt der Explosion kein weiterer Mensch. Ayshes Herz hatte im selben Augenblick, als die Detonation die Mauern erschütterte, aufgehört zu schlagen. Ein letztes Mal sah sie jenen Ort, an dem alles begonnen hatte – sie sah die Menschen und den Feuerregen, die Autoteile und Mauerstücke, die auf die Menschen herabgeregnet waren. Ein letztes Mal quälte sie der Schmerz und die Trauer um die Frau, die ihr Gesicht verloren hatte. *Ihre Seele flog mit den Störchen.*

Schläge und Tritte hagelten auf Milla nieder.

6.11 Uhr

Es war sechs Uhr und elf Minuten, als die Ladung des Sprengstoffgürtels im Waschraum detonierte. Wagner hatte vor Tscharlys
Augen den Fernzünder betätigt. Der Agent des Bundesverfassungsschutzes blickte zu den Bildschirmen auf. In seiner Miene
stand der größte Triumph seines Lebens. „Sieg Heil, Tscharly ...
Sieg!"

Wenn du das zu mir sagst ... Tscharlys griff mit der Hand der unversehrten Schulter nach der Pistole und zielte.

... lächle!

Epilog

Drei Tage später

In der Nacht hatte die Patientin in Zimmer 5 mit einem Impulsdurchbruch imponiert. Die junge Frau hatte heftig geschrien und mit dem Kopf gegen die Wände geschlagen. Die Ärzte hatten eine Schutzfixierung an Armen und Beinen angeordnet. Über einen venösen Zugang erhielt die Frau ein Beruhigungsmittel. Dadurch übermannte sie ihre Müdigkeit, jedoch fand sie keinerlei Schlaf. Die Frau hatte einiges hinter sich, erzählten die Mitglieder des multiprofessionellen Teams, das aus Ärzten, Pflegern und Psychologen bestand. Welche Rolle sie bei dem Sprengstoffattentat in der DITIB-Moschee gespielt hatte, ließ sich bis dato nicht eruieren. Die Beamten der Kriminalpolizei – ein Hüne von einem Mann und sein untersetzter, bulliger Kollege – hatten ebenfalls kein Wort aus ihr herausbekommen. Milla dämmerte in ihrem Zimmer vor sich. Eine Frau, die nur äußerlich existierte, die in ihrem Innern jedoch über keinerlei Emotionen mehr zu verfügen schien. Sie spürte nichts. Absolute Leere. Und nahm nichts um sich herum wahr.

Tscharly klopfte an die Tür des Zimmers, in dem seine Tochter lag. Und trat nach drei Sekunden des Schweigens vorsichtig ein. Ohne einen Laut mit den Sohlen zu verursachen.

Milla saß auf ihrem Bett und starrte ins Leere. Seine Tochter reagierte mit keinem Wimpernzucken auf sein Erscheinen.

Tscharly räusperte sich und brachte ein missglücktes „Hallo, wie geht's?" über die Lippen.

Er versuchte Blickkontakt aufzunehmen. Sie starrte an ihm vorbei. Ihr Gesicht war von Blutkrusten und Hämatomen gezeichnet.

„Mama ist aus dem Koma aufgewacht", berichtete er ihr. „Die Ärzte sagen, es geht ihr den Umständen entsprechend gut."

Gemeinsam mit dem alten Methusalem war Tscharly vor Saras Intensivbett gestanden, während die Ärzte seine Ex-Frau aus ihrem künstlichen Koma geweckt hatten.

„Deine Mama kann sich an gar nichts erinnern, was vor und während des Anschlags passiert ist. Sie steht noch unter Schock." Er versuchte ein Lächeln. Sein Gesicht schmerzte nach wie vor bei jeder Regung.

Tscharly versuchte in Millas starren Zügen zu lesen. Vergebens.

„Mama sagt übrigens, dass sie deine Stimme gehört hat, während sie im Koma gelegen ist – stell dir vor. Bei jedem deiner Besuche! Und sie sagt, ihre große Sorge um dich hat ihr dabei geholfen, diese Zeit überhaupt durchzustehen. Nachdem du auf einmal nicht mehr gekommen bist, Milla."

Keine Reaktion! Tscharly wünschte sich verzweifelt, seine Tochter hätte ihn wenigstens angeschrien. Millas Erinnerungen lauerten jedoch gemeinsam mit ihrer Sprache in einem Zimmer in ihrem Gehirn hinter einer verschlossenen Tür. Die Ärzte und Schwestern bezeichneten diesen Zustand als *Mutismus* – eine Folge des Traumas, das sie durchlebt hatte. Das Gehirn brauchte seine Zeit. Erst nach und nach würden die Ereignisse an die Oberfläche ihres Bewusstseins dringen. Auf diese Weise war Tscharly vertröstet worden.

„Es tut mir so leid, Milla, dass du das alles erleben hast müssen. Ich wünschte, ich wäre dir von Anfang an ein besserer Vater gewesen. Ich weiß, es wäre meine Aufgabe gewesen, dich zu beschützen. Ich habe versagt."

Tscharly blickte aus dem Fenster, wo eine alte Eiche ihre Äste über einem regengrauen Sommerhimmel spannte.

Er versuchte, sich an den Namen ihres besten Freundes in der Berliner WG zu erinnern. „Jimmy …", fiel ihm ein. „Er hat mich angerufen. Er kommt morgen. Stell dir vor, er hat beschlossen, nächstes Jahr in Bayreuth Taxi zu fahren. Als Taxifahrer in Bayreuth soll man ja heutzutage leicht mal an Karten gelangen können, hat er gemeint. Es gibt immer wieder Gäste, die die Vorstellung vorzeitig verlassen. Sie schenken ihre Karten dann gerne an Taxifahrer weiter. Als Normalsterblicher muss man ja heutzutage sieben Jahre warten, bis man an so eine Karte für die

Nibelungen und Co. kommt. In der Zeit macht man zehnmal den Taxischein. Taxifahren, das ist die Lösung schlechthin für einen echten Wagner-Fan, habe ich mir von ihm sagen lassen!"

Tscharly berührte Millas rechten Handrücken. Sie erstarrte unter der Berührung. Er zog seine Hand rasch zurück. Kurz darauf verließ Tscharly das Krankenhaus. Er empfand eine tiefe, unaussprechliche Trauer. Nicht nur Milla – auch er würde sich in nächster Zeit den Erlebnissen der vergangenen Tage bewusst stellen müssen. Das begriff Tscharly, als er in seiner Kölner Pension saß und eine Ausgabe der Münchner Neuesten Nachrichten durchblätterte. Lediglich von einem missglückten Anschlag durch eine deutsche Konvertitin war darin die Rede. Aber kein Wort über Wagner und Konsorten. Wann würde eigentlich die deutsche Bevölkerung die Möglichkeit bekommen, das Erlebte Stück für Stück zu bearbeiten? Oder befand dieses Land sich ebenfalls in einer Art kollektiven Mutismus und schlief den Schlaf der Gerechten?

Mittwoch, 30. Juni 2004

Das Video war nicht nur viral gegangen, sondern hatte bereits die magische Ein-Millionen-Klicks-Marke überschritten. Und das bereits nach wenigen Tagen. Wohlfeil blickte auf sein Konterfei und die Perücke. Er hatte nach dem Anschlag eine wahrlich großartige Rede ins Netz gestellt! Über bezahlte Trolle war das Video tausendfach geteilt worden und hatte wie eine Wasserstoff-bombe eingeschlagen. Sämtliche Boulevard- und überregionalen Zeitungen und Wochenmagazine erzielten mit ihren Berichten darüber starke Auflagen, indem sie deren Inhalte bis ins letzte Detail breittraten. Sogar die Tatsache, dass sie dabei an ihm – Herrmann Wohlfeil, dem Kölner Rechtspopulisten – kein gutes Haar ließen, passte perfekt in das Konzept der Nationalen Sache. Zu seinem Erstaunen fanden sich sogar schon Journalisten mit nachdenklichen Zwischentönen. Das ging ja wirklich schneller, als erwartet!

„Prost, auf uns und auf die nationale Sache!", sagte er zu Wagner und hob eine Champagnerflöte. Die Franzosen verstanden in der Tat etwas von der Sektherstellung. Immer noch Weltspitze und kaum zu toppen. Höchste Zeit, Paris mit deutschen Soldaten zu besetzen!

„Film ab!", befahl Wohlfeil sodann.

„Wie mein Führer befehlen!", antwortete Wagner und drückte die Starttaste.

Das Standbild verwandelte sich in einen Film.

Wohlfeil thronte staatsmännisch hinter einem Eichenschreibtisch, der sich einst im Besitze des Feldmarschalls Göring befunden hatte. Auf dem Pult stand eine Deutschland-Fahne. Die hinter Wohlfeil befindliche Wand hingegen zierte eine überdimensionale Flagge, die Ähnlichkeiten mit der Reichskriegsflagge aufwies, aber strafrechtlich keine Handhabe bot. Wohlfeil trug seinen Text wie immer ohne Skript vor. Bereits seit Monaten hatte er sich Wort für Wort seiner Siegesrede in seinem Kopf zurechtgelegt.

„Deutsches Volk, Deutsche, Patrioten, Mitstreiter, Kameraden und Freunde, heute ist die Stunde gekommen, in der ich mich gezwungen sehe, mich direkt mit einer überlebenswichtigen Botschaft an euch zu wenden. Die Ereignisse der letzten Wochen haben in mir den reiflichen Entschluss heranreifen lassen, euch mit einer Brandrede wachzurütteln, da sonst unser geliebtes Deutschland untergehen wird. Nicht nur die furchtbaren Ereignisse in der rheinländischen Metropole Köln zeigen, dass es für uns Deutsche an der Zeit ist, zu handeln. Ein Bombenattentat in der Keupstraße, Exekutionen von nationalen Patrioten und kriminell-degenerierten Arabern, Vergewaltigungen, bestialische Morde, Schießereien und Attentate auf religiöse Einrichtungen bilden nur die Spitze des Eisbergs, die uns Deutsche nun zum Handeln zwingt. Wir werden in Köln jeden Montag mit nationalpatriotischen Straßenprotesten beginnen, und ich fordere euch auf: Erscheint zahlreich und bekennt Flagge! Zeigt euren Patriotismus, indem ihr patriotische Fahnen und Schilder mitbringt, damit diese Bekundungen in den Medien angemessen Beachtung finden. Durch diesen Initialschuss zur Rettung unseres europäischen Abendlandes und des deutschen

Volks wird ein Ruck durch Deutschland gehen! Jeder, der das Herz auf dem rechten Fleck hat, Anstand besitzt und sich des würdevollen Erbes unserer Vorfahren bewusst ist, soll auf die Straße gehen. Wir müssen diese Untermenschen, die bereits mitten unter uns sind, aus unserem Land vertreiben! Alle schrecklichen Ereignisse in Köln … Ich erinnere an die Toten und Verletzten … gehen auf verbrecherische Initiativen von Ausländern zurück! Ausländer aus aller Herren Länder haben die gesamte Organisierte Kriminalität in Deutschland fest in ihrer Hand! Es geht diesem Lumpenpack nur um den Profit! Und darin gleichen sie genau jenen, die ich hier nicht nennen darf. Die Unantastbaren! Das unantastbare Volk! Wobei jeder genau weiß, wer hier gemeint ist. Dabei gehen diese gierigen Raffzähne ohne moralische Skrupel über die Leichen deutscher Menschen. Deutsche Drogensüchtige, an sich wertvolles Blut für den Erhalt unserer Nation, die an verseuchtem Heroin, Crack, Meth und anderem Dreck der Organisierten Kriminalität elendig verrecken … Die am Gift dieser gewissenlosen Geldsäcke verrecken, anstatt ihre Fähigkeiten und Energien für die Volksgemeinschaft zum Wohle aller einzubringen! Wir, liebe volksdeutsche Männer und volksdeutsche Frauen – wir benötigen wieder einen Sozialismus, der für die Deutschen da ist! Und nicht von irgendwoher geflüchtete Wirtschaftsasylanten alimentiert! Die von mir genannten Ausländer scheuen nicht davor zurück, unsere wunderbaren deutschen Frauen zu vergewaltigen, sie sich durch Drogen gefügig zu machen und ihren Körper durch schändlichste Sexarbeit auszubeuten. Um es ganz klar zu sagen … Es gibt auch anständige Ausländer, die *relativ* angepasst leben und deshalb niemanden groß stören. Leider handelt es sich hierbei jedoch nur um eine kleine – eine ganz kleine – Minderheit! Uns Kölner Patrioten obliegt die Pflicht, mit Fackeln voller revolutionärer Glut den anderen deutschen Patrioten voranzuschreiten, um sie wachzurütteln, damit sie wie Kaiser Barbarossa aus ihrem hundertjährigen Schlaf erwachen! Wir müssen eine zu allem entschlossene Fundamentalopposition bilden gegen den Staat, da die Herrschenden, unsere Regierung, lediglich gekaufte Marionetten der Siegermächte und anderer, unter Strafandrohung deutscher Gerichte nicht zu nennender Akteure, sind. Wir befinden uns nach wie vor im Kriegszustand mit unseren Feinden aus dem zweiten Weltkrieg und die BRD ist kein legitimer Nachfolgestaat des mit erhobenem Haupt und gutem Gewissen untergegangenen Dritten Reichs – auch wenn es hier wie in jeder bisher uns bekannten Staats- und Regierungsform Schönheitsfehler gab, aber immerhin verstanden wir Deutschen es damals, mit dem uns gebührenden Stolz aufzutreten und nicht das aufgezwungene Schuldschandmal für Hunderte von Generationen tragen zu müssen. Jeder von uns Deutschen muss sich deshalb in diesem Augenblick fragen, wie er sich in einem Staat zu verhalten habe, dessen nicht-legitime Scheinregierung ständig kapitale Rechtsbrüche begeht und die es sich auf die Fahnen geschrieben hat, das deutsche Volk in seinem Kern vollständig zu vernichten. Demografische Berechnungen zeigen wissenschaftlich, dass wir Deutschen bei weiterem fremdländischen Zustrom in wenigen Jahren im eigenen Land in der Minderheit und bald vollständig ausgestorben sein werden. Ich prophezeie hiermit, dass der große Asylanten- und Flüchtlings-Tsunami, der von unseren ewigen Erzfeinden gesteuert wird, erst noch auf uns zurollt. Ihr könnt versichert sein, meine lieben Freunde, dass in nicht allzu langer Zeit, unsere den Siegermächten hörige *Regierung* alle Schleusen und Tore für eine durch nichts aufzuhaltende Flut von Ausländern öffnen wird. Diese Welle der Vernichtung ist definitiv der Anfang vom Ende, denn es wird sich nicht um Hunderte, Tausende oder Zehntausende Wirtschaftsasylanten handeln. Kameraden, es werden Millionen sein, die in das Herz der Festung Europa vordringen wollen, um Deutschland von der Landkarte zu tilgen. Aber es wird den Altparteien und den verräterischen Alteliten nicht gelingen, uns durch diesen alles vernichtenden Schlag in unserer Existenz zu bedrohen. Deshalb werden wir wie ein Orkan auf die Straßen gehen und uns Stadt für Stadt, Straße für Straße und Haus für Haus zurückerobern, ganz unabhängig von dem Blutzoll, den wir dafür entrichten müssen, denn es ist unsere einzige, ich wiederhole – einzige – Überlebenschance! Jeder, der eine reine, ehrliche und tief verinnerlichte Vaterlandsliebe empfindet, ist von seinem moralischen Gewissen her verpflichtet, uns zu folgen, um die Parasiten, Blutsauger und Totengräber Deutschlands mit wenigen brutalen, aber genau gezielten Schlägen zu vernichten. Nur so werden wir den schon lange in den Schubladen der Alliierten liegenden Pläne zur Umvolkung und des Volkstods den verdienten Todesstoß versetzen können. Diejenigen von euch, die jetzt noch zaudern, lasst euch in aller Dringlichkeit gesagt sein, dass wir dies selbst vor der Logik unseres Rechtsstaatssystems und des Grundgesetzes nach Artikel zwanzig Absatz vier nicht nur rechtfertigen können, sondern das Recht und die Pflicht zum Widerstand gegen diesen Staat haben. Ich zitiere aus der uns von den Siegern aufgezwungenen Minimal-Verfassung: *Gegen jeden, der es unternimmt, diese Ordnung zu beseitigen, haben alle Deutschen das Recht zum Widerstand, wenn andere Abhilfe nicht möglich ist.* Um es formaljuristisch auszudrücken: Alle hinreichenden und notwendigen Bedingungen des zwanzigsten Artikels, Absatz vier, unseres Grundgesetzes, das ein knallhartes Diktat der Siegermächte in der Tradition des Blut- und Knebel-Vertrags von Versailles war, sind gegeben. Wir haben nicht nur das Recht, sondern sind sogar moralisch dazu verpflichtet, dieses bis in die Knochen korrupte Regime durch bewaffneten Widerstand zu beseitigen. Dazu bedarf es einer neuen deutsch-patriotischen Bewegung, welche die Differenzen und Demarkationskriterien der Vergangenheit hinter sich lässt. Deshalb löse ich hiermit die Nationalen Demokraten mit sofortiger Wirkung auf. Wir werden aber eine neue Partei als Sammelbecken aller aufrechten deutschen Patrioten gründen, die in aller Schnelle die alten Volksparteien überholen und ihnen dann den Gnadentod erweisen wird. Zusätzlich werden wir national-patriotische Bürgerbewegungen ins Leben rufen, die unsere deutschen Straßen von allem parasitären Ungeziefer beseitigen werden. Kameraden, Deutsche, Volksgenossen, mit dem heutigen Tag hat die Befreiung Deutschlands begonnen. Ich versichere euch als aufrechter deutscher Kämpfer mit all meiner moralisch-ethischen Integrität, dass mir dafür kein Opfer zu viel, kein Weg zu weit und kein Mittel zu brutal sein wird! Denn es gibt keine andere Alternative in diesem Land der Verräter!"

München, am gleichen Tag

„Du hast es aber eilig", sagte der alte Methusalem. „Du tust gerade so, als ob du noch einen Termin hättest, Tscharly?"

„Ich habe mir dieses Propaganda-Video inzwischen oft genug angesehen. Ich ertrage das einfach nicht!"

Tscharly klappte den Laptop zu.

„Du hast wohl noch eine Verabredung?"

„So könnte man es auch nennen."

Smuss zwinkerte Tscharly mit seinem einzelnen Auge zu. „Ich werde deine Kündigung nicht akzeptieren. Aber ich denke, das habe ich dir schon gesagt. Und auch lange genug ausführlich erklärt!"

Smuss saß hinter seinem Schreibtisch. Es roch nach Kirschtabak. Akten und Ordner lagen verstreut auf dem Boden und auf dem Tisch. Bisher war Smuss noch nicht dazu gekommen, die Spuren der Hausdurchsuchung zu beseitigen. In den Redaktionsräumen der Münchner Neuesten Nachrichten sah es aus, als hätten Einbrecher hinter den Wänden das verschollene Bernsteinzimmer gesucht.

„Tut mir leid", sagte Smuss.

„Was?"

„Dass es nichts geworden ist mit deiner Story über Wohlfeil und diesen Wagner."

Tscharlys Bericht, die Tonbandaufnahmen und das Dossier schienen in den elektronischen Speichermedien der Redaktion nie existiert zu haben. Das BfV hatte ganze Arbeit geleistet.

Tscharly seufzte. „Hauptsache, wir sind gesund!"

„Apropos, Tscharly – Sara kommt morgen aus dem Krankenhaus in Köln. Sie hat beschlossen, hier in München eine Entzugstherapie zu machen."

„Wäre schön, wenn sie die Therapie diesmal durchzieht. Auch wegen Milla."

Der alte Methusalem legte einen Arm um seine Schulter. „Tscharly, glaube mir, deine Ex-Frau kommt aus einer – wie soll ich sagen ... sehr *schwierigen* Familie. Das habe ich ihr alles in die Wiege gelegt." Jetzt versuchte der alte Methusalem ein Lächeln.

Tscharly schauderte. Der Alte hatte ihm noch immer nichts über das Verhör durch das BfV erzählt. Lediglich von einer Klage wegen Landesverrats war die Rede zwischen ihnen beiden gewesen. Es war eine Art *Irgendwas*-Gefühl, das Tscharly keine Ruhe ließ. Was auch immer Smuss vor ihm verheimlichte, mochte mit Sara und damit auch indirekt mit Milla zu tun haben.

„Als Ex-Familienmitglied geht mich das Ganze ja eigentlich auch gar nichts an, Peter."

Der Alte nickte ihm zu. Schien wieder Herr seiner Lage zu sein. Ein polnischer Dickschädel, Metzgerssohn – Verleger!

„Wir sehen uns später", sagte Tscharly.

„Du hast recht, wir sehen uns, Tscharly."

*

Dreißig Minuten später – Mittagszeit – saß Tscharly auf einer Bank auf dem Münchener Ostfriedhof. Er blickte zu einem Grab. Eine Mutter und ihr zehnjähriger Junge hatten hier vor vielen Jahren ihre letzte Ruhe gefunden. Tscharly hielt stumme Zwiesprache mit dem Freund, der einst in seinen Armen in einem Klassenzimmer verstorben war. *Florian …*

„Müssen wir uns nicht alle irgendwann unserer Vergangenheit stellen?", sprach er leise vor sich hin und weinte zum ersten Mal nach all der Zeit. Wenigstens, dachte er, habe ich es geschafft, Wagner bewusstlos zu schlagen und zu entkommen. *Ich bin mit einer lädierten Schulter und einem blauen Auge davongekommen.* Dann warf er einen Blick auf die Zeitung, die er mitgebracht hatte. Es handelte sich um jene Ausgabe vom 17. Juni 2004. Tscharly hatte seither einige Male versucht, Jenny anzurufen. Doch die Leitung blieb erwartungsgemäß tot. In dem Waschraum in der Moschee hatten Spurensucher nichts als Asche und verkohlte Steine gefunden. Die angebliche Konvertitin war verbrannt, hieß es. Tscharly hatte diese Ausgabe der Münchner Neuesten Nachrichten eine Woche später vor der Tür seiner Pension in Köln gefunden. Auch darin fand sich kein Wort über Jennifer Görlitz. Und anstatt über Tscharlys Recherchen berichtete die Zeitung an diesem Tag seitenweise über den Volksaufstand in der DDR vom 17. Juni 1953. Nicht einmal der alte Mehusalem als Verleger hatte Tscharly erklären können, wie diese Artikel jemals in Druck hatten gehen können. Die Bevölkerung des Ostsektors hatte seinerzeit den Aufstand gegen die russische Besatzung geprobt. Die Russen hatten den Aufstand in gewohnter Manier mit Panzern überrollt. In dem Zusammenhang gab es auch einen Artikel über den Prager Frühling vom August 1968 und dessen ebenfalls blutige Niederschlagung. Tscharly entdeckte ein Bild – eine Schwarz-Weiß-Fotografie. Es zeigte eine etwa dreißigjährige Frau, die sich – Hand in Hand mit ihrer vierjährigen Tochter – einem russischen Panzer tapfer in den Weg stellte. Jemand hatte mit einem Bleistift einen Kreis um Jenny gezeichnet.

Nachwort

Die Geschichte der Entstehung dieses Buchs könnte selbst einem Roman entstammen. Zwei Autoren verabreden sich via Facebook ohne persönliche Bekanntschaft dazu, gemeinsam einen Roman über ein hochexplosives Thema zu schreiben.

Seit Jahrzehnten beschäftige ich mich mit Politischem Extremismus und habe diese Auseinandersetzung in Sachbücher und politische Kriminalromane einfließen lassen. Dann wurde ich auf den weitaus bekannteren Autoren Michael Seitz aufmerksam, der mich vor allem durch seine äußerst intensiven und abgründigen psychologischen Schilderungen und ausgefeilte Plots faszinierte. Gemeinsam ist gelungen, was keiner von uns in diesem Umfang alleine vermocht hätte: Michael hat dem Roman psychologische Tiefe und eine sich aus dem Schreibprozess entwickelnde Struktur verliehen, während ich den fiktionalisierten, aber dennoch politisch-historisch rekonstruierten Ereignissen ausreichend Platz und der Kritik an demokratieunwürdigen Praktiken Gehör verschaffte.

In Anlehnung an den deutschen Schriftsteller Jörg Fauser möchte ich zu behaupten wagen, dass uns ein guter politischer Plot gelungen ist, zu dem Intrigen, Verschwörungen und Komplotte gehören. In „Götterdämmerung" entwickelt sich der Plot zu immer höheren Weihen, je tiefer wir in die Kloaken menschlicher und gesellschaftlicher Abgründe blicken. Dies funktioniert nur, da sowohl Michael als auch ich den intimen Umgang mit den Verlockungen der Intrige und der Aura der Verschwörung zwar ins Auge geblickt, aber diesen dämonischen Versuchungen mannhaft widerstanden haben. Konkret: Michael hat intensiv in das psychische Verderben des Menschen geblickt und ich habe mit Leidenschaft die Kläranlagen der bundesdeutschen Demokratie durchwatet.

So ist uns als Gemeinschaftswerk vielleicht das gelungen, was Fauser als höchstes Lob über den US-amerikanischen Schriftsteller Ross Thomas einst schrieb: „Er hat dem Kriminalroman der Gegenwart eine Qualität erschrieben, die ich demokratischen Realismus nennen möchte." Ich hoffe, dass diejenigen, die unser demokratischer Realismus im Kern betrifft, diese Zeilen lesen und nur schwer verdauen mögen.

Dr. Stefan Schweizer, Potsdam, Dezember 2020

Danksagung von Michael Seitz

Wie auch bei allen anderen Büchern möchte ich die Gelegenheit nutzen, mich bei all jenen, die meinen Weg als Autor begleiten, zu danken: Adrian Lochbichler, weil seine Lebensgefährtin Susanne und er immer ein gutes Bier für mich in ihrem Kühlschrank finden. Bohumil Balik und seiner Frau Sabrina, weil unsere Freundschaft Höhen und Tiefer gleichermaßen aushält. Andrea Schreiner, weil sie immer ein offenes Ohr für mich hat in ihrem Universum. Außerdem bedanke ich mich bei meinen Testlesern, u.a. bei Martin Stephanek und meiner Frau Elke, die fleißig dem Fehlerteufel hinterherjagten und damit dem Buch den letzten Schliff gaben. Mein besonderer Dank gilt Stefan Schweizer – es war mir ein Vergnügen, dieses Manuskript zwischen Potsdam und Wien alle zwanzig Seiten hin und her zu mailen, während unser Schreibstil im Laufe des Prozesses einander immer ähnlicher wurde und schließlich zu einer Stimme verschmolz. Danke, Bruder!

Danksagung von Stefan Schweizer

Mein erster Dank gilt meiner Frau Pia-Johanna, ohne deren mannigfache Unterstützung meine Selbstverwirklichung als Schriftsteller unmöglich wäre. Auch dem Verleger Gerd Fischer sei an dieser Stelle die ihm gebührende Referenz erwiesen, da er den Mut hat einen Roman zu veröffentlichen, der ganz sicher von anderen Verlagen als Nestbeschmutzung und aus Angst vor den vernichtenden Federn des staatstragenden Feuilletons abgelehnt worden wäre. Mein größter Dank aber gilt dir, lieber Michael, denn in unserem Fall gilt das Sprichwort: „Der Weg ist das Ziel!" Diesen Weg mit dir gemeinsam zu beschreiten, war auf vielen Ebenen so erfüllend, wie es nur die gelungene Arbeit am literarischen Werk sein kann. Ich denke, es liegen noch weite Wege vor uns. Darauf freue ich mich jetzt schon.